RELATOS

DE

VAMPIROS

ALMA CLÁSICOS ILUSTRADOS

RELATOS

DE

VAMPIROS

Ilustrado por
Meritxell Ribas

Títulos originales: *Lasst Die Todten Ruhen!; Dracula's Guest; The Vampyre; La Dame pâle; Семья вурдалака; The Room in the Tower; La Morte amoureuse; For The Blood is The Life; Varney the Vampyre; or, The Feast of Blood*

© de esta edición:
Editorial Alma
Anders Producciones S.L., 2021
www.editorialalma.com

○ @almaeditorial

▪ @Almaeditorial

© de la selección y prólogo: Blanca Pujals

© de la traducción:
Berenice: Editorial Iberia, S.A.
Deja a los muertos en paz: Vera von Kreutzbruck
El invitado de Drácula; El vampiro; La habitación de la torre; Porque la sangre es vida; Varney, el vampiro: Noemí Risco
La dama pálida: Mauro Armiño. Traducción cedida por Editorial EDAF, S.L.U.
La famila del Vurdalak: Jorge Ferrer
La muerte enamorada: Jaume Ferrer
Carmilla: Jose Luis Piquero. Traducción cedida por Sureda 57 Libros S.L., 2020.

© de las ilustraciones: Meritxell Ribas

Diseño de la colección: lookatcia.com
Diseño de cubierta: lookatcia.com
Maquetación y revisión: LocTeam, S.L.

ISBN: 978-84-18008-94-8
Depósito legal: B12422-2021

Impreso en España
Printed in Spain

El papel de este libro proviene de bosques gestionados de manera sostenible.

ÍNDICE

PRÓLOGO

> Pero los ojos están fascinados. La mirada de una serpiente no
> habría podido producir el mismo gran efecto en la muchacha que la
> expresión de aquellos espantosos ojos metálicos que se inclinaban
> sobre su rostro. [...] Se abalanza sobre su cuello con sus dientes como
> colmillos y a continuación sale un borbotón de sangre y se oye un
> horrible ruido de succión.
>
> James Malcolm Rymer, *Varney, el vampiro*

Querido lector:

Si estás leyendo este libro es porque tú también has caído rendido al poder de seducción de los vampiros.

El vampiro es seguramente la criatura que comparten más culturas y tradiciones del mundo desde tiempos remotos. Ya en el año 600 a. C. encontramos referencias a él en un texto de un sabio chino; viene recogido en las tradiciones sumerias y hebreas; aparece en una de las historias de Sherezade; los egipcios ya preveían rituales funerarios para ahuyentarlos; también los encontramos en los mitos de la antigua Grecia y en su posterior versión latina. Pero en la antigüedad, su forma aún no estaba tan definida, es fácilmente confundible con la de los demonios. Los vampiros eran criaturas repulsivas del folclore popular, bestiales y desagradables. Poco tenían que ver con la imagen que tenemos hoy en día del vampiro, marcada por la tradición del siglo XIX, en la que tiende a humanizarse y su forma muta a la de seductor malvado, de noble palidez, labios sensuales y colmillos afilados. El lector actual suele desconocer que el origen del vampiro no se halla en ningún linaje maldito, sino en terribles tradiciones rurales, sobre todo de supersticiones eslavas.

El siglo XVIII, el Siglo de las Luces, tuvo una gran sombra: en Europa oriental y Rusia eran frecuentes y temidos los vampiros, *revenants* o upiros. Voltaire se desesperaba cuando las racionales tertulias de París se veían enturbiadas por las noticias de nuevos casos de vampirismo. La tradición oral, la superstición y las muertes extraordinarias se mezclaban en algo que era mucho más que literario, era un miedo real. Rousseau también se interesó por el tema, y no se limitó como Voltaire a despreciar el asunto y tildarlo de superstición, sino que se preocupó en buscar la razón por la cual el vampiro producía en el pueblo un miedo tan arraigado.

Con el romanticismo el vampiro alcanza su máximo esplendor literario ya que se convierte en una fuente inagotable de inspiración para los autores de novelas románticas y góticas.

El héroe del romanticismo, Lord Byron, durante un tiempo pasó falsamente por ser el creador de «El vampiro», pero realmente su mayor contribución al género no tuvo que ver con su obra literaria sino con la dramatización de su vida. Byron, ya consagrado poeta y seductor, se alojaba con su médico y secretario personal en Villa Diodati el verano de 1816. Invitó a pasar unos días a un joven poeta, Percy B. Shelley, que fue acompañado por su prometida, aún Mary Wollstonecraft Godwin, y la hermana de esta, Claire Clairmont (amante de ambos poetas). Una noche de tormenta, para animar la lánguida velada, Lord Byron propuso un reto: escribir la mejor historia de miedo. El resultado fue del todo inesperado: no ha trascendido ninguna de las obras de los jóvenes poetas, pero en cambio de esa noche nacieron *Frankestein,* de Mary Shelley (editado en Alma) y «El vampiro» (incluido en esta antología) de Polidori. Dos de las obras que más influirían toda la tradición posterior.

Polidori tomó de modelo a Lord Byron para crear al protagonista de «El vampiro», Lord Ruthven, que muestra por primera vez los rasgos del vampiro romántico: atractivo, aristócrata, de astucia y encantos malignos, de tez pálida y hábitos nocturnos.

James Malcom Rymer sigue la estela romántica iniciada por Polidori y, con su vampiro Varney, lleva al extremo el atractivo e hipnótico efecto que provoca en sus víctimas, jóvenes hermosas, pálidas y de largas cabelleras, que en una noche fría y oscura duermen un sueño inocente y virginal, hasta que las visita por la ventana el vampiro para beber su sangre, en escenas cargadas de sensualidad y violencia. En «Varney, el vampiro» se encuentran la mayoría de escenas que luego se repetirán en el cine.

El vampiro más famoso de todos los tiempos, Drácula, nace de las dos tradiciones. Bram Stoker juntó los rasgos aristocráticos del modelo byroniano con la tradición popular rumano-húngaras, inspirándose en un personaje histórico rumano: Vlad Tepes, el empalador.

Con su «Carmilla», Le Fanu se encarga de desnudar el cuento de las exageraciones románticas y, dotando de verosimilitud su relato, nos muestra hasta qué punto pueden llegar a ser venenosas ciertas relaciones.

Pero el vampiro, como ya hemos señalado, es una criatura común en todas las tradiciones, y era previsible que se extendiera a otras literaturas durante el siglo xix.

En Europa Oriental y Rusia, la efervescencia nacionalista del siglo xix lleva a la recuperación folklórica, por lo que el más que popular mito del vampiro en esas tierras es retratado por varios autores. Destacan los relatos de Alekséi Tolstói (sí, familia de León), «La familia del vurdalak» es una clara recuperación de la figura del upir de las leyendas populares, pero estamos en pleno romanticismo, por lo que vemos una versión seductora y fatal de estos vampiros. En Alemania, cuna del romanticismo, los autores abrazan la figura del vampiro, como Ernst Raupach en «Deja a los muertos en paz». En Francia las noticias eslavas de vampiros eran muy conocidas y populares desde el siglo anterior; cuando empezó la moda romántica ya estaban interesados por el tema y autores de la talla de Dumas padre o Gautier también cayeron rendidos a los encantos de los vampiros, produciendo «La dama pálida» y «La muerta enamorada», respectivamente.

Los vampiros consiguieron atravesar el océano y llegaron a América en forma de mujer que regresa de la tumba. Destacan por su altísima calidad literaria «Berenice» de Edgar Allan Poe, «Porque la sangre es vida» de F. Marion Crawford y «El almohadón de plumas» de Horacio Quiroga.

Se les ha dado en vano muerte a los vampiros a lo largo de los siglos: siempre acaban resucitando, ávidos de morder el cuello de una nueva víctima y beber su sangre. En esta selección hemos reunido algunas de las obras más brillantes que nos ha dejado la literatura de vampiros para que caigas rendido ante sus tenebrosos encantos.

Esperamos que este libro te acompañe en las frías noches de tormenta, pero, querido lector, asegúrate de cerrar bien la ventana...

BLANCA PUJALS

BERENICE

Edgar Allan Poe

Me decían mis camaradas que si
visitaba el sepulcro de mi amada mis
penas se aliviarían un poco.

Ibn Zaiat

El dolor es diverso. La desdicha es multiforme. Extendiéndose por todo el
horizonte como el arco iris, sus matices son tan variados como los matices
de ese arco, y a la vez tan distintos, aunque tan íntimamente se confundan.

Se extiende por todo el horizonte como el arco iris. ¿Es inexplicable que
de la belleza haya derivado un tipo de fealdad?, ¿de su símbolo de paz, una
imagen del dolor? Pero así como en ética el mal es una consecuencia del
bien, en realidad, de la alegría ha nacido la tristeza. Ya porque el recuerdo de la pasada felicidad es angustia para hoy, ya porque las angustias de
ahora tienen su origen en los deliquios que *pueden haber sido*. Mi nombre
de pila es Egeo; el de mi familia no quiero mencionarlo. Y, con todo, no hay
castillo en este país de más antigua nobleza que mi melancólica, sombría
residencia señorial. Nuestro linaje ha sido llamado «raza de visionarios», y
en algunos detalles singulares, en el carácter de la mansión familiar, en los
frescos de su sala principal, en los tapices de los dormitorios, en las tallas
de algunos estribos de la sala de armas, pero más especialmente en la galería de pinturas antiguas, en el estilo de la biblioteca y, finalmente, en el
carácter tan singular del contenido de la biblioteca, hay pruebas más que
suficientes para garantizar tal creencia.

11

Los recuerdos de mis primeros años se relacionan con esta última sala y con sus libros, de los cuales ya no hablaré más. Allí murió mi madre. Allí nací yo. Pero sería en mí pura necedad suponer que yo no había vivido antes, que mi alma no había tenido una existencia anterior. ¿Vosotros lo negáis? No discutamos acerca de esto. Puesto que yo estoy convencido de ello, no me propongo convencer a nadie. Queda, sin embargo, en mí un recuerdo de formas etéreas, de ojos espirituales y llenos de significado, de sonidos melodiosos, aunque tristes, un recuerdo como una sombra, vaga, variable, indefinida, inconsistente, y parecido a una sombra también por mi imposibilidad de poderme librar de ella mientras la luz solar de mi razón exista.

En aquella cámara nací yo. Y al despertar de la larga noche que parecía, aunque no era, la nada, de pronto, en las propias regiones del país de las hadas, en un palacio de fantasía, en los singulares dominios del pensamiento y la erudición monástica, no es extraño que yo mirase a mi alrededor con ojos maravillados y ardientes, que malgastase mi infancia en los libros, y disipase mi juventud en fantasías; pero es singular que pasaran los años y el mediodía de la virilidad me hallara todavía en la mansión de mis padres, es asombrosa aquella paralización que se produjo en los resortes de mi vida y maravillosa la transmutación total que se produjo en el carácter de mis pensamientos más comunes. Las realidades del mundo me afectaban como visiones, y solo como visiones, mientras que las delirantes ideas del mundo de los sueños se tornaban a su vez no en lo principal de mi existencia cotidiana sino real y efectivamente en mi existencia misma, única y totalmente.

***

Berenice y yo éramos primos, y crecimos juntos en mi casa paterna. Pero crecimos de modo muy diferente: yo, de salud quebrantada y sepultado en melancolía; ella, ágil, graciosa y desbordante de energía; para ella, el vagar por la ladera, para mí, los estudios del claustro; yo, viviendo dentro de mi propio corazón, y dado en cuerpo y alma a la meditación más intensa y dolorosa; ella, cruzando descuidadamente por la vida sin pensar en las sombras del camino, o en el vuelo silente de las alas de cuervo de las horas. ¡Berenice! —yo invoco su nombre—. ¡Berenice! ¡Y de las pálidas ruinas de la memoria millares de recuerdos despiertan de pronto a su son! ¡Ah, cuán vívida se me presenta su imagen ahora, como en los días tempranos de sus regocijos y alegrías! ¡Ah, magnífica, y, con todo, fantástica belleza! ¡Ah, sílfide por las florestas de Arnheim! ¡Ah, náyade junto a sus fuentes! Y después..., después, todo es misterio y terror, y una historia que no debiera ser contada. La enfermedad —una fatal enfermedad— cayó como el simún sobre su cuerpo, y aun mientras yo la estaba mirando, el espíritu de la transformación se cernía pálido encima de ella, invadía su espíritu, sus costumbres y su carácter, y del modo más sutil y terrible perturbaba hasta la identidad de su persona.

¡Ay de mí! La destructora iba y venía, y la víctima... ¿Dónde estaba? Yo no la conocía o, al menos, ya no la conocía como Berenice.

Entre la numerosa serie de enfermedades que promovió aquella fatal y primera, produciendo una revolución de tan horrible género en el ser moral y físico de mi prima, debe mencionarse como la más angustiosa y encarnizada contra su naturaleza una especie de estado epiléptico, el cual con bastante frecuencia terminaba en catalepsia, catalepsia que apenas se diferenciaba en su aspecto de la muerte verdadera, y el despertar de la cual se efectuaba, casi siempre, de modo brusco y sobresaltado. Mientras tanto, mi propia enfermedad —porque ya he dicho que no podría llamarla de otra manera—, mi propia enfermedad entonces crecía en mí rápidamente, y al fin adquiría un carácter monomaniaco de nueva y extraordinaria forma, de hora en hora y de momento en momento ganando intensidad, y al fin obteniendo sobre mí el más incomprensible dominio. Aquella monomanía, si puedo así llamarla, consistía en una morbosa irritabilidad de esas facultades del espíritu que la ciencia metafísica llama de la *atención*. Es más que probable que yo no sea comprendido, pero me temo, en efecto, que no hay manera posible de comunicar al espíritu del lector corriente una adecuada idea de aquella nerviosa *intensidad de interés* con la que en mi caso mis facultades de meditación (para no hablar técnicamente) se afanaban y enfrascaban en la contemplación de los objetos más ordinarios del universo.

Reflexionar durante largas, infatigables horas con mi atención clavada en algún frívolo diseño en el margen, o en la tipografía de un libro; quedarme absorto durante la mayor parte de un día de verano ante una delicada

13

sombra que caía oblicuamente sobre la tapicería, o sobre la puerta; perderme durante una noche entera observando la tranquila llama de una lámpara, o el rescoldo de una lumbre; soñar días enteros con la fragancia de una flor; repetir monótonamente alguna palabra común, hasta que su sonido, por la frecuencia de la repetición, cesaba de significar para la mente una idea cualquiera; perder todo sentido de movimiento o de existencia física, por medio de una absoluta quietud del cuerpo larga y obstinadamente mantenida; tales eran unas pocas de las más comunes y menos perniciosas extravagancias producidas por un estado de las facultades mentales, no, efectivamente, del todo nuevas, pero que sin duda resisten a todo lo que sea análisis o explicación.

No quiero que se me comprenda mal. La desmedida, vehemente y morbosa atención excitada de este modo por objetos insignificantes en su propia naturaleza no debe confundirse por su carácter con esa propensión cavilosa común a toda la humanidad, y a que se dan más especialmente las personas de ardiente imaginación. No solo no era, como podría suponerse al primer pronto, un estado extremo o exagerado de esa propensión, sino esencialmente distinto y diferente. En el primer caso, el soñador, o exaltado, al interesarse por un objeto generalmente *no* trivial imperceptiblemente va perdiendo la vista de ese objeto en una maraña de deducciones y sugestiones que brotan de él, hasta que a la terminación de este soñar despierto *muy a menudo henchido de placer* halla que el *excitador* o primera causa de sus divagaciones se ha desvanecido completamente o ha sido olvidado. En mi caso el objeto primario era *invariablemente insignificante,* aunque adquiría, en la atmósfera de mi perturbada visión, una importancia refleja, irreal. Se hacen en tal caso, si se hacen, muy pocas deducciones; y aun estas pocas vuelven a recaer en el objeto original como en su centro. Aquellas meditaciones no eran nunca placenteras; y al término de aquella absorción su objeto y primera causa, lejos de haberse perdido de vista, había alcanzado el interés sobrenatural exagerado que era el carácter predominante de aquella enfermedad. En una palabra, las facultades mentales más particularmente ejercitadas en ello eran en mi caso, como ya he dicho antes, las de la *atención,* y en el que sueña despierto son las de la *meditación.*

Mis libros, por aquella época, si bien no puede decirse con exactitud que servían para irritar aquel desorden, participaban, como se comprenderá, largamente, por su naturaleza imaginativa e incongruente, de las cualidades mismas de aquel desorden. Recuerdo bien, entre otros, el tratado del noble italiano Coelius Secundus Curio *De Amplitudine Beati Regni Dei,* la magna obra de san Agustín *La ciudad de Dios* y la de Tertuliano *De Carne Christi,* en la cual se halla esta paradójica sentencia: «*Mortuus est Dei filius; credibile est quia ineptum est: et sepultus resurrexit; certum est quia impossibile est*» que ocupaba sin interrupción todo mi tiempo, durante muchas semanas de laboriosa e infructuosa investigación.

Así se comprenderá que, turbada en su equilibrio únicamente por cosas triviales, mi razón llegase a parecerse a aquel peñasco marino de que habla Tolomeo Hefestio que resistía firmemente los ataques de la humana violencia, y los más furiosos embates de las aguas y los vientos, y solo temblaba al contacto con la flor llamada «asfódelo». Y aunque para un pensador poco atento pueda parecer fuera de duda que la alteración producida por su desdichada enfermedad en el carácter *moral* de Berenice debía de procurarme muchos motivos para el ejercicio de aquella intensa y anormal cavilación cuya naturaleza tanto me ha costado explicar, con todo no era ese en modo alguno mi caso. En los intervalos lúcidos de mi enfermedad, su desgracia, verdad es, me causaba dolor, y me apenaba profundamente aquel naufragio total de su hermosa y dulce vida; y no dejaba yo de meditar frecuentemente y con amargura acerca de los poderes misteriosos por los cuales se había podido producir tan súbitamente aquella extraña revolución. Pero aquellas reflexiones no participaban de la idiosincrasia de mi enfermedad, y eran tal como se les hubieran ocurrido en semejantes circunstancias a la inmensa mayoría de los hombres. Fiel a su propio carácter, mi trastorno gozaba con los cambios menos importantes aunque más impresionantes producidos en la persona *física* de Berenice, en la singular y aterradora deformación de su identidad individual.

Durante los más brillantes días de su incomparable hermosura, es cosa cierta que no la amé nunca. En la extraña anormalidad de mi existencia, los sentimientos no me *habían jamás venido* del corazón, y mis pasiones *procedían siempre* del espíritu. En la luz pálida del amanecer, entre las enlazadas sombras del bosque a mediodía y en el silencio de mi biblioteca por la noche, ella había pasado ante mis ojos, y yo la había mirado, no como a una Berenice viva y respirante, sino como a la Berenice de un sueño; no como a un ser de la tierra, material, sino como a la abstracción de aquel ser vivo; no como cosa para ser admirada, sino para ser analizada; no como objeto de amor, sino como tema para la más abstrusa aunque incongruente especulación. Y *ahora,* ahora yo me estremecía en su presencia, y palidecía cuando se me acercaba; y, sin embargo, mientras lamentaba amargamente su decaída y desolada condición, me acordaba de que ella me había amado mucho tiempo y, en un mal momento, le hablé de matrimonio.

Ya, por fin, el momento de nuestras nupcias se aproximaba, cuando una tarde de invierno, una de esas tardes fuera de razón, tibias, serenas y brumosas, que son las nodrizas del bello Alción, yo estaba sentado (y solo según yo pensaba) en la habitación del fondo de la biblioteca. Pero alzando los ojos vi que Berenice estaba delante de mí.

¿Fue mi imaginación excitada, o la brumosa influencia de la atmósfera, o el incierto crepúsculo de la biblioteca, o los ropajes oscuros que le caían por el rostro lo que le daba un contorno tan vacilante e indistinto? No puedo decirlo. No dijo palabra, y yo por nada del mundo hubiera podido pronunciar ni una sílaba. Un glacial escalofrío sacudió todo mi cuerpo, una sensación de insufrible congoja me oprimía, una devoradora curiosidad invadía mi alma y, hundiéndome en mi sillón, me quedé durante algún tiempo sin respiración ni movimiento, con los ojos clavados en su persona. ¡Ay! Su extenuación era extremada, y ni el vestigio más leve de su ser primero se vislumbraba en ninguna línea de su contorno. Mi ardiente mirada se posó, finalmente, en su rostro.

Era la frente alta y muy pálida, y singularmente serena, y los cabellos, un tiempo azabachados, caían en parte sobre ella, y sombreaban las hundidas sienes con innumerables rizos que eran ahora de vívido y rubio color en desacuerdo, por su aspecto fantástico, con la predominante melancolía de su rostro. Los ojos aparecían sin vida, sin brillo y, al parecer,

sin pupilas, y yo aparté involuntariamente la mirada de aquella vidriosa fijeza, para contemplar sus labios delgados y contraídos. Se abrieron, y con una sonrisa extrañamente significativa, los dientes de la transformada Berenice se descubrieron lentamente ante mi vista. ¡Quisiera Dios que jamás los hubiese contemplado, o que luego de hacerlo me hubiese muerto!

***

El ruido de cerrarse una puerta me distrajo, y al volver a levantar los ojos, hallé que mi prima se había ido ya de la habitación. Pero de la desordenada habitación de mi cerebro, ¡ay de mí!, no había partido, y no quería ser echado, el blanco y horrible espectro de sus dientes. Ni una mancha en su superficie, ni una sombra en su esmalte, ni una mella en sus bordes había en los dientes de esa sonrisa fugaz que no se grabara en mi memoria. *Ahora* los veía más inequívocamente aún que los había *contemplado* entonces. ¡Aquellos dientes! ¡Aquellos dientes estaban aquí y allí, y en todas partes, y visible y palpablemente delante de mí, largos, estrechos y excesivamente blancos, con los pálidos labios retorciéndose a su alrededor, como en el mismo instante de su primera y terrible presentación! Entonces vino la extremada furia de mi *monomanía* y luché en vano contra su extraña y terrible influencia. En medio de los innumerables objetos del mundo exterior yo no tenía pensamientos sino para aquellos dientes. Por ellos yo anhelaba, con frenético deseo. Todos los demás asuntos y todos los diversos intereses quedaron absorbidos en su exclusiva contemplación. Ellos, ellos solos, estaban presentes a mi vista mental, y ellos, en su única individualidad, se convirtieron en esencia de mi vida mental. Los contemplaba en todos sus aspectos. Los volvía en todos los sentidos. Escudriñaba sus caracteres. Me espaciaba acerca de sus particularidades. Estudiaba su conformación. Divagaba acerca del cambio de su naturaleza. Me estremecía al atribuirles en la imaginación una facultad sensitiva y consciente, y, aun cuando no les ayudasen los labios, una capacidad de expresión moral. De mademoiselle Sallé se ha dicho *«que tous ses pas étaient des sentiments»* y de Berenice yo creía más formalmente aún *«que toutes ses dents étaient des idees». Des idees!* ¡Ah!

¡Aquí estaba el estúpido pensamiento que me mataba! *Des idees!* ¡Ah! ¡*Por eso* yo las codiciaba tan locamente! Yo comprendía que solo su posesión podía devolverme la tranquilidad, restituyéndome la razón.

Y así se cerró la tarde sobre mí, y luego vino la noche, y demoró y pasó, y el día otra vez amaneció, y las brumas de la otra noche se iban acumulado en derredor, y todavía yo permanecía sentado, inmóvil en aquella habitación solitaria, y todavía estaba yo sentado y sumergido en meditación, y todavía el *fantasma* de los dientes mantenía su terrible dominio, mientras, con la más vívida y horrorosa perceptibilidad, flotaba en derredor, por entre las luces y las sombras cambiantes de la habitación. Al fin, estalló por encima de mis ensueños un grito como de horror y angustia; y luego, tras un silencio, siguió el rumor de voces agitadas mezclado con algunos sordos gemidos de pena o de dolor. Me levanté de mi asiento, y, abriendo violentamente una de las puertas de la biblioteca, vi parada en la antecámara a una sirvienta, anegada en lágrimas, quien me dijo que Berenice ya no existía.

Había sido arrebatada por la epilepsia aquella mañana temprano, y ahora, al cerrar de la noche, la tumba estaba dispuesta para su ocupante, y todos los preparativos para el entierro estaban terminados.

***

Me hallé sentado en la biblioteca, otra vez, sentado y solo. Me parecía como si acabara de despertar de un sueño confuso y exaltador. Comprendí que ya era medianoche, y estaba muy seguro de que, desde la puesta del sol, Berenice había quedado enterrada. Pero de aquel doloroso intervalo que había pasado yo no tenía real —al menos definida— comprensión. Y, con todo, mi memoria estaba repleta de horror, horror más horrible por ser vago y terror más terrible por su ambigüedad. Era una espantosa página en el registro de mi existencia, escrita toda ella de confusos recuerdos. Me esforzaba por descifrarlos, pero en balde, mientras que, de cuando en cuando, como el espíritu de un sonido muerto, el agudo y penetrante chillido de una voz de mujer parecía estar resonando en mis oídos. Yo había hecho algo. ¿Qué había sido? Me lo preguntaba a mí mismo en voz alta, y los susurrantes ecos de la habitación me contestaban: «*¿Qué habrá sido?*».

En la mesa que estaba junto a mí ardía una lámpara y junto a ella había una cajita. Su estilo no ofrecía nada de particular, y yo la había visto muchas veces antes, porque era propiedad del médico de la familia, pero ¿cómo había ido a parar *allí*, sobre mi mesa? ¿Y por qué me estremecí al mirarla? Todo aquello no merecía la pena explicármelo, y mis ojos, al fin, se posaron en las páginas abiertas de un libro, y en una sentencia subrayada en él. Las palabras eran las singulares, aunque sencillas, del poeta Ibn Zaiat: «*Diceban mihi sodales, si sepulchrum amicae visitarem, curas meas aliquantulum fore levatas*». ¿Por qué, entonces, mientras yo las leía atentamente, los cabellos de mi cabeza se pusieron de punta, y la sangre de mi cuerpo se congeló en mis venas?

Y se oyó llamar levemente a la puerta de la biblioteca y, pálido como un habitante de la tumba, un criado entró de puntillas. Su mirada estaba enloquecida de terror, y me hablaba con voz trémula, ronca y muy queda.

¿Qué me decía? Oí algunas frases sueltas. Me hablaba de un grito salvaje que había turbado el silencio de la noche, de que todos los criados se habían reunido, ¡de un registro siguiendo la dirección de aquel grito!, y entonces las inflexiones de su voz se me hicieron espantosamente perceptibles al susurrar a mi oído que había sido violada una tumba, que un amortajado cadáver había sido desfigurado, y hallado respirando todavía, todavía palpitando, ¡*vivo* todavía!

Señaló mis vestidos; estaban manchados de barro y de coágulos de sangre. Yo no dije nada, y él tomó suavemente mi mano: presentaba las señales de unas uñas humanas. Dirigió mi atención hacia un objeto apoyado en la pared; lo miré durante unos minutos; era un azadón. Di un grito, me precipité hacia la mesa y agarré la caja que estaba en ella. Pero no pude forzar su tapadera, y con el temblor de mis manos se deslizó de ellas, y cayó pesadamente, y se hizo pedazos; y de ella, con un ruido sonajeante, rodaron por el suelo algunos instrumentos de cirugía dental, entremezclados con treinta y dos cositas blancas, y parecidas a trocitos de marfil, que se habían esparcido por el suelo.

DEJA A LOS MUERTOS EN PAZ

Ernst Raupach

¡No despiertes a los muertos!
Los muertos traen oscuridad al día;
lo que yacía en la tumba,
no dejará que la luz ilumine la tierra.
¡Déjalos dormir en su ataúd!
O estarás evocando a la corrupción del sepulcro,
y envenenarás las flores de la vida; ni el rocío ni el sol,
ni la suave brisa primaveral, podrán revivir la sangre de los muertos.
Lo que ya se separó de la vida, será enemigo de ella,
deberá renunciar a su paz aquel que neciamente
despierte al muerto de su sueño reparador.

¿Quieres dormir para siempre? ¿No despertarás nunca, amada mía? ¿Quieres descansar eternamente tras tu corta peregrinación en la tierra? ¡Oh, vuelve conmigo! Trae de vuelta el alba en mi vida, que solo es un crepúsculo frío desde que te fuiste. ¿Por qué sigues callada? ¿Estarás eternamente callada? ¿Tu amigo está afligido y tú te callas? ¿Tu amigo derrama lágrimas amargas y tú continúas descansando, sin reaccionar a su aflicción? ¿Está desconsolado y tú no lo abrazas? ¡Oh! ¿Prefieres la mortaja pálida que el velo dorado de novia? ¿Acaso es la tumba más cálida que nuestro lecho de amor? ¿Prefieres abrazar a la muerte que a tu esposo? ¡Oh, vuelve conmigo, amada! ¡Vuelve a mi pecho desconsolado!

Así se lamentaba Walter por Brunilda, su esposa de juventud a la que había amado apasionadamente; así lloraba sobre su tumba a medianoche, cuando el espíritu se mueve a toda velocidad en la tempestad, enviando una legión de monstruos por el cielo, que vuelan bajo la luna llena con tal rapidez que sus sombras parecen los pensamientos que acechan el alma del pecador; así se lamentaba en el sepulcro, con la cabeza apoyada sobre la lápida fría, bajo los árboles altos de tilo cuyas hojas creaban una composición de sombras en movimiento que parecía una imagen onírica que intenta huir una y otra vez.

Walter era un caballero poderoso de Burgundia. En su juventud había amado a la bella Brunilda, que era mucho más linda que todas las mujeres de la región. Tenía una belleza digna de nuestra tierra; una hija de la tierra que era igual a su madre. Su cuerpo esbelto irradiaba luminosidad, sus mejillas eran de color rojo crepuscular y su cabello era tan negro como la noche. Sus ojos no eran como las estrellas que brillan en el firmamento a una distancia infinita y transportan al alma hacia la vida que se encuentra tan lejos como la eternidad, sino que su luz era como las brasas del sol terrenal, que brillan para encender el amor entre dos personas en la tierra.

Brunilda se casó con Walter. Ambos disfrutaban de la plenitud de su juventud, ambos estaban siempre sedientos de placer y se entregaron a la pasión con todos sus sentidos. Todo lo veían a través de un cristal protector y, así, su vida era como un sueño hecho realidad. Ese sueño se convirtió en la vida misma; solo deseaban permanecer en estado de éxtasis eternamente. Sin embargo, esa sensación iba acompañada de una sombra de temor que les advertía que todo aquello podría algún día desaparecer. Y así fue, los astros no cumplieron ese deseo de perpetuidad. La pasión desenfrenada de Walter y Brunilda se terminó. El amor ardiente de Walter desapareció de un día para el otro, como cuando se apaga una llama pequeña e inestable. La muerte inesperada se llevó a Brunilda y el alma del caballero quedó afligida, aunque el sufrimiento fue efímero ya que poco tiempo después encontró una nueva esposa, Swanilda, que logró consolarlo.

Swanilda también era hermosa, pero la naturaleza había usado un modelo de belleza distinto al de Brunilda para crearla. Sus cabellos eran dorados como los rayos de sol matutino, su piel era pálida y solo se tornaba rosa cuando una emoción conmovía su alma. Sus piernas eran proporcionadas, pero no poseían la opulencia exuberante de la vida terrenal. Sus ojos brillaban, aunque se trataba del resplandor de las estrellas que nos invitan a tomar la mano del ser amado, abrazarlo y acercarlo al pecho para mirar juntos el cielo.

No lograba llevarlo a ese estado de delirio que Brunilda despertaba en él, pero lo hacía feliz. Era servicial, seria y siempre estaba de buen humor; siempre pendiente de contentar a su esposo. Trabajaba todo el día en el castillo para que estuviera ordenado, a imagen y semejanza de la naturaleza. Todos los que la ayudaban en sus tareas del hogar estaban satisfechos y sabían perfectamente qué se debía hacer en cada momento del día. La tranquilidad de Swanilda reprimía la disposición fogosa y enérgica de Walter. La prudencia de su esposa lo alejaba una y otra vez de sus deseos y proyectos oscuros e inalcanzables, y lo traían de vuelta a la vida real.

Swanilda y Walter tuvieron dos hijos, un niño y una niña. La niña era tranquila y amable, como su madre; se contentaba con jugar sola y le daba importancia a cada una de sus creaciones. En cambio, el niño era apasionado, inquieto y muy ambicioso. Había heredado la claridad de propósito de su madre, así como su perseverancia. Tenía lo necesario para convertirse en un héroe. Gracias al cariño que sentía hacia sus hijos y su mujer, Walter fue feliz durante varios años y, si bien pensaba a menudo en Brunilda, lo hacía más bien con nostalgia, como cuando uno piensa en un amigo de la infancia del que la vida lo ha alejado pero sabe que en algún lado es feliz.

Pero las nubes desaparecen, las flores se marchitan, las piedras se erosionan, y así lo hacen los sentimientos y con ellos la felicidad. El corazón inconstante de Walter empezó a anhelar la vida ensoñada de su juventud; Brunilda aparecía nuevamente con todos sus encantos nupciales. Comenzó a comparar el pasado con el presente y, como suele hacer la imaginación, el presente parecía gris mientras el pasado y el futuro eran magníficos. De esa manera, aquella época parecía mil veces mejor y el presente mil veces peor de lo que era en realidad. Swanilda se dio cuenta del cambio de su marido y se esforzó el doble por ser más amable con él y se esforzó aún más en resolver las tareas del hogar y el cuidado de los niños. Ella pensaba que así podría volver a ajustar el lazo que se había empezado a desatar entre ellos. No obstante, cuanto más intentaba acercarse a él, tanto más frío se volvía, tanto más se escapaba de sus caricias y más le acechaba la imagen de Brunilda en sus pensamientos. Solo los niños, cuyo afecto se había tornado indispensable para Walter, eran los seres mediadores que intentaban reconciliar a los padres que estaban cada vez más distanciados, y el amor por ellos representaba el vínculo débil que todavía existía en sus corazones. Sin embargo, como el mal solo puede ser eliminado de raíz, una vez que crece en profundidad es imposible destruirlo. Esto fue lo que ocurrió con Walter, la nostalgia había crecido tanto que no se podía erradicar y pronto se adueñó de su voluntad. Con frecuencia de noche, en lugar de ir a la cama de su esposa, visitaba la tumba de Brunilda y postrado sobre el suelo gritaba:

—¿Vas a dormir eternamente?

En una de sus visitas nocturnas a medianoche, Walter yacía sobre la lápida de Brunilda rendido a su dolor, cuando apareció en el cementerio un hechicero oriundo de las montañas cercanas que estaba buscando hierbas para sus sortilegios nocturnos que solo crecían sobre la tierra de las tumbas y que eran el último fruto terrenal de los humanos que descansaban abajo y, por eso, eran poderosas y sobrenaturales. El hechicero vio al hombre afligido y se acercó a la tumba donde estaba para decirle:

—¿Por qué te lamentas, pobre desdichado? —preguntó—. ¿Por tejidos, tendones y venas en descomposición? Pueblos enteros han caído sin lamentos; mundos que han brillado en el cielo, mucho antes de que la tierra existiera, se convirtieron en ceniza y nadie lloró por ello. ¿Por qué estás afligido por una persona que falleció, que no es más que una mota de polvo, tan frágil como tú, que solo existió un mero instante?

Walter se levantó indignado.

—Deja que los mundos lamenten la partida de un mundo hermano —contestó—. Yo, polvo de estrellas, lloro por este polvo de estrellas. El amor no está compuesto por los elementos de esta tierra como el agua, el fuego, el aire o el polvo, y yo amaba a la persona que yace aquí abajo.

—¿Piensas despertarla con tus lamentos? Y si despertara, ¿no piensas que pronto te preguntaría por qué la molestaste en su reposo?

—¡Vete! Quien quiera que seas, tú no sabes lo que es el amor. ¡Oh, ojalá mis lágrimas pudiesen quitar el manto pesado de tierra sobre ella y la melodía de mis lamentos pudiera revivirla! No querría volver más a su tumba silenciosa.

—¡Oh, desdichado! ¿No sentirías temor al verla resucitada? ¿Eres el mismo que cuando ella falleció o acaso el tiempo no ha dejado huellas en tu rostro y en el de ella? ¿No se transformará vuestro amor en odio?

—¡Oh, que caigan las estrellas del cielo y la luna tape el sol! ¡Si ella resucitara y volviera a reposar sobre mi pecho, nos olvidaríamos rápidamente de que la muerte y el tiempo se había interpuesto entre nosotros!

—¡Es una ilusión, solo un delirio de tu mente debido a la sangre caliente que fluye en tus venas, como cuando se van a la cabeza los vapores del vino! No quiero tentarte y traértela de vuelta. Pronto descubrirías que te he contado la verdad.

—¿Devolvérmela? —preguntó Walter, arrojándose a los pies del hechicero—. ¡Oh, si puedes hacer realidad eso y en tu pecho late un corazón, te suplico que lo hagas, deja que mis lágrimas te convenzan! Devuélveme a mi amada, la luz de mi vida. Bendita será tu obra y te darás cuenta de que has hecho una obra de bien.

—¿Una obra de bien? —respondió el hechicero con una risa sarcástica—. Para mí no existe el bien ni el mal porque mi voluntad es siempre la misma. Tú solo conoces el mal y solo quieres lo que en realidad no quieres. Te la puedo traer de vuelta, pero piensa bien con el corazón si eso te haría feliz. Considera también cuán profundo es el abismo entre la vida y la muerte. Tengo el poder de construir un puente sobre él, pero nunca podré llenarlo.

Walter quería hablar con el hechicero para que le concediera otros deseos, pero antes de que lo hiciera este le dijo:

—¡Calla! Piénsalo bien y mañana a la medianoche vuelvo, pero te advierto que deberías dejar a los muertos en paz.

Luego desapareció en la oscuridad. Walter estaba eufórico de la esperanza que sentía y no pudo dormir. Le dio rienda suelta a su fantasía al imaginarse el futuro y no paraba de ver imágenes excitantes. Se le cayeron unas lágrimas de alegría mientras tenía una visión de felicidad tras otra. Al día siguiente fue a pasear al bosque para que el recuerdo de su vida infeliz no interfiriera con la idea de poder volver a verla, abrazarla, mirarla a los ojos con la luz del día, apoyar su cabeza sobre su pecho por la noche. Estaba obsesionado con esos pensamientos de futuro. ¿Cómo era posible que existiera alguna duda o que la advertencia de este anciano le pesara tanto en su alma?

Ni bien al este del cielo las estrellas de la constelación de escorpio anunciaron que la medianoche estaba cerca, Walter regresó rápido al cementerio. El hechicero lo estaba esperando en la tumba de Brunilda.

—¿Has pensado en lo que te dije? —le preguntó apenas llegó.

—¡Oh, devuélveme a mi amada! —exclamó Walter entusiasmado—. ¡No retrases tu acción generosa, me puedo morir esta noche si no veo a mi amada!

—Bueno —dijo el anciano—, piénsalo bien y vuelve mañana a la medianoche, pero te advierto nuevamente que deberías dejar a los muertos en paz.

El caballero estaba desesperado y hubiese querido tirarse a sus pies para suplicarle que le hiciera realidad su deseo en ese momento, pero el hechicero ya había desaparecido. Se quedó recostado sobre la tumba lamentándose con más intensidad que nunca hasta el amanecer. Durante el día, que le pareció larguísimo, caminó de un lado a otro perdido y ensimismado, como un asesino novato que planea su primer acto sanguinario, hasta que las estrellas brillaron nuevamente sobre él en el sepulcro. A la medianoche apareció el hechicero.

—¿Lo has pensado? —preguntó como el día anterior.

—¿Sobre qué tengo que pensar? —respondió Walter impacientemente—. No tengo que pensar en nada. De ti depende mi felicidad. ¿O acaso te estás burlando de mí? Si es así, vete antes de que te pegue.

—Te advierto una vez más —contestó el anciano sin perder la compostura—: deja a los muertos en paz.

—¡No debe descansar sobre la tierra fría sino sobre mi pecho ardiente!

—¡Reflexiona! No podrás separarte de ella hasta que se muera, aunque tu corazón se llene de odio y aversión. De lo contrario, solo habrá una forma espantosa de...

—¡Viejo estúpido! —lo interrumpió Walter a los gritos—. ¿Cómo podría odiar a alguien que amo con tanta pasión? ¿Cómo podría aborrecer a quien hace que cada gota de mi sangre hierva?

—Bueno —dijo el anciano—. Da un paso hacia atrás entonces.

El anciano dibujó un círculo alrededor de la tumba mientras murmuraba unos conjuros e inmediatamente después empezó a soplar una tormenta sobre los tilos. Las lechuzas volaron cerca y entonaron una melodía estremecedora. Las estrellas dejaron de brillar para que no se pudiera ver el horrible espectáculo. Luego la piedra que cubre la tumba comenzó a abrirse con un gemido y dejó abierta la entrada hacia la muerta. El hechicero esparció sobre la fosa un polvo mágico compuesto de raíces y hierbas, que tenía un aroma narcotizante, y un puñado de gusanos de fuego. Un remolino de viento penetró la tierra y succionó a los gusanos, formando una columna de fuego sobre la tumba. Continuó adentrándose en la fosa, tragando tierra en busca del ataúd, hasta que finalmente apareció y la luz de la luna lo iluminó tenuemente. La tapa del ataúd se abrió y al hacerlo se escuchó un ruido tremendo. El hechicero vertió un poco de sangre de una calavera humana y dijo:

—Bebe esta sangre caliente, mujer durmiente, para que tu corazón vuelva a latir en tu pecho —, y un instante después derramó una poción mágica sobre ella y gritó:

—¡Tu corazón late otra vez, tus ojos ven la luz otra vez! ¡Levántate y sal de tu tumba!

Impulsada por un poder invisible Brunilda salió de la tumba, con una fuerza equivalente a la de una isla que emerge de un fuego subterráneo en las profundidades del océano oscuro. El viejo tomó su mano y se la llevó a Walter, que miraba hipnotizado a la distancia.

—Aquí la tienes —dijo—, a la mujer por la que suspirabas con tanto dolor. Ojalá que nunca más necesites mi ayuda, pero si así fuera me podrás encontrar las noches de luna llena en las montañas, en el cruce de los tres caminos.

Walter reconoció a su amada, y un rayo caliente le atravesó el corazón, pero la helada había congelado sus piernas y paralizado su lengua. Mudo e inmóvil, se quedó mirándola por un rato. Había vuelto la calma a su alrededor y la luna brillaba otra vez con intensidad, las estrellas centelleaban nuevamente en el cielo.

—¡Walter! —exclamó la resucitada, y su voz rompió el hechizo que lo tenía paralizado.

—¿Es verdad? ¿Es cierto? —preguntó—. ¿Es un sueño absurdo?

—Estoy viva —respondió—, llévame pronto a tu castillo en las montañas.

Walter miró a su alrededor y el anciano había desaparecido, pero ahora había a su lado un caballo negro con ojos llameantes, y sobre su lomo había un vestido para Brunilda. Ella se vistió rápidamente y le dijo:

—Vayámonos antes de que amanezca porque mis ojos aún están muy débiles para la luz del día.

Ya recuperado de su asombro, Walter se subió al caballo. Sentía una mezcla de excitación y terror. Tomó en brazos a su amada, que había vuelto misteriosamente de la muerte, y cabalgó a toda velocidad por el campo hacia las montañas, como si lo estuviesen persiguiendo las sombras de todos los muertos para recuperar a la hermana que había sido secuestrada.

Walter llevó a Brunilda a las montañas, donde su castillo se encontraba entre dos rocas altas. Solo fueron vistos por un sirviente viejo a quien el caballero le ordenó no decir nada, amenazándolo enérgicamente para que guardara silencio. Luego se dirigieron a la habitación más apartada de todas.

—Quedémonos aquí —dijo Brunilda— hasta que pueda tolerar la luz y tú me puedas mirar sin tener escalofríos.

Y se quedaron allí; los pocos habitantes del castillo no sabían nada de ellos, salvo el sirviente viejo que les llevaba comida y bebida. Los primeros siete días estuvieron allí en la oscuridad, solo con la luz de una vela encendida. Los siguientes siete días abrieron las cortinas que cubrían las ventanas grandes con forma de arco, pero solo cuando amanecía o atardecía, en el momento en el que la luz tenue iluminaba las cumbres y el valle. Rara vez Walter se alejaba de Brunilda. Un hechizo innombrable le impedía apartarse de ella. Si bien sentía temor al estar a su lado y no se animaba a tocarla, también sentía un placer secreto, como el que uno experimenta cuando escucha un compás de una melodía sagrada que desciende por la cúpula de una iglesia, y prefería sentir esa emoción que no sentirla. Había pensado en ella con frecuencia tras su fallecimiento, pero el recuerdo que tenía de su aspecto no reflejaba lo bella, seductora y atractiva que era en realidad, ahora que la tenía ante sus ojos. No recordaba que su voz fuera tan dulce, sus palabras tan apasionadas como ahora, cuando hablaban del pasado. Sus palabras lo transportaban a un mundo de maravillas, como si lo llevaran de paseo un grupo de ángeles. Brunilda siempre hablaba de la época en que se enamoraron, de las horas placenteras que pasaron juntos, y lo contaba de tal manera que a menudo dudaba de haber vivido y gozado todo eso con ella y de si había realmente experimentado tanta felicidad. Y aunque relataba vívidamente cada hora del pasado, cuando se refería al futuro lo hacía parecer aún más hermoso y grato. De este modo, cautivaba al oyente alegre con esperanzas y lo hacía soñar, de forma tal que mientras la escuchaba él se olvidaba de lo poco agradables que habían sido sus últimos momentos con ella, de lo tirana y cruel que había sido con él y con su familia. Pero aunque se hubiese acordado de esto, ¿cómo le iba a molestar en su estado actual de ensoñación? ¿No habría dejado en la tumba todas las debilidades terrenales? ¿Acaso no era agradable, como las mañanas primaverales, y salvajes, como las noches otoñales? ¿Acaso no había sido purificado todo su ser por su largo reposo, donde ni la pasión ni el pecado habían ingresado, ni siquiera en sueños? ¡Cuán diferente era ahora el contenido de su relato! Solo cuando hablaba de su amor por él se refería a algo terrenal, el resto de los temas de conversación estaban relacionados con la espiritualidad y la eternidad o simplemente eran anuncios proféticos.

Así transcurrieron dos semanas hasta que Walter vio por primera vez a su Brunilda, a la que cada vez amaba más, a plena luz del día. Se le habían borrado todas las huellas de la tumba; sus mejillas pálidas ahora tenían de nuevo un tinte rosado; el olor a podrido había sido reemplazado por una aroma dulce y embriagador a violetas, el único vestigio de la tierra que nunca desapareció. Ya no sentía temor ni escalofríos cuando la miraba con la luz del día ya que volvía a tener el aspecto de antes, y sintió la misma pasión por ella de antaño. Quería abrazarla y llevarla a su pecho, pero ella lo rechazó:

—Aún no, querido —dijo—, debemos esperar a que vuelva la luna llena.

A pesar de sus ansias, Walter tuvo que esperar por tercera vez siete días más. En la madrugada posterior a la noche de luna llena, Walter se despertó de un sueño profundo con Brunilda a su lado. Apoyó la cabeza sobre el pecho de su amada.

—La luna está llena —le susurró el caballero al oído.

Walter besó apasionadamente los senos de su amada. Finalmente iba a poder poseer su cuerpo, que no había perdido su atractivo con el tiempo. Comenzaron a besarse y llenaron de suspiros el aire del dormitorio. Sus corazones latían fuerte, muy cerca el uno del otro. Pero cuando Walter quiso avanzar más con las caricias, ella lo apartó y salió de la cama.

—¡Así no, querido! —exclamó—. He conocido el tiempo y la eternidad, he sido purificada por el baño de la muerte, ¿por qué debo yo, que renací, ser tu concubina, mientras una mera hija de la tierra tiene el título de esposa? Jamás debería ser así. Tendrá que ser en tu suntuoso palacio, sobre la cama de oro, en ese trono donde una vez fui reina. Allí podrás hacer tus sueños realidad y los míos también —añadió besándolo apasionadamente, y luego desapareció.

Obnubilado por la pasión y dispuesto a sacrificar todo con tal de satisfacer sus deseos, Walter salió de la habitación y poco después del castillo. Cabalgó por las montañas y las llanuras, a la velocidad de una tormenta, levantando a su paso el polvo, el pasto, las flores, y no se detuvo hasta llegar a su hogar. Ni el recibimiento caluroso de Swanilda, ni los cariños de sus hijos, lograron conmoverlo, ni hacerle entrar en razón. ¡Ay! No se puede controlar al torrente salvaje que avanza de manera devastadora sobre las flores que gritan suplicándole: «¡Poderoso, apiádate de mi belleza y no me destruyas!». Pero la corriente las arrasa sin piedad y así en un instante desaparece lo que tanto tardó la naturaleza en crear.

Poco después, Walter empezó a decirle a Swanilda que no estaban hechos el uno para el otro porque él ansiaba tener una vida salvaje, acorde al espíritu de los hombres, pero ella se contentaba con su monótona existencia cotidiana. Él buscaba lo nuevo y lo desconocido, mientras ella encontraba placer en ordenar y decorar lo viejo y lo conocido. Además, como su esposa se había quedado estéril, reaccionaba con frialdad a su temperamento ardiente. Lo mejor sería que se separasen ya que juntos no podrían encontrar la felicidad. Un suspiro y un sereno «haz lo que quieras» fueron la respuesta de Swanilda. Al día siguiente, él le entregó la carta de separación y le informó que podía irse a casa de su padre. Ella aceptó la decisión con sumisión, aunque antes de partir le hizo la siguiente advertencia:

—Creo saber a quién le debo esta carta porque te he visto frecuentar la tumba de Brunilda, incluso esa noche en la que una tempestad cubrió repentinamente el cielo estrellado con un velo. Mis ojos pueden ver muy lejos. ¿Te has atrevido a romper el manto que separa a los que dormimos y soñamos de los que duermen y no sueñan? ¡Oh, pobre de ti, tienes a tu lado aquello que te destruirá!

Luego ella calló y Walter se quedó en silencio, pues recordó que el hechicero le había hecho la misma exhortación, cuando su razón estaba cegada por la pasión, como un relámpago que brilla brevemente entre las nubes nocturnas sin alumbrar del todo la oscuridad. Swanilda fue a despedirse de sus hijos con gran dolor, pues, según las leyes de esta época, pertenecían al padre. Tras empapar a los niños con sus lágrimas y de consagrarlos con el agua bendita del amor maternal, se fue del castillo y volvió a la casa de su padre.

Así fue desalojada del palacio la gentil Swanilda. Walter ordenó redecorar las habitaciones para que fueran dignas de la señora que estaba por llegar. Empezó a extrañar a Brunilda, como si no supiera que solo le traería problemas. Por fin, llegó el día en el que ella volvería por segunda vez a su hogar como esposa. Una nueva mujer que se parecía a la fallecida Brunilda, y que había conocido en el extranjero, había conquistado su corazón, comentaba el personal del caballero. La primera esposa tampoco era del pueblo sino de la Suiza francesa. ¡Oh, cuán feliz se sentía cuando llevó a su amada nuevamente a su habitación, que en el pasado había sido el paraíso terrenal para ellos y que ahora volvería a serlo! El dormitorio había sido redecorado con un estilo elegante y estaba revestido en oro. Las cortinas eran de color púrpura, los cuadros tenían imágenes felices del porvenir y sobre la cama nupcial había un decorado con ángeles que esparcían flores.

El caballero estaba impaciente y esperaba ansioso la caída del sol para poder poseer a aquella mujer bella. Paseó por un camino cercano a su castillo hasta que finalmente se ocultó el sol tras de las montañas y llegó la noche. Se detuvo donde había cortado la flor llamada Maravilla del Perú. ¡Ay! ¿Quién no conoce la Maravilla del Perú, que es más linda y peligrosa que el árbol del conocimiento? Crece en todas partes, aunque tiene más variedad de colores y aromas en lugares calurosos, más húmedos y con cielos cubiertos de nubarrones negros. Allí florece como una rosa voluptuosa, similar a un clavel brillante y perfumado. Donde se encuentra el límite dorado del cielo azul claro se puede ver en su estado puro, y es muy diferente del lirio que es pálido y no prospera con abundante luz ni emana perfume alguno. A quien le llega el perfume de la Maravilla del Perú por una brisa que sopla gentilmente será cautivado por su hechizo y saldrá a buscar con desesperación la fuente de ese aroma. Atravesará desiertos, escalará rocas y nadará en ríos revueltos para encontrar esta flor. Pero no tendrá los mismos efectos para todos. Aquel que la recoja, decore su casa con ella y la cuide para luego utilizar sus semillas, no logrará tener flores con perfume porque una flor salvaje solo dura hasta el final del otoño si crece en un campo. Aquel que la corte solo para contemplar su belleza podrá disfrutarla en toda su plenitud con todos sus hermosos colores que inundan el mundo. Su perfume inunda el aire circundante con aroma a especias; los ojos se emborrachan con una nueva luminosidad semejante a un delicioso elixir; los pulmones se purifican y calman el cuerpo. Sin embargo, las flores duran poco, menos que todas las otras existentes. Esa era la flor Maravilla del Perú que Walter había cortado, el dichoso infeliz; la flor que había causado que la vida y el sueño se unieran, pues su poder mágico brindaba felicidad en ambos.

Si bien entonces Walter era feliz, pronto todos los habitantes del castillo y su personal empezaron a estar descontentos. La semejanza llamativa entre la nueva esposa y Brunilda les daba miedo porque les hacía pensar en la difunta que descansaba bajo tierra. No había ninguna diferencia en sus rasgos, tono de voz y gestos. Además, las criadas habían descubierto un pequeño lunar en su espalda idéntico al que tenía la fallecida. Empezó a circular un rumor de que la nueva esposa era la propia Brunilda, que había sido resucitada por Walter mediante sus poderes mágicos. ¡Qué horrible era convivir con una muerta bajo el mismo techo y tener que servirle y tratarla como ama del castillo! Y había muchas cosas de Brunilda que alimentaban este sentimiento de terror: siempre llevaba puesto el mismo vestido de color gris; nunca usaba joyas de oro, algo que toda mujer querría tener, sino que solo usaba joyas de plata opacas en su cintura, orejas y cabello; tampoco usaba piedras preciosas que brillaran ni tuvieran colores, sino que solo se ponía un collar de perlas. Siempre evitaba la luz del sol y los días muy soleados los pasaba encerrada en su habitación oscura. Solo salía a pasear bajo la luz tenue del amanecer o del atardecer, y su hora favorita era cuando la luz fantasmagórica de la luna les otorgaba a todos los objetos un aspecto sombrío. Cuando el gallo cantaba a la madrugada sus miembros temblaban de forma involuntaria.

Tan imperiosa como antes de su muerte, Brunilda pronto impuso su yugo de hierro a todos los que la rodeaban; su mando era brutal y además se le sumaba el terror a que tuviera algún poder sobrenatural; por eso, nadie se atrevía a contradecirla en nada. Su ira ya no se parecía a un huracán fuerte que en cualquier momento podía arrasar con todo, sino que se asemejaba a un cometa a punto de chocar contra la luna. Sus palabras furiosas sonaban graves y cavernosas, su mirada fría y maligna parecía atravesar los objetos de su cólera, como si fuera a aniquilarlos. Aquel que fuera culpable temblaba solo de pensar lo que podría pasarle en las siguientes horas. Así reinaba Brunilda, con el cetro de poder terrenal y con el péndulo de la muerte. El castillo, que en la época de Swanilda estaba lleno de alegría, se empezó a convertir en un gran sepulcro desolado. Los habitantes tenían los rostros pálidos y caminaban aterrorizados en puntillas, y temblaban, como la muerta, cuando escuchaban el canto del gallo por la mañana porque les hacía pensar en su temible ama. Encontrarse con Brunilda en un sitio solitario bajo la luz crepuscular o de la luna era una desgracia innombrable. Las criadas, consumidas por el miedo, iban enfermando y renunciaban. Aquellos que por azar habían despertado la ira de la señora se escapaban antes de caer presos de sus acciones terroríficas. Así fue como otros también huyeron, pero debido a algo mucho más monstruoso que los había espantado.

Los poderes del hechicero habían podido otorgarle una vida artificial a Brunilda, y gracias al alimento humano había podido recuperarse; pero este cuerpo ya no era capaz de transmitir emociones, ni de amor ni de odio porque la muerte había apagado esa flor para siempre. Brunilda era ahora un ser frío, más frío que las serpientes que sí son capaces de amar y odiar. No obstante, ella debería amar a Walter, corresponder el deseo ardiente de su amado ya que gracias a él había vuelto a la vida. Había una poción mágica que podía devolverle vitalidad y despertarle la pasión; se trataba de una poción abominable y maldita: sangre humana, que se debía beber aún caliente de venas jóvenes. Ansiaba tomarla porque no poseía empatía alguna por los sentimientos humanos; todo lo que les interesa y ocupa sus horas del día le era extraño a ella. Solo en los brazos de su amado encontraba placer en su oscura existencia. Ya había bebido la sangre de Walter en el castillo del bosque para reunir fuerzas y poder darle el primer beso en la primera noche de luna llena. Sin embargo, sabía que cuando le succionaba sangre de sus venas le estaba quitando fuerza y vitalidad y, por eso lo hacía con cuidado. Cuando veía un niño cuyo rostro irradiaba salud y vigor, lo atraía con cariños y regalos. Y una vez que estaban en un lugar apartado, lo ponía sobre su regazo, le soplaba su aliento con aroma a violetas hasta que se dormía en sus brazos y luego comenzaba a succionar sangre de su pecho. Se acercaba a hablar tanto con varones como con mujeres de forma tal que les llegara su aliento narcotizante; una vez dormidos, los llevaba debajo de un árbol y les chupaba sangre del pecho. Los niños y los jóvenes se marchitaban como flores, como si los gusanos se hubiesen comido las raíces. Sus miembros perdían volumen; las mejillas rosadas se tornaban amarillentas; sus ojos se apagaban, como cuando la superficie espejada del agua se cubre de escarcha; el pelo se llenaba de canas, como si hubiesen pasado por varias tormentas de la vida. Los padres observaban con horror cómo esta peste atacaba a sus hijos; las hierbas medicinales no ayudaban, los conjuros tampoco lograban detener los daños infligidos. Terminaba uno tras otro en la tumba; y si alguna víctima sobrevivía, esta parecía un cadáver aunque fuese joven.

Pronto empezaron a circular rumores de que la causa de esa peste era Brunilda, aunque nadie podía explicar cómo mataba a sus víctimas, pues no tenían ninguna señal de violencia. Pero cuando algunos niños contaron que habían dormido en sus brazos y algunos adultos dijeron que les había dado sueño hablar con ella, las sospechas se convirtieron en certeza. Y aquellos padres cuyos hijos no habían sido atrapados abandonaron sus casas, sus bienes y las tierras que habían heredado de sus propios padres y escaparon para salvar a sus hijos, a los que amaban y que eran mucho más importantes que sus posesiones.

Así fueron tornándose cada vez más desolados el castillo y el pueblo. Solo se quedaron trabajando para el caballero unos pocos hombres y mujeres de avanzada edad; solo se veía pasear en los alrededores a algunos ancianos decrépitos y a sus esposas. Esta sería la última generación de mortales que tendría hijos; ya no se volvería a ver más jóvenes. Y cuando los últimos fueran envejeciendo, ya no podrían disfrutar de contemplar a los niños jugar y solo podrían observar la desaparición de todo a su alrededor.

Walter era el único que no era consciente de la muerte a su alrededor porque estaba obnubilado por la pasión. ¡Oh, cuánto más feliz era ahora junto a Brunilda! Todos los caprichos que opacaban su anterior unión habían desaparecido por completo; los ataques de furia ya no lo acechaban. Siempre era cariñosa con él, hacía lo que él deseaba, lo amaba aún más que en la juventud porque el fuego que corría en sus venas provenía de la sangre robada de cuerpos jóvenes, y el sentimiento humano de vergüenza lo había eliminado con su muerte.

Por la noche, cuando descansaba sobre el pecho de Brunilda, ella le soplaba su aliento a violetas hasta que se dormía profundamente y empezaba a soñar. Podía pasar solo un minuto o una eternidad, pero él siempre se despertaba sintiendo más placer. Durante el día se quedaban juntos y ella le contaba cómo era el mundo feliz que existía más allá de las tumbas. Le decía que su amor leal la había llevado de vuelta de la muerte y que permanecerían unidos por siempre disfrutando de una vida feliz y eterna. Walter estaba bajo los efectos de un hechizo y no podía percibir lo que pasaba a su alrededor. Sin embargo, Brunilda estaba preocupada porque sabía que sus fuentes de vida se estaban agotando. En poco tiempo solo quedarían Walter y sus hijos para alimentarla y decidió que estos últimos serían sus próximas víctimas.

Al principio, cuando regresó al castillo sintió rechazo por los hijos de una extraña y los dejó al cuidado de las criadas de Swanilda. Sin embargo, ahora ella empezó a cuidarlos, los dejó vivir cerca de su habitación y pasaba con ellos varias horas del día. Las niñeras estaban aterrorizadas porque intuían lo que les iba a suceder, pero no hicieron nada para evitarlo. Pronto Brunilda se ganó el afecto de los niños, que, a diferencia de los otros, no sentían temor ante su presencia. Jugaba con ellos sin parar y siempre era cariñosa. Les enseñaba juegos divertidos y originales, les contaba cuentos de hadas agradables o truculentos, pero siempre eran coloridos y maravillosos, como nunca antes habían escuchado de sus niñeras. Cuando se cansaban de jugar o escuchar sus cuentos, los sentaba sobre su regazo y se dormían sobre su pecho. Los niños inocentes tenían sueños mágicos en los que caminaban por magníficos jardines nunca antes conocidos, con flores de todas las clases, desde pequeñas violetas hasta girasoles gigantes, ordenadas por tamaño de forma tal que se podía ver bien la flor de cada especie y formaban una escalera hacia el cielo. De esta escalera descendían ángeles del cielo, niñas y niños con rostros hermosos, vestidos de color púrpura y azul, con alas doradas. Portaban maná como regalo y cuadros con piedras preciosas, cantaban melodías dulces o los invitaban a subir la escalera de flores hasta el cielo. El sol era una mariposa brillante que intentaban cazar y las estrellas parecían gusanitos de fuego con los que jugaban.

Tan maravillosos y alegres eran los sueños que pronto solo querían dormir sobre el regazo de Brunilda, ya que nunca habían tenido tales visiones en las habitaciones donde dormían habitualmente. Incluso, se podría decir que deseaban ir al encuentro de su propia muerte, pero ¿acaso no aspiramos todos a la muerte después de haber disfrutado de la vida? Estos niños inocentes abrazaban su inminente destrucción porque estaba disfrazada de felicidad. Y mientras gozaban de esos sueños mágicos, Brunilda les succionaba de sus pechos la sangre. Cuando despertaban estaban exhaustos, pero no sentían dolor ni tenían ninguna marca que delatara lo que les había ocurrido. No obstante, poco a poco iban perdiendo fuerzas hasta casi desfallecer, como un arroyo que va perdiendo agua gradualmente con el calor del verano. Cada vez hacían menos ruido cuando jugaban, sus carcajadas se transformaron en sonrisas tímidas y sus gritos se convirtieron en meros susurros. Las niñeras estaban desesperadas porque ningún remedio los había podido curar; presentían cuál era la verdad espantosa, pero no se animaban a comunicarle sus sospechas al padre, que estaba perdidamente enamorado de esa horrible mujer. Los niños eran tan solo una sombra de lo que habían sido y pronto esa sombra también desaparecería. El varón murió primero y siete días después lo siguió a la tumba su hermana.

El padre estaba profundamente afligido porque, si bien casi no se ocupaba de ellos, los amaba. Con el fallecimiento de sus hijos se había dado cuenta de cuánto los amaba, sentimiento que también tienen otros humanos. Sin embargo, Brunilda estaba muy enojada por el duelo de Walter.

—¿Por qué sufres tanto por la muerte de estos niños? —preguntó—. ¿Qué te podrían ofrecer estos seres no desarrollados más que el recuerdo de su madre? ¿Acaso tu corazón aún le pertenece? ¿O piensas en ella porque ya te he dado suficiente placer y te has cansado de mí? ¿Qué te podrían brindar estos niños que te atan a la tierra y sus preocupaciones, quienes cuando fuesen mayores te desecharían en el polvo, de donde yo logré sacarte tras volver del más allá? ¿O tu espíritu está muerto, tu amor por mi ha desaparecido, o acaso tu fe en mí es inexistente y la idea de poseerme eternamente no te conmueve?

Era la primera vez que Brunilda se enfadaba con Walter y decidió tomar distancia de él. La furia de la resucitada le generaba tanto miedo que rápidamente el caballero secó sus lágrimas y la perdonó. Poco después, se sumergió nuevamente en un mundo de pasión que casi logra destruirlo del todo, pero justo a tiempo pudo despertarse de este estado de obnubilación.

Ya no se veían más niños ni jóvenes en el castillo ni en los alrededores; los que no yacían bajo tierra habían logrado huir. Entonces, ¿quién más quedaba para saciar la sed de esta vampira salvo Walter? Ella sabía que él también se debilitaría y se sumergiría en un abismo eterno de lágrimas y horrores, pero ¿qué le importaba su muerte? Para ella ese sentimiento llamado amor que une a dos personas en placer y dolor era totalmente extraño. Una vez que Walter estuviese en su tumba, ella podría buscar libremente otros hombres para saciar su sed hasta que un día ella misma también sería absorbida por la tierra, por esta ley terrible a la que los muertos están sujetos cuando son despertados por un hombre estúpido. Por la noche, cuando Walter dormía profundamente después de inspirar el aroma a violetas de su aliento, ella le clavaba los colmillos en el pecho y saciaba su sed de sangre. Pronto su amado empezó a perder energía y sus rizos negros se llenaron de canas. Con la pérdida de fuerzas también fue perdiendo su pasión por su hermosa mujer y con frecuencia se ausentaba el día entero para ir a cazar en el bosque montañoso, con la esperanza de poder recuperarse rodeado de la naturaleza.

Un día, tras una jornada de caza, estaba descansando debajo de un roble y de pronto vio un pájaro desconocido sobre la copa del árbol. Apuntó con la flecha del arco para cazarlo, pero el ave logró escapar antes de que se disparara la flecha y desapareció entre las nubes, dejando caer a sus pies una raíz de color rosa. Walter la recogió y, aunque conocía casi todos los nombres de las plantas, no logró identificarla. Tenía un perfume irresistible, y mordió un pedacito para probar el sabor pero era muy amarga, como diez veces más amarga que el ajenjo; sintió como si su boca se estuviese llenando de bilis y, repugnado por el gusto, tiró la raíz lo más lejos que pudo. Si hubiese sabido que tenía una cualidad milagrosa que contrarrestaba el poder mágico del perfume opiáceo del aliento de Brunilda, se la hubiese guardado a pesar de su sabor amargo; pero pasa a menudo que los hombres rechazan un remedio con gusto desagradable que podría salvarlos.

Al anochecer Walter volvió al castillo y se tumbó junto a Brunilda. Esta vez el aliento narcotizante no surtió efecto en él y, por primera vez en mucho tiempo, se durmió de forma natural. Al poco rato, un dolor punzante lo despertó de su sueño placentero. Abrió los ojos y apenas pudo discernir, gracias a la luz tenue de una lámpara, una imagen que lo dejó paralizado por el horror durante unos instantes: los labios de Brunilda succionando la sangre caliente que salía de su pecho. Walter gritó espantado por la escena y asustó a Brunilda cuya boca estaba cubierta de sangre.

—¡Monstruo! —exclamó Walter saltando de la cama—. ¿Así es como me amas?

—Sí, te amo como los hacen los muertos —respondió ella con frialdad.

—¡Monstruo sangriento! —prosiguió Walter—. El hechizo se ha desvanecido, ahora puedo ver que tú eres el demonio que mató a mis hijos y a los jóvenes del pueblo.

Brunilda se irguió en la cama, miró a Walter con sus ojos penetrantes de tal manera que él se quedó paralizado del miedo y le dijo:

—Yo no los maté, me vi obligada a tomar su sangre para poder brindarte placer. ¡Tú los asesinaste!

Estas palabras terribles de Brunilda invocaron las imágenes inquietantes de todos los muertos en la mente de Walter y del espanto se quedó mudo.

—¿Por qué te comportas como un niño? —continuó ella con la misma frialdad mientras aumentaba el miedo de Walter—. Tienes el coraje de amar a una muerta, de llevar a tu cama a quien dormía en su tumba, usar un cuerpo en descomposición para tu placer, y ¿ahora me gritas por algunas muertes? Son solo hojas, hojas que se cayeron en la tormenta. Ven, no seas necio, disfruta al menos el fruto de tu crimen.

Mientras decía esas palabras Brunilda extendió sus brazos hacia Walter, pero este movimiento lo atemorizó aún más y logró romper sus esposas.

—¡Maldita! —gritó, y se fue corriendo a toda velocidad de la habitación.

Todos los horrores de la conciencia vengadora se transformaron en sus compañeros, ahora que había despertado de su sueño impío. Se maldecía por haber hecho desoído las advertencias de las niñeras y por haberlas calificado de rumores y calumnias. ¡Pero ahora ya era demasiado tarde! ¡Demasiado tarde! Aunque el arrepentimiento permita perdonar al corazón débil e inconstante, no puede alterar el destino inmutable. Tan pronto caía el sol, Walter se iba a su castillo solitario en las montañas para no tener que compartir el mismo techo con la vampira, pues le tenía un miedo profundo desde aquella medianoche en la que se había despertado con ella succionándole sangre del pecho. Sin embargo, su huida era en vano porque al día siguiente se despertaba en los brazos de Brunilda, envuelto en sus cabellos largos y negros, atado a la cama con cadenas, y narcotizado con el perfume de su aliento. No podía resistirse a las caricias y las correspondía hasta que terminaba el acto amoroso. Una vez que se despertaba sentía diez veces más miedo que antes. Durante el día paseaba por las montañas como un sonámbulo y por la noche se escondía en una cueva para dormir. ¡Pero otra vez había sido en vano! Nuevamente se despertó en los brazos de Brunilda. Y aunque se hubiese ido al centro de la tierra para dormir, o se hubiese enterrado debajo de una capa de rocas y se hubiese tapado con una capa del océano, tampoco habría podido escapar de las garras de su compañera. Estaba eternamente unido a ella por haberla sacado de su tumba y ningún poder terrenal podía separarlos.

Luchando contra la locura que avanzaba lenta y silenciosamente en él, y las imágenes fantasmagóricas que lo acechaban desde el interior de su alma perturbada, se quedaba todo el día inmóvil en la parte más oscura del bosque donde las sombras habían triunfado sobre la luz. Pero en cuanto la luz del día se apagó en el este y el bosque se tiñó de un negro impenetrable, empezó a sentir temor de ceder ante el cansancio y dormirse, y logró juntar fuerzas para continuar escalando la montaña. Una tormenta otoñal salvaje jugaba con las nubes y con las hojas secas del suelo, que parecía un juego siniestro que consistía en crear imágenes de transitoriedad y destrucción. Parecían los movimientos de un espíritu enfadado que bramaba por las copas de los sauces, gemía en las sombras de las rocas como un hombre muriendo en brazos de su asesino; también se escuchaba el canto del búho que se burlaba de la inminente muerte de la naturaleza. Los rizos del cabello de Walter se agitaban violentamente por el viento y parecían serpientes negras entrelazadas que intentaban liberarse unas de otras; todos sus sentidos estaban dedicados a generar pavor en su alma. En las nubes veía a los fantasmas de los fallecidos, en los gemidos del viento escuchaba los lamentos, en las ráfagas heladas de la tormenta sentía el beso de Brunilda, en el ulular del búho escuchaba su voz, en las hojas marchitas olía el moho del lecho del que la había despertado.

—¡Asesino de tus hijos! —gritó desesperado en esta noche tumultuosa—. ¡Esposo de una vampira! ¡Corruptor de la putrefacción!— Y se tiró del cabello despeinado mientras soplaba una ráfaga fuerte de la tormenta.

En ese mismo instante salió la luna llena detrás de nubarrones pesados y esa imagen le hizo recordar lo que le había dicho el hechicero cuando sintió miedo la primera vez que vio a la resucitada, que lo buscara en las noches de luna llena en las montañas, donde se cruzan tres caminos. No bien se encendió esta luz de esperanza en su alma, se dirigió apurado a la granja más cercana para arrendar un caballo y cabalgó velozmente al punto de encuentro.

Cuando llegó, vio al anciano sentado plácidamente sobre una roca junto al cruce como si fuera un día soleado de mayo, en vez del día tormentoso que realmente era.

—¿Así que has decidido venir a verme? —preguntó el hechicero. Walter se arrojó a sus pies y exclamó:

—¡Sálvame! ¡Sálvame de este monstruo que siembra la muerte por donde pasa!

—Lo sé todo —respondió el hechicero—. ¿Ahora entiendes mi advertencia de que hay que dejar a los muertos en paz?

—No sabía que me estabas advirtiendo de esto. ¿Por qué no me contaste todo sobre los horrores que me ocurrirían por profanar una tumba?

—¿Por qué no fuiste capaz de escuchar otra voz más que la de tu pasión impulsiva? ¿Acaso tu impaciencia no cerró mi boca cuando quise advertirte?

—Es cierto, es cierto. Tienes razón, pero ¿de qué me sirve ahora saberlo? Necesito que me ayudes.

—Bueno —dijo el anciano—. Hay una forma de salvarte, pero es horrorosa y debes tener coraje para poder llevarla a cabo.

—¡Dime! ¡Dime! ¿Qué puede ser más espantoso que lo que estoy padeciendo ahora?

—Bueno, debes saber —prosiguió el hechicero— que Brunilda solo duerme como los mortales en las noches de luna nueva y ahí es cuando pierde todos sus poderes sobrenaturales que le vienen de la tumba. Y en noches como estas es cuando tienes que matarla.

—¿Matarla? —dijo Walter sobresaltado.

—Sí, tienes que matarla —repitió el anciano con serenidad— clavándole en el pecho una estaca afilada que yo te daré. Tendrás que borrarla de tu memoria para siempre, prometiendo que nunca más pensarás en ella pues si lo haces, aunque sea involuntariamente, se repetirá la maldición.

—¡Qué horrible! —gritó el caballero—. Pero ¿qué puede ser más horrible que ella? Lo haré.

—Mantén tu voluntad firme hasta la próxima luna nueva.

—¡¿Qué?! ¿Tengo que esperar tanto tiempo? —lo interrumpió—. ¡Oh, hasta ese día su sed de sangre me habrá llevado a la oscuridad de la tumba o al horror de la locura!

—No, eso no ocurrirá —dijo el hechicero, lo tomó de la mano y lo llevó a un lugar más alto en las montañas. Al pie de un montículo le mostró la entrada a una cueva—. Espera aquí durante catorce días. En ese tiempo puedo protegerte de su abrazo aniquilador. Tienes un lugar para dormir y suficiente alimento, pero no permitas que nadie te tiente a salir de aquí. Cuídate y volveré cuando llegue la luna nueva.

El hechicero se despidió, dibujó un círculo mágico con su vara alrededor de la cueva y se fue.

Walter pasó catorce días en soledad, en los que su única compañía fue su arrepentimiento, que no dejaba de atormentarlo. Su presente era pura desolación y muerte; la expectativa del futuro se centraba en el horrible acto que debía cometer; el pasado estaba envenenado por la culpa. Cuando recordaba su primera relación con Brunilda, se le aparecía la imagen horrible actual de ella frente a sus ojos. Si pensaba en los días felices y tranquilos junto a Swanilda, veía a una madre sufriendo y en duelo con los hijos moribundos en sus brazos. Y así, cada recuerdo que evocaba estaba teñido de contrición y de imágenes de la vampira torturadora. Las noches eran aún peores. Ahí era cuando aparecía Brunilda, que se paseaba alrededor del círculo mágico que no podía penetrar y gritaba su nombre sin parar.

—¡Walter! ¡Walter! —exclamaba, y el eco de la cueva repetía su llamado terrorífico y lo despertaba—. Walter, mi amor. ¿Por qué huyes de mí? ¿No es dulce morir disfrutando del amor y estar juntos toda la eternidad?

Cuando ya no se escuchaba más el eco en la cueva y no había respuesta de él, ella volvía a insistir a los gritos:

—¿Acaso quieres matarme, amor mío? ¡No me mates! ¡No me mates! Me condenarás eternamente y también a ti mismo.

Así lo torturó todas las noches hasta llegar al decimocuarto día, e incluso cuando ella no estaba Walter tampoco lograba descansar.

Finalmente llegó la noche de luna nueva, tan oscura como el acto que había que ejecutar. El anciano entró en la cueva.

—Vamos, llegó la hora de partir —le dijo a Walter, y lo guio en silencio hacia la entrada, donde lo esperaba un caballo negro que le hizo recordar aquella noche fatídica.

Walter le contó al anciano que Brunilda lo visitaba todas las noches, y quería saber si las amenazas de perdición eterna de la vampira eran ciertas.

—Mis poderes no me dejan ver el más allá —respondió el hechicero—. ¿Quién puede penetrar el gran abismo que separa la tierra del cielo? Puede ser que sea cierto, pero también puede ser que solo quisiera asustarte.

Walter se quedó en silencio un momento junto al caballo.

—¡Decídete! —gritó el anciano—. Solo podrás intentarlo una vez y si fallas quedarás en su poder por siempre.

—¿Hay algo más horrible que ella? —contestó finalmente Walter, y se subió al caballo y el hechicero lo siguió.

Llegaron muy rápido al castillo, como si se hubiesen desplazado sobre las alas de una tormenta feroz. Todas las puertas se abrían ante la presencia del caballero y por fin entraron en el dormitorio de Brunilda, que dormía en su cama. Descansaba plácidamente y, ante los ojos de Walter, estaba tan bella como la mañana siguiente de la noche de bodas. Su aspecto aterrador se había disipado, y ni la mirada más aguda y crítica hubiese podido descubrir algún vestigio de la tumba; hasta parecía humana mientras dormía, y por los gestos de su rostro parecía estar soñando. Ese aspecto inocente le hizo recordar a Walter todas las horas dulces que habían pasado juntos, como si hubiese ángeles implorando misericordia para la vampira. Estaba de pie junto al lecho mirándola, se sentía consternado y no sabía si podría llevar a cabo el violento acto. El hechicero le había alcanzado la estaca, pero su mano indecisa no se atrevía a matarla.

—Ahora o nunca —dijo el anciano—, si no lo haces hoy, mañana estará chupando sangre de tu pecho nuevamente.

—¡Qué espanto! ¡Qué espanto! —balbuceó Walter, y apartando un poco la vista clavó la estaca en el pecho de Brunilda—. ¡Te maldigo para siempre!

La sangre helada salpicó la mano de Walter. Ella abrió los ojos una última vez, lo miró fijamente para asustarlo y le dijo con voz cavernosa y débil antes de expirar por siempre:

—¡Conmigo te condenas!

—Ahora apoya tu mano sobre el pecho —dijo el anciano— y pronuncia el juramento.

Walter obedeció y recitó el juramento que le había dictado el hechicero:

—Jamás pensaré en ella con amor, jamás pensaré en ella intencionalmente y si su imagen viniera a mi mente involuntariamente, le diré: «¡Te maldigo!»

—Muy bien —dijo el anciano—, lo has logrado. Ahora tienes que devolverla a la tierra de la que la sacaste de manera necia y asegurarte de cumplir siempre el juramento. Si te olvidas de hacerlo tan solo una vez, ella volverá y estarás perdido para siempre sin posibilidad de salvación. Adiós, no nos volveremos a ver nunca más.

Tras pronunciar estas últimas palabras el hechicero se fue y Walter también abandonó ese lugar de horror. Ordenó a su empleado más fiel que enterrara el cadáver y escapó rápidamente del castillo.

La terrible Brunilda descansaba nuevamente bajo tierra, pero su imagen seguía atormentando a Walter. Su vida era un martirio, pues luchaba todo el día con las imágenes del pasado, y cuanto más trataba de ahuyentar estos fantasmas de su alma, más vívidos y numerosos parecían, como un explorador nocturno que atraído por un fuego fatuo termina en un pantano y se hunde cada vez más en la tumba húmeda cuanto más miedo siente y más lucha por salir. Su imaginación era incapaz de tener cualquier otra imagen que no fuera Brunilda, que le recordaba cruelmente su culpa. A veces veía a la muerta con la herida abierta en el hermoso pecho del que salía sangre, o también la veía como la esposa linda de su juventud que le preguntaba: «¿Por qué perturbas mi sueño en la tumba para matarme?», y él se veía obligado a responderle: «Te maldigo para siempre». Sus pensamientos no eran más que una permanente maldición. A pesar de todo, tenía miedo de olvidar esta maldición, de soñar con Brunilda y no recordar la imprecación, y despertar por la mañana en sus brazos. En otras ocasiones se acordaba de las últimas palabras de la fallecida: «¡Conmigo te condenas!», y se imaginaba viviendo en un espacio inmenso en donde solo se experimentaban una eternidad de experiencias horribles. ¿Cómo iba a escapar de sí mismo? ¿Cómo encontraría un mundo sin estas imágenes espantosas que se escapaban de su alma? Tenía la esperanza de poder distraerse con el caos de la guerra, la alternancia eterna de victorias y derrotas, júbilos y lamentos, pero no fue así. Nunca antes había conocido el miedo, pero ahora ese gigante lo tenía dominado con sus miles de brazos; cada gota de sangre que lo salpicaba parecía la sangre fría de Brunilda que le había caído sobre su mano. Cada moribundo que veía se parecía a ella, y lo miraban fijamente con ojos oscuros y cuando fallecían le decían: «¡Conmigo te condenas!». Debido a esto, ahora le tenía terror a la muerte y se vio obligado a abandonar el campo de batalla. Tras su larga e infructuosa odisea, y aunque no había podido encontrar alivio alguno, resolvió volver a su castillo. Estaba desierto y silencioso, como si lo hubiese arrasado un ejército enemigo o la peste. Los pocos empleados que aún vivían allí huyeron al verlo, como si tuviese en la frente la marca de Caín. Se horrorizó al comprender que cuando se unió a la muerta, se había separado del mundo de los vivos y ahora ya no le dejaban tener relación con ellos.

Subía a menudo al ático del castillo a mirar con melancolía la devastación que reinaba en sus terrenos, pues ya no había ningún empleado que los cuidara, y comparaba el silencio actual con el bullicio alegre que había cuando Swanilda dirigía todo con su disciplina benevolente. Al recordarla, le dieron ganas de que retornara con él. Pensó que solo ella podría ayudarlo a amigarse con la vida, pero ¿lo perdonaría después de haberle causado tanto dolor y regresaría con él? Su deseo era tan grande que logró vencer sus dudas y viajó a ver a Swanilda. Asumió su culpa y abrazándola por las piernas le pidió perdón y que volviera con él al castillo desdichado para que lo llenara nuevamente de alegría. Swanilda acarició el rostro pálido que se hallaba a sus pies, con los ojos apagados y los rasgos marcados por la tristeza que bordeaba la desesperación, que hasta hace poco eran los de un joven lleno de energía.

—Nunca te guardé rencor por lo que hiciste —dijo la dama amablemente—, solo me ha dolido mucho. ¿Dónde están mis hijos?

—Están muertos —respondió Walter.

—Entonces vete —dijo ella—. No necesitas mi perdón porque nunca le guardé rencor a nadie, aunque sí lo condeno. A partir de hoy nuestra unión se ha roto, estaremos siempre separados.

Walter le suplicó en vano que no lo dejara hundirse en las profundidades de la desesperación. No obtuvo otra respuesta más que que ahora estaban separados para siempre.

Despojado de su última esperanza terrenal, estaba desconsolado; se sentía como un miserable, el miserable más miserable de toda la tierra. Decidió emprender el viaje de retorno a su hogar. Al atardecer, ya en las inmediaciones de su castillo, cabalgaba por el bosque inmerso en sus oscuros pensamientos, cuando de repente escuchó el sonido de un cuerno que lo sacó de su ensoñación. Poco después apareció una mujer vestida de negro como una cazadora, montada en un caballo negro y sosteniendo en la mano un cuervo en lugar de un halcón, y la seguía una imponente comitiva de hombres y mujeres vestidos con atuendos coloridos y elegantes. Después de intercambiar saludos, se dieron cuenta de que iban en la misma dirección y cuando conversando con él la cazadora se enteró de que el castillo de Walter estaba cerca del bosque, le preguntó si podían hospedarse allí por una noche. Aceptó con alegría ya que le había impactado la belleza de esa extraña, y parecía la hermana gemela de Swanilda, pero su cabello era castaño y sus ojos oscuros y fogosos. Tan pronto llegaron al castillo, les ofreció un banquete delicioso a sus invitados. Después de la cena, los bailarines y músicos del séquito de la dama brindaron un espectáculo que duró hasta bien entrada la medianoche.

La extraña se quedó tres días, y tres días duró la diversión y las risas, los juegos y el canto, y esta euforia logró disipar la pena de Walter, que por primera vez en muchos meses pudo volver a dormir por la noche. No quería que sus invitados partieran, pues si lo hacían el castillo estaría cien veces más desolado que antes y su pena sería cien veces más intensa. Le suplicó a la cazadora que no se fuera y esta se quedó siete días, y luego siete días más. Sin que nadie se lo pidiera, empezó a dirigir las tareas de los empleados del castillo, y aunque no era tan tranquila y eficiente como Swanilda, lo hacía con más alegría y prudencia; además, era mucho más seria que su comitiva de hombres y mujeres. Gracias a la presencia de esta nueva mujer, el castillo pasó de ser un lugar silencioso y triste a uno de diversión y placer, y el duelo de Walter terminó al estar rodeado de tanta felicidad. Cada vez le gustaba más el ama de la casa y cada día sentía más confianza. Una tarde daban un paseo y le contó su historia estremecedora.

—Mi querido, tú también eres un amigo para mí —dijo ella una vez que terminó de contarle lo que le había pasado. Eres un hombre inteligente, ¿por qué permites que te carcoma tanta pena? Has despertado a una muerta y te has dado cuenta de algo que deberías haber previsto, que la muerte y la vida no pueden estar juntos. ¿Y ahora qué? No cometerás el mismo error por segunda vez. Dices que mataste a la resucitada, pero eso no es posible: ¿cómo se mata a alguien que ya está muerto? Has perdido a tu esposa y a tus dos hijos, pero aún eres joven y puedes rehacer tu vida. ¿Acaso no existe una mujer joven que podría darte más hijos? Le tienes miedo al más allá. Desentierra las tumbas y cuenta los huesos de los cuerpos en descomposición para ver si falta alguno, pídele a los muertos que te hablen del más allá fantasmagórico.

Con frecuencia hablaba de esa manera con él, cuando veía que una nube de pena cambiaba la expresión de la cara de Walter, una vez había terminado el júbilo de las fiestas en los pasillos del castillo, y rápidamente lograba cambiarle el ánimo. La confianza y el agradecimiento de la hermosa cazadora se fue transformando en amor ardiente en el corazón del caballero; además, los hombres y las mujeres del séquito eran divertidos y facilitaban el crecimiento de ese amor.

Un mes después de su llegada, Walter le pidió la mano a la cazadora y ella aceptó. Una semana más tarde se celebró una gran fiesta de bodas. Los cimientos del castillo parecían temblar debido al alboroto de la desenfrenada celebración. Parecía que ese día todos querían olvidarse de todo y se entregaron a los espíritus demoníacos de la tierra sin recato alguno. Había abundante vino, se escuchaban brindis tras brindis, todo era diversión y carcajadas. A la medianoche, excitado por el vino y la pasión, Walter llevó a la bella novia al dormitorio. En cuanto la tumbó sobre la cama, ella se transformó en una serpiente enorme, envolvió su cuerpo y trituró sus huesos. De repente empezaron a arder focos de fuego en todos los rincones de la habitación. Pronto las llamas lo cubrieron todo y unos minutos después empezaron a desmoronarse los muros del castillo y los escombros enterraron al caballero. Lo último que se escuchó fue una voz tronadora que gritaba:

—¡Dejad a los muertos en paz!

EL ALMOHADÓN DE PLUMAS

Horacio Quiroga

Su luna de miel fue un largo escalofrío. Rubia, angelical y tímida, el carácter duro de su marido heló sus soñadas niñerías de novia. Lo quería mucho, sin embargo, a veces con un ligero estremecimiento cuando, volviendo de noche juntos por la calle, echaba una furtiva mirada a la alta estatura de Jordán, mudo desde hacía una hora. Él, por su parte, la amaba profundamente, sin darlo a conocer.

Durante tres meses —se habían casado en abril— vivieron una dicha especial. Sin duda hubiera ella deseado menos severidad en ese rígido cielo de amor, más expansiva e incauta ternura; pero el impasible semblante de su marido la contenía siempre.

La casa en que vivían influía un poco en sus estremecimientos. La blancura del patio silencioso —frisos, columnas y estatuas de mármol— producía una otoñal impresión de palacio encantado. Dentro, el brillo glacial del estuco, sin el más leve rasguño en las altas paredes, afirmaba aquella sensación de desapacible frío. Al cruzar de una pieza a otra, los pasos hallaban eco en toda la casa, como si un largo abandono hubiera sensibilizado su resonancia.

En ese extraño nido de amor, Alicia pasó todo el otoño. No obstante, había concluido por echar un velo sobre sus antiguos sueños, y aún vivía dormida en la casa hostil, sin querer pensar en nada hasta que llegaba su marido.

No es raro que adelgazara. Tuvo un ligero ataque de influenza que se arrastró insidiosamente días y días; Alicia no se reponía nunca. Al fin una tarde pudo salir al jardín apoyada en el brazo de él. Miraba indiferente a uno y otro lado. De pronto Jordán, con honda ternura, le pasó la mano por la cabeza, y Alicia rompió en seguida en sollozos, echándole los brazos al cuello. Lloró largamente todo su espanto callado, redoblando el llanto a la menor tentativa de caricia. Luego los sollozos fueron retardándose, y aún quedó largo rato escondida en su cuello, sin moverse ni decir una palabra.

Fue ese el último día que Alicia estuvo levantada. Al día siguiente amaneció desvanecida. El médico de Jordán la examinó con suma atención, ordenándole calma y descanso absolutos.

—No sé —le dijo a Jordán en la puerta de calle, con la voz todavía baja—. Tiene una gran debilidad que no me explico, y sin vómitos, nada... Si mañana se despierta como hoy, llámeme en seguida.

Al otro día Alicia seguía peor. Hubo consulta. Constatose una anemia de marcha agudísima, completamente inexplicable. Alicia no tuvo más desmayos, pero se iba visiblemente a la muerte. Todo el día el dormitorio estaba con las luces prendidas y en pleno silencio. Pasábanse horas sin oír el menor ruido. Alicia dormitaba. Jordán vivía en la sala, también con toda la luz encendida. Paseábase sin cesar de un extremo a otro, con incansable obstinación. La alfombra ahogaba sus pasos. A ratos entraba en el dormitorio y proseguía su mudo vaivén a lo largo de la cama, deteniéndose un instante en cada extremo a mirar a su mujer.

Pronto Alicia comenzó a tener alucinaciones, confusas y flotantes al principio, y que descendieron luego a ras del suelo. La joven, con los ojos desmesuradamente abiertos, no hacía sino mirar la alfombra a uno y otro lado del respaldo de la cama. Una noche se quedó de repente mirando fijamente. Al rato abrió la boca para gritar, y sus narices y labios se perlaron de sudor.

—¡Jordán! ¡Jordán! —clamó, rígida de espanto, sin dejar de mirar la alfombra.

Jordán corrió al dormitorio, y al verlo aparecer Alicia dio un alarido de horror.

—¡Soy yo, Alicia, soy yo!

Alicia lo miró con extravío, miró la alfombra, volvió a mirarlo, y después de largo rato de estupefacta confrontación, se serenó. Sonrió y tomó entre las suyas la mano de su marido, acariciándola temblando.

Entre sus alucinaciones más porfiadas, hubo un antropoide apoyado en la alfombra sobre los dedos, que tenía fijos en ella los ojos.

Los médicos volvieron inútilmente. Había allí delante de ellos una vida que se acababa, desangrándose día a día, hora a hora, sin saber absolutamente cómo. En la última consulta Alicia yacía en estupor, mientras ellos la pulsaban, pasándose de uno a otro la muñeca inerte. La observaron largo rato en silencio y siguieron al comedor.

—Pst... —se encogió de hombros desalentado su médico—. Es un caso serio... poco hay que hacer...

—¡Solo eso me faltaba! —resopló Jordán. Y tamborileó bruscamente sobre la mesa.

Alicia fue extinguiéndose en subdelirio de anemia, agravado de tarde, pero que remitía siempre en las primeras horas. Durante el día no avanzaba su enfermedad, pero cada mañana amanecía lívida, en síncope casi. Parecía que únicamente de noche se le fuera la vida en nuevas oleadas de sangre. Tenía siempre al despertar la sensación de estar desplomada en la cama con un millón de kilos encima. Desde el tercer día este hundimiento no la abandonó más. Apenas podía mover la cabeza. No quiso que le tocaran la cama, ni aún que le arreglaran el almohadón. Sus terrores crepusculares avanzaron en forma de monstruos que se arrastraban hasta la cama y trepaban dificultosamente por la colcha.

Perdió luego el conocimiento. Los dos días finales deliró sin cesar a media voz. Las luces continuaban fúnebremente encendidas en el dormitorio y la sala. En el silencio agónico de la casa, no se oía más que el delirio monótono que salía de la cama, y el sordo retumbo de los eternos pasos de Jordán.

Alicia murió, por fin. La sirvienta, que entró después a deshacer la cama, sola ya, miró un rato extrañada el almohadón.

—¡Señor! —llamó a Jordán en voz baja—. En el almohadón hay manchas que parecen de sangre.

Jordán se acercó rápidamente y se dobló sobre aquel. Efectivamente, sobre la funda, a ambos lados del hueco que había dejado la cabeza de Alicia, se veían manchitas oscuras.

—Parecen picaduras —murmuró la sirvienta después de un rato de inmóvil observación.

—Levántelo a la luz —le dijo Jordán.

La sirvienta lo levantó, pero en seguida lo dejó caer, y se quedó mirando a aquel, lívida y temblando. Sin saber por qué, Jordán sintió que los cabellos se le erizaban.

—¿Qué hay? —murmuró con la voz ronca.

—Pesa mucho —articuló la sirvienta, sin dejar de temblar.

Jordán lo levantó; pesaba extraordinariamente. Salieron con él, y sobre la mesa del comedor Jordán cortó funda y envoltura de un tajo. Las plumas superiores volaron, y la sirvienta dio un grito de horror con toda la boca abierta, llevándose las manos crispadas a los bandós. Sobre el fondo, entre las plumas, moviendo lentamente las patas velludas, había un animal monstruoso, una bola viviente y viscosa. Estaba tan hinchado que apenas se le pronunciaba la boca.

Noche a noche, desde que Alicia había caído en cama, había aplicado sigilosamente su boca —su trompa, mejor dicho— a las sienes de aquella, chupándole la sangre. La picadura era casi imperceptible. La remoción diaria del almohadón sin duda había impedido su desarrollo, pero desde que la joven no pudo moverse, la succión fue vertiginosa. En cinco días, en cinco noches, había vaciado a Alicia.

Estos parásitos de las aves, diminutos en el medio habitual, llegan a adquirir en ciertas condiciones proporciones enormes. La sangre humana parece serles particularmente favorable, y no es raro hallarlo en los almohadones de pluma.

EL INVITADO DE DRÁCULA

BRAM STOKER

Cuando empezamos nuestro paseo, el sol resplandecía en Múnich y el aire estaba lleno del júbilo de principios de verano. Justo cuando estábamos a punto de partir, Herr Delbruck (el *maître d'hôtel* del Quatre Saisons, donde me alojaba) se acercó sin sombrero al carruaje y, tras desearme un paseo agradable, le dijo al cochero, que todavía tenía la mano en el picaporte de la puerta:

—Recuerda regresar antes del anochecer. El cielo parece despejado pero un escalofrío en el viento del norte anuncia la probabilidad de una tormenta repentina. De todos modos, estoy seguro de que no llegarás tarde. —Sonrió y añadió—: Pues ya conoces la noche.

Johann respondió con un enfático *«Ja, mein Herr»* y, con un toque de sombrero, se alejó enseguida. Cuando ya habíamos salido de la ciudad, después de indicarle que parase, le dije:

—Dime, Johann, ¿qué pasa esta noche?

Se santiguó mientras contestó lacónicamente:

—*Walpurgis Nacht.*

Entonces sacó su reloj, un objeto alemán grande, de plata y antiguo, del tamaño de un nabo, y lo miró con el ceño fruncido y un ligero encogimiento de hombros impaciente. Advertí que aquella era su manera de protestar respetuosamente por el retraso innecesario y volví a sentarme en el carruaje tras hacerle una señal para que continuara. Se puso en marcha de inmediato, como para compensar el tiempo perdido. De vez en cuando los caballos parecían levantar la cabeza y olfatear el aire con recelo. En esos momentos miraba a mi alrededor, alarmado.

Aquel camino era bastante inhóspito, pues estábamos atravesando una especie de altiplano azotado por el viento. Mientras avanzábamos, vi un camino que parecía poco transitado y se adentraba en un pequeño valle sinuoso. Era tan tentador que, aun a riesgo de molestarle, ordené a Johann que parara, y al detenerse le dije que quería ir en aquella dirección. Puso toda clase de excusas y se santiguaba con frecuencia mientras hablaba, cosa que en cierto modo suscitó mi curiosidad, así que le hice varias preguntas. El cochero respondió con evasivas y miró repetidas veces el reloj en señal de protesta.

—Bueno, Johann —dije finalmente—, quiero ir por este camino. No te pediré que lo sigas si no quieres, pero sí te pido que me digas por qué no quieres ir.

Como respuesta saltó del pescante directo al suelo. Luego extendió las manos hacia mí en forma de súplica y me imploró no ir. Mezcló el inglés con el alemán lo suficiente como para que yo lo pudiera entender. Parecía estar siempre a punto de decirme algo —cuya simple idea sin duda le asustaba—, pero cada vez se contenía y decía santiguándose: «¡Walpurgis Nacht!».

Traté de razonar con él, pero era difícil hablar con un hombre cuya lengua no conocía. Sin duda él tenía ventaja puesto que, aunque empezara a hablar en inglés —un inglés burdo y muy malo— terminaba poniéndose nervioso y volvía a su lengua materna, y cada vez que lo hacía consultaba el reloj. Entonces los caballos se inquietaron y olfatearon el aire. Ante eso, palideció y miró a su alrededor, aterrado. De repente saltó hacia delante, los agarró de las bridas y se los llevó seis metros más allá. Le seguí y le pregunté por qué había hecho eso. Como respuesta se santiguó, señaló el lugar que habíamos abandonado, llevó su carruaje en dirección al otro camino, apuntando hacia una cruz, y dijo, primero en alemán y después en inglés:

—Enterrado aquí... Enterrado el que se mató.

Recordé la antigua costumbre de enterrar a los suicidas en las encrucijadas.

—¡Ah! Ya veo, un suicidio. ¡Qué interesante!

Pero por mi vida que no entendí por qué los caballos estaban asustados.

Mientras hablábamos, oímos una especie de sonido entre un aullido y un ladrido. Era a lo lejos, pero los caballos se pusieron muy nerviosos y a Johann le costó mucho tranquilizarlos.

—Parece un lobo —dijo pálido—, pero aquí ya no hay lobos.

—¿No? —pregunté, poniéndolo en duda—. No hace mucho los lobos vivían cerca de la ciudad, ¿verdad?

—Hace mucho, mucho tiempo —respondió—, en primavera y verano; pero con la nieve sí se les ve más.

Mientras acariciaba a los caballos e intentaba apaciguarlos, unas nubes oscuras surcaron el cielo rápidamente. La luz del sol desapareció y un soplo de viento frío pareció cernirse sobre nosotros. Pero tan solo era un soplo y parecía más una advertencia que un hecho, pues el sol volvió a resplandecer.

Johann miró al horizonte bajo su mano alzada y dijo:

—Tormenta de nieve viene pronto.

Después volvió a mirar el reloj y, enseguida, sujetando las riendas con firmeza, ya que los caballos continuaban piafando y agitando la cabeza, se subió al pescante como si hubiera llegado el momento de reanudar nuestro camino.

Yo, en cambio, estaba algo obstinado y no subí de inmediato al carruaje.

—Háblame del lugar al que se va por ahí —dije señalando.

Se santiguó otra vez y masculló una oración antes de contestar:

—Es impío.

—¿Qué es impío? —inquirí.

—El pueblo.

—Entonces, ¿hay un pueblo?

—No, no. Nadie vive allí desde hace cien años.

Me picó la curiosidad.

—Pero has dicho que había un pueblo.

—Había.

—¿Dónde está ahora?

A continuación se puso a contar una larga historia en alemán e inglés, tan mezclado que no pude entender del todo lo que decía. Más o menos deduje que hace mucho tiempo, cientos de años, allí habían muerto unos hombres y los habían enterrado en sus tumbas; pero se oyeron ruidos bajo las lápidas y cuando abrieron los ataúdes, encontraron hombres y mujeres con las mejillas sonrosadas y la boca roja de sangre. Y apurados por salvar su vida (¡sí, y su alma!... y volvió a santiguarse), los que quedaron huyeron a otros lugares, donde los vivos vivían y los muertos estaban muertos y no... otra cosa. Estaba claro que temía pronunciar las últimas palabras. Mientras proseguía con su narración, se iba poniendo cada vez más nervioso. Parecía que su imaginación se había apoderado de él y terminó en un paroxismo de terror total: pálido, sudando, temblando y mirando a su alrededor como si esperase que una espantosa presencia se manifestara allí mismo, a plena luz del sol, a campo abierto.

Finalmente, sufriendo por la desesperación, gritó: «¡*Walpurgis Nacht!*», y señaló el carruaje para que me subiera.

Toda mi sangre inglesa hirvió ante eso y, apartándome, dije:

—Tienes miedo, Johann... Tienes miedo. Vete a casa, yo regresaré solo, el paseo me vendrá bien.

La puerta del carruaje estaba abierta. Tomé del asiento de roble mi bastón —que siempre llevaba conmigo en mis excursiones vacacionales— y cerré la puerta, y señalé hacia Múnich antes de repetir:

—Vete a casa, Johann... *Walpurgis Nacht* no afecta a los ingleses.

Los caballos estaban ahora más nerviosos que nunca y Johann intentaba contenerlos, mientras me imploraba con impaciencia que no hiciera tal tontería. Sentí lástima por el pobre hombre que se lo tomaba tan en serio, pero aun así no pude evitar reírme. Ya no hablaba inglés. Presa de su angustia, se le había olvidado que la única forma de que le comprendiera era hablando mi idioma, así que parloteaba en su alemán nativo. Comenzaba a ser un poco tedioso, y tras indicarle de nuevo que se marchara a casa, me di la vuelta para atravesar la encrucijada en dirección al valle.

Con un gesto desesperado, Johann dirigió los caballos hacia Múnich. Me apoyé en mi bastón y lo miré. Durante un rato avanzó lentamente por el camino y entonces apareció en la cima de la colina un hombre alto y delgado. Podía distinguirlo a distancia. Cuando se acercó a los caballos, empezaron a encabritarse y cocear, y después a relinchar de terror. Johann no pudo sujetarlos y se desbocaron camino abajo, corriendo enloquecidos. Los perdí de vista y luego busqué al desconocido, pero descubrí que él también había desaparecido.

Con buen ánimo, tomé el camino lateral que atravesaba el valle, cada vez más profundo, al que Johann se había opuesto pero, por lo que veía, no existía el más mínimo motivo para dicha objeción; y me atrevería a decir que caminé durante un par de horas sin pensar en el tiempo ni en la distancia, y desde luego sin ver ni una persona ni una casa. Aquel lugar era la desolación misma. Sin embargo, no me percaté de ello hasta que, al doblar un recodo del camino, llegué al disperso lindero de un bosque. Entonces me di cuenta de que la desolación de la zona por la que había pasado me había impresionado inconscientemente.

Me senté a descansar y miré a mi alrededor. Me sorprendió que hacía mucho más frío que cuando emprendí mi caminata, parecía haber una especie de suspiro entorno a mí de vez en cuando, y en lo alto, una especie de rugido apagado. Al mirar hacia arriba, advertí unas nubes grandes y densas que se movían rápido en el cielo, de norte a sur, a gran altura. Había indicios de que se avecinaba una tormenta en algún estrato elevado del aire. Tenía un poco de frío y, al pensar que se debía al hecho de haberme quedado quieto, sentado después del paseo, retomé la marcha.

El terreno por el que pasé entonces era mucho más pintoresco. No había nada llamativo que destacara en concreto, pero todo era de una encantadora belleza. No tuve muy en cuenta el tiempo, y hasta que el ocaso se me echó encima no comencé a pensar en cómo encontraría el camino de regreso a casa. El aire era frío y el movimiento de las nubes en lo alto ahora era más marcado. Iban acompañadas por un lejano sonido de paso apresurado, por el que parecía oírse a intervalos aquel aullido misterioso que el cochero había dicho que prevenía de un lobo. Por un momento vacilé. Me había propuesto ver el pueblo abandonado, así que continué y enseguida me topé con un amplio tramo de campo abierto, rodeado de colinas. Las laderas estaban cubiertas de árboles que se esparcían hasta la llanura, salpicando las pendientes menos empinadas y las hondonadas que aparecían aquí y allá. Seguí con la mirada el camino sinuoso y vi que giraba cerca de uno de los grupos de árboles más espesos y se perdía tras él.

Mientras observaba, llegó una ráfaga de aire frío y la nieve comenzó a caer. Pensé en los kilómetros y kilómetros de inhóspito campo por el que había pasado, y me apresuré a buscar refugio en el bosque de enfrente. El cielo se fue oscureciendo cada vez más y la nieve caía cada vez más rápido y más densa, hasta que la tierra a mi alrededor se convirtió en una alfombra blanca resplandeciente cuyos extremos más lejanos se perdían en una brumosa vaguedad. El camino era tosco, en las partes llanas sus límites no estaban tan marcados como cuando atravesaba las zanjas, y al cabo de un rato descubrí que debía de haberme apartado de él, pues ya no sentía al andar la dura superficie y los pies se me hundían en la hierba y el musgo. Entonces el viento se hizo más fuerte, soplaba cada vez con más intensidad, hasta que me vi obligado a correr a adelantarlo. El aire se volvió gélido y, a pesar de mi esfuerzo, comencé a sufrir. La nieve caía muy espesa y se arremolinaba a mi alrededor con tanta rapidez que apenas podía mantener los ojos abiertos. De tanto en tanto un fulgurante relámpago partía los cielos en dos, y gracias a los destellos vi delante de mí una gran masa arbórea, principalmente tejos y cipreses todos bien cubiertos de nieve.

Pronto estuve bajo el cobijo de los árboles y allí, en un relativo silencio, oí una ráfaga de viento sobre mi cabeza. Enseguida la negrura de la tormenta se fundió con la oscuridad de la noche. Al rato la tormenta amainó, ya solo llegaba en feroces soplos o ráfagas aisladas. En esos instantes, el extraño aullido del lobo pareció repetirse al oírse muchos sonidos similares a mi alrededor.

De vez en cuando, a través de la negra masa de nubes a la deriva, se filtraba un extraviado rayo de luna que iluminaba la extensión y me mostraba que estaba al borde de un denso grupo de cipreses y tejos. Cuando dejó de nevar, salí del refugio y me dispuse a investigar con más detenimiento. Me dio la impresión de que, entre tantos viejos cimientos que había pasado, debía de haber aún alguna casa en pie en la que, a pesar de estar en ruinas, pudiera guarecerme un rato. Mientras bordeaba el bosquecillo, advertí que estaba rodeado por un muro bajo y enseguida vi una abertura. Allí los cipreses formaban un paseo que llevaba a un edificio cuadrado de algún tipo. Sin embargo, justo cuando lo vi, las nubes ocultaron la luna y avancé por el sendero a oscuras. El viento debía de haberse enfriado pues me entró un escalofrío mientras andaba, pero tenía la esperanza de encontrar un refugio y continué avanzando a tientas.

Me detuve, pues hubo una repentina quietud. La tormenta había pasado y, tal vez en solidaridad con el silencio de la naturaleza, mi corazón parecía haber dejado de latir. Pero tan solo duró un momento, pues de pronto la luz de la luna se abrió paso entre las nubes para mostrarme que me hallaba en un cementerio y que el objeto cuadrado ante mí era una enorme tumba de mármol, tan blanca como la nieve que la cubría y la rodeaba. A la luz de la luna le acompañó un fuerte suspiro de tormenta que pareció retomar su curso con un largo y grave aullido, como de muchos perros o lobos. Quedé sobrecogido y asombrado, y noté como el frío aumentaba dentro de mí hasta parecer que me agarraba el corazón. Entonces, mientras la luz de la luna seguía cayendo sobre la tumba de mármol, la tormenta daba señales de renovarse, como si volviera sobre sus pasos. Impulsado por una especie de fascinación, me acerqué al sepulcro para ver qué era y qué hacía ahí sola en un lugar así. Di la vuelta y leí, sobre la puerta dórica, en alemán:

CONDESA DOLINGEN DE GRATZ
EN ESTIRIA
BUSCÓ Y ENCONTRÓ LA MUERTE
1801

En la parte superior de la tumba, al parecer atravesando el sólido mármol, puesto que la estructura estaba compuesta por unos cuantos bloques inmensos de piedra, había una enorme punta o estaca de hierro. En la parte posterior vi tallado en grandes caracteres rusos:

LOS MUERTOS VIAJAN DEPRISA

Había algo tan extraño e inquietante en todo aquello que me indispuse y estuve a punto de desmayarme. Por primera vez, empezaba a desear haber seguido el consejo de Johann. Entonces me asaltó un recuerdo que llegó casi bajo misteriosas circunstancias y con una terrible conmoción: ¡Era la noche de Walpurgis!

La noche de Walpurgis, cuando, según la creencia de millones de personas, salía el demonio, cuando se abrían las tumbas y los muertos se levantaban y caminaban. Cuando todo lo maligno de tierra, aire y agua se deleita. Aquel era el lugar que el cochero había rehuido particularmente. Aquel era el pueblo abandonado desde hacía siglos. Allí era donde yacían los suicidas. ¡Y era el lugar en el que yo estaba solo, acobardado, temblando de frío en un sudario de nieve con una tormenta salvaje cerniéndose de nuevo sobre mí! Eché mano de toda la filosofía, de toda la religión que me habían enseñado, y de toda mi valentía, para no caer en un paroxismo de miedo.

Y entonces un tornado increíble estalló sobre mí. El suelo temblaba como si miles de caballos trotaran sobre él, y esta vez la tormenta llevaba en sus gélidas alas, no nieve, sino granizo, que caía con tal violencia que bien podría haber sido lanzado por los honderos baleares, un granizo que derribaba a golpes las hojas y las ramas, y hacía que el refugio de los cipreses fuera como estar bajo tallos de maíz. Al principio corrí hacia el árbol más cercano, pero enseguida lo abandoné y busqué el único sitio que parecía ofrecer resguardo, el profundo pórtico dórico de la tumba de mármol. Allí, agazapado contra la enorme puerta de bronce, conseguí cierta protección de los golpes del granizo, pues en ese instante solo me alcanzaba el que rebotaba del suelo y el lateral del mármol.

Cuando me apoyé en la puerta, se movió un poco y se abrió hacia dentro. El refugio, aunque fuera una tumba, era bienvenido en aquella despiadada tormenta, y estaba a punto de entrar cuando el destello de un relámpago en zigzag iluminó toda la extensión del cielo. Al instante, como hombre vivo que soy, cuando mis ojos se volvieron a la oscuridad de la tumba, vi a una hermosa mujer con mejillas redondeadas y labios rojos que parecía dormir en un féretro. Cuando estalló el trueno en lo alto, me sentí como asido por la mano de un gigante que me lanzó hacia la tormenta. Todo fue tan repentino

que, antes de poder darme cuenta del golpe, tanto moral como físico, el granizo ya me caía encima. Al mismo tiempo, tuve la extraña y dominante sensación de que no estaba solo. Miré hacia la tumba. Justo entonces hubo otro destello cegador que pareció alcanzar la estaca de hierro que coronaba la sepultura y la recorrió hasta la tierra, haciendo estallar el mármol, derrumbándolo como en una explosión de llamas. La mujer muerta se levantó en un instante de agonía, presa de las llamas, y su amargo alarido quedó ahogado por el trueno. Lo último que oí fue aquel sonido espantoso, puesto que de nuevo me asió la mano gigantesca y me arrastró lejos, mientras el granizo me golpeaba y el aire a mi alrededor parecía retumbar con el aullido de los lobos. Lo último que recuerdo ver fue una masa vaga, blanca, moviéndose, como si de todas las tumbas que me rodeaban hubieran salido los fantasmas de sus muertos amortajados, y que estuvieran cercándome a través de la blanca nubosidad del granizo torrencial.

Poco a poco empecé a volver en mí y después tuve una sensación de cansancio terrible. Durante un rato no recordé nada, pero fui recuperando mis sentidos lentamente. Los pies me dolían de manera atroz, aunque no podía moverlos. Parecían entumecidos. Tenía una sensación gélida en la nuca y por toda la espalda, y mis oídos, al igual que mis pies, estaban dormidos aunque sufriendo un suplicio. No obstante, la sensación de calor en el pecho era en comparación deliciosa. Era como una pesadilla, una pesadilla física, si es que se puede usar esa expresión, pues un fuerte peso en el pecho hacía que me costara respirar.

Aquel periodo de semiletargo pareció durar mucho tiempo, y mientras desaparecía debí de quedarme dormido o desmayarme. Luego sentí una náusea, como la primera fase del mareo en barco, y el deseo irrefrenable de querer liberarme de algo, aunque no sabía de qué. Me envolvía una gran quietud, como si todo el mundo estuviera dormido o muerto, que se interrumpió por el quedo jadeo de una especie de animal que tenía cerca. Noté un roce áspero en el cuello y después fui consciente de la terrible verdad que me heló hasta el corazón y mandó la sangre disparada a mi cerebro. Un enorme animal estaba tendido sobre mí y me lamía el cuello. Temí moverme, pues un instinto de prudencia me aconsejaba quedarme quieto. Sin embargo, la bestia pareció advertir un cambio en mí, puesto que levantó la cabeza. A través de mis pestañas vi encima de mí dos grandes ojos llameantes de un lobo gigantesco. Sus afilados dientes blancos brillaban en la boca roja y abierta, y noté su aliento caliente, feroz y acre sobre mí.

Durante otro lapso de tiempo, no recordé nada más. Luego fui consciente de un bajo gruñido, seguido de un gañido, que se repetía una y otra vez. Más tarde, al parecer a lo lejos, oí un «¡Eh! ¡Eh!», como varias voces gritando al unísono. Con cuidado, alcé la cabeza y miré en la dirección de donde procedía el sonido, pero el cementerio me tapaba la vista. El lobo continuaba aullando de un modo extraño, y un resplandor rojo comenzó a moverse alrededor del bosquecillo de cipreses, como si siguiera al sonido. A medida que las voces se iban acercando, el lobo gañía más rápido y fuerte. Me daba miedo hacer cualquier ruido o movimiento. Se acercó más el resplandor rojo sobre el blanco manto que se extendía en la oscuridad que me rodeaba. De pronto, entre los árboles apareció al trote una tropa de jinetes con antorchas. El lobo se apartó de mi pecho y fue hacia el cementerio. Vi a uno de los jinetes (parecían soldados por sus gorras y sus largas capas militares) alzar su carabina y apuntar. Un compañero le dio en el brazo y oí la bala pasar zumbando por encima de mi cabeza. Sin duda había confundido mi cuerpo con el del lobo. Otro vio al animal mientras se alejaba sigilosamente y disparó. Entonces, al galope, los hombres avanzaron, algunos hacia mí, y otros siguiendo al lobo mientras desaparecía entre los cipreses cubiertos de nieve.

Al acercarse más, intenté moverme, pero no tenía fuerzas, aunque veía y oía todo lo que pasaba a mi alrededor. Dos o tres soldados saltaron de sus caballos y se arrodillaron a mi lado. Uno de ellos me levantó la cabeza y colocó la mano sobre mi corazón.

—¡Buenas noticias, camaradas! —gritó—. ¡Aún le late el corazón!

Entonces me echaron brandy por la garganta, lo que me dio energía, y fui capaz de abrir los ojos del todo y mirar a mi alrededor. Las luces y las sombras se movían entre los árboles y oí a unos hombres llamándose unos a otros. Se reunieron, profiriendo exclamaciones de terror, y las luces destellaron mientras los demás salían del cementerio sin orden ni concierto, como hombres poseídos. Cuando los más rezagados se acercaron a nosotros, los que estaban a mi alrededor les preguntaron impacientes:

—Bueno, ¿lo habéis encontrado?

La respuesta fue inmediata:

—¡No! ¡No! ¡Se fue muy deprisa! ¡Este no es lugar para quedarse y menos aún esta noche!

—¿Qué era? —fue la pregunta formulada de varias maneras.

La respuesta llegó también de diferentes modos e indefinida, como si los hombres se vieran impulsados a hablar pero a la vez estuvieran contenidos por el temor de revelar sus pensamientos.

—¡Era... era... eso! —tartamudeó uno, fuera de sí por un momento.

—¡Un lobo... pero no era un lobo! —terció otro con voz temblorosa.

—Es inútil intentar alcanzarle si la bala no está consagrada —comentó un tercero de una manera más normal.

—¡Nos está bien empleado por salir esta noche! ¡Nos hemos ganado con creces los mil marcos!

—Había sangre en el mármol roto —dijo otro al cabo de una pausa— y el rayo no llegó allí. Y él... ¿está bien? ¡Mírale el cuello! Fijaos, camaradas, el lobo se tumbó sobre él para mantenerle la sangre caliente.

El oficial me examinó el cuello y contestó:

—Está bien, no le han atravesado la piel. ¿Qué significa todo esto? No lo habríamos encontrado nunca si no llega a ser por el aullido del lobo.

—¿Qué ha sido de él? —inquirió el hombre que estaba levantándome la cabeza y que parecía ser del grupo el menos afectado por el pánico, puesto que sus manos estaban firmes y no le temblaban. En la manga llevaba el galón de suboficial.

—Se ha ido a casa —respondió el hombre cuyo largo rostro estaba pálido y que temblaba de miedo mientras miraba a su alrededor con temor—. Ahí dentro hay tumbas suficientes en las que refugiarse. ¡Vamos, camaradas... vamos rápido! Marchémonos de este lugar maldito.

El oficial me levantó hasta sentarme mientras pronunciaba una palabra de mando. Luego varios hombres me subieron a un caballo. Él saltó a la silla detrás de mí, me sujetó con los brazos y dio la orden de avanzar; y apartando nuestros rostros de los cipreses, nos alejamos cabalgando en una rápida formación militar.

Mi lengua todavía se negaba a funcionar y me veía forzado a guardar silencio. Debí de quedarme dormido, ya que lo siguiente que recuerdo es estar de pie, sostenido por un soldado a cada lado. Era casi pleno día y al norte una línea roja de sol se reflejaba como un sendero de sangre sobre el derroche de nieve. El oficial les decía a los hombres que no contaran nada de lo que habían visto, excepto que habían hallado a un extranjero inglés custodiado por un perro grande.

—¡Un perro! Eso no era un perro —le interrumpió el hombre que había mostrado tanto miedo—. Creo que reconozco a un lobo cuando lo veo.

El oficial más joven respondió calmado:

—Digo que era un perro.

—¡Un perro! —repitió el otro con ironía. Era evidente que su valentía se despertaba con el sol y, señalándome, dijo—: Mire su garganta. ¿Es eso obra de un perro, señor?

Por instinto, me llevé la mano al cuello, y al tocarlo grité de dolor. Los hombres se reunieron a mi alrededor para mirar, algunos se bajaron de sus sillas, y de nuevo volvió a oírse la voz serena del joven oficial:

—Fue un perro, como he dicho. Si decimos otra cosa, solo conseguiremos que se rían de nosotros.

Entonces me montaron detrás de un soldado de caballería y seguimos cabalgando hacia las afueras de Múnich. Me subieron a un carruaje que partió hacia el Quatre Saisons. El joven oficial me acompañaba al tiempo que un jinete nos seguía con su caballo, y los demás se marcharon a los barracones.

Cuando llegamos, Herr Delbruck bajó corriendo las escaleras para recibirme. Era evidente que había estado mirando desde el interior del hotel. Me tomó de ambas manos y me llevó adentro, preocupado. El oficial se despidió de mí con un saludo y mientras se daba la vuelta para retirarse, al darme cuenta de su intención, insistí para que me acompañara a mis habitaciones. Tomando una copa de vino, le di las gracias a él y a sus valientes camaradas por haberme salvado la vida. Se limitó a contestar que estaba más que contento, y que Herr Delbruck había dado los primeros pasos para satisfacer a todo el equipo de búsqueda; ante tal expresión ambigua, el *maître d'hôtel* sonrió, y el oficial, alegando tener otras obligaciones, se fue.

—Pero, Herr Delbruck, ¿cómo y por qué los soldados estaban buscándome? —inquirí.

Se encogió de hombros, como menospreciando su propio acto, mientras respondía:

—Tuve la fortuna de conseguir un permiso del comandante del regimiento en el que serví para pedir voluntarios.

—Pero ¿cómo supo que me había perdido? —pregunté.

—El cochero llegó aquí con los restos del carruaje que había volcado al salir corriendo los caballos.

—Pero seguro que no mandó un equipo de búsqueda solamente por ese motivo...

—¡Oh, no! —respondió—. Pero incluso antes de que el cochero llegase, recibí un telegrama del boyardo del que usted es huésped.

Y del bolsillo sacó un telegrama que me entregó y yo leí:

> Bistritz. Cuide de mi invitado, su seguridad me es muy preciada. Si algo le sucediera o si se perdiera, haga todo lo posible por encontrarlo y garantizar su seguridad. Es inglés y por lo tanto intrépido. A menudo hay peligros en la nieve, con los lobos y la noche. No pierda un momento si sospecha que ha sufrido algún daño. Recompensaré su celo con mi fortuna. Drácula.

Mientras sostenía el telegrama en la mano, era como si la habitación empezara a dar vueltas, y si el atento *maître d'hôtel* no me hubiera agarrado creo que me habría desplomado. Había algo muy extraño en todo aquello, algo tan raro e imposible de imaginar que aumentó en mí la sensación de ser la víctima de unas fuerzas opuestas, y la mera y vaga idea parecía paralizarme. Sin duda me hallaba bajo una especie de misteriosa protección. Había llegado de un país lejano, en el momento preciso, un mensaje que me libró del peligro de quedarme dormido en la nieve y de las fauces del lobo.

EL VAMPIRO

John William Polidori

Sucedió que en medio de las disipaciones propias del invierno en Londres. Apareció en varias fiestas de las personalidades más importantes un noble más notable por sus singularidades que por su rango. Contemplaba el alborozo a su alrededor como si no pudiera participar en él. Al parecer, solo le atraía la risa ligera de los demás porque podía acallarla con una sola mirada e infundir terror en aquellos pechos en los que reinaba la inconsciencia. Los que notaban esa sensación de temor no podían explicar de dónde procedía: algunos la atribuían al ojo gris y muerto que, al clavarse en el rostro del sujeto, parecía no penetrar y con una simple mirada cruzar al funcionamiento interior del corazón, sino que se abatían sobre la mejilla con un rayo plomizo que pesaba sobre la piel que no podía traspasar. Sus peculiaridades hacían que fuera invitado a todas las casas. Todo el mundo deseaba verlo y quienes estaban acostumbrados a las emociones intensas, y ya sentían el peso del hastío, les complacía contar con una presencia capaz de atraer su atención. A pesar del tono mortecino de su rostro, que nunca adquiría un matiz más cálido, ni por el rubor de la modestia, ni por la fuerte emoción de la pasión, aunque su forma y su perfil eran hermosos, muchas mujeres que buscaban notoriedad trataban de ganarse sus atenciones y lograban, al menos, alguna señal de lo que podría denominarse «afecto»: lady Mercer, que desde que se casó había sido la burla de todos los monstruos que se paseaban por las fiestas, se interpuso en su camino, y solo le faltó disfrazarse de saltimbanqui para atraer su atención. Pero fue en vano, porque cuando se plantó delante de él, aunque el hombre aparentemente tenía los ojos clavados en los de ella, seguía pareciendo que no los veía. Incluso su impávido descaro fue frustrado y desapareció de escena. Pero que la vulgar adúltera no pudiera influir en la dirección de sus ojos no era porque el sexo femenino le fuese indiferente. No obstante, tal era la aparente cautela con la que hablaba a la esposa virtuosa y a la hija inocente que pocos le habían visto alguna vez dirigirse a las mujeres. Sin embargo, sí tenía reputación de tener mucha labia; y ya fuera a causa del terror que suscitaba su carácter singular o porque las damas se sintieran atraídas por su aparente odio hacia el vicio, a menudo se encontraba entre esas mujeres que eran el orgullo de su sexo por sus virtudes domésticas, así como entre las que lo mancillaban con sus vicios.

En esa misma época, llegó a Londres un joven caballero llamado Aubrey: había quedado huérfano, con una única hermana, en posesión de una gran riqueza, pues sus padres murieron cuando él aún era un niño. Abandonado también por sus tutores, que creían que su deber consistía meramente en ocuparse de su fortuna, mientras cedían la carga más importante a subalternos interesados, el muchacho cultivaba más su imaginación que su juicio, por lo que tenía un gran sentimiento romántico del honor y la franqueza, que arruina diariamente a tantos aprendices de sombrerero. Creía que todos simpatizaban con la virtud y que el vicio era arrojado por la Providencia simplemente para otorgar un efecto pintoresco a la escena, como en las historias de amor: pensaba que la miseria de una casa de campo consistía tan solo en la asignación de la ropa que era igual de cálida, pero estaba mejor adaptada al ojo del pintor por sus pliegues irregulares y los diferentes parches de color. Pensaba, en definitiva, que los sueños de los poetas eran la realidad de la vida. Era guapo, honesto y rico. Por tales razones, ante su entrada en los círculos alegres, muchas madres lo rodeaban, esforzándose por describir con menor veracidad sus amoríos o retozos favoritos.

Las hijas, a su vez, con los rostros iluminados cuando él se acercaba, y con aquellos ojos centelleantes cuando él abría la boca, pronto le condujeron a la falsa idea de sus talentos y méritos. Apegado como estaba a las novelas de amor en sus horas de soledad, se sorprendió al hallar que, excepto a la luz de las velas de cera y sebo que titilaban, no por la presencia de un fantasma, sino por el deseo de apagarlas, no había base en la vida real para ninguna de aquella variedad de imágenes agradables y descripciones contenidas en aquellos volúmenes con los que había creado su estudio. Sin embargo, al encontrar alguna compensación en su vanidad satisfecha, estaba a punto de renunciar a sus sueños, cuando el ser extraordinario que se ha descrito anteriormente se cruzó en su camino.

Lo miró con detenimiento y la propia imposibilidad de formarse una idea del carácter de un hombre totalmente absorto en sí mismo, que mostraba pocos signos de la observación de objetos externos, salvo la tácita aprobación de su existencia, implícito en la evasión de su contacto, permitió que su imaginación visualizara todo aquello que favoreciera su propensión a las ideas extravagantes y no tardó en convertir su objetivo en el héroe de una historia de amor, y se decidió a observar el resultado de su fantasía en vez de a la persona que tenía delante. Se familiarizó con él, lo colmó de atenciones y tanto avanzó aquella relación que siempre se aceptaba su presencia. Poco a poco fue enterándose de que los asuntos de lord Ruthven eran embarazosos y pronto descubrió, por las notas de preparación en la calle..., que estaba a punto de salir de viaje. Deseoso de obtener algún tipo de información respecto a este personaje singular que, hasta entonces, solo había avivado su curiosidad, insinuó a sus tutores que había llegado el momento de que emprendiera un viaje, que durante muchas generaciones se ha creído necesario para permitir que los jóvenes avanzaran rápidamente en la carrera del vicio para ponerse al nivel de los adultos, para no parecer que se habían caído del guindo cuando se mencionaban escandalosas intrigas como comentarios jocosos o alabanzas, según la habilidad del que lo pronunciara. Estuvieron de acuerdo y en cuanto Aubrey mencionó sus intenciones a lord Ruthven, se sorprendió cuando este le propuso que le acompañara. Halagado ante semejante señal de estima de un hombre con quien al parecer no tenía nada en común, aceptó de buen grado y a los pocos días ya habían atravesado las aguas que rodean la isla.

Hasta entonces, Aubrey no había tenido oportunidad de estudiar el carácter de lord Ruthven y ahora descubría que, aunque muchas de sus acciones quedaban a la vista, los resultados ofrecían conclusiones distintas a los motivos aparentes de su comportamiento. Su compañero se deshacía en generosidad. Los holgazanes, los vagabundos y los mendigos recibían de sus manos más que suficiente para aliviar sus necesidades inmediatas. Pero Aubrey no pudo evitar advertir que a los virtuosos, reducidos a la indigencia por las desgracias relacionadas incluso con la virtud, no les daba limosna y los apartaba de la puerta con un desdén apenas contenido; pero cuando llegaba el despilfarrador pidiendo algo, no para satisfacer sus necesidades, sino para revolcarse en su lujuria o para hundirse aún más en su iniquidad, lo despachaba con abundante caridad. Esto, sin embargo, lo atribuía a la gran importunidad de los depravados, que por lo general prevalece sobre la retraída timidez de los indigentes virtuosos. Había una circunstancia en cuanto a la caridad de su señoría que le impresionaba todavía más: todos los que recibían su limosna inevitablemente comprobaban que esta traía consigo una maldición, pues todos terminaban en el cadalso, o hundidos en la más baja y abyecta miseria. En Bruselas y otras ciudades por las que pasaron, Aubrey se sorprendió ante el evidente entusiasmo con que su compañero buscaba los centros de vicio que estaban más de moda; allí se metió en todas las mesas de juego: apostaba y siempre salía ganando, salvo donde el conocido tramposo era su contrincante, y entonces allí perdía incluso más de lo que ganaba. Pero siempre lo hacía con la misma cara inmutable, con la que generalmente observaba a los que le rodeaban. Sin embargo, no ocurría lo mismo cuando se encontraba al impetuoso novato o al desafortunado padre de familia numerosa. En tales casos, su mismo deseo parecía la ley de la fortuna... apartaba esa supuesta abstracción de la mente y los ojos le brillaban con más fuego que los del gato mientras se entretiene con un ratón medio muerto. En todas las ciudades, dejaba a jóvenes antes acomodados excluidos del círculo que ornaban, maldiciendo, en la soledad de una mazmorra, el destino que les

72

había arrastrado al alcance de aquel desalmado. De igual modo, muchos padres se sentaban desesperados, entre las miradas parlantes de unos hijos enmudecidos por el hambre, sin ni un céntimo de su inmensa riqueza anterior con el que comprar suficiente para satisfacer sus necesidades. Aun así nunca se llevaba nada de la mesa de juego, sino que perdía de inmediato, para ruina de muchos, la última moneda que acababa de arrebatar de la mano convulsiva del inocente. Puede que eso fuera la consecuencia de un cierto grado de conocimiento, que, sin embargo, no le capacitaba para luchar contra la astucia de los más experimentados. Aubrey deseaba a menudo hacérselo saber a su amigo, rogarle renunciar a aquella caridad y placer que resultaba ser la ruina de todos, y no tendía a su propio beneficio; pero lo demoraba... pues todos los días esperaba que su amigo le diese alguna oportunidad para hablar franca y abiertamente; sin embargo, eso nunca ocurrió. Lord Ruthven en su carruaje, y en medio de las diferentes agrestes y abundantes escenas naturales, siempre era el mismo: sus ojos hablaban menos que sus labios; y aunque Aubrey se hallaba cerca del objeto de su curiosidad, no obtenía más satisfacción que el entusiasmo de desear en vano acabar con aquel misterio, que para su imaginación exaltada empezaba a asumir la apariencia de algo sobrenatural.

Pronto llegaron a Roma y durante un tiempo Aubrey perdió de vista a su compañero; lord Ruthven lo abandonaba para asistir diariamente a las reuniones matinales del círculo de una condesa italiana, mientras él iba en busca de monumentos conmemorativos de otra ciudad casi desierta. Mientras estaba ocupado en eso, le llegaron cartas de Inglaterra, que abrió con apremiante impaciencia; la primera era de su hermana, que no le enviaba más que afecto; las otras eran de sus tutores, y estas lo dejaron estupefacto. Si antes se le había pasado por la imaginación que su compañero albergaba un poder maléfico, esas cartas parecían darle motivos suficientes para creerlo. Sus tutores insistían en que abandonase inmediatamente a su amigo, y alegaban que este era una persona terriblemente depravada, porque al poseer el irresistible poder de la seducción, hacía que sus hábitos libertinos fueran todavía más peligrosos para la sociedad. Se había descubierto que su desdén por la adúltera no se debía a que odiase su reputación;

sino que, para aumentar su satisfacción, había exigido a su víctima, compañera suya de culpa, que se arrojase desde el pináculo de la inmaculada virtud al más bajo de los abismos de la infamia y la degradación: en resumidas cuentas, que todas aquellas mujeres a las que él había buscado, al parecer en gracia a su virtud, después de su partida, se habían quitado incluso la máscara y no habían tenido ningún escrúpulo en exponer toda la deformidad de sus vicios a la mirada pública.

Aubrey decidió dejar a quien todavía no había mostrado nada bueno de su carácter en lo que fijarse. Resolvió inventarse algún pretexto plausible para abandonarlo del todo, proponiéndose, mientras tanto, vigilarlo más de cerca y no dejar que le pasara desapercibido ni el más mínimo detalle. Se introdujo en el mismo círculo social, y pronto se dio cuenta de que su señoría se empeñaba en aprovecharse de la inexperiencia de la hija de la dama cuya casa frecuentaba habitualmente. En Italia, es raro que una mujer soltera asista a reuniones sociales; por lo tanto, lord Ruthven se vio obligado a continuar sus planes en secreto; pero Aubrey no le perdía de vista en todas sus idas y venidas, y no tardó en descubrir que había concertado una cita, que muy probablemente acabaría siendo la ruina de una inocente aunque irreflexiva muchacha. Sin perder más tiempo, entró en el cuarto de lord Ruthven y bruscamente le preguntó cuáles eran sus intenciones respecto a la joven, informándole a su vez de que sabía que iba a reunirse con ella esa misma noche. Lord Ruthven le respondió que sus intenciones eran las que se supone que tendría cualquiera en una ocasión semejante; y al verse presionado a responder si tenía intención de casarse con ella, simplemente se echó a reír. Aubrey se retiró y al instante escribió una nota anunciando que a partir de entonces se negaba a seguir acompañando al lord durante el resto del viaje planeado. Ordenó a su criado que le buscase un nuevo alojamiento y se fue a visitar a la madre de la joven para informar de cuanto conocía, no solo en relación con su hija, sino también en lo referente a la reputación del lord. La cita secreta fue impedida. Al día siguiente, lord Ruthven se limitó a enviar a su criado para notificar a Aubrey su pleno consentimiento en la separación; pero no le dio a entender que sospechase que sus planes se hubieran frustrado por la intervención de Aubrey.

Al marcharse de Roma, Aubrey se dirigió a Grecia y, cruzando la península, pronto se encontró en Atenas. Estableció entonces su residencia en casa de un griego y no tardó en ocuparse personalmente de localizar los registros marchitos de antiguas glorias en aquellos monumentos que, aparentemente, avergonzados de relatar las hazañas de hombres libres que después se convertirían en esclavos, se habían escondido bajo el suelo protector o los líquenes de diversos colores. Bajo el mismo techo que él, vivía una criatura tan bella y delicada que habría podido servir de modelo a un pintor que quisiera retratar en el lienzo la esperanza prometida a los fieles en el paraíso de Mahoma, salvo que sus ojos revelaban demasiada cabeza para pensar que pudiera ser una de las que no poseen alma. Cuando danzaba en la llanura, o subía con paso ligero la ladera de la montaña, uno pensaba que ni una gacela habría podido comparársele en belleza; pues, ¿quién habría cambiado la mirada de sus ojos, que parecían los de la naturaleza animada, por esa otra soñolienta y suntuosa mirada de animal que solo se adapta al gusto del epicúreo? El andar ligero de Ianthe a menudo acompañaba a Aubrey en su búsqueda de antigüedades, y a menudo la inconsciente muchacha, enfrascada en la persecución de una mariposa de Cachemira, mostraba toda la belleza de su cuerpo, como si flotara en el viento, ante la mirada de deseo de él, que se olvidaba de las cartas que acababa de descifrar en una tablilla casi borrada, mientras contemplaba su figura de sílfide. A menudo también caían sus cabellos mientras revoloteaba de un lado a otro, y exhibían, bajo los rayos del sol, unas tonalidades tan delicadamente brillantes y fugaces que bien podrían disculpar el olvido del anticuario, que dejaba escapar de su mente el mismo objeto que antes había considerado de vital importancia para una adecuada interpretación de un pasaje de Pausanias. Pero ¿por qué intentar describir los encantos que todos sienten, pero que nadie puede apreciar? Eran inocencia, juventud y belleza, no afectadas por los salones concurridos y los bailes sofocantes. Mientras él dibujaba las ruinas de lo que deseaba recordar en sus horas futuras, ella permanecía a su lado, observando los mágicos efectos de su lápiz al plasmar en papel el escenario de su lugar de nacimiento; luego ella le describía los bailes en círculo en plena llanura, le pintaba con los brillantes colores de la memoria juvenil la pompa de las bodas que recordaba haber visto en su infancia; y entonces, cambiando de un tema a otro que evidentemente le había causado mayor impacto, le contaba todas las historias sobrenaturales que su nodriza le había relatado. Su sinceridad y la aparente fe suscitó el interés de Aubrey; y a menudo, cuando le contaba la historia del vampiro vivo, que había pasado años entre sus amigos y parientes más queridos, obligado año tras año a alimentarse con la vida de una hermosa joven para prolongar su existencia durante los meses siguientes, se le helaba la sangre, aunque intentaba reírse de esas fantasías frívolas y horribles. Pero Ianthe le citó los nombres de algunos ancianos que al final llegaron a descubrir entre ellos a un vampiro vivo, después de haberse encontrado a varios de sus hijos y parientes más próximos marcados con el sello del apetito de aquel demonio. Y al verlo tan incrédulo, le suplicó que la creyera, pues se comentaba que los que osaban dudar de la existencia de los vampiros siempre terminaban obteniendo alguna prueba que les obligaba a reconocer, con dolor y desgarro, que era cierta. Le detalló la apariencia tradicional de esos monstruos, y aumentó su horror al oír una descripción bastante precisa de lord Ruthven. Sin embargo, persistió todavía en persuadirla de que sus temores no podían ser verdad, aunque al mismo tiempo se asombraba de las numerosas coincidencias que habían contribuido a hacerle creer en el poder sobrenatural de lord Ruthven.

Aubrey empezó a encariñarse cada vez más con Ianthe; su inocencia, tan distinta de las afectadas virtudes de las mujeres entre las que él había buscado su visión de romance, le atrapó el corazón; y, mientras que le parecía ridícula la idea de que un joven de costumbres inglesas se casara con una joven griega inculta, cada vez se sentía más encariñado con aquella muchacha que tenía delante y casi parecía un hada. A veces se separaba de ella y, tras planear la búsqueda de algún anticuario, se marchaba decidido a no regresar hasta haber conseguido su objetivo; pero siempre le resultaba imposible fijar la atención en las ruinas que lo rodeaban, mientras que en su mente retenía una imagen que parecía ser la única dueña legítima de sus pensamientos. Ianthe no era consciente de su amor y era la misma franca criatura infantil que había conocido al principio. Siempre parecía separarse de él a regañadientes; pero era porque ya no tenía a nadie con quien visitar sus lugares preferidos, mientras su tutor estaba ocupado dibujando o descubriendo alguna pieza que había escapado a la mano destructora del tiempo. La muchacha había recurrido a sus padres sobre el tema de los vampiros, y ambos, junto a otros presentes, confirmaron su existencia, pálidos de terror con tan solo mencionar el nombre. Poco después, Aubrey decidió emprender una de sus excursiones, que le entretendría unas cuantas horas. Cuando oyeron el nombre del lugar al que iba a ir, todos a la vez le rogaron que no regresara de noche, pues a la fuerza tendría que atravesar un bosque en el que ningún griego se quedaría después del anochecer, bajo ningún concepto. Lo describieron como un lugar frecuentado por los vampiros en sus orgías nocturnas, y advirtieron que las peores desgracias se cernían sobre quien se atreviera a cruzarse en su camino. Aubrey restó importancia a su relato e intentó distraerlos y hacer que se rieran; pero, cuando los vio estremecerse ante su atrevimiento al mofarse de un poder infernal superior cuyo solo nombre por lo visto les helaba la sangre, guardó silencio.

A la mañana siguiente, cuando Aubrey emprendió su excursión solo, se sorprendió al observar el rostro melancólico de su anfitrión, y se preocupó al comprobar que sus palabras, al ridiculizar la creencia en esos horribles demonios, les hubiese infundido tal terror. Cuando estaba a punto de partir, Ianthe se acercó a su caballo y le suplicó de todo corazón que regresara antes de que la noche permitiera poner en práctica el poder de esos seres; él se lo prometió. Sin embargo, estuvo tan ocupado en sus investigaciones que no se dio cuenta de que pronto se iba a acabar la luz del día y que en el horizonte había una de esas manchas que, en los climas más cálidos, se transforman enseguida en una masa enorme que vertía toda su furia sobre el abnegado campo. No obstante, montó por fin en su caballo decidido a recuperar el retraso con la velocidad, pero era demasiado tarde. El crepúsculo en esos climas del sur es casi desconocido; el sol se pone enseguida y comienza la noche: y antes de que hubiera avanzado mucho, la fuerza de la tormenta estaba encima. Los truenos retumbantes apenas tenían un intervalo de descanso. La lluvia torrencial se abría paso entre las copas de los árboles, mientras los azules relámpagos bifurcados parecían caer y estallar a sus pies. De repente su caballo se asustó y echó a correr con gran rapidez a través del bosque enmarañado. El animal por fin, debido al cansancio, paró, y Aubrey descubrió, bajo el destello de un relámpago, que estaba cerca de una casucha que apenas se alzaba entre los montones de hojas secas y maleza que la rodeaban. Desmontó y se aproximó con la esperanza de encontrar a alguien que le guiara hasta la ciudad, o al menos confiando en obtener refugio frente a la intensa tormenta. Al acercarse, los truenos cesaron un momento, lo que le permitió oír los espantosos chillidos de una mujer, mezclados con unas exultantes y contenidas carcajadas de burla, que continuaron en un sonido casi ininterrumpido. Estaba asustado, pero, sobresaltado por otro trueno que retumbó sobre su cabeza, con un repentino esfuerzo, se obligó a abrir la puerta de la cabaña. Se encontró en la más absoluta oscuridad; el sonido, sin embargo, le guio. Aparentemente, pasó desapercibido, pues, aunque llamó, los gritos continuaron y nadie pareció notar su presencia. Entonces tocó a alguien, a quien de inmediato agarró y se oyó una voz: «¡Otra vez desconcertado!», a lo que siguió una sonora carcajada; y sintió como si le asiera alguien cuya fuerza parecía sobrehumana. Decidido a vender su vida lo más cara posible, forcejeó, pero fue en vano: fue levantado en el aire y lanzado con gran fuerza contra el suelo. Su enemigo se lanzó sobre él y, poniéndole una rodilla en el pecho, le había rodeado el cuello con las manos... cuando el resplandor de varias antorchas, que penetraba a través del agujero por donde entraba la luz durante el día, lo sorprendió. Se levantó al instante, dejó su presa, cruzó la puerta rápidamente, y al momento ya no se oyó el crujir de las ramas mientras atravesaba el bosque. La tormenta se había calmado y Aubrey, incapaz de moverse, no tardó en ser oído por los que estaban fuera. Entraron y la luz de sus antorchas iluminó las paredes de adobe y el techo de paja, recubierto de espesas manchas de hollín. A petición de Aubrey se pusieron a buscar a la mujer que le había atraído con sus gritos y el chico quedó de nuevo en la oscuridad; pero cuál sería su horror cuando, bajo la luz de las antorchas que volvió a iluminar la cabaña, percibió el cuerpo etéreo de su hermosa guía como un cuerpo sin vida. Cerró los ojos, esperando que no fuera más que una visión provocada por su imaginación trastornada; pero, cuando los abrió de nuevo, volvió a ver la misma figura tendida a su lado. No había color en sus mejillas, ni siquiera en sus labios, sino una quietud en su rostro que parecía casi tan atrayente como la vida que una vez hubo allí. En el cuello y en el pecho había sangre, y en su garganta tenía las marcas de los dientes que le habían abierto una vena. Al ver aquello, los hombres señalaron con el dedo y gritaron todos a la vez, atemorizados:

—¡Un vampiro! ¡Un vampiro!

Formaron enseguida una camilla y tumbaron a Aubrey junto a la que había sido para él objeto de radiantes y encantadoras visiones, ahora truncadas con la flor de la vida muerta en su interior. No sabía ya qué pensar... tenía la mente embotada y parecía evitar cualquier tipo de reflexión y refugiarse en el vacío. Casi inconsciente, sostenía en la mano una daga desenvainada de forma extraña que se había encontrado en la cabaña. Pronto se reunieron con los diferentes grupos encargados de buscar a la joven a quien su madre había echado de menos. Sus gritos lastimeros, a medida que se acercaban a la ciudad, advirtieron a los padres de una espantosa catástrofe. Describir su dolor sería imposible, pero cuando determinaron la causa de la muerte de su hija, miraron a Aubrey y señalaron el cadáver. Estaban desconsolados y ambos murieron con el corazón roto.

Cuando metieron a Aubrey en la cama, se apoderó de él una fiebre terrible y a menudo deliraba: en esos momentos llamaba a lord Ruthven y a Ianthe, pues, por alguna inexplicable combinación parecía suplicar a su antiguo compañero que le perdonara la vida al ser que amaba. Otras veces profería maldiciones contra él y le acusaba de ser el destructor de la muchacha. Dio la casualidad de que lord Ruthven llegó en esos días a Atenas y, por el motivo que fuera, al enterarse del estado de Aubrey, se instaló inmediatamente en la misma casa y se convirtió en su compañía constante. Cuando este último se recuperó de su delirio, se horrorizó y sobresaltó al ver al hombre cuya imagen relacionaba ahora con la de un vampiro; pero lord Ruthven, con sus palabras amables que casi insinuaban arrepentimiento por el fallo de haberse separado, y más aún con la atención y preocupación que demostraba, pronto aceptó su presencia. El lord parecía bastante cambiado; ya no tenía aquel aspecto apático que tanto había asombrado a Aubrey, pero en cuanto su recuperación empezó a ser rápida, poco a poco fue volviendo al mismo estado de ánimo, y Aubrey no vio ninguna diferencia con el hombre de antes, salvo que a veces lo sorprendía mirándolo fijamente, con una sonrisa de malévola exultación en los labios. No sabía por qué, pero aquella sonrisa le obsesionaba. Durante la última fase de recuperación del inválido, lord Ruthven por lo visto se dedicó a contemplar las olas levantadas por la brisa refrescante, o a seguir el curso de las constelaciones, que giran, como nuestro mundo, alrededor del sol inmóvil... a decir verdad, parecía querer evitar los ojos de todos.

La mente de Aubrey estaba muy debilitada a causa de la conmoción, y la laxitud de espíritu que antes le distinguía parecía haberse ido para siempre. Se había vuelto tan amante de la soledad y del silencio como lord Ruthven; pero, por mucho que desease la soledad, su mente no podía hallarla en las cercanías de Atenas; si la buscaba entre las ruinas que antes frecuentaba, le acompañaba la figura de Ianthe; si la buscaba en los bosques, su paso ligero parecía vagar entre la maleza en busca de la modesta violeta; luego, de repente daba un giro y su loca imaginación le mostraba su cara pálida, la garganta herida y una dócil sonrisa en los labios. Aubrey decidió escapar de aquellos paisajes, en los que cada detalle creaba asociaciones muy amargas en su mente. Le propuso a lord Ruthven, hacia quien sentía un compromiso por lo bien que le había cuidado durante su enfermedad, visitar aquellas partes de Grecia que todavía no habían visto ninguno de los dos. Viajaron en todas las direcciones, y buscaron los lugares vinculados con algún recuerdo: pero, a pesar de apresurarse de un lugar a otro, aun así no parecían prestar atención a lo que miraban. Oyeron hablar mucho de ladrones, pero poco a poco empezaron a despreciar esa información, que imaginaron que se trataba tan solo de una invención de individuos interesados en suscitar la generosidad de aquellos a quienes defendían de los supuestos peligros. Como consecuencia de no seguir los consejos de los lugareños, en una ocasión viajaron con muy pocos acompañantes, más bien para servirles de guía que de defensa. Sin embargo, nada más entrar en un estrecho desfiladero, cuyo fondo recorría un torrente, con grandes rocas desprendidas de los precipicios de los alrededores, tuvieron motivo para arrepentirse de su negligencia; pues, apenas hubo entrado todo el grupo en el angosto paso, les sobresaltó el silbido de unas balas cerca de sus cabezas y el retumbar de los disparos de varias armas. Sus acompañantes los abandonaron al instante para ocultarse tras unas rocas y comenzaron a disparar en la dirección de los estallidos. Lord Ruthven y Aubrey, imitando su ejemplo, se colocaron detrás de la curva protectora del desfiladero, pero avergonzados por que les hubiera detenido un enemigo que les ordenaba avanzar lanzándoles gritos insultantes, y al estar expuestos a una matanza inevitable si alguno de los asaltantes trepaba para atacarlos por la retaguardia, decidieron enseguida correr en busca del enemigo. Apenas habían dejado la protección de las rocas cuando lord Ruthven recibió un disparo en el hombro que lo tiró al suelo. Aubrey se apresuró a ayudarlo y, sin prestar atención a la contienda o al peligro que corría, pronto le sorprendió ver las caras de los ladrones rodeándolo, porque sus acompañantes, al estar herido lord Ruthven, habían levantado los brazos y se habían rendido.

Aubrey les prometió una gran recompensa y no tardó en convencerlos para que llevaran a su amigo herido a una cabaña cercana; y, tras acordar un rescate, dejaron de molestarlo con su presencia. Se conformaron con simplemente vigilar la entrada hasta que regresara su camarada con la suma prometida, para lo cual tenía una orden. La fuerza de lord Ruthven disminuyó con rapidez; al cabo de dos días apareció la mortificación y la muerte parecía avanzar a pasos agigantados. Su comportamiento y su aspecto no habían cambiado; parecía tan indiferente al dolor como lo había sido a las cosas que lo rodeaban, pero al acercarse la última tarde, parecía inquieto y clavaba con frecuencia los ojos en Aubrey, quien se veía inducido a ofrecer su ayuda con más sinceridad de la habitual.

—¡Ayúdeme! ¡Puede salvarme!... Puede hacer más que eso... No me refiero a mi vida. Me importa tanto el fin de mi existencia como el día que termina. Pero puede salvar mi honor, el honor de su amigo.

—¿Cómo? ¡Dígame cómo! Haré cualquier cosa —respondió Aubrey.

—Necesito bien poco... Mi vida se consume a un ritmo acelerado... No le puedo explicar todo, pero si oculta todo lo que sabe de mí, mi honor quedaría libre de mancha en boca del mundo... Y si mi muerte no se conociera durante algún tiempo en Inglaterra... yo... yo... pero mi vida...

—No se sabrá nada.

—¡Júrelo! —exclamó el moribundo, incorporándose con exultante violencia—. Júrelo por todo cuanto su alma venera, por todos sus miedos primarios, júreme que durante un año y un día no transmitirá lo que conoce de mis delitos ni mi muerte a ningún ser vivo, pase lo que pase, o vea usted lo que vea.

Parecía que los ojos iban a salírsele de las órbitas.

—¡Lo juro! —dijo Aubrey.

Lord Ruthven se hundió en la almohada, riéndose, y dejó de respirar.

Aubrey se retiró a descansar, pero no durmió; las numerosas situaciones que habían rodeado la relación con aquel hombre aparecieron en su mente sin que supiera por qué; cuando recordó el juramento, un escalofrío le recorrió el cuerpo, como si tuviera el presentimiento de que algo horrible le esperaba. Se levantó temprano por la mañana y estaba a punto de entrar en la choza donde había dejado el cadáver, cuando se topó con un ladrón que le informó de que ya no se encontraba allí, pues, cuando el muchacho se había retirado, los asaltantes lo habían llevado a la cima de un monte cercano, de acuerdo a la promesa que le habían hecho al señor de exponer el cuerpo al primer rayo helado de la luna tras su muerte. Aubrey, estupefacto, agarró a varios de los hombres, decidido a enterrarlo en el lugar donde yacía. Pero cuando llegó a la cima, no encontró rastro ni del cadáver ni de las ropas, aunque los ladrones le juraron que habían dejado el cuerpo sobre una roca idéntica a la que le habían señalado. Durante algún tiempo, su mente quedó desconcertada en conjeturas, pero al fin regresó, convencido de que habían enterrado el cadáver por su cuenta para quedarse con la ropa.

Cansado de un país en el que se había encontrado con tan terribles infortunios, y en el que al parecer todo conspiraba a realizar aquella supersticiosa melancolía que se había apoderado de su mente, decidió marcharse, y pronto llegó a Esmirna. Mientras esperaba que un barco le llevase a Otranto o a Nápoles, se ocupó de poner en orden algunos efectos personales que llevaba consigo y pertenecieron a lord Ruthven. Entre otras cosas había un estuche que contenía varias armas, más o menos adaptadas para garantizar la muerte de la víctima. Había varias dagas y yataganes. Mientras les echaba un vistazo y examinaba sus formas curiosas, cuál fue su sorpresa al encontrar una vaina, al parecer decorada con el mismo estilo que la daga descubierta en la fatídica cabaña. Se estremeció, y, apresurándose para conseguir más pruebas, halló el arma, y cabe imaginarse su horror cuando descubrió que, aunque tenía una forma peculiar, encajaba perfectamente en la funda que tenía en la mano. Sus ojos ya no necesitaron más certeza... no podían apartarse de la daga; sin embargo, deseaba no creer lo que veía. Pero esa forma peculiar y las mismas tonalidades del puño y de la vaina eran igual de espléndidas y no dejaban lugar a dudas. Además, había gotas de sangre en ambos objetos.

Abandonó Esmirna y, de camino a casa, en Roma, sus primeras averiguaciones estuvieron relacionadas con la joven que él había intentado arrebatar a las artes seductoras de lord Ruthven. Sus padres estaban en apuros, habían perdido su fortuna, y nadie había oído hablar de ella tras la partida de su señoría. Aubrey casi perdió el juicio ante tantos horrores repetidos; temía que aquella joven hubiera sido víctima también del que destruyó a Ianthe. Se volvió taciturno y callado, y su única ocupación consistía en meter prisa a los postillones, como si fuesen a salvar la vida de alguien a quien tuviera cariño. Llegó a Calais y una brisa, que parecía obedecer a su voluntad, no tardó en llevarle a las costas inglesas. Fue enseguida a la mansión de sus padres, y allí, por un momento, entre los abrazos y las caricias de su hermana, pareció abandonar todo recuerdo del pasado. Si antes se había ganado ella su afecto con sus caricias infantiles, ahora que empezaba a parecer una mujer agradecía más su compañía.

La señorita Aubrey carecía de esa gracia cautivadora que atrae las miradas y las alabanzas en los salones. No tenía esa ligera brillantez que solo existe en la atmósfera caldeada de una estancia atestada de gente. Sus ojos azules nunca se iluminaban por la frivolidad de la mente que había detrás. Poseía un encanto melancólico que no parecía surgir de la desgracia, sino de algún sentimiento interno que parecía indicar un alma consciente de una esfera más brillante. No caminaba con ese paso ligero que se desvía atraído por una mariposa o un color... Caminaba de forma reposada y pensativa. Cuando estaba sola, jamás se le iluminaba el rostro con una sonrisa de alegría; pero cuando su hermano le expresaba su afecto y olvidaba en su presencia las penas que impedían su descanso, ¿quién habría cambiado su sonrisa por la de una persona voluptuosa? Parecía como si aquellos ojos, aquel rostro, jugara a la luz de su propio ámbito natural. Tenía aún solo dieciocho años y no había sido presentada en sociedad, pues sus tutores habían creído más conveniente esperar hasta que su hermano regresara del continente para así ser su protector. Por lo tanto, se decidió que la próxima fiesta, que iba a celebrarse pronto, sería el momento de su entrada en la vida social. Aubrey habría preferido quedarse en la mansión de sus padres y alimentar la melancolía que le dominaba. No podía sentir interés por las frivolidades de desconocidos de moda, cuando tenía la mente destrozada por los acontecimientos que había presenciado; pero decidió sacrificar su propia comodidad para proteger a su hermana. Pronto llegaron a la ciudad y se prepararon para la reunión que tendría lugar al día siguiente.

La multitud era excesiva... hacía mucho tiempo que no se celebraba ninguna reunión como aquella y todos los que deseaban codearse con la realeza no perdieron la oportunidad de acudir. Aubrey asistió con su hermana. Estaba en un rincón del salón, solo, haciendo caso omiso a todo lo que le rodeaba, absorto en el recuerdo de que la primera vez que había visto a lord Ruthven había sido en ese mismo lugar... De repente sintió que lo agarraban del brazo, y una voz que reconoció a la perfección le dijo al oído:

—Recuerde su juramento.

Apenas tuvo valor para darse la vuelta, por miedo a ver un espectro que pudiera atacarlo, cuando divisó a escasa distancia la misma figura que le había llamado la atención en aquel mismo sitio la primera vez que entró en sociedad. Lo miró hasta que sus piernas casi se negaron a soportar su peso y se vio obligado a apoyarse en el brazo de un amigo y a abrirse paso entre la muchedumbre. Montó en su carruaje y le llevaron a casa, donde se puso a recorrer la habitación con paso rápido, sujetándose la cabeza con las manos como si temiera que sus pensamientos le reventaran el cerebro. Lord Ruthven otra vez ante él... Las circunstancias fueron apareciendo en un orden espantoso... La daga... Su juramento. Se lo quitó de la cabeza, no creía posible... ¡que los muertos resucitasen! Pensó que su imaginación había evocado la imagen que persistía en su mente. Era imposible que fuese real… Así que decidió regresar de nuevo a la vida social, porque aunque intentó preguntar acerca de lord Ruthven, el nombre se le quedó en los labios y no consiguió obtener información. Unas cuantas noches más tarde fue con su hermana a una reunión de un pariente cercano. Dejó a la chica bajo la protección de una dama de compañía para retirarse a un rincón escondido y entregarse a sus propios pensamientos devoradores. Al ver por fin que muchos se marchaban, se apartó de sus cavilaciones y entró en otra habitación donde se encontró a su hermana rodeada de varias personas, con las que parecía mantener una conversación en serio. Intentó pasar y acercarse a ella cuando un hombre, al que rogó que se apartara, se dio la vuelta y le reveló las facciones que más detestaba. El joven dio un salto hacia delante, agarró a su hermana del brazo y, a toda prisa, la obligó a salir a la calle, pero la puerta estaba obstaculizada por una multitud de criados que esperaban a sus señores y, mientras estaba ocupado tratando de abrirse paso, volvió a oír aquel susurro cerca de él: «¡Recuerde su juramento!». No se atrevió a volverse, sino que, apurando a su hermana, pronto llegaron a casa.

Aubrey casi se volvió loco. Si antes estaba absorto en un único tema, ahora le obsesionaba más la certeza de que aquel monstruo viviera. Hacía caso omiso a las atenciones de su hermana y no servía de nada que esta le rogase que le explicara el motivo de su brusca conducta. Él tan solo pronunció unas cuantas palabras que la horrorizaron. Cuanto más pensaba, más desconcertado se sentía. Su juramento le asustaba. ¿Acaso iba a permitir que aquel monstruo vagara arruinando con su aliento a todas las personas que él quería sin impedir su avance? Podría haber tenido contacto incluso con su propia hermana. Pero aunque rompiera su juramento y revelara sus sospechas, ¿quién iba a creerle? Se le ocurrió usar sus propias manos para liberar al mundo de tal desgraciado, pero recordó que ya había burlado a la muerte. Durante varios días permaneció en ese estado, encerrado en su aposento, sin ver a nadie, comiendo solo cuando su hermana, con los ojos llenos de lágrimas, iba a suplicarle que, por su bien, respaldase a la naturaleza. Por fin, cuando ya no fue capaz de seguir soportando la calma y la soledad, salió de su casa, vagó de una calle a otra, ansioso por escapar de la imagen que le perseguía. Se volvió descuidado con su aspecto y deambulaba, expuesto tanto al sol del mediodía como a la humedad de medianoche. Estaba irreconocible. Al principio regresaba a casa al atardecer, pero al final se tumbaba en el suelo a descansar dondequiera que se apoderaba de él el cansancio. Su hermana, preocupada por su seguridad, contrató a gente para que le siguiera; pero el chico no tardó en alejarse de ellos, pues huía del más rápido de los perseguidores... el pensamiento. Su actitud, sin embargo, de repente cambió. Sobrecogido por la idea de que al ausentarse había dejado a todos sus amigos acompañados de un desalmado, de cuya existencia no eran conscientes, decidió integrarse de nuevo en la sociedad y vigilarlo de cerca, ansioso por advertir, a pesar de su juramento, a todos a los que lord Ruthven se acercara íntimamente. Pero cuando entraba en un salón, sus miradas demacradas y suspicaces impactaban tanto, y sus estremecimientos internos eran tan visibles, que su hermana al final se vio obligada a rogarle que dejara de buscar, por ella, a una persona que le afectaba tanto. No obstante, cuando esta protesta resultó inútil, sus tutores creyeron oportuno intervenir y, temiendo que se estuviese alienando la mente, consideraron que era el momento adecuado para reasumir aquella obligación que les habían impuesto los padres de Aubrey.

Deseosos de ahorrarle los agravios y sufrimientos a los que se exponía en sus andanzas diarias, así como de impedir que mostrara en público esas señales de lo que ellos consideraban locura, contrataron a un médico para que residiera en la casa y cuidara de él constantemente. Aubrey apenas pareció darse cuenta de eso, al hallarse tan absorto en aquel único asunto terrible. Su incoherencia llegó al final a tal extremo que fue confinado en sus aposentos. Allí se quedaba tumbado durante días, incapaz de reaccionar. Se había vuelto escuálido y sus ojos habían adquirido un brillo vidrioso; solo daba muestras de afecto y de reconocimiento cuando entraba su hermana. Entonces se sobresaltaba y, tomándole las manos con una mirada que la afligía profundamente, le pedía que no lo tocase.

—Ah, no lo toques... Si sientes algo de amor por mí, ¡no te acerques a él!

Sin embargo, cuando ella le preguntaba a quién se refería, su única respuesta era: «¡Cierto! ¡Cierto!», y volvía a sumirse en un estado del que ni ella misma podía sacarlo. Así estuvo muchos meses. No obstante, poco a poco, a medida que transcurría el año, sus incoherencias empezaron a ser menos frecuentes, y la mente se libró en parte de su melancolía, mientras sus tutores observaban que varias veces al día contaba con los dedos un número determinado, y luego sonreía.

El tiempo casi había pasado cuando, el último día del año, uno de sus tutores entró en su habitación y se puso a comentar con el médico la triste circunstancia de que Aubrey estuviese en una situación tan horrible, justo cuando su hermana iba a casarse al día siguiente. Aquellas palabras enseguida llamaron la atención de Aubrey y el chico preguntó con ansiedad con quién iba a casarse. Contentos por esa recuperación de sus facultades, que temían que hubiera perdido, mencionaron el nombre del conde de Marsden. Creyendo que se trataba de algún joven conde a quien habría conocido en sociedad, Aubrey pareció alegrarse y los sorprendió todavía más al expresarles su intención de estar presente en la boda y su deseo de ver a su hermana. No le respondieron, pero a los pocos minutos apareció la muchacha. Por lo visto, volvía a ser capaz de reaccionar ante una sonrisa encantadora y se llevó contra su pecho a la chica, la besó en la mejilla, húmeda por las lágrimas de alegría que le brotaron ante la idea de que su hermano respondiera a las muestras de cariño. Empezó a hablar con su calidez habitual y a felicitarla por su matrimonio con una persona tan distinguida por su linaje y su talento, cuando de repente observó el relicario que llevaba la joven sobre el pecho. Lo abrió y cuál fue su sorpresa al contemplar los rasgos del monstruo que tanto había influido en su vida. Le arrancó el retrato en un arrebato de rabia y lo pisoteó. Al preguntarle ella por qué había destruido la imagen de su futuro esposo, él la miró como si no la comprendiera. Después la tomó de las manos y, mirándola con una frenética expresión en el semblante, le hizo jurar que nunca se casaría con ese monstruo, pues él... Pero no pudo continuar... Fue como si aquella voz le volviese a pedir que recordase su juramento. De repente se dio la vuelta, creyendo que lord Ruthven estaba cerca de él, pero no vio a nadie. Mientras tanto, entraron los tutores y el médico, que lo habían oído todo y pensaban que se trataba de otra recaída en su trastorno mental y, separándolo de la señorita Aubrey, le rogaron que le dejara solo. Aubrey cayó de rodillas ante ellos, les imploró, les suplicó que aplazasen la boda un solo día. Atribuyendo eso a la locura que imaginaban que se había apoderado de su mente, se esforzaron en tranquilizarlo y se retiraron.

Lord Ruthven había ido a visitarle la mañana siguiente a la reunión, y le negaron la entrada como a todos los demás. Cuando supo de la mala salud de Aubrey, enseguida comprendió que él era la causa; pero al enterarse de que lo habían tomado por loco, apenas pudo ocultar su exultación y su felicidad a los que le habían facilitado esa información. Corrió a casa de su antiguo compañero y, con su constante atención, y el gran afecto que fingió sentir por el hermano y el interés por su destino, poco a poco se ganó el oído de la señorita Aubrey. ¿Quién habría podido resistirse a su poder? Tenía tantos peligros y hazañas que contar... Podía hablar de sí mismo como de un individuo que no encontraba comprensión en ningún otro ser de este atestado mundo, salvo en aquella a quien se dirigía; podía decir cómo, desde que la conoció, su existencia había empezado a parecer digna de ser conservada, aunque solo fuera para poder escuchar sus dulces acentos. En definitiva, sabía muy bien cómo usar el arte de la serpiente, o así fue la voluntad del destino, que se ganó su afecto. Cuando finalmente le otorgaron el título de la rama más antigua, obtuvo una importante embajada, que le sirvió como excusa para acelerar la boda (a pesar del terrible estado del hermano de la novia), que iba a tener lugar el día anterior a su partida al continente.

Cuando el médico y sus tutores lo dejaron solo, Aubrey intentó sobornar a los criados, pero fue en vano. Pidió pluma y papel, y se los dieron; escribió una carta a su hermana, conminándola a que si valoraba su propia felicidad y su honor, así como el honor de los que ahora estaban en la tumba, que una vez la sostuvieron en sus brazos como su esperanza y la de su casa, retrasara aunque solo fuese unas horas la boda, que condenó con las peores maldiciones. Los criados prometieron entregarla, pero se la dieron al médico, quien pensó que era mejor no atormentar más a la señorita Aubrey con lo que consideraba desvaríos de un loco. Pasó la noche sin que nadie pudiera descansar con todo el ajetreo en la casa, y Aubrey oyó el bullicio de los preparativos, con un horror más fácil de imaginar que de describir. Llegó la mañana y el ruido de los carruajes estalló en sus oídos. Aubrey estaba cada vez más desesperado. La curiosidad de los sirvientes al final venció su vigilancia y poco

a poco se fueron escabullendo, dejando a una vieja indefensa al cuidado del joven. Aubrey aprovechó la oportunidad, salió de golpe de la habitación y en un momento se encontró en la estancia donde estaban casi todos reunidos. Lord Ruthven fue el primero en percatarse de su presencia: se acercó inmediatamente y, agarrándolo del brazo con fuerza, se lo llevó enseguida del salón, mudo de rabia. Cuando llegaron a la escalera, lord Ruthven le susurró al oído:

—Recuerde su juramento y sepa que, si su hermana no se casa hoy conmigo, quedará deshonrada. ¡Las mujeres son frágiles!

Diciendo esto, lo empujó hacia sus sirvientes, que, alertados por la vieja criada, habían ido a buscarlo. Aubrey no pudo resistir más; al no poder liberar su rabia, se le rompió un vaso sanguíneo y le trasladaron a la cama. No se mencionó este suceso a su hermana, que no había estado presente cuando el joven había irrumpido en la habitación, ya que el médico tenía miedo de que tal noticia la agitase. Se celebró la boda y el matrimonio se marchó de Londres.

La debilidad de Aubrey aumentó. La efusión de sangre provocó los síntomas de la aproximación a la muerte. Ordenó llamar a los tutores de su hermana y, cuando sonaron las doce de medianoche, relató tranquilamente lo que el lector acaba de leer... Murió justo después.

Los tutores se apresuraron a proteger a la señorita Aubrey, pero cuando llegaron era demasiado tarde. Lord Ruthven había desaparecido, ¡y la hermana de Aubrey había saciado la sed de un vampiro!

LA DAMA PÁLIDA

Alejandro Dumas, padre

I
LOS MONTES CÁRPATOS

Nací en Sandomir, Polonia, así que pertenezco a un país en el cual las leyendas se consideran artículos de fe; en el cual creemos en las tradiciones familiares tanto, o quizás más, que en los Evangelios. Cada uno de nuestros castillos cuenta con su espectro; nuestras chozas, con su espíritu particular. Tanto en la casa del rico como en la morada del pobre, el castillo o la choza, podemos reconocer la sustancia amiga y la sustancia enemiga que, a veces, combaten entre sí; luchan y, entonces, producen ruidos tan misteriosos en los pasillos, rugidos tan espantosos en las viejas torres, temblores tan aterradores que estremecen los muros, que huimos, tanto de la choza como del castillo. Campesinos y nobles corremos a la iglesia en busca de la cruz bendita o de las santas reliquias, única protección con la que podemos contar contra los demonios que nos atormentan.

Hay, también, otro par de terribles substancias, más implacables en su encarnizamiento: son las de la tiranía y la libertad.

En el año 1825, entre Rusia y Polonia, se libró una de estas luchas en las cuales uno creería que toda la sangre de un pueblo se va a agotar, como a menudo se agota la sangre de una familia.

Mi padre y mis dos hermanos se alzaron contra el nuevo zar, enarbolando la bandera de la independencia polaca, tantas veces derribada, tantas veces de nuevo izada.

Un día, recibí la noticia de la muerte del menor de mis hermanos; otro, me anunciaron que el mayor había sido herido de muerte. Al cabo de otra jornada, durante la cual escuché con terror el ruido del cañón acercarse incesantemente, vi llegar a mi padre con un centenar de caballeros, los restos de los tres mil hombres que había capitaneado.

Venía a encerrarse en nuestro castillo y enterrarse bajo sus ruinas.

Mi padre no temía nada por él, pero temblaba por mí. En efecto, para él se trataba de morir, ya que estaba determinado a no caer vivo en manos de sus enemigos, pero yo estaba amenazada por la esclavitud, el deshonor y la vergüenza.

Mi padre escogió a diez hombres entre los cien que le quedaban, llamó al administrador y le entregó todo el oro y todas las joyas que poseíamos y, habiéndose acordado que, tras la segunda guerra de partición de Polonia, mi madre, todavía una niña, había hallado un refugio inexpugnable en el monasterio de Sahastru, situado en medio de los montes Cárpatos, le ordenó que me condujera allí. El monasterio que había acogido a la madre no había de ser menos hospitalario, sin duda, para la hija.

A pesar del gran amor que mi padre me tenía, la despedida se hizo a toda prisa. Había muchas posibilidades de que, a la mañana siguiente, desde el castillo, se pudiera ya avistar a los rusos. No había tiempo que perder.

Me vestí el traje de amazona, tal y como habitualmente acompañaba a cazar a mis hermanos, y me ensillaron el caballo más noble del establo. Mi padre deslizó en mi bolsa sus propias pistolas, obras maestras de la armería de Tula, me besó y dio la orden de partir.

Durante la noche y la jornada siguiente, recorrimos veinte leguas siguiendo las orillas de uno de esos ríos que desembocan en el Vístula. Esa primera doble etapa nos había puesto fuera del alcance de los rusos.

Con los últimos rayos de sol vimos brillar las cumbres nevadas de los montes Cárpatos. Al final de la jornada siguiente llegamos a sus pies y, la madrugada del tercer día, nos adentramos en uno de sus desfiladeros.

Nuestros Cárpatos no guardan ningún parecido con las civilizadas montañas de vuestro Occidente. Todo aquello que la naturaleza posee de extraño y grandioso se presenta a los ojos en su más absoluta majestuosidad. Sus cimas tempestuosas se pierden entre las nubes, cubiertas de nieves perpetuas; sus inmensos bosques de abetos se inclinan sobre el espejo pulido de lagos semejantes a mares. Jamás una barquita los ha surcado; jamás la caña de un pescador ha roto su cristal, profundo como el azul del cielo. La voz humana apenas resuena allí. Solo de vez en cuando se deja oír un canto moldavo al que responden los gritos de los animales salvajes. Son cantos y gritos que logran despertar algún eco solitario, asombrado de que un rumor cualquiera le haya hecho darse cuenta de su propia existencia. Durante muchas leguas, se viaja bajo las bóvedas sombrías de bosques punteados por inesperadas maravillas que la soledad va revelando a cada paso y que transportan al espíritu del asombro a la admiración. Allí, el peligro acecha en todo lugar, compuesto de mil amenazas distintas que no dan tiempo a tener miedo, ¡tan sublime es este peligro! Puede tratarse de cascadas improvisadas por el deshielo que saltan entre las rocas e invaden de repente el estrecho sendero que uno sigue, un sendero trazado por la fiera salvaje y el cazador que la persigue; o puede tratarse de árboles minados por el tiempo que se desprenden del suelo y caen con el terrible estrépito del terremoto; puede, al fin, tratarse de las tormentas que envuelven al viajero de nubes en medio de las cuales se ve aparecer, alargarse y retorcerse el rayo, parecido a una serpiente de fuego.

Luego, tras esos picos montañosos, tras esas selvas primitivas, del mismo modo que se han podido contemplar montañas gigantes y bosques sin límites, se pueden encontrar estepas sin fin, sabanas áridas y corcovadas en las que la vista se pierde en un horizonte sin fronteras. Entonces, no es el terror lo que se apodera del viajero, sino una desbordante tristeza. Es una vasta y profunda melancolía de la que nada puede distraer, ya que el aspecto del país, hasta más allá del alcance de la mirada, es siempre el mismo. Subes y bajas veinte veces por pendientes idénticas, buscando en vano un camino trillado. Al verse uno así perdido en tal aislamiento en medio de los desiertos, se acaba creyendo solamente en la naturaleza y la melancolía se convierte en desolación. En verdad, la marcha parece inútil, como si no condujera a nada. No se hallan pueblos, ni castillos, ni chozas. No hay rastro de vida humana. A veces, únicamente, como una tristeza más añadida al lúgubre paisaje, se halla un pequeño lago sin juncos, sin arbustos, dormido en el fondo de un barranco, como otro mar Muerto que corta el paso con sus aguas verdes, por encima de las cuales alzan el vuelo, al acercarse uno, algunas aves acuáticas, con sus gritos prolongados y discordantes. Luego, al tener que desviarse, se asciende una colina, se desciende un valle, se asciende otra colina, se desciende otro valle, y así se sigue, hasta que se agota la cadena montañosa en declive.

Una vez agotada la cadena, al girarse en dirección a mediodía, el paisaje recobra su grandiosidad y se puede percibir otra cadena de montañas más elevadas, de formas más pintorescas, de aspecto más rico, ornada de selvas y arroyos. Con la sombra y el agua, la vida renace en el paisaje. Se oye la campana de una ermita, se ve serpentear una caravana en el flanco de una montaña y, con los últimos rayos de sol, se distinguen, al fin, como una bandada de aves blancas apoyadas las unas en las otras, las casas de alguna aldea que parecen haberse apiñado para defenderse de los atacantes nocturnos. Porque con la vida ha regresado el peligro y ya no se trata, como en las primeras montañas que se han cruzado, de manadas de lobos o de osos a los que temer, sino de hordas de bandidos moldavos dispuestos al combate.

Así nos íbamos acercando a nuestro destino. Diez días de marcha habían transcurrido sin incidentes. Podíamos avistar ya la cumbre del monte Pion, que alza la cabeza por encima de toda esa familia de gigantes y en la vertiente meridional del cual se halla el convento de Sahastru, al que me dirigía. La llegada estaba prevista al cabo de tres días.

Nos encontrábamos a finales del mes de julio, la jornada había sido muy calurosa, y con una voluptuosidad sin igual hacia las cuatro empezamos a aspirar el primer frescor de la tarde. Habíamos dejado atrás las torres en ruinas de Niatzo y descendíamos hacia una llanura que habíamos empezado a vislumbrar a través de la apertura de las montañas. Podíamos ya reseguir con la vista el curso del río Bistriza, con las orillas adornadas de rojos rododendros y grandes campánulas de flores blancas. Bordeábamos un precipicio en el fondo del cual se agitaba un río que, allí, todavía no era más que un torrente. Nuestras monturas contaban apenas con suficiente espacio para proseguir la marcha de dos en dos.

Nuestro guía nos precedía, tumbado de lado sobre su caballo, cantando una canción morlaca de monótona modulación y de la que yo seguía la letra con singular interés. El intérprete era, al mismo tiempo, el poeta. En cuanto a la melodía, sería necesario que yo fuera uno de esos hombres de las montañas para transmitirla con toda su salvaje tristeza y su sombría simplicidad. He aquí su letra:

En la ciénaga de Stavila
donde tanta sangre guerrera se derramó,
mira, un cadáver, ¡allá!
No se trata de un hijo de Iliria
sino de un bandido lleno de furia
que, burlando a la dulce María,
exterminó, engañó, quemó.

Una bala ha atravesado el corazón
del bandido como una tormenta.
En su garganta, luce un yatagán.
Pero tras tres días, oh misterio,
bajo el pino lúgubre y solitario,
su sangre tibia abreva la tierra
y oscurece el pálido Ovigan.

Sus ojos, para siempre azules,
huyamos y desdichado sea
quien pase cerca de él en la ciénaga.
¡Es un vampiro! El lobo salvaje
se alejará del cadáver impuro
y sobre las montañas, la frente calva,
huirá el fúnebre buitre.

De repente se oyó la detonación de un arma de fuego y el silbido de una bala. La canción se interrumpió y el guía, herido de muerte, cayó rodando al fondo del precipicio mientras su caballo se detenía tembloroso, alargando su inteligente cabeza hacia el fondo del abismo donde había desaparecido su amo.

Al mismo tiempo, se oyó un fuerte grito y vimos alzarse en los flancos de la montaña a una treintena de bandidos. Estábamos completamente rodeados.

Todos tomaron sus armas y, aunque atacados de improvisto, como los que me acompañaban eran soldados veteranos acostumbrados al fuego, no se dejaron intimidar y respondieron. Yo misma, dando ejemplo, empuñé una de las pistolas y, dándome cuenta de lo desaventajado de nuestra posición, grité «¡A la carga!» y espoleé a mi caballo, que se lanzó hacia el llano.

Nos enfrentábamos a montañeses que saltaban de roca en roca como verdaderos demonios de los abismos, disparando a cada salto y guardando la posición privilegiada que habían tomado. Por otro lado, habían previsto nuestras maniobras. En un punto en que la montaña se allanaba y el camino se ensanchaba, nos esperaba un joven a la cabeza de una decena de hombres a caballo. Al vernos, se pusieron a galopar y vinieron a nuestro encuentro de frente, mientras que los que nos perseguían rodaban por los flancos de la montaña y, habiéndonos cortado la retirada, nos rodeaban.

Estábamos en una grave situación, pero, acostumbrada desde mi infancia a escenas guerreras, pude afrontarla sin perder detalle.

Todos aquellos hombres, vestidos con pieles de carnero, llevaban inmensos sombreros redondos coronados de flores naturales, como los húngaros, y sostenían en las manos largos fusiles turcos que blandían tras disparar, profiriendo gritos salvajes. En sus cinturas lucían sables curvos y un par de pistolas.

Su cabecilla era un hombre joven de apenas veintidós años, de tez pálida, grandes ojos negros y melena rizada que le caía sobre los hombros. Iba vestido a la moldava, cubierto de pieles y ceñido en la cintura con un pañuelo de seda bandeado en oro. Un sable curvo brillaba en su mano y cuatro pistolas relucían en su cinto. Durante el combate lanzaba gritos roncos, inarticulados, que no parecían formar parte de ningún lenguaje humano, pero que, igualmente, expresaban sus órdenes, ya que, ante aquellos gritos, sus hombres obedecían, tumbándose sobre los vientres para esquivar las descargas de nuestros soldados, alzándose para abrir fuego a su vez, derribando a los que todavía se mantenían en pie, rematando a los heridos y convirtiendo el combate en una carnicería. Vi caer, uno tras otro, a los dos tercios de nuestros defensores. Cuatro permanecían en pie, rodeándome sin suplicar una gracia que estaban seguros de no obtener y pensando en una única cosa: en vender su vida lo más caro que les fuera posible.

Entonces, el joven cabecilla lanzó un grito más expresivo que los anteriores, apuntando con su sable hacia nosotros. Sin duda daba la orden de cerrar un círculo de fuego alrededor de nuestro último grupo y fusilarnos a todos, ya que los largos mosquetes moldavos realizaron un mismo movimiento. Comprendí que nuestra última hora había llegado. Alcé los ojos y las manos hacia el cielo como último rezo y esperé la muerte.

En ese momento vi, no descender, sino precipitarse saltando de roca en roca, a otro joven que se detuvo, manteniéndose en pie, sobre una piedra que dominaba toda la escena, parecido a una estatua sobre su pedestal con la mano extendida al campo de batalla. Solamente pronunció una palabra:

—¡Basta!

Al oír la voz, todos los ojos se fijaron en él. Los bandidos parecían obedecer a este nuevo amo. Tan solo un bandido recolocó el fusil en su hombro y disparó. Uno de nuestros hombres gritó. La bala le había partido el brazo izquierdo, se revolvió y se dispuso a lanzarse sobre el hombre que le había herido, pero antes de que su caballo pudiera dar unos pocos pasos, un fulgor brilló por encima de nosotros y el bandido rebelde cayó con la cabeza destrozada por una bala.

Tantas emociones diversas me habían llevado al límite de mis fuerzas y me desmayé.

Al recuperar los sentidos estaba tumbada en la hierba con la cabeza apoyada sobre las rodillas del hombre de quien solamente veía la mano blanca y cubierta de anillos que rodeaba mi cintura, mientras que, ante mí, de pie, con los brazos cruzados, permanecía el joven cabecilla moldavo que había dirigido contra nosotros el ataque.

—Kostaki —decía en francés y con un tono autoritario el joven que me sostenía—, retira al instante a tus hombres y deja que atienda a la dama.

—Hermano, hermano mío —respondió aquel a quien dirigió estas palabras y que apenas parecía contenerse—, hermano, no agotes mi paciencia. El castillo es tuyo, la selva me pertenece. En el castillo eres el dueño, pero aquí todo el poder es mío. Con una sola palabra te sometería.

—Kostaki, soy el mayor y eso es como decir que soy el dueño de todo, tanto de la selva como del castillo, allí al igual que aquí. Soy de la sangre de los Brankovan, al igual que tú, sangre real acostumbrada a mandar. Por eso mando.

—Mandas sobre tus criados, Gregoriska; yo sobre mis soldados.

—Tus soldados son bandidos, Kostaki; bandidos que haré colgar de las almenas de nuestras torres si no me obedecen al instante.

—Pruébalo. Dales una orden.

Entonces noté que quien me sostenía retiraba su rodilla y, suavemente, posaba mi cabeza sobre una piedra. Lo seguí con la mirada ansiosa y vi al mismo joven que había caído, por así decirlo, del cielo en medio de la batalla y que hasta el momento solo había podido entrever, puesto que me había desmayado en el mismo momento en que tomaba la palabra.

Se trataba de un hombre de veinticuatro años, robusto, con grandes ojos azules en los que se podía leer una resolución y una firmeza singulares. Sus largos cabellos rubios, propios de la raza eslava, le caían sobre los hombros como al arcángel Miguel, enmarcando sus mejillas jóvenes y frescas; los labios se separaban con una sonrisa desdeñosa y dejaban ver una doble hilera de perlas; su mirada era digna de quien cruza el relámpago con el águila. Iba vestido con una especie de túnica de terciopelo negro, tocado con un pequeño bonete, parecido al que lucía Rafael, ornado con una pluma de águila. Llevaba unos pantalones ajustados y botas bordadas. Ceñía un cinturón con un cuchillo de caza y llevaba en bandolera una pequeña carabina de dos cañones de la cual, uno de los bandidos, había probado el tiro.

Extendió la mano y con aquel gesto pareció mandar incluso sobre su hermano.

Pronunció algunas palabras en lengua moldava.

Esas palabras parecieron impresionar a los bandidos.

Luego, en la misma lengua, el cabecilla habló a su vez y adiviné que sus palabras eran una mezcla de amenazas e imprecaciones.

A su largo e impetuoso discurso, el mayor de los hermanos solo respondió con una palabra.

Los bandidos se inclinaron.

Hizo un gesto y los bandidos formaron detrás de nosotros.

—Concedido, Gregoriska —dijo Kostaki, retomando la lengua francesa—. Esta mujer no acabará en la caverna, pero no por eso dejará de ser mía. Es bella, yo la he conquistado y la quiero para mí.

Y, diciendo estas palabras, se lanzó sobre mí y me alzó con sus brazos.

—Esta mujer será conducida al castillo y presentada a mi madre. No pienso abandonarla —respondió mi protector.

—¡Mi caballo! —gritó Kostaki en lengua moldava.

Diez bandidos se aprestaron a obedecer y entregaron a su amo el caballo solicitado.

Gregoriska miró a su alrededor, agarró por la brida un caballo sin jinete y lo montó sin poner los pies en los estribos.

Kostaki, igual de ágil que su hermano, reteniéndome entre sus brazos, montó y partió al galope.

Pareció que el caballo de Gregoriska hubiera recibido el mismo impulso y se puso cabeza con cabeza y lomo con lomo con el caballo de Kostaki.

Era algo increíble ver a esos dos jinetes volando lado a lado, sombríos, silenciosos, sin perderse un instante de vista, pero sin parecer que se miraran, entregados a sus caballos cuya carrera desesperada los llevaba de los bosques a las rocas y de las rocas a los precipicios. Con la cabeza del revés, veía yo los bellos ojos de Gregoriska fijos en los míos. Kostaki se dio cuenta y me enderezó. Ya no pude ver más que su mirada tétrica que me devoraba.

Cerré los párpados, pero fue en vano. A través de su velo continuaba viendo esa mirada lancinante que penetraba hasta lo más hondo de mi pecho y me traspasaba el corazón. Entonces, una extraña alucinación se adueñó de mí. Me pareció ser la Leonora de la balada de Burger, llevada por el caballo y el caballero fantasma y, al notar que nos deteníamos, fue con temor que abrí los ojos, tan convencida estaba de que a mi alrededor solo iba a ver cruces rotas y tumbas abiertas.

Lo que vi no era mucho más agradable. Se trataba del patio interior de un castillo moldavo construido en el siglo XIV.

II
EL CASTILLO DE LOS BRANKOVAN

Kostaki me dejó resbalar de sus brazos al suelo y, acto seguido, se puso a mi lado. Sus movimientos, por rápidos que fueran, no hacían más que seguir los de Gregoriska que, como bien había dicho, en el castillo él era el amo.

Al ver llegar a los dos jóvenes con una extraña, acudieron los criados y, aunque las atenciones fueron repartidas entre Kostaki y Gregoriska, se notaba que todos los miramientos y las muestras más profundas de respeto eran para este último.

Había dos mujeres. Gregoriska les dio una orden en lengua moldava y me señaló con la mano que las siguiera. Había tanto respeto en la mirada que acompañó su señal que no dudé ni un momento. Cinco minutos después me hallaba en una habitación que, por muy desnuda e inhabitable que hubiera podido parecer al hombre menos exigente, era, evidentemente, la más hermosa del castillo.

Se trataba de una estancia cuadrada, con una especie de diván de sarga verde, asiento durante el día, lecho por la noche. Había cinco o seis butacas grandes de roble, un amplio baúl y, en uno de los ángulos, un magnífico sitial con baldaquín. No había ni rastro de cortinas en las ventanas y tampoco en la cama. A la habitación se ascendía por una escalera en la que, en el interior de nichos, se mantenían de pie, a un tamaño mayor que el natural, tres estatuas de los Brankovan.

Al cabo de unos instantes, subieron el equipaje con todas mis maletas. Las mujeres me ofrecieron sus servicios, pero, aun dándome cuenta del estado en que los anteriores sucesos habían dejado mi atuendo, preferí seguir vestida de amazona, ropa que consideré más en armonía con la de mis anfitriones que ninguna de las que hubiera podido escoger.

Apenas me había instalado cuando oí llamar suavemente a la puerta.

—Adelante —dije yo en francés, de un modo natural, puesto que, ya lo saben, para nosotros los polacos el francés es casi una lengua materna.

Gregoriska entró.

—Ah, señora, ¡cuánto me alegro de que hable usted francés!

—Y yo también, señor —respondí— me alegro de poder hablarlo puesto que así, gracias al azar, he podido apreciar su generosa conducta conmigo. En esta lengua me ha defendido contra los propósitos de su hermano y en esta lengua le ofrezco yo la expresión de mi más sincero agradecimiento.

—Gracias, señora. Es normal que me interesara por una mujer en la posición en la que usted se hallaba. Iba de caza por el monte cuando oí unas detonaciones continuadas fuera de lugar y comprendí que se trataba de algún asalto a mano armada. Así que me metí en la batalla, como se diría en términos militares. Gracias a los cielos, llegué a tiempo. Pero, ¿me permitirá usted saber por qué azar una mujer de su clase y distinción se ha aventurado en nuestras montañas?

—Soy polaca, señor —respondí—. Recientemente han matado a mis dos hermanos en la guerra contra Rusia. Mi padre, a quien dejé dispuesto a defender nuestro castillo del enemigo, ya se habrá reunido con sus hijos en este momento. Yo, siguiendo sus órdenes y huyendo de las masacres, iba a buscar refugio en el monasterio de Sahastru, donde mi madre, en su juventud y en circunstancias parecidas, halló un asilo seguro.

—Tanto mejor que sea enemiga de los rusos —dijo el joven—, le será de gran ayuda en el castillo ya que necesitamos de todas nuestras fuerzas para sostener la lucha que se avecina. Pero, para empezar, señora, sepa usted quiénes somos nosotros puesto que yo ya sé quien es usted. El nombre de los Brankovan no le debe ser desconocido, ¿verdad? —yo asentí—. Mi madre es la última princesa de este nombre, la última descendiente de ese ilustre caudillo que los Cantemir, esos miserables cortesanos de Pedro I, hicieron matar.

Mi madre se casó en primeras nupcias con mi padre, Serban Waivady, un príncipe como ella, aunque de raza menos ilustre, que había sido criado en

Viena. Allí pudo apreciar las ventajas de la civilización, y se propuso hacer de mí un europeo. Juntos viajamos por Francia, Italia, España y Alemania.

En cuanto a mi madre, sé bien que de una madre un hijo no debe contar ciertas cosas, pero, como para nuestra seguridad conviene que nos conozca bien, entenderá usted las causas de esta revelación. Mi madre, cuando yo era todavía muy niño, durante los primeros viajes de mi padre mantuvo relaciones culpables con un jefe de los partisanos. Es así —añadió Gregoriska sonriendo— como llamamos en este país al tipo de hombres que la han atacado a usted. Mi madre, digo, que había mantenido relaciones culpables con el conde Giordaki Koproli, mitad griego, mitad moldavo, escribió a mi padre para contárselo todo y pedirle el divorcio alegando que ella, una Brankovan, no quería continuar siendo la mujer de un hombre que era cada vez más extranjero en su país. Desafortunadamente, mi padre no tuvo necesidad de dar su consentimiento a tal petición que, por extraño que a usted le pueda parecer es, entre nosotros, la cosa más natural del mundo. Mi padre acababa de morir de un aneurisma que le afectaba de hacía mucho tiempo y fui yo quien recibió la carta.

No tenía más opción que expresar mis mejores deseos de felicidad a mi madre. Tales deseos se los comuniqué en la misma carta en la que le anunciaba que era viuda.

Asimismo, le pedí permiso para continuar mis viajes, permiso que me fue concedido.

Tenía la firme intención de instalarme en Francia o Alemania para no tener que encontrarme cara a cara con un hombre que me detestaba y al que yo no podía amar, es decir, al marido de mi madre. Pero, de repente, supe que el conde Giordaki Koproli había sido asesinado, según se dice, por los antiguos cosacos de mi padre.

Me apresuré en regresar. Amaba a mi madre y comprendía su aislamiento y necesidad de tener, en semejante momento, a las personas queridas a su lado. Sin que ella hubiera sentido jamás hacia mí un tierno amor, yo era su hijo. Entré una mañana, sin ser esperado, en el castillo de nuestros padres y me encontré con un hombre que, al principio, tomé por un extranjero y quien, posteriormente, supe que era mi hermano.

Era Kostaki, el hijo del adulterio que unas segundas nupcias habían legitimado. Kostaki, es decir, la criatura indomable que ya ha conocido, que solo sigue la ley de su pasión, que en este mundo solo tiene por sagrado a su madre, y que me obedece como el tigre obedece al brazo de su domador: con un eterno rugido sostenido por la remota esperanza de devorarme algún día. En el interior del castillo, en la morada de los Brankovan y de los Waivady, soy todavía el amo y señor; pero una vez fuera de estos muros, una vez en campo abierto, Kostaki se convierte en el niño salvaje de los bosques y los montes que quiere que todo se doblegue a su voluntad de hierro. ¿Por qué él y sus hombres han cedido hoy? No lo sé. Quizás por costumbre, por un atisbo de respeto. Pero yo no me aventuraría a ponerlos a prueba una segunda vez. Quédese aquí, no abandone esta alcoba, este patio, el interior de estas paredes. Respondo de todo aquí. Dé un paso fuera del castillo y no responderé de nada más que de hacerme matar para defenderla.

—¿Quiere eso decir que no podré continuar, cumpliendo el deseo de mi padre, el camino hacia el convento de Sahastru?

—Pruébelo. Ordénelo y la acompañaré. Pero me quedaré en el camino y usted, usted... usted tampoco llegará al convento.

—¿Qué debo hacer, entonces?

—Permanecer aquí. Esperar. Actuar según lo requieran los acontecimientos. Aprovechar las circunstancias. Hágase a la idea que ha caído en una guarida de bandidos de la que solo su coraje podrá sacarla, de la que solo su sangre fría podrá salvarla. Mi madre, a pesar de su preferencia por Kostaki, el hijo de su amor, es buena y generosa. Por algo es una Brankovan, es decir, una verdadera princesa. Ya lo verá. Ella la defenderá de las brutales pasiones de Kostaki. Póngase bajo su protección. Usted es bella y le gustará. De todos modos (y me miró con una expresión indefinible), ¿quién podría verla y no amarla? Venga al comedor ahora; allí nos espera. No sienta vergüenza ni desconfianza. Hable en polaco. Aquí nadie lo entiende. Yo traduciré sus palabras a mi madre y, esté tranquila, solo diré lo necesario. Sobre todo, no mencione nada de lo que le acabo de revelar. Que nadie pueda sospechar que estamos de acuerdo. Usted ignora la astucia y el disimulo que pueden alcanzar los más sinceros de nosotros. Venga.

Lo seguí a través de una escalera iluminada con antorchas de resina que ardían en unas manos de hierro que surgían de los muros. Era evidente que las habían encendido, sin ser esa la costumbre, para mí.

Llegamos al comedor.

Tan pronto Gregoriska hubo abierto la puerta y dicho en moldavo una palabra que, posteriormente supe, quería decir *la extranjera,* una mujer imponente avanzó hacia nosotros.

Era la princesa Brankovan.

Llevaba sus cabellos blancos trenzados alrededor de la cabeza e iba tocada con un bonete de marta cibelina coronado con un penacho, signo de su origen principesco. Lucía una especie de túnica de tela de oro con el corpiño sembrado de piedras preciosas y que recubría un largo vestido de paño turco ornado con pieles semejantes a las del bonete. Sostenía en la mano un rosario, cuyas cuentas de ámbar hacia rodar con rapidez entre sus dedos.

A su lado permanecía Kostaki, luciendo un espléndido y majestuoso traje magiar que le hacía parecer aún más exótico. Se trataba de un vestido de terciopelo verde con anchas mangas que le caían hasta las rodillas. Los pantalones eran de cachemira roja y calzaba babuchas de tafilete bordadas de oro. Llevaba la cabeza descubierta y sus largos cabellos, azulados a causa de su profunda negrura, le caían sobre el cuello desnudo por el que asomaba el borde blanco de una ligera camisa de seda.

Me saludó torpemente y pronunció unas palabras en moldavo ininteligibles para mí.

—Hermano, puedes hablar en francés —dijo Gregoriska—, la dama es polaca y lo entiende.

Entonces Kostaki pronunció en francés algunas palabras que me resultaron casi tan incomprensibles como las que había pronunciado en moldavo, pero la madre alzó con gravedad una mano, interrumpiéndolo. Se me hizo evidente que declaraba a sus hijos que debía ser ella quien me diera la bienvenida. Acto seguido, dio comienzo a un discurso de acogida en moldavo al que sus gestos daban un sentido fácil de entender. Me señalaba la mesa, me ofrecía un asiento a su lado, me mostraba la casa por completo como para decirme que era también mi casa y, sentándose la primera con una dignidad benevolente, se santiguó y empezó una oración.

Todos ocuparon su lugar, ordenado por la etiqueta, con Gregoriska a mi lado. Yo era la extranjera y, por consiguiente, ocupé la plaza de honor con Kostaki, junto a su madre Smerande.

Así se llamaba la condesa.

Gregoriska también se había cambiado de ropa. Lucía la túnica magiar, como su hermano, aunque la suya era de terciopelo granate con los pantalones de cachemira azul. Una magnífica condecoración colgaba de su cuello. Se trataba del Nisham del sultán Mahmud.

El resto de los comensales de la casa cenaba en la misma mesa, cada uno según el rango que le daba su posición entre los amigos o los sirvientes.

La cena fue triste. Kostaki no me dirigió la palabra, aunque su hermano tuvo la atención de hablarme en todo momento en francés. En cuanto a la madre, me ofreció de todo lo que había en la mesa ella misma, con ese aire solemne que no la abandonaba jamás. Gregoriska tenía razón, era una verdadera princesa.

Tras la cena, Gregoriska se dirigió a su madre. Le explicó en moldavo la necesidad que yo tenía de estar sola, al requerir de reposo tras las emociones de semejante jornada. Smerande aprobó con la cabeza, me tendió la mano y me besó en la frente, como si hubiera sido su hija, deseándome una buena noche en su castillo.

Gregoriska no se equivocaba. Yo deseaba ardientemente ese momento de soledad. Di las gracias a la princesa, que me acompañó hasta mi puerta, donde me esperaban las dos mujeres que antes me habían mostrado los aposentos.

Saludé a la madre y a los dos hijos y me introduje en la alcoba de la que había salido hacía una hora. El sofá se había convertido en cama. Era el único cambio que allí se había producido. Di gracias a las mujeres y, con señas, les di a entender que me desvestiría sola. Salieron al momento, dando testimonio de sus respetos, cosa que indicaba que habían recibido órdenes de obedecerme en todo.

Me quedé en esa habitación inmensa. Mi luz, al desplazarme yo, no iluminaba más que las partes que iba recorriendo, sin llegar a aclarar el conjunto. El singular juego de luces establecía una lucha entre el brillo de mi vela y los rayos de la luna que entraban por mi ventana sin cortinas.

Además de la puerta principal que daba a la escalera, otras dos se abrían a los aposentos, pero unos enormes cerrojos que se corrían desde mi lado fueron suficientes para tranquilizarme. Revisé la puerta de la escalera y comprobé que, como las otras, contaba con sus medios de defensa. Abrí la ventana. Daba a un precipicio. Comprendí que Gregoriska había escogido esta habitación tras meditarlo largamente.

Al regresar al sofá encontré encima de la mesita de la cabecera una nota doblada.

La abrí y leí, en polaco:

> Duerma tranquila. No ha de temer nada mientras permanezca
> en el interior del castillo.
>
> Gregoriska

Seguí el consejo que me daba, la fatiga venció a mis preocupaciones, me acosté y me dormí.

III
LOS DOS HERMANOS

A partir de entonces permanecí en el castillo y dio comienzo el drama que les voy a contar.

Ambos hermanos se enamoraron de mí, cada uno con las particularidades de su carácter.

Kostaki, a la mañana siguiente, ya me dijo que me amaba, afirmando que sería de él y de nadie más que él, y que me mataría antes de dejarme pertenecer a otro, fuera quien fuera.

Gregoriska no dijo nada, pero me cubrió de atenciones. Todos los recursos de una educación brillante, todos los recuerdos de una juventud transcurrida en las más nobles cortes de Europa, fueron empleados para complacerme. ¡Ah! No era difícil: al primer sonido de su voz, sentí que esa voz acariciaba mi alma; con la primera mirada de sus ojos, sentí que esa mirada penetraba hasta mi corazón.

Al cabo de tres meses, Kostaki me había repetido cien veces que me amaba. Yo lo odiaba. Al cabo de tres meses, Gregoriska no me había dicho todavía ni una palabra de amor, aunque sentía que, cuando lo manifestara, sería completamente suya. Kostaki había renunciado a sus correrías y había abdicado temporalmente en una especie de lugarteniente que, de vez en cuando, iba a pedirle órdenes y desaparecía.

Smerande también me quería, con una amistad apasionada cuya expresión me daba miedo. Protegía visiblemente a Kostaki y parecía más celosa de mí que él. Pero como ella no entendía el polaco ni el francés y yo no entendía el moldavo, no podía presionarme a favor de su hijo con sus palabras. Aprendió, no obstante, a decir una corta frase en francés que repetía cada vez que sus labios se posaban sobre mi frente:

—Kostaki ama a Hedwige.

Un día, recibí una noticia terrible que vino a colmar mi desdicha. Los cuatro hombres que habían sobrevivido al combate habían sido puestos en libertad y regresado a Polonia, comprometiéndose uno de ellos a regresar antes de tres meses para informarme sobre la situación de mi padre. Y, en efecto, una mañana uno de ellos reapareció. Nuestro castillo había sido asaltado, quemado, arrasado, y mi padre se había hecho matar defendiéndolo.

Estaba sola en el mundo.

Kostaki redobló sus manifestaciones y Smerande su ternura. Yo usaba como pretexto el luto por mi padre. Kostaki insistía diciendo que cuanto más aislada estaba, más apoyo necesitaba. Su madre, como él, o quizás más que él, insistía también.

Gregoriska me había hablado de ese control sobre sí mismos que ejercen los moldavos cuando no quieren dejar leer sus sentimientos. Él era un vivo ejemplo de ello. No podía más que dar por cierto el amor de un hombre como él y, sin embargo, si me hubieran pedido pruebas sobre las que basar tal certeza, me habría sido imposible darlas. Nadie en el castillo había visto su mano tocar la mía o sus ojos buscar los míos. Solo los celos podían iluminar a Kostaki sobre esta rivalidad, como solo mi amor podía iluminarme sobre el de Gregoriska.

Debo confesarlo: ese control sobre sí mismo de Gregoriska me inquietaba. Daba por seguro, por cierto, su amor, pero no me bastaba para convencerme. Y una noche, al recogerme en mi alcoba, oí que llamaban suavemente a una de las puertas que se cerraban por dentro. Por la manera de llamar, adiviné que se trataba de mi amigo. Me acerqué y pregunté quién llamaba.

—Soy Gregoriska —respondió una voz con un acento que no daba lugar a equivocación.

—¿Qué quiere? —le pregunté con mi voz temblorosa.

—Si confía en mí —dijo Gregoriska—, si me cree un hombre de honor, concédame una petición.

—¿Cuál?

—Apague la luz como si durmiera y, en una media hora, ábrame la puerta.

—Venga dentro de media hora —fue mi única respuesta. Y apagué la luz y esperé.

Mi corazón latía violentamente. Oí llamar a la puerta de un modo aún más suave que la primera vez. Durante el intervalo, había descorrido el cerrojo. Solo tuve que deslizar el batiente. Gregoriska entró y, sin que me lo tuviera que decir, cerré de nuevo la puerta tras él y corrí el cerrojo.

Permaneció un momento callado e inmóvil, imponiéndome silencio con su gesto. Luego, cuando se hubo asegurado que ningún peligro nos amenazaba, me llevó al centro de la vasta habitación y, deduciendo por mi temblor que no podría permanecer de pie, fue a buscarme un asiento.

Me senté o, mejor dicho, me dejé caer en la silla.

—¡Oh, Dios mío! —le dije—. ¿Qué ocurre para que debamos tomar tantas precauciones?

—Ocurre que mi vida, que no vale nada, y su vida también, dependen de la conversación que vamos a mantener.

Le tomé la mano, asustada. Se llevó mi mano a sus labios, sin dejar de mirarme, y me pidió perdón por tamaña audacia.

Bajé los ojos: era un consentimiento.

—La amo —me dijo con su voz melodiosa como un canto—. ¿Me ama usted?

—Sí —respondí.

—¿Aceptaría ser mi esposa?

—Sí.

Pasó la mano por su frente con un profundo suspiro de felicidad.

—Entonces, ¿está dispuesta a seguirme?

—¡Le seguiré adonde vaya!

—Porque, comprenderá —continuó él—, que solo podemos ser felices si huimos.

—¡Oh, sí! —exclamé—. ¡Huyamos!

—¡Silencio! —dijo, estremeciéndose—. ¡Silencio!

—Tiene razón.

Y me acerqué a él temblando.

—He aquí lo que ha hecho —dijo—, lo que ha hecho que haya estado tanto tiempo sin confesar que la amaba. Yo quería que, una vez seguro de su amor, nada pudiera oponerse a nuestra unión. Soy rico, Hedwige, inmensamente rico, pero a la manera de los señores moldavos: rico en tierras, en rebaños, en siervos. Pues bien, he vendido el monasterio de Hango por valor de un millón de francos, tierras, rebaños y aldeas. Ellos me han pagado por valor de trescientos mil francos en joyas, cien mil francos en oro y el resto en letras cambiables en Viena. ¿Un millón le bastará?

Le apreté la mano.

—Con vuestro amor me basta, Gregoriska. Juzgue usted mismo.

—Bien, escuche: mañana iré al monasterio de Hango para ultimar con el superior los últimos detalles del trato. Me tendrá preparados los caballos que nos esperarán a partir de las nueve, escondidos a cien pasos del castillo. Tras la cena, usted se recogerá como hoy y, como hoy, apagará la luz; como hoy, yo entraré en su habitación, pero mañana, en lugar de salir solo, usted me seguirá, nos llegaremos a la puerta que se abre al campo, encontraremos los caballos, cabalgaremos y, pasado mañana, ya habremos recorrido treinta leguas.

—¡Ojalá fuera ya pasado mañana!

—¡Querida Hedwige!

Gregoriska me estrechó contra su corazón. Nuestros labios se encontraron. ¡Oh, había hablado bien! Era un hombre de honor a quien yo había abierto la puerta de mis aposentos. Comprendió: si no le pertenecía aún en cuerpo, le pertenecía ya en alma.

La noche transcurrió sin que pudiera dormir un solo instante. Me veía huyendo con Gregoriska. Me sentía llevaba por él como había sido llevada por Kostaki, solo que, en esta ocasión, aquella carrera terrible, espantosa, fúnebre, se convertía en dulce y fascinante abrazo al que la velocidad añadía voluptuosidad, puesto que la velocidad posee una voluptuosidad propia.

Se hizo de día. Bajé. Me pareció que había algo más sombrío que de costumbre en la manera como Kostaki me saludó. En su sonrisa ya no veía ironía, sino amenaza. En cuanto a Smerande, me pareció la misma de siempre.

Durante el desayuno, Gregoriska ordenó que le preparan sus caballos. Kostaki pareció no prestar atención a tal orden.

A las once se despidió de nosotros, anunciando que estaría de regreso no antes de la noche, y rogó a su madre que no le esperara para la cena. Luego, girándose hacia mí, me rogó que aceptara sus excusas.

Salió. Su hermano no le quitó el ojo de encima hasta que hubo abandonado la sala y, en ese momento, de ese ojo brotó tal rayo de odio que me estremecí.

La jornada transcurrió envuelta en la angustia que ya pueden imaginar. No había confiado nuestros proyectos a nadie. Apenas, en mis rezos, había osado hablar de ellos con Dios. Pero me parecía que eran conocidos por todos, que cada mirada que se fijaba en mí podía penetrar y leer en el fondo de mi corazón.

La cena fue un suplicio. Sombrío y taciturno, Kostaki casi no habló. En esa ocasión se contentó con dirigir dos o tres veces la palabra a su madre en moldavo. A cada palabra, el acento de su voz me inquietaba más. Cuando me levanté para recogerme en mi habitación, Smerande, como de costumbre, me besó y, al besarme, me dijo esa frase que, desde hacía ocho días, no había oído salir de su boca:

—¡Kostaki ama a Hedwige!

Esa frase me perseguía como una amenaza. Ya en mi habitación, me parecía que una voz fatal murmuraba en mi oído: ¡Kostaki ama a Hedwige!

Pero el amor de Kostaki, Gregoriska me lo había dicho, era la muerte.

A las siete, con la llegada del atardecer, vi a Kostaki cruzar el patio. Se giró hacia el ala del edificio en la que yo me hallaba, pero me eché hacia atrás para que no pudiera verme.

Estaba angustiada, puesto que, en tanto que mi posición en la ventana me permitió seguirlo, lo vi dirigirse al establo. Me aventuré a descorrer los cerrojos de mi habitación y deslizarme en la habitación contigua, desde la que podía observar a mis anchas.

En efecto, estaba en el establo. Sacó su caballo preferido y lo ensilló él mismo con el cuidado del hombre que concede la mayor importancia a los más mínimos detalles. Iba vestido como la primera vez que lo vi, solo que, como única arma, llevaba un sable.

Tras ensillar su caballo, lanzó una vez más la mirada a la ventana de mi habitación. Al no verme, montó, se hizo abrir la misma puerta por la que había salido y debía regresar su hermano y se alejó al galope en dirección al monasterio de Hango.

Entonces sentí mi corazón encogerse de una manera terrible. Un presentimiento fatal me decía que Kostaki iba al encuentro de su hermano.

Permanecí en esa ventana mientras pude distinguir el camino que, a un cuarto de legua del castillo, se torcía y se perdía en el inicio del bosque. La noche se volvía a cada segundo más espesa y acabó por borrar completamente el camino. Seguí allí hasta que, al fin, por el mismo exceso de inquietud, me quedé sin fuerzas. Y como, evidentemente, tenía que ser en la sala baja donde recibiera noticias del uno o del otro de los hermanos, bajé.

Miré primero a Smerande. En su rostro había calma y parecía no sentir ninguna aprensión. Estaba ordenando la cena y, como de costumbre, los cubiertos de los dos hermanos estaban dispuestos en su sitio.

No me atreví a preguntar nada a nadie. Por otro lado, ¿a quién podría preguntar? Nadie en el castillo, a excepción de Kostaki y Gregoriska, hablaba ninguna de las dos lenguas que yo dominaba.

Me estremecía con el menor ruido.

La costumbre era sentarse a la mesa para cenar a las nueve. Yo había bajado a las ocho y media. Seguía con los ojos la aguja de los minutos cuya marcha me era claramente perceptible en la inmensa esfera del reloj.

La viajera aguja franqueó la distancia que la separaba del siguiente cuarto de hora. El cuarto sonó. La vibración fue sombría y triste. Luego, la aguja retomó su andar silencioso y la vi de nuevo recorrer la distancia con la regularidad y lentitud de una punta de compás.

Unos minutos antes de las nueve me pareció oír el galope de un caballo en el patio. También Smerande lo oyó, puesto que giró la cabeza hacia la ventana, pero la noche era demasiado oscura para que se pudiera ver algo.

¡Oh! Si me hubiera mirado en ese momento habría podido adivinar lo que pasaba dentro de mi corazón. Solo se había oído un caballo. La consecuencia era simple. Únicamente iba a regresar un caballero. Pero ¿cuál de ellos?

Unos pasos resonaron en la antecámara. Eran unos pasos lentos que apesadumbraban mi corazón.

La puerta se abrió y vi dibujarse una sombra en la oscuridad. Esa sombra se detuvo un instante en el umbral. Yo estaba en vilo.

La sombra avanzó y, a medida que entraba en el círculo de luz, fui recobrando la respiración.

Reconocí a Gregoriska. Un instante más de dolor y mi corazón se hubiera roto.

Reconocí a Gregoriska, pero estaba pálido como un muerto. Con solo verlo se podía adivinar que algo terrible acababa de ocurrir.

—¿Eres tú, Kostaki? —preguntó Smerande.

—No, madre —respondió Gregoriska en voz baja.

—Ah, ya has llegado —dijo ella—. ¿Desde cuándo vuestra madre es quien tiene que esperaros?

—Madre —dijo Gregoriska echando una mirada al péndulo—, no son más que las nueve.

Y al mismo tiempo, en efecto, dieron las nueve.

—Es verdad —dijo Smerande—. ¿Dónde está tu hermano?

Muy a mi pesar, pensé que era esa la misma pregunta que Dios había hecho a Caín.

Gregoriska no respondió.

—¿Alguien ha visto a Kostaki? —preguntó Smerande.

El *vatar,* o mayordomo, nos informó.

—Hacia las siete —dijo— el conde se ha dirigido al establo. Ha ensillado su caballo él mismo y ha salido por el camino de Hango.

En ese momento mis ojos se encontraron con los de Gregoriska. No sabía si se trataba de una realidad o de una alucinación, pero me pareció que tenía una gota de sangre en medio de la frente. Llevé lentamente mi dedo a la mía, señalando el sitio donde creía ver la mancha. Gregoriska me comprendió, tomó su pañuelo y se secó.

—Claro —murmuró Smerande—, se habrá cruzado con un oso o un lobo y se habrá entretenido persiguiéndolo. He aquí por qué un niño hace esperar a su madre. ¿Dónde os habéis separado, Gregoriska? Di.

—Madre —respondió Gregoriska con voz emocionada pero firme—, no hemos salido juntos.

—Bien —dijo Smerande—. Que sirvan la cena, sentémonos y que cierren las puertas. Los que se hayan quedado fuera, que duerman fuera.

Las dos primeras partes de la orden se cumplieron. Smerande ocupó su lugar, Gregoriska se sentó a su derecha y yo a su izquierda.

Luego, los criados salieron para ejecutar la tercera parte de la orden, es decir, cerrar las puertas del castillo.

En ese momento se oyó un gran ruido en el patio y un lacayo entró en la sala diciendo:

—Princesa, el caballo del conde Kostaki acaba de entrar en el patio, solo, cubierto de sangre.

—¡Oh! —murmuró Smerande, levantándose pálida y amenazante—. Así entró una noche el caballo de su padre.

Puse mis ojos en Gregoriska. No estaba ya pálido, sino lívido.

En efecto, el caballo del conde Koproli había entrado una noche en el patio del castillo cubierto de sangre y, una hora después, los criados encontraron su cuerpo cubierto de sangre.

Smerande arrebató una antorcha de manos de un lacayo, se dirigió a la puerta, la abrió y bajó al patio.

El caballo, muy alterado, estaba siendo apaciguado por tres o cuatro criados que aunaban todas sus fuerzas para contenerlo.

Smerande se acercó al animal, miró la sangre que manchaba la silla y reconoció una herida en lo alto de su frente.

—Han matado a Kostaki de frente —dijo—. El duelo ha sido contra un solo enemigo. Buscad su cuerpo, hijos. Luego buscaremos al asesino.

Como el caballo había regresado por la puerta de Hango, todos los criados se precipitaron por ella y vimos cómo sus antorchas se desperdigaban por el campo y se adentraban en el bosque, visión semejante a la de una bella noche de verano, cuando se puede ver el centelleo de las luciérnagas en las llanuras de Niza y Pisa.

Smerande, como si estuviera convencida de que la búsqueda sería breve, esperó en la puerta. Ni una lágrima se derramaba de los ojos de esa madre desolada y, sin embargo, se podía notar la desesperación que se había desencadenado en el fondo de su corazón.

Gregoriska se mantenía tras ella y yo, detrás de ambos.

Por un instante, al salir de la sala, hizo amago de ofrecerme el brazo, pero no osó.

Al cabo de un cuarto de hora aproximadamente, vimos aparecer en el recodo del camino una antorcha, luego dos y luego todas, sólo que, en esta ocasión, en vez de desperdigarse por el campo, se arremolinaban alrededor de un punto central que pronto pudimos ver con claridad: lo componían una litera y un hombre tendido.

El cortejo fúnebre avanzaba lentamente, pero avanzaba. A los diez minutos, estaba en la puerta. En presencia de la madre viva que esperaba al hijo muerto, los que lo portaban se descubrían instintivamente y entraban en silencio en el patio.

Smerande los siguió y nosotros la seguimos a ella. Así llegamos a la gran sala en la que se depositó el cuerpo.

Entonces, con un gesto de suprema majestuosidad, Smerande se abrió paso y se acercó al cadáver, se arrodilló ante él, apartó los cabellos que velaban su rostro, lo contempló largo rato, siempre con los ojos secos y, luego, removiendo la ropa moldava, descubrió la camisa sucia de sangre.

La herida estaba situada en el lado derecho del pecho. Tuvo que hacerla una hoja recta y de doble filo.

Me acordé que, aquel mismo día, en el costado de Gregoriska, yo había visto el largo cuchillo de caza que servía de bayoneta a su carabina. Busqué esa arma en su costado, pero había desaparecido.

Smerande pidió agua, empapó su pañuelo en ella y lavó la herida.

Una sangre fresca y pura enrojeció los labios del corte.

El espectáculo que se desarrollaba ante mis ojos poseía algo de atroz y sublime al mismo tiempo. Esa vasta habitación ahumada por las antorchas de resina, esos rostros bárbaros, esos ojos brillantes de ferocidad, esos vestidos extranjeros, esa madre que calculaba a la vista de la sangre aún caliente el tiempo que llevaba su hijo muerto, ese gran silencio interrumpido solamente por los sollozos de los bandidos cuyo jefe había sido Kostaki, todo eso, lo repito, era atroz y terrible.

Al final, Smerande acercó sus labios a la frente de su hijo y luego, alzándose y echando hacia atrás las largas trenzas de sus cabellos blancos desechos, exclamó:

—¡Gregoriska!

Gregoriska se estremeció, sacudió la cabeza y salió de la atonía.

—Madre —respondió.

—Ven aquí, hijo, y escúchame.

Gregoriska obedeció entre temblores, pero obedeció.

A medida que se acercaba al cuerpo, la sangre, más abundante y roja todavía, brotaba de su herida. Afortunadamente, Smerande ya no miraba hacia ese lado, puesto que, a la vista de esa sangre acusadora, no habría habido necesidad de buscar al asesino.

—Gregoriska —dijo—, sé bien que Kostaki y tú no os amabais. Sé bien que por parte de padre tú eres un Waivady y él, por el suyo, un Koproli. Pero por parte de vuestra madre, ambos sois de los Brankovan. Sé que tú eres un hombre de las ciudades de Occidente y él un hijo de las montañas orientales. Pero, al fin y al cabo, debido al vientre que os gestó a ambos, sois hermanos. Pues bien, Gregoriska, quiero saber si vamos a llevar a mi hijo al lado de su padre sin que el juramento haya sido pronunciado, si podré llorar tranquilamente y, en fin, como una mujer, confiar en ti, a un hombre, el castigo.

—Nombre al asesino de mi hermano, señora, y ordene. Le juro que antes de una hora, si así lo exige usted, habrán acabado sus días de vida.

—Júralo, Gregoriska, júralo bajo pena de maldición. ¿Lo comprendes, hijo? Jura que el asesino morirá, que no dejarás piedra sobre piedra de su hogar, que su madre, sus hijos, sus hermanos, su esposa o prometida perecerán en tus manos. Júralo y, al jurarlo, invoca sobre ti la cólera de los cielos si faltas a este juramento sagrado. Si lo haces, sométete a la miseria, a la execración de los amigos, a la maldición de vuestra madre.

—Juro que su asesino morirá —dijo.

Con este juramento extraño, del que quizás solo yo y la muerte podíamos comprender su verdadero significado, vi o creí ver un espantoso prodigio. Los ojos del cadáver se abrieron y se fijaron sobre mí, más vivos que nunca, y sentí, igual que si ese doble rayo hubiera sido sólido, cómo hundía un fuego ardiente en mi corazón.

Era más de lo que podía resistir y me desmayé.

IV
EL MONASTERIO DE HANGO

Al despertar, me hallaba en mi habitación, acostada en la cama. Una de las doncellas velaba a mi lado.

Le pregunté dónde estaba Smerande y me dijo que velaba el cuerpo de su hijo.

Le pregunté dónde estaba Gregoriska y me dijo que había ido al monasterio de Hango.

Nuestra huida quedaba descartada. ¿Acaso Kostaki no estaba muerto? La boda quedaba descartada. ¿Acaso podía casarme con el fratricida?

Así transcurrieron tres días y tres noches, entre extraños sueños. En vela o dormida, veía siempre aquellos dos ojos vivos en el rostro muerto. Era una visión horrible.

Al tercer día debía tener lugar el entierro de Kostaki.

La mañana de ese día me trajeron de parte de Smerande un traje de luto completo. Me vestí y descendí. La casa parecía vacía. Todos estaban en la capilla. Allí me dirigí. Al cruzar el umbral, Smerande, a quien no había visto en tres días, vino a mi encuentro. Parecía una estatua del dolor y, con el lento movimiento de una estatua, llevó sus labios helados a mi frente y, con una voz que parecía ya surgida de la tumba, pronunció sus palabras acostumbradas.

—Kostaki la ama.

No se pueden hacer una idea del efecto que ejercieron en mí tales palabras. Esa declaración de amor hecha en presente, en vez de en pasado: *la ama,* en lugar de *la amaba,* ese amor de ultratumba que venía a buscarme en vida, produjo en mí una terrible impresión.

Al mismo tiempo, una extraña sensación se apoderó de mí, como si en verdad yo hubiera sido la esposa del muerto y no la prometida del vivo. Ese ataúd me atraía, a mi pesar, dolorosamente, como dicen que una serpiente atrae al pájaro que ha fascinado. Busqué a Gregoriska con la mirada.

Lo vi, pálido, de pie contra una columna. Sus ojos miraban al cielo. No puedo asegurar que me viera.

Los monjes del convento de Hango rodearon el cuerpo entonando salmos del rito griego, a veces armoniosos, por lo demás monótonos. Yo también quería rezar, pero la plegaria se extinguía en mis labios. Estaba tan conmocionada que más me parecía estar asistiendo a un conciliábulo de demonios que de sacerdotes.

Al alzar el cuerpo, quise seguirlo, pero mis fuerzas me lo impidieron. Sentí que mis piernas se doblaban y me apoyé en la puerta.

Entonces Smerande se me acercó e hizo una señal a Gregoriska.

Gregoriska obedeció.

Smerande me dirigió la palabra en moldavo.

—Mi madre me ordena repetirle palabra por palabra lo que os va a decir —dijo Gregoriska.

Smerande habló de nuevo. Luego Gregoriska retomó la palabra.

—He aquí lo que mi madre le ha querido decir: «Llora usted por mi hijo, Hedwige. Lo amaba, ¿verdad? Le agradezco sus lágrimas y su amor. A partir de ahora es usted mi hija, igual que si Kostaki hubiera sido su marido. A partir de ahora cuenta usted con una patria, una madre y una familia. Derramemos las lágrimas debidas a los muertos y seamos dignas de aquel que ya no está con nosotros... ¡Yo, su madre! ¡Usted, su esposa! Adiós. Vuelva a sus aposentos. Yo voy a seguir a mi hijo hasta su última morada. A mi regreso, me encerraré con mi dolor y solo me volverá a ver cuando lo haya vencido. Esté tranquila. Lo mataré, ya que no quiero que el dolor me mate».

No pude responder a las palabras de Smerande, traducidas por Gregoriska, más que con un gemido.

Subí a mi habitación y el cortejo se alejó. Lo vi desaparecer en el recodo del camino. El convento de Hango estaba a no más de media legua de distancia en línea recta, pero los obstáculos del terreno forzaban a desviar la ruta y, así, quedaba a más de dos horas de marcha.

Estábamos en el mes de noviembre. Las jornadas eran frías y cortas. A las cinco de la tarde ya era noche cerrada.

Hacia las siete, vi reaparecer las antorchas. Era el cortejo fúnebre que regresaba. El cadáver reposaba en la tumba de sus padres. Todo estaba ya hecho.

Ya les he hablado de la extraña obsesión de la que era presa desde el fatal desenlace que nos había vestido de luto, sobre todo desde que vi abrirse y fijarse en mí los ojos que la muerte había cerrado. Esa noche, azorada por las emociones de la jornada, mi tristeza se ahondó. Oí el reloj del castillo dando las distintas horas y mi desconsuelo iba en aumento a medida que el transcurso del tiempo me acercaba al instante en el que Kostaki debió de morir.

Oí dar las nueve menos cuarto.

Entonces, una extraña sensación se adueñó de mí.

Era un terror estremecedor que recorría todo mi cuerpo, helándolo. Acompañaba ese terror algo como un sopor invencible que entorpecía mis sentidos, me oprimía el pecho y me velaba la visión. Extendí los brazos y, retrocediendo, fui a caer sobre mi lecho.

Por otro lado, mis sentidos no habían desaparecido hasta el punto de que no pudiera oír unos pasos que se aproximaban a mi puerta. Luego me pareció que la puerta se abría. A partir de ese momento, no vi ni oí nada más. Lo único que noté fue un vivo dolor en el cuello y caí en un completo letargo.

Me desperté a medianoche. Mi lámpara todavía quemaba. Quise levantarme, pero estaba tan débil que lo tuve que intentar dos veces. Mientras vencía aquella debilidad, notaba, despierta, el mismo dolor que había experimentado dormida. Me arrastré y, apoyándome en la pared, llegué al espejo y me miré.

Algo parecido a un pinchazo de aguja me había dejado una marca en la arteria del cuello. Pensé que algún insecto me habría picado durante el sueño y, como estaba deshecha por la fatiga, me acosté y me dormí.

A la mañana siguiente, me desperté como de costumbre y, como de costumbre, me quise levantar al abrir los ojos, pero sentí una debilidad que, anteriormente, solo en una ocasión había conocido, y fue el día después de que me hubieran practicado una sangría.

Me acerqué al espejo y mi palidez me conmocionó.

La jornada transcurrió triste y sombría. Notaba algo extraño. Me quedaba en el mismo sitio largo rato, puesto que cualquier desplazamiento representaba para mí una gran fatiga.

Se hizo de noche y me trajeron una luz. Mis doncellas, así lo entendí por sus gestos, se ofrecían a quedarse conmigo. Se lo agradecí y se fueron.

A la misma hora que el día anterior, experimenté los mismos síntomas. Entonces quise erguirme y pedir auxilio, pero no pude alcanzar la puerta. Oí vagamente el reloj que daba las nueve menos cuarto. Oí los pasos. La puerta se abrió, pero no vi ni oí nada más. Como el día anterior, acabé cayendo de espaldas en la cama. Como el día anterior, sentí un dolor agudo en el mismo sitio. Como el día anterior, me desperté a medianoche, solo que más pálida y débil.

Al día siguiente, la horrible obsesión se renovó. Había decidido bajar para estar junto a Smerande, por muy débil que me encontrara, cuando una de las doncellas entró en mi habitación y pronunció el nombre de Gregoriska.

Él la seguía.

Quise incorporarme para recibirla, pero volví a caer en la butaca.

Dio un grito al verme y quiso atenderme. Tuve la fuerza suficiente para extender un brazo hacia él.

—¿Qué le trae aquí? —le pregunté.

—¡Ah! —dijo—. Venía a decirle adiós. Venía a decirle que abandono este mundo que me resulta insoportable sin su amor y presencia. Venía a decirle que me retiro al monasterio de Hango.

—Mi presencia le es hurtada, Gregoriska —le dije—, pero no mi amor. ¡Ah! No he dejado de amarle y mi gran dolor es que ese amor, ahora, es casi un crimen.

—Puedo esperar que rece por mí, Hedwige.

—Sí, aunque no rece durante mucho tiempo —añadí con una sonrisa.

—¿Qué le ocurre? ¿A qué se debe su palidez?

—Yo... ¡Dios se apiade de mí y me lleve pronto con Él!

Gregoriska se acercó, me tomó una mano que no tuve fuerza de retirar y me miró fijamente.

—Esta palidez no es natural, Hedwige. ¿Cuál es su causa? Diga.

—Si se lo dijera, Gregoriska, pensaría que estoy loca.

—No, no, diga, Hedwige, se lo suplico. Nos hallamos en un país que no se parece a ningún otro y en una familia que no se parece a ninguna otra. Diga, dígalo todo, se lo suplico.

Se lo conté todo: esa extraña alucinación que se apoderaba de mí a la hora en que Kostaki debió de morir; ese terror, ese embotamiento, ese frío de hielo, esa postración que me tumbaba en la cama, ese ruido de pasos que yo creía oír, esa puerta que ya creía verse abrir; en fin, ese dolor agudo seguido de una palidez y una debilidad que crecían sin cesar.

Creí que mi relato le parecería un principio de locura y lo concluí con cierta timidez. Entonces me di cuenta que me escuchaba con profunda atención.

Al terminar de hablar, reflexionó un instante.

—Así —preguntó—, ¿se duerme usted cada noche a las nueve menos cuarto?

—Sí, por mucho que me esfuerce en resistirme al sueño.

—¿Y cree que su puerta se abre?

—Sí, aunque haya corrido el cerrojo.

—¿Y siente un dolor agudo en el cuello?

—Sí, aunque casi no halle en mi cuello rastro de la herida.

—¿Me permite mirar? —dijo.

Incliné la cabeza sobre mi hombro.

Examinó la cicatriz.

—Hedwige —dijo tras un momento—, ¿confía en mí?

—¿Me lo pregunta? —respondí.

—¿Cree en mi palabra?

—Como creo en los Santos Evangelios.

—Pues bien, Hedwige, le doy mi palabra de honor que no le quedan más de ocho días de vida si no acepta hacer, hoy mismo, lo que le voy a decir.

—Pero ¿y si acepto?

—Si acepta, quizás se podrá salvar.

—¿Quizás?

Calló.

—Sea lo que sea, Gregoriska —retomé yo—, haré todo lo que usted me ordene.

—Escuche entonces —dijo—, y, sobre todo, no se asuste. Tanto en su país como en Hungría y en Rumanía, hay una tradición.

Me estremecí, puesto que me vino a la memoria tal tradición.

—¡Ah! —dijo—, ¿ya sabe a cuál me refiero?

—Sí —respondí—. Vi en Polonia a personas sometidas a tal horrible fatalidad.

—Habla de los vampiros, ¿verdad?

—Sí. En mi infancia, vi desenterrar en el cementerio de una aldea que pertenecía a mi padre a cuarenta personas que habían muerto en el lapso de quince días sin que se pudiera adivinar la causa de su muerte. Diecisiete mostraban las señales del vampirismo, es decir, que fueron encontrados frescos, rojos, como si estuvieran vivos. Los otros eran sus víctimas.

—¿Y qué se hizo para liberar el país?

—Les hundieron una estaca en el corazón y, acto seguido, quemaron los cuerpos.

—Sí, así se actúa de ordinario, pero para nosotros con eso no basta. Para liberarla del fantasma, tengo antes que conocerlo y, ¡por los cielos!, lo conoceré. Sí, es necesario. Lucharé con él cuerpo a cuerpo, sea quien sea.

—¡Oh, Gregoriska! —exclamé aterrorizada.

—He dicho: sea quien sea, y lo repito. Pero para llevar a buen término esta terrible aventura, hará falta que acepte todo lo que de usted voy a exigir.

—Diga.

—Esté lista a las siete. Baje a la capilla; baje sola. Tendrá que sobreponerse a su debilidad. Es necesario. Allí recibiremos la bendición nupcial. ¿Lo acepta, querida mía? Es necesario, para defenderla, que ante Dios y ante los hombres yo tenga el derecho de velar por usted. Luego subiremos aquí y veremos qué ocurre.

—¡Oh, Gregoriska! Si se trata de él, lo matará a usted.

—No tema, mi querida Hedwige. Tan solo acepte.

—Sabe que haré todo lo que quiera, Gregoriska.

—Hasta la noche, pues.

—Sí. Haga por su parte cuanto deba hacer y lo secundaré en la medida de mis posibilidades. Vaya.

Salió. Un cuarto de hora después, vi a un caballero que se apresuraba por el camino del monasterio. ¡Era él!

Apenas lo había perdido de vista cuando me arrodillé y recé como no se reza ya en sus países sin creencias, y esperé a las siete, ofreciendo a Dios y a los santos el holocausto de mis pensamientos. No me puse en pie hasta que llegó la hora. Estaba débil como una moribunda, pálida como una muerta. Cubrí mi cabeza con un gran velo negro, descendí la escalera sosteniéndome en las paredes y así llegué a la capilla sin cruzarme con nadie.

Gregoriska me esperaba con el padre Bazile, el superior del convento de Hango. Llevaba en el cinto una espada santa, reliquia de un viejo cruzado que había participado en la toma de Constantinopla con Villehardouin y Baudouin de Flandes.

—Hedwige —dijo, tocando con la mano su espada—, con ayuda de Dios, he aquí quien romperá el hechizo que amenaza su vida. Acérquese con decisión. Este santo hombre, tras recibir mi confesión, va a recibir nuestros votos.

Dio comienzo la ceremonia. Quizás nunca hubo una más simple y solemne a la vez. Nadie asistió al pope. Él mismo nos colocó en la cabeza las coronas nupciales. Ambos vestidos de luto, circunvalamos el altar con un cirio en la mano. Luego, el religioso, habiendo pronunciado las palabras santas, añadió:

—Id, hijos míos, y que Dios os dé la fuerza y el coraje de luchar contra el enemigo del género humano. Vais armados con vuestra inocencia y su justicia. Venceréis al demonio. Id y sed bendecidos.

Besamos los libros santos y salimos de la capilla.

Entonces, por primera vez, me apoyé en el brazo de Gregoriska y me pareció que, al tocar ese brazo valeroso, al entrar en contacto con ese noble corazón, la vida retornó a mis venas. Estaba segura de triunfar, ya que Gregoriska estaba conmigo. Así regresamos a mi habitación y dieron las ocho y media.

—Hedwige —me dijo entonces—, no tenemos tiempo que perder. ¿Quieres dormirte como de costumbre y que todo suceda durante el sueño? ¿O quieres restar en vela y verlo todo?

—A tu lado, nada temo. Quiero estar despierta. Quiero verlo todo.

Gregoriska sacó de su pecho un madero de boj bendecido, aún húmedo de agua bendita, y me lo dio.

—Toma esta rama, acuéstate en la cama y reza a la Virgen María y espera sin temor. Dios está con nosotros. Sobre todo, no dejes caer la rama. Con ella podrás mantener alejado al mismo infierno. No me llames, no grites. Reza. Mantén la esperanza. Espera.

Me acosté y crucé las manos sobre mi pecho, en el que había apoyado la rama bendita. En cuanto a Gregoriska, se escondió tras el sitial con el baldaquín del que he hablado.

Contaba los minutos y, sin duda, a su vez, él también los contaba.

Sonaron los tres cuartos.

El eco del martillo aún vibraba cuando sentí el mismo embotamiento, el mismo terror, el mismo frío glacial que las otras veces, pero acerqué la rama bendita a mis labios y esa primera sensación se disipó.

Entonces oí claramente el ruido de ese paso lento y sigiloso que llegaba de las escaleras y que se acercaba a mi puerta, que se abrió poco a poco, sin hacer ruido, como empujada por una fuerza sobrenatural y, entonces...

La voz de la narradora se detuvo, como si la voz se le hubiera ahogado en la garganta, y pudo continuar a duras penas.

... Entonces, vi a Kostaki, tan pálido como lo había visto en la litera. Los largos cabellos negros sueltos sobre sus hombros goteaban sangre. Iba vestido como de costumbre, solo que, sobre el pecho, la ropa estaba abierta y dejaba ver su herida sangrante.

Todo en él estaba muerto, todo formaba parte del cadáver... carne, ropa, andares... solo los ojos, esos ojos terribles, estaban vivos.

Ante esa visión, cosa extraña, en lugar de redoblarse mi horror sentí acrecentarse mi coraje. Dios me lo insufló, sin duda, para que pudiera hacerme cargo de mi situación y defenderme contra el infierno. Al primer paso que el fantasma dio hacia mi cama, crucé mi mirada valientemente con esa mirada de plomo y le presenté la rama bendecida.

El espectro intentó avanzar, pero un poder más fuerte que el suyo lo retenía en su lugar. Se detuvo:

—¡Oh! —murmuró—, no duerme, lo sabe todo.

Hablaba en moldavo, sin embargo, comprendí esas palabras como si las hubiera pronunciado en una lengua conocida por mí.

Estábamos de frente, el fantasma y yo, sin que mis ojos pudieran apartarse de los suyos, cuando vi, sin necesidad de girar la cabeza hacia su lado, a Gregoriska que salía de detrás del sitial de madera, parecido al ángel exterminador y blandiendo la espada en la mano. Se santiguó con la mano izquierda y avanzó lentamente con la espada tendida hacia el fantasma. Kostaki, a la vista de su hermano, había también desenvainado su sable con un terrible estallido de risa, pero apenas el sable hubo tocado la espada bendecida, el brazo del fantasma cayó inerte sobre su costado.

Kostaki lanzó un bufido lleno de hostilidad y desesperación.

—¿Qué quieres? —le dijo a su hermano.

—Por el nombre de Dios viviente —dijo Gregoriska—, te adjuro a responder.

—¡Habla! —dijo el fantasma, rechinando los dientes.

—¿Es a mí a quien esperabas?

—No.

—¿Soy yo quien te atacó?

—No.

—¿Soy yo quien te hirió?

—No.

—Tú te lanzaste sobre mi espada, así ocurrió. A los ojos de Dios y de los hombres, no soy culpable de este crimen fratricida, así que la tuya no es una misión divina, sino infernal. Has salido de la tumba, no como una sombra santa, sino como un espectro maldito, y a la tumba has de regresar.

—¡Con ella! —gritó Kostaki, haciendo un esfuerzo supremo por agarrarme.

—¡Solo! —gritó a su vez Gregoriska—. Esta mujer me pertenece.

Y, al pronunciar estas palabras, con la punta del hierro bendito, tocó la llaga viva.

Kostaki gritó como si una espada de fuego lo hubiera tocado y, llevándose la mano izquierda al pecho, dio un paso atrás.

Al mismo tiempo, y con un movimiento que parecía imbricado al de su hermano, Gregoriska dio un paso adelante. Entonces, con los ojos sobre los ojos del muerto, la espada sobre la herida de Kostaki, comenzó una marcha lenta, solemne, algo parecido al pasaje de don Juan y el comendador. El espectro retrocedía bajo el gladio sagrado y la voluntad irresistible del campeón de Dios. Gregoriska seguía a Kostaki, paso a paso, sin pronunciar palabra. Los dos jadeaban, ambos estaban lívidos. El vivo empujaba ante sí al muerto, obligándolo a abandonar el castillo que fue su morada en el pasado para que cayera en la tumba que sería su morada en el futuro.

¡Qué horrible visión!

Y, sin embargo, movida yo misma por una fuerza superior, invisible, desconocida, sin darme cuenta de lo que hacía, me alcé y los seguí. Descendimos la escalera, iluminados solamente por las pupilas ardientes de Kostaki. Así atravesamos la galería y el patio. Franqueamos la puerta con ese mismo paso acompasado: el espectro retrocediendo, Gregoriska con el brazo extendido, yo, siguiéndolos.

Esa carrera fantástica duró una hora. Era necesario reconducir al muerto a su tumba, solo que, en lugar de seguir el camino habitual, Kostaki y

Gregoriska acortaron terreno yendo en línea recta, sin inquietarse por los obstáculos que, igualmente, para ellos, no existían: el suelo se allanaba bajo sus pies, los torrentes se secaban, los árboles retrocedían, las rocas se arrinconaban. El mismo milagro que se operaba para ellos, se operaba para mí, aunque a mí todo el cielo me parecía cubierto de crespón negro. La luna y las estrellas habían desaparecido y en la noche solo veía el brillo de los ojos de fuego del vampiro.

Así llegamos a Hango y así cruzamos el seto de madroños que servía de cerco al cementerio. Apenas estuve en su interior, distinguí en la sombra la tumba de Kostaki, situada al lado de la de su padre. Ignoraba que estuviera allí y, sin embargo, la reconocí.

Aquella noche, parecía saberlo todo.

Al borde de la fosa abierta, Gregoriska se detuvo.

—Kostaki —dijo—, todo no ha acabado para ti todavía y una voz del cielo me dice que serás perdonado si te arrepientes. ¿Prometes regresar a la tumba y no salir más? ¿Prometes consagrar a Dios el culto que has consagrado al infierno?

—¡No! —respondió Kostaki.

—¿Te arrepientes? —preguntó Gregoriska.

—¡No!

—¡Por última vez, Kostaki!

—¡No!

—Entonces, pide auxilio a Satán, como yo se lo pido a Dios, y veamos quién saldrá victorioso otra vez en esta ocasión.

Dos gritos resonaron al mismo tiempo, los hierros entrechocaron soltando chispas y el combate duró un minuto que me pareció un siglo.

Kostaki cayó. Vi alzarse la terrible espada y la vi hundirse en su cuerpo y clavar ese cuerpo en la tierra recientemente removida.

Un grito supremo, que nada tenía de humano, rasgó el aire.

Corrí.

Gregoriska permanecía en pie, pero se tambaleaba.

Me apresuré y lo sostuve entre mis brazos.

—¿Estás herido? —le pregunté ansiosa.

—No —me dijo—, pero en semejante contienda, querida Hedwige, no es la herida la que mata, sino la misma lucha. He luchado con la muerte. A la muerte pertenezco.

—¡Amigo, amigo! —exclamé—, aléjate, aléjate de aquí, y quizás la vida regresé a ti.

—No —dijo—, he aquí mi tumba, Hedwige. Pero no perdamos tiempo. Recoge un poco de esa tierra impregnada en sangre y aplícatela sobre el mordisco. Es la única manera de preservarte en el futuro de su horrible amor.

Obedecí entre temblores. Me incliné para recoger un poco de esa tierra sangrienta y, al hacerlo, vi el cadáver clavado en el suelo, con la espada bendecida atravesándole el corazón y una sangre negra y abundante que brotaba de su herida, como si acabara de morir en aquel instante.

Amasé la tierra con la sangre y apliqué el horrible talismán sobre mi herida.

—Ahora, adorada Hedwige —dijo Gregoriska con la voz debilitada—, escucha bien mis últimas instrucciones: abandona el país tan pronto como te sea posible. Solo la distancia te proporcionará seguridad. El padre Bazile ha escuchado hoy mis voluntades supremas y cumplirá. ¡Hedwige! ¡Un beso! ¡El último! ¡El único! ¡Hedwige! ¡Muero!

Y, pronunciando estas palabras, Gregoriska se desplomó junto a su hermano.

En otras circunstancias, en medio del cementerio, al lado de esa tumba abierta, con los cadáveres tendidos uno al lado del otro, me hubiera vuelto loca. Lo dicho: Dios había insuflado en mí una fuerza igual a la de los acontecimientos de los que me hacía no solo testigo, sino partícipe.

En el momento en que miré a mi alrededor buscando socorro, vi que se abría la puerta del claustro y los monjes, guiados por el padre Bazile, avanzaron en pareja con antorchas encendidas mientras entonaban la plegaria de los muertos.

El padre Bazile acababa de llegar al convento. Había previsto lo ocurrido y, encabezando la congregación, se presentaba en el cementerio.

Me encontró viva entre dos muertos.

Kostaki tenía el rostro desfigurado por una postrera convulsión.

El de Gregoriska, al contrario, reflejaba serenidad y casi sonreía.

Siguiendo sus recomendaciones, fue enterrado junto a su hermano: el cristiano sería el custodio del condenado.

Smerande, al saber de esta nueva desdicha y la parte que yo había tenido en ella, quiso verme y vino a encontrarme al convento de Hango donde oyó de mis labios cuanto había sucedido aquella terrible noche.

Le conté con todo detalle la fantástica historia, pero me escuchó como me había escuchado en su momento Gregoriska, sin sorpresa ni espanto.

—Hedwige —respondió, tras un momento de silencio—, por extraño que sea su relato, no ha dicho usted más que la pura verdad. La raza de los Brankovan está maldita hasta la tercera o cuarta generación desde que un Brankovan asesinó a un sacerdote. Ahora la maldición toca a su fin ya que, aunque casada, es usted virgen y, conmigo, la raza se habrá extinguido. Si mi hijo os ha legado un millón, quédeselo. En cuanto a mi fortuna, aparte de los legados piadosos que he previsto, será suya. Ahora siga lo antes posible el consejo de su esposo. Regrese inmediatamente a los países en los que Dios no permite que ocurran estos terribles prodigios. No necesito compañía de nadie para llorar a mis hijos. Adiós. No pregunte por mí. Mi suerte, en el futuro, solo me incumbe a mí y a Dios.

Y, tras besarme en la frente como de costumbre, me dejó sola y fue a encerrarse en el castillo de los Brankovan.

Ocho días después, partí hacia Francia.

Como había predicho Gregoriska, mis noches cesaron de estar frecuentadas por el terrible fantasma. Mi salud se restableció y de aquellos tiempos solo he conservado esta palidez mortal que acompaña hasta la tumba a toda criatura humana besada por un vampiro.

LA FAMILIA
DEL VURDALAK

Alexéi Tolstói

En 1815 se reunió en Viena la flor y nata de la erudición europea y la élite diplomática del continente: todo lo que brillaba en la sociedad de aquel momento se hallaba allí. Pero un día el Congreso que había reunido a todos aquellos notables llegó a su fin.

Los monárquicos emigrados se disponían a regresar a sus castillos, los guerreros rusos a volver a sus hogares abandonados y algunos disconformes polacos marchaban a buscar su amor por la libertad en Cracovia, al amparo de la dudosa independencia que les había procurado la triple égida integrada por los príncipes Metternich y Hardenberg y el conde Nesselrode.

Como suele suceder al término de un gran baile, la sociedad antes numerosa quedó reducida a un pequeño círculo de personas que, sin haber perdido aún el gusto por el entretenimiento y maravillados del encanto de las damas austriacas, no tenían prisa por marchar a casa y demoraban la partida.

Esa sociedad amiga de la diversión, a la que yo mismo pertenecía, se reunía dos veces a la semana en la casa que la princesa de Schwarzenberg tenía pasada la aldea de Hitzing, a unas pocas millas de la ciudad. Los buenos modales de la anfitriona, adornados por la dulce hospitalidad que nos ofrecía y su fino ingenio, convertían las visitas a su casa en un verdadero deleite.

Las mañanas las dedicábamos a dar un paseo; comíamos todos juntos ya fuera en el castillo o en los alrededores y al caer la tarde nos reuníamos en torno a la chimenea encendida, charlábamos y nos contábamos toda suerte de historias. Solo estaba totalmente proscrito hablar de política, porque todos estábamos hartos de ella, de manera que el contenido de las historias que compartíamos lo extraíamos de las antiguas leyendas de nuestras respectivas patrias o de los propios recuerdos.

Una noche, cuando cada uno de los presentes ya había contado algo y nos encontrábamos en ese estado de leve excitación que suelen propiciar la penumbra y el silencio, el marqués d'Urfé, un viejo emigrado que gozaba del aprecio general debido a su juvenil vivacidad y el singular ingenio con que contaba historias de sus hazañas amorosas de antaño, aprovechó el instante de silencio y dijo:

—Las historias que contáis, señores míos, son asombrosas sin duda alguna, pero pienso que carecen de un rasgo fundamental, el de la autenticidad. Esto es así —añadió— porque, hasta donde entiendo, ninguno de vosotros ha visto con sus propios ojos las sorprendentes cosas que narra, ni puede jurar su veracidad comprometiendo su palabra de honor.

Ninguno de los presentes encontró nada que objetar a sus palabras, así que el viejo, acariciando la chorrera de su chaqueta, continuó:

—Pues en lo que a mí respecta, señores, conozco una sola aventura de esa índole, pero es tan extraña y a la vez tan terrible y verdadera, que podría horrorizar incluso a personas de naturaleza extremadamente escéptica. Para mi desgracia, yo fui tanto testigo como protagonista del suceso de marras y aunque no soy muy amigo de recordarlo, estoy dispuesto a contarles hoy lo que me tocó vivir, si las señoras no ponen objeción.

La aprobación fue unánime. Es cierto, no obstante, que algunos ojos miraron los cuadrados de luz blanca que la luna ya dibujaba en el parqué, pero enseguida el círculo de oyentes se cerró aún más y todos callamos, listos para escuchar la historia que nos contaría el marqués. El señor d'Urfé tomó una porción de tabaco, la aspiró y comenzó su relato de esta guisa:

—Antes que nada, señoras mías, les ruego me disculpen si en el transcurso de mi relato me veo obligado a mencionar mis cuitas amorosas con mayor frecuencia de lo que se le supone a un hombre de mis años. Resulta, no obstante, que, en aras de la comprensión, no conviene silenciarlas. Por lo demás, a los viejos se nos da licencia para explayarnos en ciertos detalles y es culpa de ustedes, señoras mías, que, al verlas ante mí tan hermosas, alimente yo la ilusión de volver a ser el mozo que antes fui. Comenzaré sin más demora por decirles que en el año 1759 estaba yo perdidamente enamorado de la hermosa duquesa de Gramont. La pasión que sentía por ella, y que tenía entonces por profunda y eterna, me traía de cabeza tanto de día como de noche, mientras la duquesa, como suele ser tan habitual entre mujeres hermosas, aumentaba mis tormentos con su coquetería. De modo que, presa del mayor desconsuelo, resolví solicitar se me enviara en misión diplomática ante el hospodar de Moldavia, quien se hallaba entonces en unas negociaciones con el gabinete de Versalles, cuya naturaleza sería tan aburrido como inútil que les contara ahora. La prerrogativa me fue concedida y la víspera de mi marcha acudí a visitar a la duquesa.

»En esa ocasión, me recibió menos sarcástica que de costumbre y alcancé a percibir cierta emoción en su voz cuando me dijo:

»—Usted está cometiendo una locura, d'Urfé. Pero como le conozco bien, sé que no renunciará a una decisión ya tomada. De ahí que solo le pediré una cosa: acepte este pequeño crucifijo como prenda de mi amistad y llévelo encima hasta que vuelva. Se trata de una reliquia familiar que en esta casa valoramos mucho.

»Con una galantería que tal vez estaba fuera de lugar en aquel momento deposité un beso no en la cruz, sino en la encantadora mano que me lo alcanzaba y me colgué al cuello este crucifijo que aquí veis, pues no me he apartado de él hasta hoy.

»No las agobiaré, señoras mías, con los pormenores del viaje ni con mis observaciones sobre los húngaros y los serbios, ese pueblo pobre e ignorante, aunque bravo y honrado, que ni siquiera bajo el yugo turco ha olvidado su dignidad y su independencia de antaño. Solo les diré que gracias a que aprendí algo de polaco en la época que viví en Varsovia, muy pronto comencé a entender la lengua serbia, dado que esos dos idiomas, al igual que el ruso y el checo, son, como seguramente sabrán, ramas de una misma lengua, la que denominamos eslava.

»Pues bien, el caso es que ya me manejaba bastante con la lengua del lugar como para hacerme entender cuando me tocó hacer una parada en una aldea, cuyo nombre nada les diría. Encontré a los habitantes de la casa donde me hospedé un tanto abatidos, cosa que me sorprendió aún más cuanto que era domingo, un día que los serbios viven con jolgorio y organizan bailes populares o se entregan a los torneos de pelea o a pegar tiros de escopeta, entre otros pasatiempos. Atribuí el estado de ánimo de mis anfitriones a alguna desgracia que habrían sufrido recientemente y, cuando ya me disponía a retirarme, me abordó un hombre de unos treinta años, de gran estatura y apariencia impresionante, y me tomó del brazo.

»—Pasa, forastero, pasa —me invitó—. No te asuste nuestra congoja; la comprenderás en cuanto conozcas qué la motiva.

»Entonces me contó que su anciano padre, de nombre Gorcha, un hombre de talante atrabiliario e inflexible, se levantó de la cama un día, descolgó de la pared un arcabuz turco de cañón largo y anunció a sus dos hijos, Georgije y Petar:

»—Hijos míos, me voy a las montañas con otros aldeanos a dar caza a ese perro rabioso que es Alibek. —Así se llamaba un salteador de caminos que llevaba tiempo asolando la comarca—. Esperadme diez días y, si al décimo día no he vuelto, encargad una misa por el reposo de mi alma, porque será que me han matado. Pero si se diera el caso —añadió el viejo Gorcha adoptando una expresión más adusta—, si se diera el caso, y no lo quiera Dios, de que yo volviera después, no me dejéis entrar a casa si queréis salvaros. Si eso sucediera, y esto os lo ordeno, olvidaos de que soy vuestro padre y clavadme una estaca de álamo en la espalda, diga yo lo que diga y haga lo que haga, porque entonces seré un maldito vurdalak que ha venido a chuparos la sangre.

»Aquí debo decirles, señoras mías, que los vurdalak, que es como llaman a los vampiros los pueblos eslavos, no son otra cosa, en la imaginación de esa gente, que muertos que han abandonado sus tumbas para chupar la sangre de los vivos. Los vurdalak, por cierto, tienen las mismas inclinaciones que los demás vampiros, pero también hay algo en ellos que los hace mucho más peligrosos. A saber, señoras mías, sienten predilección por la sangre de sus familiares y amigos más queridos y próximos, y estos, una vez muertos, se convierten también en vampiros, lo que hace que algunos testigos sostengan que hay aldeas en Bosnia y Herzegovina cuyos vecinos se han convertido todos en vurdalaks. El abate Augustin Calmet ofrece aterradores ejemplos de esa práctica en un interesante trabajo acerca de los vampiros. Los emperadores germanos pusieron en marcha más de una comisión para que investigara diversos casos de vampirismo. Estas comisiones practicaron interrogatorios, exhumaron cadáveres llenos de sangre y les prendieron fuego en las plazas, no sin antes atravesarles el corazón. Los funcionarios de los juzgados que presenciaron esas ejecuciones aseguran que escucharon los chillidos que emitían los cadáveres cuando el verdugo les clavaba la estaca de álamo en el corazón. De ello dieron cumplido testimonio, que rubricaron con su juramento y firma.

»Se podrán imaginar muy bien la reacción que las palabras del viejo Gorcha provocaron en sus hijos. Ambos se arrojaron a sus pies y le rogaron que les permitiera marchar en su lugar, pero el hombre dio media vuelta por respuesta y se alejó de ellos canturreando una vieja balada. El día de mi llegada a la aldea era precisamente el señalado para el término del plazo dado por Gorcha y no me resultó difícil comprender la desazón que embargaba a sus hijos.

»Se trataba de una familia muy unida y honrada. El hijo mayor, Georgije, de rasgos viriles y ásperos, era a todas luces un hombre severo y decidido. Tenía mujer y dos hijos. En el semblante de su hermano Petar, un hermoso joven de dieciocho años, se adivinaba más suavidad que audacia. A todas luces, su hermana menor, Zdenka, una muchacha que representaba muy bien la belleza típica eslava, sentía una gran predilección por él. Aparte de su belleza, que resultaba indiscutible desde cualquier ángulo, en Zdenka me sorprendió el vago parecido que guardaba con la duquesa de Gramont. Tenía, y eso fue lo que más llamó mi atención, un singular pliegue en la frente que en toda mi vida solo he encontrado en esas dos mujeres. Se trata de un rasgo que podía no agradar en una primera impresión, pero que bastaba ver unas cuantas veces para que atrajera con una fuerza irresistible.

»Ya fuera por mi juventud de entonces o porque la semejanza entre las dos mujeres, aunada al talante particular e ingenuo de Zdenka, me causara una honda impresión, el caso es que me bastó charlar dos minutos con ella para experimentar por la joven una viva simpatía, que habría acabado creciendo hasta convertirse en un sentimiento aún más intenso si hubiera tenido que quedarme más tiempo en aquella aldea.

»Nos habíamos acomodado en el patio de la casa en torno a una mesa en la que nos habían servido queso fresco y cuencos de leche. Zdenka hilaba. Su cuñada preparaba la cena para los niños, que jugaban en la arena a nuestro lado. Petar silbaba una melodía con afectada despreocupación mientras limpiaba un yatagán, el largo cuchillo turco. Acodado sobre la mesa y mudo, Georgije se apretaba las sienes con ostensible preocupación, sin apartar la vista del camino.

»En cuanto a mí, me había dejado llevar por el sombrío estado de ánimo de la concurrencia y miraba melancólico a las nubes vespertinas que encuadraban el cielo dorado y a la silueta del monasterio que se alzaba sobre el bosque de pinos.

»Ese monasterio, como supe más tarde, fue célebre en una época por guardar el milagroso icono de la Virgen que según la leyenda habían dejado unos ángeles entre las ramas de un roble. Pero a principios de este siglo los turcos invadieron aquellas tierras, pasaron a cuchillo a los monjes y redujeron el monasterio a ruinas. Del viejo edificio ya solo quedaban unos muros y una capilla donde celebraba misa cierto eremita. Este conducía a los feligreses a través de los escombros y refugiaba a los peregrinos que, en su camino de un santuario a otro, se alojaban gustosamente en el monasterio de la Virgen del Roble. Pero todo esto, como les decía, lo supe mucho después; aquella noche no era la arqueología serbia lo que me ocupaba. Como suele pasar cuando uno da rienda suelta a su imaginación, me puse a recordar el pasado, los luminosos días de mi infancia, mi espléndida Francia que había abandonado para viajar a un país lejano y bárbaro. A mi mente acudió también la duquesa de Gramont y, no se lo ocultaré, pasaron también por ella muchas de las que hoy son sus abuelas, cuyos rostros, siguiendo al de la encantadora duquesa, se habían grabado involuntariamente en mi corazón.

»Muy pronto ya había olvidado a mis anfitriones y la razón de su angustia.

»Georgije fue el primero en romper el silencio:

»—Mujer, ¿a qué hora marchó el viejo? —preguntó.

»—A las ocho —le respondió ella—: escuché el tañido de la campana del monasterio.

»—Bien —masculló Georgije antes de volver a su mutismo y clavar nuevamente los ojos en el ancho camino que se hundía en el bosque—. Ahora debe de faltar media hora para las ocho, no más.

»Antes olvidé decirles, señoras mías, que cuando los serbios sospechan que una persona ha sido vampirizada se cuidan de pronunciar su nombre o referirse a ella directamente, porque piensan que con ello la estarían llamando a salir de la tumba. De ahí que Georgije llevara un buen rato refiriéndose a su padre como «el viejo».

»El silencio se prolongó unos minutos hasta que uno de los niños tiró de repente del delantal de Zdenka.

»—Tía, dime, ¿cuándo volverá el abuelo? —preguntó.

»Georgije respondió a pregunta tan inoportuna con una cachetada.

»El niño se echó a llorar y su hermano pequeño preguntó entre el susto y el asombro:

»—¿Por qué no podemos mencionar al abuelo?

»Otra cachetada lo hizo callar de golpe. Los dos niños se pusieron a berrear al unísono mientras los adultos se persignaban.

»En eso la campana del monasterio dio las ocho. Y fue al sonar la primera campanada cuando vimos la figura de un hombre que salía del bosque y caminaba hacia nosotros.

»—¡Es él! —exclamaron Zdenka, Petar y su cuñada a coro—. ¡Alabado sea Dios!

»—¡Dios nos guarde! —pronunció Georgije en tono solemne—. ¿Y ahora cómo sabemos si han pasado diez días o no?

»Todos se volvieron hacia él horrorizados. Entretanto, el hombre continuaba aproximándose a nosotros. Era un anciano de gran estatura, bigote blanco y rostro pálido y severo. Caminaba con esfuerzo apoyándose en un báculo. A medida que se acercaba, el rostro de Georgije se ensombrecía. Finalmente, cuando se detuvo frente a nosotros, nos recorrió con la mirada de unos ojos que parecían ciegos de tan opacos y hundidos que se veían.

»—¿Qué está pasando aquí? —protestó—. ¿Cómo es que nadie se levanta a recibirme? ¿Por qué estáis tan callados? ¿No veis que estoy herido?

»En ese momento me percaté de que el viejo sangraba por el costado izquierdo.

»—Ayuda a tu padre —le dije a Georgije. Y volviéndome hacia su hermana añadí—: Y tú harías bien si le dieras algo de beber, Zdenka, que está a punto de desplomarse.

»—Padre —farfulló Georgije acercándose a Gorcha—, déjame ver la herida, que algo entiendo de vendajes...

»El propio Georgije se disponía a levantarle la ropa, pero el recién llegado lo apartó de un empujón y se sujetó el costado con ambas manos.

»—¡Déjalo, que tú no sabes nada de heridas y me haces daño!

»—¡La herida es en el corazón! —chilló Georgije palideciendo aún más—. ¡Desvístete, desvístete deprisa! ¡Hazlo ahora mismo!

»El viejo se irguió de repente.

»—¡Tú ten mucho cuidado! —le dijo con voz sorda—. ¡Como te me acerques, te maldigo!

»Petar se puso entre los dos.

»—Déjalo en paz —le pidió a Georgije—. ¿No ves cuánto le duele?

»—No le contradigas —intervino la mujer de Georgije—. Ya sabes que no lo soporta.

»En ese instante vimos llegar al rebaño que volvía de los pastos entre una nube de polvo. Ya fuera que el perro que lo acompañaba no reconoció a su viejo dueño o que lo moviera alguna otra razón, el caso es que en cuanto vio a Gorcha se paró en seco, se le erizó el pelo del espinazo y comenzó a aullar como si hubiera notado algo raro.

»—¿Qué le pasa a este perro? —preguntó el viejo enfadándose aún más—. ¡No doy crédito! ¿Acaso he cambiado tanto en estos diez días que he estado fuera que ya ni mi propio perro me reconoce?

»—¿Lo has oído? —dijo Georgije a su mujer.

»—¿Qué cosa?

»—¡Él mismo ha dicho que faltó de aquí diez días!

»—¡Que no, hombre! ¡Solo se ha hecho un lío con las fechas!

»—Bien, bien. Ya sé lo que hay que hacer.

»El perro, entretanto, no dejaba de aullar.

»—¡Pegadle un tiro! —gritó Gorcha—. ¡Os lo ordeno! ¿Lo habéis oído?

»Georgije no se movió, pero Petar se puso de pie con lágrimas en los ojos, empuñó el arcabuz de su padre y disparó al perro, que rodó muerto por el polvo.

»—Era mi perro preferido —masculló—. ¿Por qué le ha dado a padre por matarlo?

»—Se lo ha buscado —le respondió Gorcha—. ¡Bueno, ya está refrescando! ¡Entremos en casa!

»Entretanto, Zdenka había hervido agua con peras, miel y pasas para que el anciano tuviera qué beber, pero él rechazó la bebida asqueado. Otro tanto hizo con el plato de arroz con cordero que Georgije le ofreció y fue a sentarse junto a la chimenea farfullando unas palabras ininteligibles.

»Los leños de pino crepitaban en el fuego y los vacilantes reflejos de las llamas iluminaban su rostro, tan pálido y demacrado que, de no haber sido por la viva iluminación, podía haber pasado por el de un muerto. Zdenka tomó asiento a su lado.

»—No has querido comer ni te quieres echar a dormir, padre —le dijo—. ¿Qué tal si me cuentas cómo peleaste en las montañas?

»La joven sabía bien que esas palabras tocarían la más sensible de las cuerdas del viejo, porque contar sus peleas y combates le producía un enorme contento. Y, en efecto, en sus labios exangües se dibujó un remedo de sonrisa, aunque sus ojos continuaron mirando como ausentes y respondió, mientras acariciaba el cabello encantadoramente rubio de la muchacha:

»—Muy bien, hija, mi Zdenka, te contaré todo lo que me ocurrió en las montañas, pero lo haré otro día, que hoy me caigo de sueño. Una cosa sí te diré ahora: Alibek ya no vive, yo le di muerte. Y si alguien alberga la menor duda de ello —añadió mirando a toda la familia reunida allí—, ¡lo puedo demostrar!

»Y, dicho esto, desanudó la boca del jubón que había cargado a la espalda y extrajo una cabeza ensangrentada que, por cierto, tenía un color mortecino en el semblante que bien habría podido competir con el del suyo.

»Todos apartamos la vista con repugnancia. Gorcha entregó la cabeza a Petar y le ordenó:

»—Toma, clávala encima de la puerta para que todo el que pase frente a nuestra casa sepa que Alibek está muerto y que nadie más que los jenízaros del sultán van asaltando a la buena gente por los caminos.

»Superando a duras penas el asco, Petar cumplió lo ordenado.

»—¡Ahora entiendo por qué el pobre perro aullaba como si hubiera visto un muerto! —dijo.

»—Claro, como si hubiera visto un muerto —repitió Georgije en tono sombrío al entrar de nuevo en la casa.

»Georgije había salido poco antes y ahora volvía trayendo algo que no se alcanzaba a distinguir muy bien, pero que me pareció una estaca. Lo colocó en un rincón.

»—Georgije —le dijo su mujer bajando la voz—, ¿eso no será una...?

»—¿Qué estás tramando, hermano? —le preguntó su hermana en un susurro—. No, no me puedo creer que estés pensando en hacerle eso, ¿verdad que no?

»—Dejadme todos en paz —protestó Georgije—. Sé muy bien lo que me toca hacer. Y nada ni nadie me podrá detener.

»La noche había caído y la familia se fue a dormir a una parte de la casa que solo una fina pared separaba de la que ocupaba yo. He de confesar que estaba muy impresionado por todo lo que me había tocado presenciar aquella noche. La vela se había apagado ya y por la pequeña ventana que había al lado de mi lecho penetraba la luz de la luna, de modo que en el suelo y en las paredes había manchas blancas como estas, señoras mías, que se recortan ahora en el salón en el que estamos sentados. Quise quedarme dormido, pero no lo conseguí. Y como culpé del insomnio a la influencia de la luz de la luna me puse a buscar, sin éxito, algo que me sirviera para cegar la ventana. Entonces me llegaron unas voces desde el otro lado del tabique y les presté oídos.

»—Acuéstate, mujer —dijo Georgije—. Y tú lo mismo, Petar. Y tú, Zdenka. No os preocupéis, que yo me quedaré despierto por vosotros.

»—Eso no, Georgije —replicó su mujer—, más vale que me quede yo despierta, que tú has trabajado todo el día y estarás agotado. Encima, tengo que velar por el niño, el mayor, que ya sabes que desde ayer anda malo y...

»—Tú, tranquila —la interrumpió Georgije—. ¡Vete a dormir que ya me ocupo yo del niño!

»—Escucha, hermano —terció Zdenka con voz dulce y queda—, mejor me quedo yo despierta, que no me cuesta nada. Padre ya está dormido y mira lo quieto que está en su sueño.

»—No os enteráis de nada —replicó Georgije con un énfasis que no admitía réplica—. Os lo digo por última vez: acostaos, que ya me quedaré yo despierto.

»Se hizo un silencio sepulcral. Y muy pronto sentí que los párpados me pesaban como losas y me dejé vencer por el sueño.

»Pero de repente la puerta de la habitación se abrió lentamente y apareció Gorcha. Debo decir que, en realidad, adiviné que era él porque su figura emergía de la completa oscuridad y me resultaba imposible distinguirlo. Tuve la impresión de que sus ojos apagados intentaban adentrarse en mis pensamientos y velaban los movimientos de mi pecho al compás de la respiración. Después dio un paso, otro más y, cuidándose de no hacer ruido, se fue aproximando lentamente a mí. Un saltito más y ya lo tenía encima. Experimenté una sensación indecible de angustia, pero una fuerza invisible me sujetaba. El viejo me acercó su rostro lívido y se inclinó sobre mí de tal manera que alcancé a percibir su cadavérica respiración. En ese instante hice un esfuerzo sobrehumano y me desperté bañado en sudor. La habitación estaba vacía, pero al mirar hacia la ventana vi claramente al anciano Gorcha, que tenía la cara pegada al cristal y no apartaba de mí sus terribles ojos. Haciendo de tripas corazón, conseguí ahogar un grito y tuve la suficiente presencia de ánimo para quedarme en la cama y comportarme como si nada hubiera visto. Sin embargo, todo indicaba que el viejo solo se había asomado para asegurarse de que yo dormía. En ningún momento intentó entrar en mi dormitorio y después de estudiarme se apartó de la ventana y escuché sus pasos en la habitación contigua. Georgije ya dormía y sus ronquidos hacían temblar las paredes. En eso se escuchó la tos de un niño y alcancé a distinguir la voz del viejo Gorcha que preguntaba:

»—¿No duermes, pequeño?

»—No, abuelo —respondió el niño—. ¿Quieres charlar conmigo?

»—¿Charlar contigo? ¿Y de qué quieres que hablemos?

»—¿Por qué no me cuentas cómo has peleado contra los turcos? ¡Yo también quiero enfrentarme a ellos!

»—Eso pensaba yo, querido mío, y por eso te traje un pequeño yatagán. Pero espera a que te lo dé mañana.

»—Dámelo mejor ahora, abuelo. Si no duermes...

»—¿Por qué no has venido a hablar conmigo antes de que apagaran la luz?

»—Padre no me lo permitió.

»—Es que te protege mucho tu padre. Entonces, ¿quieres el yatagán ahora mismo?

»—Sí, sí, pero no me lo des aquí, no sea que padre se despierte.

»—¿Y dónde quieres que te lo dé?

»—Salgamos, mejor. Me portaré bien y no haré ruido —dijo el niño.

»Me pareció escuchar la risa sorda y entrecortada del viejo. El niño parecía estar levantándose. Yo no creía en la existencia de los vampiros, pero después de la pesadilla que acababa de visitarme tenía los nervios a flor de piel y, con tal de no tener algo de lo que culparme después, me levanté y pegué un puñetazo en la pared. El golpe que di debería haber servido para despertar a los siete durmientes que tenía al lado, pero, por lo visto, ninguno de ellos se enteró. Imbuido del deseo de salvar al niño, me abalancé sobre la puerta y al intentar abrirla descubrí que la habían cerrado por fuera. Por más que empujaba, el cerrojo no quería ceder a mis embates. Mientras me afanaba con la puerta, me volví un instante hacia la ventana, justo lo necesario para ver pasar al viejo llevándose al niño en brazos.

»—¡Levantaos! ¡Levantaos! —grité con todas mis fuerzas, mientras golpeaba el tabique con los puños.

»Georgije se despertó por fin.

»—¿Dónde se ha metido el viejo? —preguntó enseguida.

»—¡Corre, corre! —le grité—. Se ha llevado al niño.

»Georgije arrancó a patadas su puerta, que también resultó estar cerrada por fuera, y echó a correr hacia el bosque. Por fin conseguí despertar a Petar, a su cuñada y a Zdenka. Juntos esperamos frente a la casa hasta que vimos aparecer a Georgije, que volvía con el niño en brazos. Lo había encontrado inconsciente tumbado en el camino real, pero después de volver en sí rápidamente no daba señales de haber empeorado de su malestar. Al ser interrogado dijo que su abuelo no le había hecho mal alguno, que salieron a charlar un rato, pero el aire libre le provocó mareos y nada recuerda de lo que le sucedió después. El viejo, por su parte, había desaparecido sin más.

»No es difícil imaginar que el resto de la noche lo pasamos en vela.

»A la mañana siguiente, me dijeron que el río Danubio, que cruzaba el camino a unas leguas de la aldea, comenzaba a arrastrar trozos de hielo, algo que en aquellas latitudes suele suceder a finales del otoño y al comienzo de la primavera. Como eso implicaba que el camino quedara cortado varios días, tuve que renunciar a la idea de continuar el viaje. Y, con todo, aun si hubiera podido marchar, allí me retenían la curiosidad y un sentimiento mucho más poderoso que comenzaba a sumarse a esta. Mientras más veía a Zdenka, más atraído me sentía por ella. No soy yo, señoras mías, de esos que creen en los amores súbitos e incontrolables que nos pintan las novelas, pero sí soy de la opinión de que en algunos casos el amor crece más rápido que en otros. El singular encanto de Zdenka, su extraña semejanza con la duquesa de Gramont, por cuya causa yo había huido de París para encontrármela ahora vestida con ropas tan pintorescas, hablando en una lengua extranjera y armónica, el sorprendente pliegue en la frente por el que yo en Francia me habría sentido dispuesto a poner treinta veces mi vida en riesgo, todo ello unido a lo extraño de mi situación y al misterioso cariz que estaba tomando lo que sucedía a mi alrededor, debió de ejercer una influencia en el sentimiento que crecía dentro de mí y que en otras circunstancias se habría manifestado de una forma más vaga y pasajera.

»A mediodía escuché a Zdenka conversando con su hermano menor:

»—¿Qué opinas de todo esto? —le preguntó—. ¿Tú también sospechas de nuestro padre?

»—No me atrevo a sospechar —respondió Petar—. Además, el niño ya dijo que no le hizo nada malo. Y esto de que se haya marchado no significa nada, sabes que siempre lo hace, sin dar explicaciones.

»—Lo sé —replicó Zdenka—. Ahora lo que pienso es que debemos salvarlo, que ya sabes las que se gasta Georgije...

»—Sí, hagámoslo. No conseguiríamos hacerle entrar en razón, así que escondamos la estaca. No podrá encontrar otra igual porque en nuestro lado del bosque no hay álamos.

»—Eso, eso, escondamos la estaca y no digamos palabra a los niños, no sea que lo suelten delante de Georgije.

»—A ellos ni una palabra —convino Petar, y cada uno se fue por su lado.

»Cayó la noche y seguíamos sin noticias del viejo Gorcha. Yo estaba tumbado en la cama, como la noche anterior, y la luz de la luna coloreaba de blanco toda la habitación. Cuando el sueño ya comenzaba a nublar mi mente, un sexto sentido me indicó que el viejo se aproximaba. Abrí los ojos: su rostro lívido estaba pegado a la ventana.

»Quise levantarme, pero no lo conseguí. Todo mi cuerpo estaba como paralizado. Después de haberme clavado la mirada unos instantes, el viejo se apartó de la ventana. Pude escuchar cómo rodeaba la casa y golpeaba suavemente la ventana de la habitación en la que dormían Georgije y su mujer. El niño se revolvió en la cama y sollozó todavía dormido. Después de un momento de silencio, el viejo volvió a golpear la ventana. El niño sollozó de nuevo y se despertó.

»—¿Eres tú, abuelo? —preguntó.

»—Soy yo, sí —respondió la voz sorda—. Te he traído el yatagán.

»—¡Pero no puedo salir ahora! ¡Padre me lo prohibió!

»—No tienes que salir —lo tranquilizó el viejo, antes de animarlo—, tú solo acércate a la ventana para que te pueda dar un beso.

»El niño se levantó del lecho y cuando le escuché abrir la ventana eché mano de todas mis fuerzas, salté de la cama y comencé a aporrear la pared.

Georgije se despertó enseguida, soltó un juramento, su mujer pegó un grito, y toda la familia rodeó enseguida al niño, que yacía sin sentido. Gorcha había desaparecido como hizo la noche anterior. Con los esfuerzos de todos conseguimos que el niño volviera en sí, pero estaba muy débil y respiraba con dificultad. El pobre no tenía idea de la causa de su desmayo. Su madre y Zdenka lo explicaban por el susto que se había dado al ser descubierto con el abuelo. Yo permanecía en silencio. Al final, el niño se calmó y todos menos Georgije se metieron en la cama otra vez.

»A punto de amanecer escuché la voz de Georgije llamando a su mujer. Intercambiaron unas frases en susurros. Zdenka se unió a ellos y las oí llorar a ella y a su cuñada.

»El niño estaba muerto.

»No contaré detalles del dolor de la familia. No obstante, ninguno de ellos culpó al viejo Gorcha de lo sucedido. Al menos, nadie se manifestó con claridad en ese sentido.

»Georgije permanecía en silencio, pero a la expresión de su rostro, que siempre había sido sombría, ahora se le había sumado algo terrible. El viejo no apareció en los dos días siguientes. En la noche del tercero, después de celebrado el funeral del niño, me pareció escuchar sus pasos fuera de la casa y después me llegó su voz llamando al hermano pequeño. Por un momento creí ver su cara pegada al cristal de la ventana, pero no fui capaz de determinar si esa visión fue real o si fue mi imaginación, porque esa noche la luna se había escondido detrás de las nubes. No obstante, entendí que mi deber era poner a Georgije sobre aviso. Este interrogó al niño, que no negó que su abuelo lo hubiera estado llamando antes y aseguró que lo había visto mirándolo por la ventana. Georgije le dio órdenes terminantes de despertarlo si el viejo volvía a asomar por allí.

»Todas esas tribulaciones no fueron óbice para que mi cariño por Zdenka creciera por momentos.

»No había podido hablarle a solas en todo el día, de modo que, al caer la noche, la idea de mi pronta partida me afligió el corazón. La habitación de Zdenka estaba separada de la mía por un zaguán que conducía por un lado a la calle y, por el otro, al patio interior de la casa.

»Ya mis anfitriones se habían ido a dormir cuando se me ocurrió dar un paseo por allí para despejar la mente. Al salir al zaguán de marras me percaté de que la puerta de la habitación de Zdenka estaba entreabierta.

»No pude evitar pararme ante ella. El frufrú del vestido, tan evocador, me aceleró el corazón. Y enseguida me llegaron las palabras de una canción cantada a media voz. Era la despedida del rey de los serbios de su amada, a la que decía adiós para ir a la guerra:

> Oh, mi joven álamo, a la guerra me voy y tú me olvidarás.
> Son esbeltos y flexibles los arbustos que crecen al pie de la montaña,
> pero más flexible y esbelto es tu joven talle.
> Rojos son los frutos del serbal que mece el viento, pero más rojos aún
> tus labios son.
> ¡Y yo, en cambio, soy como un viejo roble sin follaje y mi barba es más
> blanca que la espuma del Danubio!
> ¡Tú me olvidarás, amada mía, y moriré de angustia, porque
> el enemigo no se atreverá a dar muerte al viejo rey!
> Y ahí su hermosa amada le respondió:
> «Juro que no te olvidaré jamás, que te seré fiel. Y si mi juramento violo,
> tú ven desde la tumba a chupar toda la sangre de mi corazón».
> A ello dijo el anciano rey: «¡Así sea!», y a la guerra marchó. ¡Y muy pronto
> la hermosa en el olvido lo echó!

»Zdenka dejó de cantar en este punto, como si le diera miedo terminar la canción. No pude contenerme. Aquella voz tan tierna, tan salida del alma, era la misma que la de la duquesa de Gramont... Y sin pensármelo dos veces empujé la puerta y entré en la habitación. Zdenka acababa de quitarse una especie de corpiño que llevan las mujeres de aquel país. Ahora solo llevaba una camisa cosida con hilos de oro y adornada con bordados rojos. Una sencilla falda a cuadros ceñida a su talle completaba su atuendo. Sus divinas trenzas rubias estaban deshechas, y así, semidesnuda, se la veía aún más hermosa que de costumbre. Aunque no mostró enojo alguno por mi irrupción, sí lucía turbada y se ruborizó ligeramente.

»—¡Ah! ¿Por qué te apareces así? —me dijo—. ¿Qué pensarán de mí si nos ven aquí a solas?

»—No temas, Zdenka, cariño mío —la tranquilicé—. Solo un saltamontes en la hierba o un abejorro de primavera serían capaces de escuchar las palabras que te diré.

»—¡No, querido, no! ¡Márchate pronto! Si nos descubriera mi hermano, estaría perdida.

»—No, Zdenka, no me iré de aquí hasta que me prometas que me amarás siempre, como la joven hermosa juró al rey en la canción que cantabas. Marcharé de aquí pronto, Zdenka, y nadie sabe cuándo nos volveremos a ver tú y yo... Te quiero más que a mi alma, Zdenka: ¡eres mi salvación! Y tuyas son mi vida y mi sangre. ¿Acaso no me regalarás una hora a cambio de ellas?

»—En una hora pueden suceder muchas cosas —dijo Zdenka sin hurtar su mano del abrazo de las mías—. Tú no conoces a mi hermano —añadió con un estremecimiento—, y yo presiento que aparecerá aquí.

»—No te afanes, Zdenka querida —le dije—, tu hermano está agotado después de tantas noches en vela y el viento que juega con el follaje lo habrá adormecido. Su sueño es profundo y larga es la noche. ¡Quédate una hora conmigo! Y después nos diremos adiós, ¡tal vez para siempre!

»—¡Ah, no, no! ¡Que no sea para siempre! —dijo Zdenka nerviosa y pegó un salto de pronto alejándose de mí, como asustada de sus propias palabras.

»—¡Oh, Zdenka! —exclamé yo—, ¡solo a ti te veo, solo a ti te escucho, y ya no soy dueño de mis actos: una fuerza superior se ha adueñado de mí! ¡Perdóname, Zdenka!

»Y entonces, como poseído por la locura, la apreté contra mi pecho.

»—¡No, no! ¡No te puedo considerar mi amigo! —exclamó ella zafándose de mi abrazo y corriendo a buscar cobijo en el rincón más distante.

»No sé qué le respondí a eso, porque yo mismo me asusté de mi arrojo. Y no porque no me hubiera dado buenos réditos en otras situaciones semejantes, sino porque ni siquiera ardiendo de pasión era capaz de ignorar el profundo respeto que me inspiraba la pureza de Zdenka.

»Es verdad que en un primer momento le regalé algunas de las frases galantes a las que jamás torcieron el gesto las bellas mujeres de la época, pero me frené enseguida, avergonzado, al percatarme de que la joven, en su llaneza, no alcanzaba a comprender el sentido puesto en ellas, uno que ustedes, señoras mías, habrían captado con media palabra.

»Frente a frente estábamos cuando la vi estremecerse y mirar despavorida a la ventana. Dirigí mi mirada en la misma dirección y me encontré con la cara de Gorcha. Inmóvil, nos vigilaba.

»En ese mismo instante, una pesada mano se posó sobre mi hombro. Me di la vuelta. Era Georgije.

»—¿Qué haces aquí? —me preguntó.

»Desconcertado por la brusca interrogación le señalé a su padre, que nos miraba desde el otro lado de la ventana y se ocultó en cuanto Georgije lo atravesó con la mirada.

»—Escuché los pasos del viejo y vine a advertir a tu hermana —le dije.

»Georgije me clavó los ojos como si quisiera desentrañar mis pensamientos más recónditos. Después me tomó del brazo, me condujo a mi habitación y allí me dejó sin decir palabra.

»A la mañana siguiente me encontré a toda la familia sentada a la mesa frente a la puerta de la casa. Tomaban toda suerte de quesos y crema de leche.

»—¿Dónde se ha metido el niño? —preguntó Georgije.

»—Está en el patio jugando a matar turcos —respondió la madre—, su juego predilecto.

»No había terminado la frase cuando la imponente figura de Gorcha apareció inesperadamente. El viejo salió del bosque, avanzó lentamente hacia nosotros y se sentó a la mesa. El mismo comportamiento que había mostrado el día de mi llegada allí.

»—Sed bienvenido, padre —murmuró su nuera.

»—Bienvenido —la secundaron Zdenka y Petar en susurros.

»—Padre —dijo Georgije con voz firme, pero torciendo el gesto—, te estábamos esperando para rezar juntos. ¡Comienza!

»El viejo frunció el ceño y nos dio la espalda.

»—¡Recemos ahora mismo! —lo apremió Georgije—. Haz la señal de la cruz ahora mismo o te juro por san Jorge que...

»Zdenka y su cuñada se inclinaron hacia el anciano rogándole que pronunciara el rezo.

»—No, no y no —protestó el viejo—. ¡No tiene ningún derecho a exigirme nada! Y como lo vuelva a hacer, ¡lo maldigo!

»Georgije se levantó de un salto y entró en la casa, pero volvió enseguida con los ojos encendidos de furia.

»—¿Dónde está la estaca? —gritó—. ¿Dónde la habéis escondido?

»Zdenka y Petar se miraron.

»—¡Muerto! —le gritó Georgije al viejo—. ¿Qué le hiciste a mi hijo mayor? ¡Devuélveme a mi hijo!

»A medida que hablaba, su rostro palidecía todavía más y sus ojos se inyectaban de fuego.

»El viejo, inmóvil, le clavó sus ojos llenos de rabia.

»—¿Y la estaca? ¿Dónde está la estaca? —volvió a preguntar Georgije a gritos—. ¡Quien la haya escondido responderá por todo el mal que se cierne sobre nosotros!

»En ese mismo instante escuchamos la risa alegre y cantarina del hijo pequeño, que irrumpía en la escena a horcajadas sobre la estaca de la que a duras penas tiraba, mientras con su débil vocecita infantil emitía el grito de guerra que los serbios profieren cuando se abalanzan sobre sus enemigos.

»Los ojos de Georgije querían salirse de las órbitas. Arrancó la estaca de las manitas del niño y quiso arrojarla sobre su padre. Pero el viejo ya había echado a correr hacia el bosque a una velocidad que parecía completamente sobrehumana para alguien de su edad.

»Georgije se puso a correr tras él y muy pronto los perdimos de vista a ambos.

»Cuando Georgije regresó a la casa, pálido como la muerte y con el cabello desordenado, ya se había puesto el sol. Tomó asiento junto a la estufa y creí percibir que le castañeaban los dientes. Nadie se atrevía a preguntarle nada. Pero llegó la hora en la que la familia solía recogerse. Georgije ya parecía haber recuperado el dominio de sí, y apartándome a un lado me dijo como si tal cosa:

»—Querido huésped, hoy he estado en el río y ya no trae hielo, así que no existe impedimento alguno para que te marches. No hace falta que te despidas de nadie aquí —me dijo mirando significativamente a Zdenka—. Te deseo toda la felicidad del mundo y Dios quiera que guardes un buen recuerdo de nosotros. Mañana al rayar el alba estará ensillado tu caballo y un guía te estará esperando. Adiós, pues. Tal vez algún día recuerdes a tus anfitriones y no nos guardes rencor por estos días turbulentos: no hemos podido regalarte otros.

»En aquel preciso instante, los duros rasgos del rostro de Georgije expresaban algo parecido a la cordialidad. Me acompañó hasta mi habitación, me estrechó la mano por última vez. Después se estremeció otra vez y sus dientes castañearon como si tuviera frío.

»Como pueden imaginar, la idea de dormir no me visitó cuando me quedé ya a solas en la habitación. Los pensamientos se arremolinaban en mi mente. No era la primera vez que me sentía enamorado. Había conocido los impulsos irrefrenables de la pasión y los ataques de angustia y celos, pero jamás, ni siquiera al separarme de la duquesa de Gramont, había sentido un dolor como el que me estaba desgarrando el corazón. No alumbraban aún las primeras luces del alba cuando ya me había vestido para el camino y quise intentar ver a Zdenka una última vez. Pero Georgije ya me esperaba en el zaguán y con su presencia se desvanecieron todas las esperanzas de verla de nuevo.

»Me subí al caballo y partí al galope. Me había hecho la promesa de volver a parar en aquella aldea a mi regreso de Jassy y esa esperanza, por lejano que estuviera el momento de su consumación, disipó un poco mi tristeza. Ya pensaba con delectación en el día de mi regreso y la imaginación poblaba mi mente de toda suerte de detalles, cuando el caballo hizo un movimiento brusco que me hizo caer de la silla. La bestia se quedó clavada, avanzó las patas delanteras y resopló ruidosamente, avisando de un peligro próximo. Agucé la vista y vi a un centenar de metros por delante de nosotros a un lobo que hozaba la tierra. Asustado al vernos, el lobo echó a correr, así que clavé las espuelas en los ijares de mi caballo y le obligué a avanzar. Al llegar al punto donde había estado el lobo, vi una tumba recién cubierta de tierra. Tuve la impresión de que de los terrones que removía el lobo sobresalía una estaca dos palmos. Sin embargo, eso es algo que no puedo jurar, porque enseguida salimos al galope dejando todo aquello atrás.

»En ese punto el marqués calló y tomó otra porción de tabaco.

»—¿Y es todo? —preguntaron las damas.

»—¡Oh, no! ¡Por desgracia, no! —respondió d'Urfé—. Todo lo que me resta ahora por contarles son los más dolorosos de mis recuerdos y mucho pagaría yo por despedirme algún día de ellos.

»Los asuntos que me llevaron a Jassy acabaron reteniéndome allá más de lo que había previsto. Medio año tardé en darles el debido curso. ¿Qué les puedo decir? Por penoso que me resulte, no puedo dejar de reconocer la prístina verdad de que no hay en el mundo pasiones que sean eternas. El éxito de las negociaciones que conduje, las felicitaciones que recibí desde el gabinete de Versalles y, en definitiva, la política, esa misma política de la que tan hartos estamos estos días, acabó borrando de mi mente el recuerdo de Zdenka. Por si eso fuera poco, la esposa de nuestro anfitrión en Moldavia, una mujer muy hermosa que dominaba nuestra lengua a la perfección, enseguida me honró distinguiéndome entre el resto de jóvenes extranjeros que nos encontrábamos en Jassy. Educado como fui en las reglas de la galantería francesa y con sangre gala corriéndome por las venas, me habría repugnado la sola idea de no responder con total agradecimiento a la benevolencia que la bella mujer me dispensaba. De modo que con todo tacto respondí a esas señales de atención y, con tal de mejorar mis oportunidades de defender los derechos e intereses de Francia, comencé a tomar como míos los derechos y los intereses del anfitrión moldavo, su marido.

»Cuando me convocaron por fin desde París, emprendí el camino de regreso siguiendo la misma ruta que me había llevado a Jassy.

»Ya no había sitio en mi mente entonces ni para Zdenka ni para su familia, pero al pasar por unos campos una noche escuché a lo lejos ocho campanadas cuya música me resultó familiar. Pregunté a mi acompañante, quien me dijo que el sonido provenía de un monasterio cercano. Inquirí entonces de qué monasterio se trataba y al escuchar que era el de la Virgen del Roble aceleré la marcha de los caballos y poco después llamábamos a las puertas del recinto religioso. El monje nos recibió y nos acompañó a la estancia destinada al descanso de los viajeros. Había tantos peregrinos reunidos allí que perdí enseguida las ganas de pasar la noche en aquel lugar y pregunté a nuestro anfitrión si podría encontrar alojamiento en la aldea vecina.

»—Oh, sí, alojamientos libres encontraréis —dijo el eremita con un suspiro—, si toda la aldea ha quedado vacía por culpa de Gorcha, ¡maldito sea!

»—¡¿Qué dice?! —le pregunté—. ¿Acaso todavía vive el viejo Gorcha?

»—¡No! ¡Gorcha bien enterrado está y con una estaca clavada en el corazón! Pero antes de morir le chupó toda la sangre al hijo de Georgije, su nieto. El chico volvió una noche, se puso a llorar ante la puerta de casa, a quejarse del frío y a pedir por su madre. Y ella, la misma tonta que lo había enterrado, no tuvo la presencia de espíritu necesaria para invitarlo a volver al cementerio y lo dejó entrar. Y ahí el niño se arrojó sobre ella y le chupó toda la sangre. Después de que la hubieran enterrado, también ella volvió a la casa, le chupó la sangre al menor de sus hijos y después hizo lo propio con su marido y su cuñado. ¡Los condenó a todos!

»—¿Y qué fue de Zdenka? —pregunté yo.

»—Ah, aquella se volvió loca de remate, la pobre. ¡Una calamidad, la chiquilla!

»Aun cuando su respuesta me pareció algo vaga, preferí no indagar más.

»—Los vurdalaks son contagiosos —continuó el eremita y se persignó—. No sabe cuántas familias de la aldea han sufrido ese contagio, cuántas han visto morir hasta el último de sus miembros. Usted haría bien en escuchar mi consejo y quedarse a pasar la noche aquí, en el monasterio, porque si se va a la aldea, lo mismo lo devoran los vurdalaks, que le dan tal noche terrorífica que tendrá la cabeza blanca de canas antes de que yo haya llamado a maitines. No soy más que un pobre monje —continuó—, pero la generosidad con la que me regalan los viajeros es la misma que me permite proveerlos bien. Tengo un queso espléndido, pasas que le harán la boca agua y unas cuantas botellas de vino de Tokai que ni el santísimo patriarca las descorcha mejores.

»A esas alturas, tuve la impresión de que el eremita se había convertido en un posadero. Y supuse que las historias de terror que me había contado antes solo estaban motivadas por su deseo de que yo decidiera agradar al cielo regalando anticipadamente mi generosidad a los viajeros futuros que tantos bienes regalarían al santo hombre como para que se permitiera regalárselos él después a otros.

»Por si ello fuera poco, la palabra «terror» producía en mí el mismo efecto que el toque de clarín en un caballo bravo del ejército. Me habría dado vergüenza no tomar inmediatamente el camino de la aldea. Mi acompañante, entretanto, me rogó que le autorizara a permanecer en el monasterio, un ruego que por supuesto atendí.

»Llegar a la aldea me tomó una media hora. La encontré desierta. No había luz en ninguna ventana, no se escuchaba una sola canción. Pasé en silencio junto a la hilera de casas, muchas de las cuales me resultaban conocidas, y me detuve delante de la de Georgije. Ya fuera porque me rindiera a los tiernos recuerdos de mi estancia anterior o porque me moviera mi arrojo juvenil, el caso es que decidí pernoctar precisamente allí.

»Salté del caballo y llamé al portón. Nadie respondió. Lo empujé, chirriaron las bisagras y entré al patio.

»Sin desensillar el caballo, lo até bajo un voladizo y, tras haberme asegurado de que contaba con suficiente forraje para que comiera, eché a andar hacia la casa familiar.

»Todas las puertas de las habitaciones estaban abiertas, pero nada indicaba que alguien viviera en ellas. Tan solo la habitación de Zdenka daba la impresión de que su inquilina se hubiera marchado de ella la víspera. En la cama había unos vestidos revueltos. Unas pocas joyas que yo le había regalado, y entre ellas la cruz esmaltada que compré al pasar por Pest, brillaban a la luz de la luna en una mesilla. Por mucho que ya mi amor por ella fuera cosa pasada, sufrí un estremecimiento.

»Como quiera que venía a descansar, me arropé con la capa que llevaba y me tumbé en el lecho. El sueño se apoderó de mí muy pronto. No recuerdo ya los detalles del sueño que me visitó, pero sí que en él aparecía Zdenka tan hermosa, sencilla y amorosa como siempre. Al mirarla me resultaba imposible no recriminarme por mi egoísmo y frivolidad. Y me preguntaba, tanto como alcanzaba a hacerlo en un sueño, por qué había abandonado a aquella criatura encantadora que tanto me había amado y cómo fui capaz de olvidarla. Pronto su imagen acabó fundiéndose con la de la duquesa de Gramont y ambas se convirtieron en una sola mujer. Me vi caer a los pies de Zdenka e implorarle su perdón. Un sentimiento indescriptible de tristeza y amor se apoderó de repente de todo mi ser, de toda mi alma.

»Tal era el curso de mi sueño hasta que un sonido armónico que se asemejaba al de la brisa barriendo los campos me sacó a medias de él. Me pareció escuchar el melódico roce de los juncos empujados por el viento y el canto de los pájaros que se fundía con el estruendo de la cascada y el susurro del follaje. Pero enseguida todos aquellos sonidos vagos resultaron confluir en el frufrú de un vestido de mujer; corté de golpe el ritmo de mi especulación y abrí los ojos. Zdenka estaba delante de mí, de pie junto a la cama. La luna alumbraba con tal brillo que ahora podía distinguir, aun en la duermevela, hasta los más recónditos detalles de la belleza que tan cara me había sido antes, y apreciar todo lo que habían valido para mí. A Zdenka la encontré todavía más bella, más madura. Ahora volvía a estar solo vestida a medias como la última vez que la vi: llevaba una sencilla blusa de seda bordada con hilos dorados y una falda ceñida a su talle.

»—Zdenka —exclamé sin levantarme del lecho—. Zdenka, ¿eres tú?

»—Sí, soy yo —me respondió ella en voz baja con un deje de tristeza—. Soy yo, tu Zdenka, la Zdenka a la que echaste en el olvido. ¡Oh, ¿cómo es que no viniste antes?! Ahora ya todo está acabado y debes marcharte sin demora. ¡Un minuto más y estarás perdido! ¡Adiós, cariño mío! ¡Para siempre, adiós!

»—Zdenka —le dije—, me han dicho que cargas con un dolor muy grande. Acércate, hablemos, ¡te sentirás mejor!

»—Ay, amor mío —susurró ella—, no hay que creer todo lo que nos dicen. Tú vete, vete ahora mismo, porque si te quedas no escaparás a la desgracia.

»—¿De qué desgracia hablas, Zdenka? ¿De veras no me puedo quedar aquí una hora, una hora siquiera, para hablar contigo?

»Un estremecimiento la sacudió. Y una extraña transformación se operó en ella.

»—Sí, claro, una hora —dijo. Y añadió—: Una hora como aquella en la que me escuchaste cantar la canción del viejo rey y te apareciste en esta misma habitación... ¿Es esa la hora que me pides? Bien, bien, ¡quédate otra hora más aquí! Oh, mejor no. ¡Oh, no! —se corrigió a sí misma de repente, como si tomara consciencia de algo—: ¡Márchate! ¡Márchate! ¡Vete ahora mismo, ¿me oyes?! ¡Corre antes de que sea tarde!

»Cierta energía salvaje animó los rasgos de su rostro de repente.

»Yo no alcanzaba a entender la razón que la movía a decir aquellas cosas, pero lo cierto es que se veía tan tremendamente hermosa que decidí desoír su llamado y permanecer allí. Ella, por su parte, cedió a mis ruegos, tomó asiento junto a mí y, cuando rememoramos el pasado, me reconoció, sonrojándose, que se había enamorado de mí desde el primer momento en que me vio. Entretanto, la enorme transformación que se había operado en ella me fue resultando cada vez más evidente. La timidez de antaño había mutado en una extraña desenvoltura en el trato. En su mirada, tan apocada antes, se advertía ahora la insolencia. Y la manera en que se comportaba conmigo indicaba que poco quedaba en ella de la modestia que la distinguía antaño.

»"¿Sería que Zdenka no era ya la joven pura e inocente que conocí dos años atrás?", me pregunté. Y también me dije: "¿Será que solo disimulaba por temor a su hermano? ¿Habré sido vilmente engañado por su noble apariencia? Pero, si eso fuera así, ¿por qué me animaba ahora a marchar de allí a toda prisa? ¿O sería aquello una treta urdida desde la coquetería? ¡Y yo que me había creído que la conocía bien!".

»"¡Mas ¿qué más da?! —pensé por fin—. Si Zdenka no es la Diana que imaginé, puedo compararla con otra diosa no menos encantadora. ¡Y no hace falta decir que encarnaré con más gusto el papel de Adonis que el de Acteón!"

»Si esa sentencia clásica con la que me complací les parece pasada de moda, señoras mías, tengan en cuenta que lo que les cuento sucedió en el verano de 1759. En aquel entonces la mitología estaba muy en boga y la verdad es que yo nunca he tenido ganas de adelantarme a mi siglo. Todo ha cambiado mucho desde entonces y no hace tanto que una revolución suprimió tanto la memoria pagana como las creencias cristianas y las sustituyó por el culto a la diosa Razón. Esa diosa, señoras mías, nunca ha sido mi patrona cuando me encuentro rodeado de mujeres como ustedes, y en la época de la que les hablo me sentía mucho menos inclinado a ofrecerle sacrificios que en cualquier otro momento de mi vida. De modo que me rendí ciegamente al sentimiento que me inspiraba Zdenka, ella dio rienda suelta a su coquetería y yo le seguí el juego. Después de un rato gozando de esa embriagadora intimidad, entretenido adornándola con las joyas que le había regalado, me dispuse a colgarle del cuello el pequeño crucifijo esmaltado que encontré en su mesilla. Al acercarle la joya, Zdenka se estremeció y se apartó bruscamente.

»—¡Basta ya de jueguecitos, cariño! —protestó—. Deja esas fruslerías ya. ¡Hablemos de ti, de tus planes!

»La incomodidad que mostró me puso en guardia. Un examen más detenido me hizo reparar en la ausencia de cualquier imagen religiosa o relicario colgando de su cuello, cuando es tan habitual que la gran mayoría de serbios los lleven desde la infancia hasta el último de sus días.

»—¿Qué se ha hecho de las imágenes que llevabas antes en el cuello, Zdenka? —le pregunté.

»—Las perdí —respondió ella con el gesto torcido y cambió la conversación enseguida.

»Un oscuro presentimiento se apoderó de mí, pero no supe adoptar una resolución enseguida. Al final, decidí marcharme, pero Zdenka me retuvo.

»—¿Qué es esto? —protestó—. ¡Me pides que me quede una hora más contigo y ahora eres tú el que se marcha!

»—Es que llevabas razón, Zdenka, cuando me instabas a marchar. Estoy escuchando un ruido que no me gusta nada. ¡Tengo miedo de que nos sorprendan juntos aquí!

»—No temas, amado mío, todos duermen ya. Tan solo un saltamontes en la hierba o un abejorro echado a volar se enterarían de lo que te digo.

»—¡No, no, Zdenka! ¡Tengo que marcharme ya de aquí!

»—¡Espera, espera! —imploró Zdenka—. ¡Te quiero más que a mi alma, más que a mi redención! ¡Y un día me dijiste que mías son tu vida y tu sangre!

»—Pero tu hermano vendrá, Zdenka. ¡Presiento que vendrá!

»—¡Tú cálmate, amor mío! Mi hermano duerme, lo mece el viento que juega con el follaje. Su sueño es profundo y larga es la noche. ¡Quédate una hora más junto a mí, te lo ruego!

»Zdenka estaba tan hermosa cuando decía esas palabras que el terror insoportable que se había apoderado de mí cedió al deseo de quedarme junto a ella. Una sensación indescriptible, una suerte de mezcla de temor y deseo, colmó todo mi ser. A medida que mi voluntad se relajaba, Zdenka era más cariñosa aún y acabé decidiendo ceder a su ruego, aunque me prometí mantenerme en guardia. No obstante, como acabo de decirles, nunca fui razonable más que a medias y cuando la joven, notando mis reservas, me ofreció poner coto al frío nocturno con unos cuantos vasos de buen vino, que me aseguró le había proporcionado un eremita generoso, fue tal el entusiasmo con el que le mostré mi conformidad que sonrió satisfecha. El vino hizo lo suyo. A partir del segundo vaso, la impresión negativa que me había dado la desaparición de las imágenes religiosas y su renuncia a llevar la pequeña cruz se disipó por completo. Vestida con descuido, el hermoso cabello revuelto y las joyas refulgiendo bajo la luz de la luna, Zdenka me parecía sencillamente divina. Incapaz de embridar más mi deseo, la apreté entre mis brazos.

»En ese punto, señoras mías, recibí una de esas misteriosas revelaciones cuya razón soy incapaz de explicar, pero en las que, obligado por la experiencia, comencé a creer involuntariamente desde entonces, aunque antes siempre las desdeñé.

»Fue tal la fuerza con la que abracé a Zdenka que el propio impulso hizo que la pequeña cruz que antes les mostré, la que me había dado la duquesa de Gramont cuando nos despedimos, se me clavara en el pecho como una lanza. El agudo dolor que sentí en ese instante fue como un rayo de luz que lo aclaró todo en torno a mí. Miré a Zdenka y comprendí que sus rasgos, si bien todavía con huellas de su hermosura, estaban deformados por los tormentos de la muerte; constaté que sus ojos ya no veían y observé que su sonrisa ya no era más que una mueca impresa por la agonía en el rostro de un cadáver. Y en ese mismo momento sentí un olor nauseabundo en la habitación, como el que despiden los sepulcros mal cerrados.

Y la terrible verdad se presentó ante mí de repente en toda su evidencia, y entonces, si bien tarde, recordé las advertencias que me había hecho el monje. Comprendí de golpe lo peligroso de mi situación y cobré consciencia de que mi suerte iba a depender, por igual, del arrojo y la templanza que consiguiera mostrar. Aparté la vista de Zdenka: no quería que se percatara del horror que estaría dibujado en mi semblante. Mis ojos se quedaron clavados en la ventana a la que estaba asomado el terrible Gorcha, mirándome fijamente con sus ojos de hiena apoyado en una estaca ensangrentada. El rostro exangüe de Georgije, que en aquellos momentos terribles parecía idéntico al de su padre, se recortaba sobre la otra ventana. Daba la impresión de que ambos estudiaban cada uno de mis movimientos y no tuve la menor duda de que si intentaba escapar a la carrera se abalanzarían sobre mí. Consciente de ello, no di señales de haberme percatado de su presencia y, con enorme esfuerzo de mi voluntad, me obligué, señoras mías, a seguir prodigando a Zdenka las caricias con las que llevaba un buen rato regalándola. Entretanto, pensaba, angustiado y muerto de miedo, en la manera de escapar de allí. Me percaté de que Gorcha y Georgije intercambiaban miradas impacientes con Zdenka. Por lo visto, estaban hartos de esperar el desenlace. Al otro lado de la pared, escuché la voz de una mujer y los aullidos de dos niños, cuyo timbre era tan espeluznante que más parecía el de dos gatos salvajes.

»"Tengo que salir de aquí, y cuanto antes lo haga, mejor", me dije para mis adentros.

»Entonces le dije a Zdenka alzando la voz para que su tenebrosa parentela escuchara mis palabras:

»—Estoy exhausto, cariñito mío, y quiero tumbarme a dormir unas horas, pero deja que vea primero si mi caballo se comió todo el forraje. ¡No te muevas de aquí y espérame, te lo ruego!

»Rocé con los míos sus labios gélidos, inertes, y salí al exterior. Mi caballo me recibió con los belfos llenos de espuma y pugnando por zafarse de las riendas que lo sujetaban. No había tocado el forraje y el relincho desesperado que dio al verme me heló la sangre en las venas: me horrorizó pensar que fueran a descubrir mi intención de escapar. Sin embargo, los vampiros, que probablemente habían escuchado las palabras que dirigí a Zdenka, no parecían alarmados. Comprobé que el portón estaba abierto, salté sobre la silla y clavé los talones en los ijares del caballo.

»Al salir vi que alrededor de la casa se había reunido un grupo numeroso de vecinos y que la mayoría de ellos se agolpaban frente a las ventanas. Mi súbita fuga pareció confundirles en un primer momento, porque durante un rato no escuché más sonido rompiendo el silencio de la noche que el de los cascos de mi caballo golpeando el suelo acompasadamente. Y a punto estaba ya de felicitarme de la buena fortuna que me había regalado mi astucia cuando escuché detrás de mí un ruido que salía de las montañas, como el rugido de un huracán. Miles de voces confusas gritaban y chillaban, como en una endemoniada disputa. Después, como puestas de acuerdo, callaron todas al unísono y solo me llegó el sonido de unas zancadas acuciantes, como si un pelotón de infantería se aproximara a mí con paso veloz.

»Espoleé mi montura clavándole los tacones sin piedad. Un fuego febril me hacía hervir la sangre, todo mi cuerpo estaba en tensión y tenía que hacer un gran esfuerzo para no rendirme a la presión del momento. En eso escuché una voz que le hablaba a mi espalda:

»—¡Espera, aguarda, espérame! ¡Te amo más que a mi alma, más que a mi redención! ¡Espera, espera! ¡Tuya es mi sangre!

»Y sentí enseguida el aliento gélido de Zdenka, que había saltado a la grupa de mi caballo.

»—¡Corazón mío! ¡Cariño mío! —decía—. ¡Solo para ti tengo ojos, solo a ti te deseo, ya no soy dueña de mí, porque una fuerza superior se ha apoderado de mi voluntad! ¡Perdóname, amado mío, perdóname!

»Zdenka me rodeó con sus brazos y tiró de mí pugnando por clavar sus colmillos en mi cuello. Nos enfrascamos en una pelea larga y encarnizada. Me costó mucho oponerle resistencia, pero al final conseguí asirla de la falda con una mano y de las trenzas con la otra y, apoyándome en los estribos, la arrojé a tierra.

»Ahí ya me abandonaron las fuerzas y caí en el delirio. Un millar de imágenes tan disparatadas como terribles y rostros contraídos en horribles muecas me perseguían. Al principio eran Georgije y su hermano Petar

quienes corrían por los lados del camino intentando cortarme el paso. Ambos fracasaron en su intento y, cuando ya me disponía a celebrarlo, me di la vuelta y vi al viejo Gorcha que, apoyado en la estaca que portaba, iba pegando saltos como hacen los tiroleses para salvar los barrancos cuando se mueven por sus montañas. Pero también Gorcha acabó quedando atrás. Ahí le tocó el turno a su nuera, que venía tirando de sus dos hijos y le arrojó uno a Gorcha, quien lo ensartó con la estaca y, ayudándose de ella como de una palanca, me lo arrojó queriendo alcanzarme con él. Conseguí zafarme, pero la bestiecilla logró adherirse al cuello de mi caballo, como lo habría hecho un avieso bulldog, y mucho me costó separarla. Me lanzaron también al otro niño, pero cayó bajo los cascos del caballo, que lo aplastaron enseguida. No recuerdo qué ocurrió después, pero cuando recuperé el conocimiento ya era de día y yo estaba tumbado en medio del camino con mi caballo agonizando a mi lado.

»Y así llegó a su fin, señoras mías, una historia de amor que debió haberme quitado para siempre las ganas de vivir alguna otra. Pero no seré yo, sino algunas contemporáneas de sus abuelas, quienes les dirán si aquellas peripecias me tornaron más prudente.

»Sea como fuere, todavía hoy me estremezco al pensar que, de haberse salido mis enemigos con la suya, yo sería ahora un vampiro. Pero no lo quiso así el cielo y por eso ahora, señoras mías, no solo no siento sed de su sangre, sino que aun siendo lo viejo que soy, muy dispuesto estoy a derramar la mía por ustedes.

LA HABITACIÓN DE LA TORRE

E. F. BENSON

Es probable que todo aquel que sea un soñador constante haya tenido al menos la experiencia de un acontecimiento, o una secuencia de circunstancias, que le haya venido a la mente mientras dormía y que posteriormente se haya hecho realidad en el mundo material. Pero, en mi opinión, dista mucho de ser algo extraño, pues sería mucho más raro si este suceso no ocurriera de vez en cuando, ya que nuestros sueños, por regla general, tienen que ver con las personas que conocemos y los lugares que nos son familiares, como los que normalmente visitamos despiertos a la luz del día. Es cierto que estos sueños a menudo son interrumpidos por algún incidente fantástico y absurdo pero, en un mero cálculo de las posibilidades, no es nada improbable que un sueño imaginado por alguien que sueña constantemente pueda hacerse en alguna ocasión realidad. No hace mucho tiempo, por ejemplo, se me cumplió un sueño que no me parece nada extraordinario y que no tiene ningún tipo de trascendencia psíquica. Lo que sucedió fue lo siguiente.

Cierto amigo mío, que vive en el extranjero, es lo bastante amable como para escribirme una vez cada dos semanas aproximadamente. Por lo tanto, cuando han pasado unos catorce días desde la última vez que he sabido de él, es probable que mi mente, ya sea de modo consciente o subconsciente, espere una carta de él. Una noche de la semana pasada, soñé que subía las escaleras a vestirme para la cena y oí, como a menudo oía, el sonido del cartero llamando a la puerta principal, por lo que desvié mi atención a la planta baja. Allí, entre la correspondencia, estaba su carta. A partir de entonces, entró en escena lo fantástico, pues al abrirla hallé en su interior un as de diamantes, y garabateado con su caligrafía característica: «Te envío esto para que lo guardes en lugar seguro, pues como sabes se corre un riesgo excesivo al guardar ases en Italia». A la noche siguiente, estaba a punto de subir a cambiarme cuando oí llamar al cartero e hice justo lo que había hecho en mi sueño. Allí, entre otras cartas, estaba la de mi amigo, solo que no contenía el as de diamantes. De haber sido así, le habría dado más importancia al asunto, que, visto lo visto, me parece una coincidencia totalmente normal. Sin duda ya fuera consciente o subconscientemente esperaba su carta y eso había condicionado mi sueño. Del mismo modo, el hecho de que mi amigo no me hubiera escrito en dos semanas le impulsó a hacerlo. Pero alguna que otra vez no es tan fácil encontrar una explicación y para la siguiente historia no hallé ninguna en absoluto. Salió de la oscuridad y hacia la oscuridad ha vuelto.

Toda mi vida he sido un soñador habitual, o lo que es lo mismo, son pocas las noches en las que no me haya despertado por la mañana con alguna experiencia mental propia y, a veces, durante toda la noche, al parecer, he corrido una serie de aventuras de lo más impresionantes. Casi sin excepción esas aventuras son placenteras, aunque a menudo meramente triviales. De la que voy a hablar es una excepción.

Cuando tenía dieciséis años tuve un sueño concreto por primera vez y así fue como sucedió. Comenzaba conmigo sentado junto a la puerta de una casa grande de ladrillo rojo, en la que según entendí me iba a alojar. El criado que abrió la puerta me dijo que se estaba sirviendo el té en el jardín y me condujo por un vestíbulo bajo de paneles negros con una enorme chimenea, hasta un alegre césped verde rodeado de parterres de flores. Entorno a la mesa de té había un pequeño grupo de personas, pero no conocía a ninguna salvo a un compañero de clase llamado Jack Stone, sin duda el hijo de la casa, que me presentó a su madre, a su padre y a un par de hermanas.

Recuerdo estar un tanto extrañado de encontrarme allí, puesto que apenas conocía al chico en cuestión, y la verdad es que más bien me desagradaba lo que sabía de él; además, había dejado el colegio hacía casi un año. Era una tarde muy calurosa y reinaba una intolerable opresión. Al otro lado del césped había un muro de ladrillo rojo, con una puerta de hierro en medio, y al otro lado, un nogal. Nos sentamos a la sombra de la casa, frente a una hilera de largas ventanas, tras las que pude distinguir una mesa con un mantel, resplandeciendo por la plata y el cristal. Este jardín frente a la casa era muy largo, y en un extremo había una torre de tres plantas que me pareció más antigua que el resto del edificio.

Poco después, la señora Stone, que como el resto del grupo estaba sentada en absoluto silencio, me dijo:

—Jack te enseñará tu habitación: te he asignado la habitación de la torre.

Inexplicablemente se me cayó el alma a los pies cuando oí aquellas palabras. Me sentí como si hubiera sabido que me iban a dar la habitación de la torre, que contenía algo espantoso y a la vez importante. Jack se puso en pie al instante y comprendí que debía seguirle. Atravesamos el vestíbulo en silencio y subimos por una gran escalera de roble con muchas esquinas. Llegamos a un pequeño descansillo con dos puertas. El chico empujó una de ellas para que entrara y la cerró tras de mí quedándose fuera. Entonces supe que mi conjetura había sido correcta: había algo horrible en la habitación, y con el terror de una pesadilla aumentando cada vez más rápido y envolviéndome, me desperté con un espasmo de pánico.

Tuve ese sueño, o variantes del mismo, de forma intermitente durante quince años. La mayoría de veces se desarrollaba de la misma manera, con la llegada, el té preparado en el jardín, el silencio sepulcral reemplazado por una frase mortal, subir con Jack Stone a la habitación de la torre donde habitaba el horror, y siempre me acercaba en la pesadilla de terror a lo que había en la habitación, pero nunca veía de qué se trataba. En otras ocasiones, experimentaba variaciones de este mismo tema. Algunas veces, por ejemplo, estábamos sentados a la mesa en el comedor, al otro lado de las ventanas por las que miraba la primera noche que el sueño de esta casa me visitó, pero estuviéramos donde estuviéramos siempre había el mismo silencio, la misma sensación de espantosa opresión y premonición. Y el silencio siempre lo interrumpía la señora Stone diciéndome:

—Jack te enseñará tu habitación: te he asignado la habitación de la torre.

Después (esto no variaba), tenía que seguirlo por la escalera de roble con muchas esquinas, y entrar en el lugar que cada vez me daba más miedo visitar en sueños. O, de nuevo, me encontraba jugando a las cartas todavía en silencio en una sala de estar con inmensos candelabros de luz cegadora. No tengo ni idea de qué iba el juego. Lo que sí recuerdo, con una sensación de lamentable anticipación, es que la señora Stone no tardaba en levantarse y decirme:

—Jack te enseñará tu habitación: te he asignado la habitación de la torre.

Aquella sala en la que jugábamos a las cartas estaba al lado del comedor, y, como he dicho, siempre estaba muy iluminada, mientras que el resto de la casa era todo oscuridad y sombras. Pero a pesar de aquel montón de luz, no he podido ver bien qué cartas me han tocado, pues por alguna razón no las distingo. El diseño también era extraño: no había palos rojos, sino que todos eran negros, y algunas de cartas de la baraja eran completamente negras; y esas las odiaba y las temía.

A medida que el sueño se hacía recurrente, iba conociendo más partes de la casa. Había un salón de fumar más allá de la sala de estar, al final de un pasillo con una puerta tapizada en verde. Estaba siempre muy oscuro, y cada vez que iba por allí me cruzaba con alguien que salía de aquel cuarto a quien no podía ver. Los personajes del sueño también desarrollaban cambios curiosos como le sucede a la gente en la realidad. El pelo de la señora Stone, por ejemplo, cuando la vi por primera vez era negro y luego se volvió gris, y en vez de levantarse con energía, como había hecho la primera vez al decir «Jack te enseñará tu habitación: te he asignado la habitación de la torre», se ponía en pie con dificultad, como si la fuerza abandonara sus extremidades. Jack también se hizo mayor y se convirtió en un joven de aspecto enfermizo, con un bigote castaño, mientras que una de sus hermanas dejó de aparecer y entendí que se había casado.

Luego el sueño dejó de visitarme durante seis meses o más y comencé a tener la esperanza, a la que me aferraba con un temor inexplicable, de que hubiera desaparecido para siempre. Pero una noche, tras este intervalo, de nuevo me encontré en el jardín para tomar el té, y la señora Stone no estaba allí, mientras que los demás vestían de luto. Enseguida supe el motivo y me dio un vuelco el corazón al pensar que quizá en esa ocasión no tendría que dormir en la habitación de la torre y, aunque habitualmente todos estábamos sentados en silencio, esta vez la sensación de alivio me hizo hablar y reírme como nunca antes. Pero ni así la situación era cómoda, puesto que nadie más hablaba y se miraban los unos a los otros de manera furtiva. Y mi reguero de charla banal pronto se secó, y poco a poco una aprensión peor que nada que hubiera conocido se apoderó de mí mientras la luz se iba apagando.

De repente una voz que conocía bien interrumpió la calma. Era la voz de la señora Stone diciendo «Jack te enseñará tu habitación: te he asignado la habitación de la torre». Parecía provenir de cerca de la puerta en el muro de ladrillo rojo que cerraba el jardín, y al mirar hacia arriba vi que la hierba al otro lado crecía espesa entre unas lápidas que emanaban una curiosa luz grisácea. Leí el epitafio de la lápida más cercana a mí, que decía: «En malvada memoria de Julia Stone». Y, como de costumbre, Jack se levantó y de nuevo lo seguí por el pasillo para subir por la escalera de muchas esquinas. En esta ocasión estaba más oscuro que de costumbre y cuando entré en la habitación de la torre solo pude distinguir los muebles, cuya colocación ya me era familiar. También había un olor espantoso a descomposición dentro del cuarto, y me desperté gritando.

El sueño, con las variaciones y los desarrollos que he mencionado, continuó a intervalos durante quince años. A veces lo tenía durante dos o tres noches seguidas; en una ocasión, como he dicho, hubo un intervalo de seis meses, pero calculando una media razonable, diría que soñaba aquello tan a menudo como una vez al mes. Está claro que tenía algo de pesadilla, pues siempre terminaba en un terror atroz, y cada vez que lo experimentaba me entraba más miedo en lugar de menos. Asimismo, había una extraña y espantosa coherencia en todo aquello. Como he mencionado, los personajes iban haciéndose mayores, la muerte y el matrimonio visitaban a la silenciosa familia, y nunca, tras el fallecimiento de la señora Stone, volví a verla en el sueño. Pero siempre era su voz la que me decía que tenía la habitación de la torre preparada y ya fuera que tomáramos el té en el jardín o que se desarrollase la escena en una de las habitaciones que daban a él, siempre veía su tumba al otro lado de la puerta de hierro. Lo mismo sucedía con la hija casada; por lo general, no estaba presente, pero regresaba una o dos veces, en compañía de un hombre que supuse sería su marido. Como el resto, ella también estaba siempre callada. Sin embargo, debido a la constante repetición del sueño, en las horas en las que estaba despierto, dejé de darle importancia. Nunca volví a encontrarme con Jack Stone en todos aquellos años ni tampoco vi una casa que se pareciese a la oscura casa de mi sueño. Y entonces sucedió algo.

Ese año estuve en Londres hasta finales de julio, y durante la primera semana de agosto me alojé con un amigo en una casa que había alquilado para los meses de verano, en el bosque de Ashdown, en el condado de Sussex. Salí de Londres temprano, pues John Clinton iba a reunirse conmigo en la estación Forest Row e íbamos a pasar el día jugando al golf e ir a su casa por la tarde. Llevaba su coche y partimos sobre las cinco de la tarde, tras un día realmente agradable, para recorrer una distancia de unos dieciséis kilómetros. Como todavía era pronto, no tomamos el té en el club, sino que esperamos a llegar a casa. Mientras íbamos en coche, el tiempo, que hasta entonces aunque caluroso había sido deliciosamente agradable, me pareció que cambiaba y se volvía estancado y agobiante, y tuve esa sensación indefinible de amenazante temor que suelo tener antes del trueno. John, sin embargo, no compartía mi punto de vista y atribuía mi pérdida de claridad a que había perdido la partida de golf. No obstante, los acontecimientos demostraron que tenía razón, aunque no creo que la tormenta que estalló esa noche fuera la única causa de mi abatimiento.

Nuestro recorrido atravesaba caminos con altos peraltes y pronto me quedé dormido y solo me desperté con la parada del motor. Y con estremecimiento repentino, en parte por el miedo pero sobre todo por la curiosidad, me hallé frente a la entrada de la casa de mi sueño. Avanzamos, mientras me preguntaba si estaría soñando todavía, por un pasillo bajo con paneles de roble y salimos al jardín donde estaba servido el té a la sombra de la casa.

Había parterres de flores, un muro de ladrillo rojo con una puerta y al otro lado la hierba crecía de forma más tosca y había un nogal. La fachada de la casa era muy larga y en uno de los extremos había una torre de tres plantas, mucho más antigua que el resto del edificio.

Aquí dejaron de repetirse las semejanzas con el sueño. No había silencio ni aquella familia terrible, sino una gran reunión de personas sumamente alegres, todas conocidas. Y a pesar del horror que siempre me había provocado el sueño, en aquel momento en el que se reproducía la escena no lo noté. Pero sí sentí una curiosidad muy intensa por lo que iba a suceder.

El té prosiguió su alegre curso y al rato la señora Clinton se levantó. Y en aquel instante creo que supe lo que iba a decir. Se dirigió a mí y dijo:

—Jack te enseñará tu habitación: te he asignado la habitación de la torre.

Al oír aquello, durante medio segundo, el horror del sueño se apoderó otra vez de mí. Pero se pasó enseguida y de nuevo no sentí nada más que una curiosidad muy intensa, que pronto quedó completamente satisfecha.

John se volvió hacia mí.

—Es en la parte superior de la casa —dijo—, pero creo que estarás cómodo. El resto de habitaciones están ocupadas. ¿Quieres ir a verla ahora? ¡Por Dios! Creo que tienes razón y vamos a tener tormenta. Qué oscuro se ha puesto.

Me levanté y le seguí. Atravesamos el vestíbulo y subimos las escaleras que me eran tan familiares. Entonces abrió la puerta y entré. Y en aquel momento un terror del todo irracional se apoderó de mí. No sabía de qué tenía miedo, simplemente tenía miedo. Entonces, tuve un recuerdo repentino, como cuando recuerdas un nombre que habías olvidado, y supe de qué tenía miedo. Tenía miedo de la señora Stone, cuya tumba con la siniestra inscripción «En malvada memoria» había visto tantas veces en mi sueño, justo más allá del jardín que había bajo mi ventana. Y entonces una vez más el miedo pasó de tal manera que me pregunté qué era lo que temía, y me encontré sereno, tranquilo y cuerdo, en la habitación de la torre, el nombre que había oído tantas veces en mi sueño y cuya escena resultaba tan familiar.

Le eché un vistazo con cierta sensación de pertenencia y descubrí que no había cambiado nada del sueño que conocía tan bien. Justo a la izquierda de la puerta estaba la cama, a lo largo de la pared, con la cabecera en la esquina. Alineada con ella estaba la chimenea y una pequeña librería; frente a la puerta, en la pared exterior, había dos ventanas con celosía entre las que se hallaba un tocador, y en la cuarta pared había un lavabo y un armario grande. Mi equipaje ya estaba deshecho, pues los accesorios para vestirse y desvestirse estaban dispuestos ordenadamente sobre el lavabo y el tocador, y la ropa para la cena se hallaba extendida sobre la colcha de la cama. Y entonces, con el repentino sobresalto de una consternación inexplicable, vi que había dos objetos bastante llamativos que no había visto antes en mis sueños: uno era una pintura al óleo de tamaño natural de la señora Stone, y el otro un boceto en blanco y negro de Jack Stone, que lo representaba como se me había aparecido tan solo una semana antes en las últimas series de aquellos sueños repetidos, un treintañero bastante misterioso y de aspecto malvado. Su retrato colgaba entre las ventanas, mirando directamente a través de la estancia al otro cuadro, que colgaba junto a la cama. Eché la vista a un lado y mientras miraba, sentí una vez más el horror de la pesadilla que se apoderaba de mí.

El retrato representaba a la señora Stone tal como la había visto por última vez en mis sueños: vieja, marchita y canosa. Pero a pesar de la evidente debilidad de su cuerpo, una espantosa exuberancia y vitalidad brillaban a través de la envoltura de carne, una exuberancia totalmente maligna, una vitalidad que emanaba un mal inimaginable, un mal que salía de unos ojos entrecerrados, lascivos y reía en la boca demoniaca. El rostro entero estaba imbuido de algún regocijo secreto y terrible; las manos, juntas sobre las rodillas, parecían temblar con un júbilo contenido e indescriptible. Luego también vi que estaba firmado en la esquina inferior izquierda y, al preguntarme quién sería el artista, miré más de cerca y leí la inscripción: «Julia Stone por Julia Stone».

Entonces se oyó que llamaban a la puerta y entró John Clinton.

—¿Tienes todo lo que quieres? —preguntó.

—Más de lo que quiero —respondí, señalando al cuadro.

Se rio.

—Una anciana de facciones duras —dijo—. Recuerdo que lo pintó ella misma. No se sacó muy favorecida.

—Pero ¿no lo ves? Apenas es humano ese rostro. Es la cara de una bruja, de un demonio.

Lo miró con más detenimiento.

—Sí, no es muy agradable —dijo—. No es que sea muy apropiado para dormir al lado, ¿eh? Sí, puedo imaginarme las pesadillas que tendría con eso ahí. Se lo pueden llevar abajo si quieres.

—Te lo agradecería —respondí.

Tocó la campanilla y con la ayuda de un criado quitamos el cuadro para sacarlo al descansillo y colocarlo de cara a la pared.

—¡Por Dios, sí que pesa la anciana! —exclamó John secándose la frente—. Me pregunto si tenía algo en la cabeza.

El increíble peso del cuadro también me sorprendió. Estaba a punto de contestar cuando vi mi propia mano. Estaba manchada de una cantidad considerable de sangre, que cubría la palma entera.

—Debo de haberme cortado —dije.

John lanzó una pequeña exclamación.

—¡Vaya, yo también!

Al mismo tiempo, el lacayo sacó su pañuelo y se limpió la mano. Vi que también tenía sangre.

John y yo regresamos a la habitación de la torre y nos limpiamos la sangre, pero ni en su mano ni en la mía había el más mínimo rastro de un arañazo o un corte. Y, al constatarlo, me pareció que ambos, por una especie de acuerdo tácito, no hicimos más alusión a ese hecho. En mi caso, se me había pasado por la cabeza algo en lo que no quería pensar. No era más que una conjetura, supuse que él habría pensado lo mismo.

El calor y la opresión en el ambiente, ya que la esperada tormenta aún no había descargado, aumentaron mucho tras la cena, y durante un rato la mayoría del grupo, entre los que nos hallábamos John Clinton y yo, nos sentamos junto al sendero que rodeaba el jardín en el que habíamos tomado el té. La noche estaba totalmente oscura y no brillaba ninguna estrella ni ningún rayo de luna atravesaba la masa de nubes que cubría el cielo. Poco a poco fuimos siendo menos, las mujeres se fueron a dormir, los hombres se dispersaron a la sala de fumar o el cuarto de billar, y a las once en punto mi anfitrión y yo éramos los únicos restantes. Durante toda la noche estuve pensando que tenía algo en la cabeza, y en cuanto nos quedamos solos, habló.

—El hombre que nos ayudó con el cuadro también tenía sangre en la mano, ¿te fijaste? —preguntó—. Le acabo de preguntar si se cortó y dijo que supuso que sí, pero no encontró ninguna marca. Así que, ¿de dónde salió esa sangre?

A fuerza de repetirme que no iba a pensar en ello, había logrado no hacerlo, y no quería hacerlo, en especial no quería que me lo recordaran antes de irme a dormir.

—No lo sé —respondí— y la verdad es que no me importa mientras el cuadro de la señora Stone no esté junto a mi cama.

Se puso de pie.

—Pero es raro —insistió—. ¡Ja! Y ahora verás otra cosa rara.

Un perro suyo, un terrier irlandés, había salido de la casa mientras hablábamos. La puerta detrás de nosotros hacia el vestíbulo estaba abierta y una luz brillante iluminaba a través del jardín hacia la puerta de hierro que daba a la hierba tosca de fuera, donde había un nogal. Vi que el perro tenía el lomo todo erizado por la furia y el miedo, y enseñaba los dientes como si estuviera a punto de saltar sobre algo y gruñía para sí. No nos hizo ningún caso ni a su amo ni a mí, sino que atravesó el jardín rígido y tenso hacia la puerta de hierro. Allí se quedó un momento, mirando a través de los barrotes, y sin dejar de gruñir. Entonces, de repente, su valentía desapareció: emitió un largo aullido y se escabulló hacia la casa con un curioso movimiento agazapado.

—Hace eso una media docena de veces al día —me informó John—. Ve algo que odia y teme.

Me acerqué a la puerta del muro para mirar. Algo se movía fuera, entre la hierba, y enseguida me llegó a los oídos un sonido que no supe identificar al principio. Después recordé lo que era: el ronroneo de un gato. Encendí una cerilla y vi al que ronroneaba, un gran persa azul, dando vueltas en círculo justo al otro lado de la puerta, frenético, con la cola en alto como si fuera un estandarte. Tenía los ojos brillantes y luminosos, y de vez en cuando bajaba la cabeza y olisqueaba la hierba.

Me reí.

—Se terminó el misterio, me temo —dije—. Aquí hay un gato grande celebrando la noche de Walpurgis solo.

—Sí, ese es Darius —contestó John—. Pasa la mitad del día y toda la noche ahí. Pero ese no es el final del misterio del perro, pues Toby y él se llevan muy bien, sino el misterio del gato. ¿Qué está haciendo el gato ahí? ¿Y por qué Darius está contento mientras que Toby está aterrado?

En ese momento me acordé de un detalle bastante horrible de mis sueños cuando vi al otro lado de la puerta, justo donde el gato estaba en ese instante, la lápida blanca con la siniestra inscripción. Pero antes de poder contestar empezó a llover, tan repentina e intensamente como si hubieran abierto un grifo, y el enorme gato se coló por entre los barrotes de la puerta y atravesó corriendo el jardín para buscar refugio en la casa. Entonces se quedó sentado en la entrada, mirando, impaciente, hacia la oscuridad. Bufó y le dio a John con la pata cuando este lo empujó para que entrara y cerrara la puerta.

De algún modo, con el retrato de Julia Stone fuera en el pasillo, la habitación de la torre ya no me ponía nervioso en absoluto y cuando me fui a la cama, bastante cansado y adormilado, había dejado de tener interés en el curioso incidente de las manos ensangrentadas y en la conducta del perro y el gato. Lo último que miré antes de apagar la luz fue el espacio cuadrado vacío junto a la cama donde antes estaba el retrato. Allí el papel era de su color original rojo oscuro, pues en el resto de la pared se había desvanecido. Luego apagué la vela y me quedé dormido al instante.

Mi despertar fue igual de instantáneo y me incorporé de golpe en la cama bajo la impresión de que una luz brillante me había dado en la cara, aunque estuviera todo negro como boca de lobo. Sabía exactamente dónde estaba, en la habitación que había temido en sueños, pero el horror que podía haber sentido dormido no se acercaba en lo más mínimo al miedo que me invadió y paralizó mi cerebro. Justo después, un trueno que retumbó sobre la casa, pero la probabilidad de que me hubiera despertado un relámpago no tranquilizó mi corazón desbocado. Algo que conocía estaba en la habitación conmigo e instintivamente saqué la mano derecha, que era la más cercana a la pared, para apartarlo. Y la mano tocó el borde del marco de un cuadro que estaba colgado cerca de mí.

Salí de la cama de un salto, volcando la mesilla que había al lado, y oí que mi reloj, la vela y las cerillas caían al suelo. Sin embargo, por un momento no hizo falta luz, pues un rayo cegador salió de entre las nubes y me mostró que junto a mi cama colgaba de nuevo el retrato de la señora Stone. Y al instante la habitación volvió a quedarse a oscuras. Pero gracias al relámpago vi otra cosa también, concretamente una figura que se apoyaba a los pies de mi cama, observándome. Iba vestida con un atuendo blanco, adherido, manchado y salpicado de moho, y el rostro era el de la pintura.

Retumbó un trueno, y cuando cesó el estruendo y el silencio sepulcral reinó, oí por el movimiento que se acercaba, y lo que era más terrible todavía, percibí un hedor a corrupción y putrefacción. Entonces noté una mano posarse junto a mi cuello, y muy cerca del oído, una respiración rápida y ansiosa. No obstante, sabía que aquella cosa, aunque se podía percibir por el tacto, el olfato, la vista y el oído, no era ya de este mundo, sino que se trataba de algo incorpóreo con el poder de manifestarse. Entonces, una voz que ya me era familiar habló.

—Sabía que vendrías a la habitación de la torre —dijo—. Te he esperado durante mucho tiempo y por fin has venido. Esta noche me daré un banquete y pronto nos daremos uno juntos.

Y la respiración rápida se acercó más a mí hasta que la sentí en el cuello.

Aquel terror, que creo que me paralizó un rato, dio paso al salvaje instinto de supervivencia. Agité los brazos como un loco, dando patadas al mismo tiempo, y oí a un pequeño animal chillar, y algo suave cayó con un golpe a mi lado. Di un par de pasos hacia delante, casi tropezando con lo que fuera que había allí, y por pura buena suerte encontré el pomo de la puerta. Al cabo de un segundo, salí corriendo al rellano tras dar un portazo. Casi al mismo instante, oí que se abría una puerta en algún lugar abajo, y John Clinton, con una vela en la mano, subió corriendo las escaleras.

—¿Qué pasa? —preguntó—. Duermo justo debajo de ti y he oído un ruido como si... ¡Dios santo, tienes sangre en el hombro!

Me quedé allí, según me dijo después, balanceándome de un lado a otro, blanco como la nieve, con la marca en el hombro como si me hubieran puesto ahí una mano cubierta de sangre.

—Está ahí dentro —dije, señalando—. Ella, ya sabes. El retrato también está ahí, colgado de donde lo quitamos.

Y al oír eso, se rio.

—Querido amigo, no ha sido más que una pesadilla —dijo.

Me apartó, abrió la puerta y yo me quedé allí, inerte por el miedo, incapaz de detenerlo, incapaz de moverme.

—¡Uf! ¡Qué mal huele! —exclamó.

A continuación hubo silencio. Había quedado fuera de mi vista al cruzar la puerta. Después volvió a salir, tan pálido como yo, y al instante la cerró.

—Sí, el retrato está ahí —dijo— y en el suelo hay una cosa... una cosa llena de tierra, como con la que entierran a la gente. Vámonos, rápido, vámonos.

No sé ni cómo llegué abajo. Un terrible escalofrío acompañado de náuseas del alma más que de la carne se apoderaron de mí, y en más de una ocasión mi amigo tuvo que colocarme los pies sobre los peldaños, mientras lanzaba miradas de terror y aprensión escaleras arriba. Pero llegamos a su habitación en la planta inferior y le conté entonces lo que he descrito en este relato.

Lo que sucedió después puede resumirse. Sí, algunos de mis lectores habrán quizá supuesto ya de qué se trataba, si recuerdan aquel asunto inexplicable en el cementerio de West Fawley, hace unos ochos años, cuando se intentó tres veces enterrar el cuerpo de una mujer que se había suicidado. En cada ocasión, el ataúd se había encontrado a los pocos días de nuevo sobresaliendo de la tierra. Tras el tercer intento, para que no se hablara del asunto, el cadáver se enterró en otro lugar que no fuera suelo consagrado. Se inhumó junto a la puerta de hierro del jardín que pertenecía a la casa donde esta mujer había vivido. Se había suicidado en una habitación en la última planta de la torre de la casa. Se llamaba Julia Stone.

Posteriormente, el cuerpo volvió a desenterrarse en secreto y se descubrió que el ataúd estaba lleno de sangre.

LA MUERTA ENAMORADA

THÉOPHILE GAUTIER

Me pregunta, hermano, si he amado: sí. Se trata de una historia singular y terrible y, aunque cuento sesenta y seis años, apenas oso remover la ceniza de este recuerdo. No quiero negarle nada, pero a un alma menos experimentada no le contaría semejante relato. Son hechos tan extraordinarios que me cuesta creer que me hayan sucedido. Fui durante más de tres años el juguete de una ilusión peculiar y diabólica. Yo, pobre cura de pueblo, llevé en sueños todas las noches (¡quiera Dios que fuera un sueño!) una vida de condenado, una vida mundana digna de Sardanápalo. Una sola mirada llena de complacencia lanzada sobre una mujer pudo haber causado la pérdida de mi alma; pero, al fin, y con la ayuda de Dios y de mi santo patrón, logré la expulsión del espíritu maligno que se había adueñado de mí. Mi ser se envenenó con una existencia nocturna enteramente distinta. Durante el día, yo era un siervo del Señor, casto, ocupado en la oración y los asuntos santos; durante la noche, desde que cerraba los ojos, me convertía en un joven señor, fino conocedor de las mujeres, de los canes y los caballos, jugador de dados, bebedor y blasfemo; y cuando al rayar el alba me despertaba, me parecía, al contrario, que me dormía y que soñaba que era cura. De esta vida de sonámbulo conservo recuerdos, objetos y palabras que no puedo explicar y, aunque no he salido jamás de los muros de mi presbiterio, al oírme hablar se diría más bien que soy un hombre cansado de todo, que regresa del mundo y entra en religión para acabar en el seno de Dios sus días demasiado agitados, y no un humilde seminarista que ha envejecido en una parroquia ignorada, en el fondo de un bosque y sin ninguna relación con las cosas del siglo.

Sí, he amado como nadie en el mundo ha amado, con un amor insensato y furioso, tan violento que me sorprende que no hiciera estallar mi corazón. ¡Ah! ¡Qué noches, qué noches!

Desde mi más tierna infancia sentí la vocación de sacerdote; siendo así, todos mis estudios se dirigieron en ese sentido, y mi vida, hasta los veinticuatro años, no fue más que un largo noviciado. Habiendo terminado Teología, pasé sucesivamente por todas las órdenes menores y mis superiores me juzgaron digno, a pesar de mi juventud, de franquear el postrer y venerado grado. El día de mi ordenación fue fijado en Semana Santa.

Yo no había conocido el mundo; el mundo era para mí el recinto del colegio y del seminario. Sabía vagamente que había una cosa a la que se llamaba «mujer», pero no detenía en ello mi pensamiento; era yo de una inocencia perfecta. A mi madre, vieja y enferma, solo la veía dos veces al año. Esas eran todas mis relaciones con el exterior.

No echaba nada de menos, no tenía la más mínima duda sobre este compromiso irrevocable; estaba lleno de gozo y de impaciencia. Jamás un joven novio ha contado las horas con un ardor más enfebrecido; no dormía, soñaba que decía la misa; ser sacerdote, nada más bello veía en el mundo: habría rechazado ser rey o poeta. Mi ambición no concebía nada más allá.

Se lo digo para mostrarle que lo que me sucedió no debería haberme sucedido y de qué fascinación inexplicable fui víctima.

Llegado el gran día, me dirigí a la iglesia con un paso tan ligero que me parecía estar sostenido en el aire o que tenía alas en la espalda. Me creía un ángel y me sorprendía el semblante sombrío y preocupado de mis compañeros, ya que éramos todo un grupo. Había pasado la noche rezando y me hallaba en un estado rayano al éxtasis. El obispo, un anciano venerable, me parecía Dios Padre inclinado sobre la eternidad, y veía el cielo a través de las bóvedas del templo.

Ya conoce los detalles de esa ceremonia: la bendición, la comunión bajo las dos especies, la unción de la palma de las manos con el óleo de los catecúmenos y, al fin, el santo sacrificio celebrado junto con el obispo. No me alargaré en esto. ¡Oh! ¡Cuánta razón tenía Job y cuán imprudente es aquel que no hace un pacto con sus ojos! Alcé por casualidad la cabeza, que había mantenido agachada hasta ese momento, y vi delante de mí, tan cerca que habría podido tocarla, aunque estaba en realidad a bastante distancia y del otro lado de la balaustrada, a una joven mujer de una rara belleza vestida con la magnificencia de una reina. Fue como si me cayeran escamas de los ojos. Experimenté la sensación de un ciego que recupera de súbito la vista. El obispo, radiante hacía un momento, se apagó de golpe, los cirios palidecieron sobre los candelabros de oro como las estrellas por la mañana y en toda la iglesia se hizo la más absoluta oscuridad. La encantadora criatura destacaba sobre ese fondo de sombra como una revelación angelical; parecía que ella era quien iluminaba y daba luz al día, en vez de recibirla.

Bajé los párpados, decidido a no alzarlos más para sustraerme de la influencia de los objetos exteriores, pero cada vez estaba más distraído y apenas sabía lo que me hacía.

Un minuto después, volvía a abrir los ojos, ya que la seguía viendo a través de mis pestañas, relumbrando con los colores del prisma, en una penumbra púrpura, como cuando se mira al sol.

¡Oh! ¡Era tan hermosa! Los más grandes pintores, cuando persiguiendo en el cielo la belleza ideal han bajado a la tierra el divino retrato de la Madona, han quedado muy lejos de aquella fabulosa realidad. Ni los versos de los poetas ni la paleta del pintor pueden dar una idea de ella. Era muy alta, con el talle y el porte de una diosa; sus cabellos, de un rubio delicado, se separaban en lo alto de su cabeza y se derramaban por sus sienes como dos ríos de oro; se hubiera dicho que era una reina con su corona. Su frente era de una blancura azulada y transparente, y se extendía, amplia y serena, sobre los arcos de las cejas casi morenas, singularidad que añadía más intensidad a las pupilas de color verde mar, de una vivacidad y brillo inenarrables; tenían una vida, una limpidez, un ardor, una humedad centelleante como nunca había visto en un ojo humano; de ellos se escapaban rayos semejantes a las flechas que venían a clavarse directamente en mi corazón. No sé si la llama que los iluminaba procedía del cielo o del infierno, pero sin duda ella provenía del uno o del otro. Esa mujer o era un ángel o era un demonio, o quizá ambas cosas. No surgió, ciertamente, de un costado de Eva, la madre común. Los dientes del más bello oriente refulgían en su roja sonrisa y unos pequeños hoyuelos se marcaban a cada inflexión de su boca en el satén rosa de sus adorables mejillas. En cuanto a su nariz, era de una finura y orgullo absolutamente majestuosos y desvelaba el más noble de los orígenes. Piedras de ágata jugaban sobre la piel firme y lustrosa de sus hombros medio descubiertos y sartas de grandes perlas doradas, de un tono parecido al de su cuello, descendían sobre sus senos. De vez en cuando, alzaba su cabeza en un movimiento ondeante de culebra o pavo real que saca pecho, imprimiendo un ligero temblor a la alta gola bordada con randas que la envolvía como una malla de plata.

Llevaba un vestido de terciopelo nacarado y de sus anchas mangas forradas de armiño asomaban unas manos patricias de una delicadeza infinita, con dedos largos y mullidos de tan ideal transparencia que dejaban pasar la luz del día como los de la aurora.

Todos estos detalles me parecen tan presentes como si los hubiera visto ayer mismo, porque, aunque estaba extremadamente turbado, nada se me escapaba, ni el más ligero matiz, como el pequeño punto negro al lado del mentón, el imperceptible vello en la comisura de los labios, la frente aterciopelada, la sombra temblorosa de las pestañas en las mejillas. Todo lo captaba con una lucidez sorprendente.

A medida que la miraba, sentía abrirse puertas en mí que hasta entonces habían permanecido cerradas; respiraderos obstruidos se desatascaban en todos mis sentidos y dejaban entrever perspectivas desconocidas; la vida me aparecía bajo un nuevo aspecto; acababa de nacer con un nuevo orden de ideas. Una angustia terrible me atenazaba el corazón; cada minuto que transcurría me parecía un segundo y un siglo. Mientras la ceremonia avanzaba, yo era transportado muy lejos del mundo, cuya entrada cerraban con furia mis deseos nacientes. Dije sí, sin embargo, cuando quería decir no, cuando todo en mí se sublevaba y protestaba contra la violencia que mi lengua infligía a mi alma: una fuerza oculta me arrancaba, a mi pesar, las palabras de la garganta. Sería, quizá, aquello que hace que tantas muchachas vayan al altar con la firme resolución de rechazar de forma estrepitosa al marido impuesto y ninguna de ellas acabe ejecutando su proyecto. Era, sin duda, lo que hace que tantas pobres novicias se cubran con el velo, aunque estén firmemente decididas a rasgarlo en el momento de pronunciar los votos. Uno no osa causar un escándalo tal delante de todo el mundo, ni frustrar las expectativas de tantas personas; todas esas voluntades, todas esas miradas, parecen pesar encima de uno como una plancha de plomo; y, además, se han tomado tan buenas medidas, todo está tan bien regulado de antemano, de una manera tan evidentemente irrevocable, que el pensamiento cede ante tal peso y queda completamente aplastado.

La ceremonia progresaba y la mirada de la bella desconocida cambiaba de expresión. De tierna y suave como era al principio, tomó un aire de desdén y disgusto, como si no hubiera sido comprendida.

Hice un esfuerzo que hubiera bastado para mover una montaña y exclamar que no quería ser sacerdote, pero no lo conseguí. Mi lengua quedó clavada en mi paladar y me fue imposible traducir mi voluntad al más leve gesto de negación. Estaba completamente despierto, en un estado semejante al de una pesadilla en la que uno quiere gritar una palabra de la que depende su vida pero no puede.

Ella pareció sensible al martirio que yo padecía y, como para insuflarme valor, me lanzó una mirada llena de divinas promesas. Sus ojos eran un poema en el que cada mirada componía un canto.

Me decía:

—Si quieres ser mío, te haré más feliz que el mismo Dios en su paraíso; los ángeles te envidiarán. Desgarra esa mortaja en la que te vas a envolver. Yo soy la belleza, la juventud, la vida; ven a mí y seremos el amor. ¿Qué te podría ofrecer Jehová para compensarte? Nuestra existencia transcurrirá como en un sueño y será un beso eterno.

»Derrama el vino de ese cáliz; eres libre. Te transportaré a islas desconocidas; dormirás sobre mi pecho, en una cama de oro macizo y bajo un dosel de plata, pues te amo y quiero robarte a tu Dios, ante el cual tantos nobles corazones derraman olas de amor que nunca le llegan.

Me parecía estar oyendo esas palabras con un ritmo de una dulzura infinita, ya que su mirada era casi sonora y las frases que sus ojos enviaban resonaban en el fondo de mi corazón como si una boca invisible las hubiera soplado a mi alma. Me sentía preparado para renunciar a Dios y, sin embargo, mi corazón cumplía maquinalmente con las formalidades de la ceremonia. La joven me lanzó una segunda mirada, tan suplicante, tan desesperada, que unas lágrimas aceradas atravesaron mi corazón y sentí más espadas clavadas en el pecho que la Virgen Dolorosa.

Ya estaba hecho; era sacerdote.

Jamás un semblante humano pintó una angustia tan punzante. La muchacha que ve caer a su prometido muerto súbitamente a su lado, la madre cerca de la cuna vacía de su hijo, Eva sentada en el umbral de la puerta del paraíso, el avaro que encuentra una piedra en el lugar que ocultaba su tesoro, el poeta que deja caer al fuego el único manuscrito de su más bella obra; ninguno de ellos tendría un aspecto más aterrador e inconsolable. La sangre abandonó completamente su hechizador rostro y se puso blanca como el mármol. Sus bellos brazos cayeron a lo largo de su cuerpo, como si los músculos hubieran sido desencajados. Se apoyó en una columna, puesto que las piernas no la sostenían e iba a desfallecer. En cuanto a mí, lívido, con la frente empapada por un sudor más sangrante que el del calvario, me dirigí tambaleándome hacia el pórtico de la iglesia. Me ahogaba. Las bóvedas se aplastaban contra mis hombros y me pareció que era mi cabeza la que, ella sola, sostenía todo el peso de la cúpula.

Al ir a franquear el umbral, una mano tomó bruscamente la mía. ¡Una mano de mujer! Jamás había tocado una. Era fría como la piel de una serpiente y su huella, ardiente como la marca de un hierro al rojo vivo. Era ella.

—¡Desdichado! ¡Desdichado! ¿Qué has hecho? —me dijo en voz baja para luego desaparecer entre la multitud.

El anciano obispo pasó y me miró con aire severo. Tenía yo el semblante más extraño del mundo: palidecía, enrojecía, me mareaba. Uno de mis camaradas se apiadó de mí, me asió y me condujo al seminario; habría sido

incapaz de llegar por mi propio pie. En la esquina de una calle, mientras el joven sacerdote miraba hacia otro lado, un paje negro, vestido con extravagancia, se acercó a mí y me dio, sin detener el paso, una pequeña cartera con los bordes cincelados de oro a la vez que me hacía seña de esconderla; la deslicé en una manga y allí la tuve hasta estar solo en mi celda. Hice saltar el cierre y en el interior no había más que una hoja con estas palabras: «Clarimonde, en el palacio Concini». Por aquel entonces estaba tan poco al corriente de las cosas de la vida que no conocía a Clarimonde, a pesar de su celebridad, e ignoraba por completo dónde se hallaba el palacio Concini. Hice mil conjeturas, a cual más descabellada, pero en verdad, con poder volver a verla no me importaba lo que ella pudiera ser, si una gran dama o una cortesana.

Este amor recién nacido se había enraizado en mí profundamente. No pensaba siquiera en arrancármelo, tan imposible me parecía. Esa mujer se había adueñado completamente de mí, y una sola mirada suya había bastado para transformarme. Me había insuflado su voluntad. Ya no vivía en mí, sino en ella y por ella. Hacía mil rarezas, besaba mi mano en el lugar que ella la había tocado y repetía su nombre durante horas enteras. Solo tenía que cerrar los ojos para verla tan claramente como si en realidad estuviera presente y me repetía las palabras que ella me había dirigido bajo el pórtico de la iglesia: «¡Desdichado! ¡Desdichado! ¿Qué has hecho?». Comprendía todo el horror de mi situación y los visos fúnebres y terribles del estado en el que había caído se me revelaban con claridad. ¡Ser sacerdote!, es decir, casto, no amar, no distinguir sexos ni edades, dar la espalda a toda belleza, arrancarse los ojos, reptar bajo la sombra glacial de un claustro o de una iglesia, no ver más que a moribundos, velar cadáveres de desconocidos y llevar sobre uno mismo el luto de la sotana negra de modo que con el hábito se pueda hacer la mortaja de nuestra tumba.

Y, entretanto, sentía crecer la vida en mí como un lago interior que se fuera llenando hasta desbordarse. Mi sangre latía con fuerza en mis venas; mi juventud, largo tiempo reprimida, estallaba de golpe como los aloes que tardan cien años en florecer, pero que se abren de golpe con una fuerza atronadora.

¿Cómo volver a ver a Clarimonde? No tenía ningún pretexto para salir del seminario, al no conocer a nadie en la ciudad aquella en la que ni tan siquiera iba a residir. Estaba a la espera de que me designaran la parroquia que debería ocupar. Traté de arrancar los barrotes de la ventana, pero estaba a una altura terrible y sin escalera no cabía ni pensarlo. Por otro lado, solo habría podido salir de noche. ¿Cómo me habría orientado en el inextricable dédalo de las calles? Todas estas dificultades, que para otros no significarían gran cosa, eran insalvables para mí, pobre seminarista, recién enamorado, sin experiencia, sin dinero, sin ropa.

«¡Ah! Si no fuera sacerdote, podría verla todos los días; habría sido su amante, su esposo», me decía en mi ceguera. En vez de estar envuelto en mi triste sudario, luciría vestidos de seda y terciopelo, cadenas de oro, una espada y plumas, como un bello y joven caballero. Mis cabellos, en vez de estar deshonrados por una ancha tonsura, caerían alrededor de mi cuello en bucles ondeantes. Tendría un bello y lustroso bigote. Sería uno de los valientes. Pero una hora transcurrida en el altar, algunas palabras apenas articuladas, me apartaban para siempre del número de los vivientes. Yo había sellado con mis propias manos la losa de mi tumba, ¡había echado el cerrojo de mi prisión!

Me acerqué a una ventana. El cielo resplandecía de azul, los árboles se habían vestido de primavera, la naturaleza se mostraba con una irónica alegría. La plaza estaba llena de gente; unos iban y otros venían; jóvenes galantes, jóvenes bellezas, pareja con pareja, se dirigían a un rincón del jardín y a las glorietas. Pasaban amigos entonando canciones en honor al vino; era una agitación, una vida, un ajetreo, una alegría, que hacía resaltar penosamente mi luto y mi soledad. Una joven madre jugaba con su hijo en la puerta de su casa. Besaba su boquita rosa aún perlada con gotas de leche y le hacía miles de esos divinos arrumacos que solo las madres saben inventar. El padre, que se mantenía de pie a cierta distancia, sonreía dulcemente ante tan encantador grupo y sus brazos cruzados contenían la alegría en su pecho. No pude soportar tal espectáculo. Cerré la ventana y me tumbé en mi cama, con un odio y una envidia horribles en el corazón, mordiendo mis nudillos y la manta, como un tigre tras un ayuno de tres días.

No sé cuántos días pasaron así. De repente, me di la vuelta con un movimiento espasmódico y, furioso, vi que el abad Sérapion estaba de pie en medio de mi cuarto observándome atentamente. Sentí vergüenza de mí mismo y, dejando caer la cabeza sobre el pecho, oculté los ojos con las manos.

—Romuald, amigo mío, algo extraordinario le ocurre a usted —me dijo Sérapion al cabo de unos minutos de silencio—. ¡Su conducta resulta inexplicable! Usted, tan piadoso, tan sosegado, tan dulce, se agita en su celda como una bestia salvaje. Tenga cuidado, hermano mío, y no atienda a las sugestiones del diablo. El espíritu maligno, irritado porque usted se ha consagrado para siempre a Dios, ronda a su alrededor como un lobo hechizador y hace un postrer esfuerzo para atraerlo hacia él. En vez de dejarse abatir, mi querido Romuald, hágase una coraza de plegarias, un escudo de mortificaciones, y combata con valentía al enemigo. Lo vencerá. La prueba es necesaria para la virtud. Así el oro saldrá más fino de la copela. No se espante, no se desanime. Las almas mejor resguardadas y más firmes han pasado por estos trances. Rece, ayune, medite, y el espíritu maligno se retirará.

El discurso del abad Sérapion me hizo volver en mí y me sosegué un poco.

—Vengo a anunciarle su designación para la parroquia de C.; el sacerdote que estaba a su cargo acaba de morir y monseñor el obispo me ha encargado acompañarle. Esté preparado para mañana.

Respondí con un movimiento de cabeza que así lo haría y el abad se retiró. Abrí mi misal y empecé las plegarias, pero pronto las líneas se confundieron en mis ojos, las ideas se enmarañaron en mi cerebro y el libro me resbaló de las manos sin que me molestara en evitarlo.

¡Partir al día siguiente sin haber vuelto a verla! Eso añadía una imposibilidad más a todas las que ya había entre nosotros. ¡Perder para siempre la esperanza de reencontrarla! ¡A no ser que ocurriera un milagro! ¿Escribirle? ¿Por medio de quién le haría llegar una carta? Con el sagrado carácter del que yo estaba revestido, ¿a quién abrirme y confiarme? Sentía una terrible ansiedad. Acto seguido, lo que me había dicho el abad Sérapion acerca de los artificios del diablo me volvió a la mente. La extrañeza de la aventura, la belleza sobrenatural de Clarimonde, el rayo de fósforo de sus ojos, la huella ardiente de su mano, la turbación a la que me había arrojado, el cambio súbito que se había operado en mí, mi piedad desvanecida en un instante, todo probaba meridianamente la presencia del diablo. Su mano satinada no era quizá otra cosa que el guante con el que había recubierto su garra. Estas ideas me hicieron sentir pavor. Recogí el misal que había rodado de mis rodillas al suelo y volví a los rezos.

A la mañana siguiente, Sérapion vino a recogerme. Dos mulas nos esperaban en la puerta cargadas con nuestras ligeras maletas. Mal que bien, cada uno montó en la suya. Al recorrer las calles de la ciudad, miraba todas las ventanas y balcones por si veía a Clarimonde, pero era demasiado pronto y la ciudad aún dormía. Mi mirada trataba de penetrar las persianas y cortinas de todos los palacios ante los cuales pasábamos. Sérapion atribuía sin duda esta curiosidad a la admiración que me causaba la belleza de la arquitectura, ya que aminoraba el paso de su montura para darme tiempo a observar. Al final, llegamos a la puerta de la ciudad y empezamos a ascender la colina. Cuando estuvimos en lo alto, me giré para mirar una vez más el lugar donde vivía Clarimonde. La sombra de una nube cubrió por completo la ciudad. Sus tejados rojos y azules se confundieron en una media tinta general; las humaredas matinales flotaban aquí y allá, como blancos copos de espuma. Por un singular efecto óptico, se dibujada bajo un único rayo de luz dorada un edificio que descollaba entre las construcciones vecinas, completamente sumergidas en la niebla. Aunque estaba a más de una legua, parecía muy cercano. Se podía distinguir el más mínimo detalle de su arquitectura, las glorietas, las terrazas, los ventanales, e incluso las veletas con cola de golondrina.

—¿Qué palacio es aquel que se ve allí, iluminado por un rayo de sol? —pregunté a Sérapion.

Puso una mano encima de sus ojos y, tras mirar, respondió:

—Es el antiguo palacio que el príncipe Concini regaló a la cortesana Clarimonde. Suceden allí cosas espantosas.

Aún no sé si fue realidad o ilusión lo que en aquel momento ocurrió. Creí ver que se deslizaba por la terraza una forma esbelta y blanca que brilló un segundo y se extinguió. ¡Era Clarimonde!

¡Oh! ¿Sabría que, en aquel momento, desde lo alto de ese áspero camino que me alejaba de ella y que no debía volver a descender, ardiente e inquieto, miraba con avidez el palacio que ella habitaba y que un irrisorio juego de luces parecía acercarme como si me invitara a entrar en él en calidad de amo? Sin duda lo sabía, porque su alma estaba demasiado ligada a la mía para no sentir sus mínimas sacudidas. Era esa la sensación que la había empujado a subir a lo alto de la terraza envuelta en el glacial rocío de la madrugada.

La sombra conquistó el palacio y ya no hubo más que un océano inmóvil de tejados y buhardillas en el que solo se distinguía una ondulación montañosa. Sérapion arreó su mula y la mía se puso a su paso. Un recodo del camino me robó para siempre la ciudad de S., puesto que no debía regresar nunca. Al cabo de tres días de marcha por campos bastante tristes, vimos apuntar a través de los árboles el gallo del campanario de la iglesia en la que yo debía servir. Tras seguir por algunos caminos tortuosos bordeados de chozas y cabañas, nos encontramos ante la fachada, sin ninguna magnificencia: un simple porche ornado con algunas nervaduras y dos o tres pilares de arenisca bastamente tallados. Eso era todo. A la izquierda se hallaba el cementerio, lleno de altas hierbas y con una gran cruz en medio. A la derecha, y a la sombra de la iglesia, estaba la rectoría. Era una casa de una simplicidad extrema y de una árida pulcritud. Entramos. Algunas gallinas picoteaban en el suelo los escasos granos de avena; acostumbradas aparentemente al hábito negro de los eclesiásticos, no se asustaron por nuestra presencia y apenas se molestaron en dejarnos pasar. Un ladrido ronco y cascado se hizo oír y vimos acercarse a un perro viejo.

Era el perro de mi predecesor. Tenía los ojos tristes, el pelo gris y todos los síntomas de la vejez que puede alcanzar un perro. Lo acaricié suavemente y pronto se puso a andar a mi lado con un aire de satisfacción inexpresable. Una mujer de edad avanzada, que había sido el ama de llaves del viejo cura, vino también a nuestro encuentro y, tras haberme hecho entrar en una sala estar, me pidió si mi intención era conservarla. Le respondí que la conservaría a ella, al perro y a las gallinas, con todo el mobiliario que su antiguo amo había dejado tras su muerte, cosa que le causó un arrebato de alegría, después de que el abad Sérapion le diera al momento el precio que pedía por todo ello.

Una vez instalado, el abad Sérapion regresó al seminario. Me quedé así solo, sin otro apoyo que yo mismo. El pensamiento de Clarimonde me volvió a obsesionar y, por muchos esfuerzos que hacía por alejarlo, no siempre lo conseguía. Una tarde, paseando por los senderos bordeados de boj de mi jardincito, me pareció ver a través del emparrado una forma de mujer que seguía todos mis movimientos, y vi brillar entre las hojas dos pupilas verde mar; pero no era más que una ilusión y, habiendo cruzado al otro lado del sendero, no encontré allí más que la huella de un pie en la arenilla, tan pequeña que habría podido ser el pie de un niño. El jardín estaba rodeado de muros muy altos. Revisé todos los rincones, hasta los más recónditos, y no encontré a nadie. Nunca me pude explicar este hecho que, por otro lado, no era nada comparado con las cosas extrañas que aún me tenían que pasar.

Viví así cerca de un año, cumpliendo con exactitud todos los deberes de mi cargo, rezando, ayunando, exhortando y socorriendo a los enfermos, dando limosna hasta privarme de las cosas más esenciales. No obstante, en mi interior sentía una aridez extrema y las fuentes de la gracia me estaban vedadas. No gozaba de esa felicidad que da el cumplimiento de una misión santa. Mis ideas estaban en otra parte y las palabras de Clarimonde me volvían a los labios a menudo como una especie de refrán involuntario. ¡Oh, hermano! ¡Medita bien esto que te voy a decir! Por haber puesto una sola vez la mirada sobre una mujer, por una falta en apariencia tan leve, sufrí durante muchos años la más miserable de las agitaciones: mi vida quedó turbada para siempre.

No le entretendré más tiempo con estas derrotas y estas victorias interiores, siempre seguidas de recaídas más profundas, y pasaré enseguida a contarle un hecho decisivo. Una noche llamaron violentamente a mi puerta. La anciana ama de llaves fue a abrir y un hombre de tez cobriza y ricamente vestido, aunque siguiendo una moda extranjera, con un largo puñal, se dibujó bajo los rayos de la linterna de Barbara. Su primera reacción fue de temor, pero el hombre la tranquilizó y le dijo que necesitaba verme de inmediato por un asunto concerniente a mi ministerio. Barbara lo hizo subir. Yo iba a meterme en la cama en ese momento. El hombre me dijo que su señora, una gran dama, estaba a punto de morir y deseaba un sacerdote. Respondí que estaba listo para seguirle; tomé lo necesario para la extremaunción y bajé a toda prisa. En la puerta piafaban dos caballos negros como la noche, resoplando sobre su pecho dos grandes chorros de vapor. Me tendió un estribo y me ayudó a montar en uno; luego, él saltó en el otro, apoyando solo la mano en el cuerno de la silla. Apretó las rodillas y soltó las riendas de su caballo, que salió lanzado como una flecha. El mío, del cual él sostenía la brida, se puso también al galope, manteniéndose a su misma altura. Devorábamos el camino; la tierra pasaba volando, gris y rayada, y las siluetas negras de los árboles huían como un ejército derrotado. Cruzamos un bosque de una oscuridad tan opaca y glacial que sentí un escalofrío de supersticioso terror. Los penachos de chispas, que las herraduras de nuestros caballos arrancaban a las piedras, dejaban a nuestro paso una estela de fuego. Si alguien, a aquella hora de la noche, nos hubiera visto, a mi guía y a mí, nos habría tomado por dos espectros a caballo en una pesadilla. Fuegos fatuos cruzaban de vez en cuando el camino y las grajillas graznaban piadosamente en la espesura del bosque, donde brillaban a lo lejos los ojos de fósforo de algunos gatos salvajes. Las crines de los caballos se enmarañaban cada vez más. El sudor regaba sus flancos y su aliento salía despedido con estrépito de sus narices. Sin embargo, cuando el escudero los veía flaquear, les lanzaba un grito gutural para reanimarlos que nada tenía de humano y la carrera recomenzaba con furia. Al final, el torbellino se detuvo. Una mole negra moteada con algunos puntos brillantes se alzó súbitamente ante nosotros. Los pasos de nuestras monturas sonaron más fuertes sobre una plancha de hierro y entramos por una bóveda que abría sus grandes fauces oscuras entre dos enormes torres. Una gran agitación reinaba en el castillo. Criados con antorchas en la mano cruzaban los patios en todas direcciones y subían y bajaban por los rellanos con luces. Entreví confusamente una inmensa arquitectura formada por columnas, arcos, escalinatas y rampas, y un lujo en la construcción digno de reyes o de hadas. Un paje negro, el mismo que me había entregado la cartera de Clarimonde, al cual reconocí al instante, vino para ayudarme a desmontar mientras un mayordomo, vestido de terciopelo negro con una cadena de oro al cuello y un bastón de marfil en la mano, avanzó hasta quedar ante mí. Grandes lágrimas se derramaban de sus ojos y resbalaban por sus mejillas y su barba blanca:

—¡Demasiado tarde! —dijo meneando la cabeza—, demasiado tarde, señor cura; pero si no ha podido salvar su alma, venga a velar su pobre cuerpo.

Me tomó del brazo y me condujo a la sala fúnebre. Yo lloraba tan fuerte como él, pues había comprendido que la muerta no era otra que Clarimonde, a quien tan locamente yo amaba. Un reclinatorio estaba dispuesto al lado de la cama, una llama azulosa revoloteaba sobre una patera de bronce, proyectando en toda la habitación una luz débil, tenue, que hacía parpadear en la sombra, aquí y allá, la arista prominente de algún mueble o cornisa. Sobre la mesa, en el fondo de un jarrón cincelado, había una rosa blanca marchita cuyos pétalos, a excepción de uno que todavía se sostenía, habían caído al pie de la vasija como lágrimas olorosas. Una máscara negra rota, un abanico, disfraces de todo tipo, estaban tirados sobre las butacas, dejando intuir que la muerte había llegado a esa suntuosa morada de improviso, sin hacerse anunciar. Me arrodillé sin osar dirigir los ojos a la cama y me puse a recitar los salmos con gran fervor, dando gracias a Dios por haber interpuesto la tumba entre la idea de esa mujer y yo. Podría yo, a partir de ese momento, añadir a mis plegarias su nombre santificado. Pero, poco a poco, este impulso perdió fuerza y me puse a soñar. Esa habitación no se parecía en nada a la de un muerto. En vez del aire fétido y corrupto que estaba acostumbrado a respirar en esas vigilias fúnebres, un lánguido humo de esencias orientales, no sé qué amoroso olor de mujer, flotaba suavemente en el aire entibiado. La pálida luz tenía más bien el aire de una penumbra tamizada por la voluptuosidad, tan diferente al de la lamparilla de reflejos amarillentos que usualmente temblotea al lado de los cadáveres. Pensaba en el singular azar que me había hecho reencontrar con Clarimonde en el momento en que la perdía para siempre, y un suspiro de pena se escapó de mi pecho. Me pareció que alguien también había suspirado detrás de mí y me giré involuntariamente. Era el eco. Con ese movimiento, mis ojos fueron a dar en el lecho mortuorio que hasta entonces había evitado. Los cortinajes de damasco rojo, con grandes flores sostenidas por cordones de oro, dejaban ver a la muerta, tendida a lo largo, con las manos juntas sobre el pecho. Estaba cubierta por un velo de lino de una blancura cegadora que el púrpura oscuro de las paredes resaltaba aún más. Era de una finura tal que no ocultaba nada de la forma hechizante de su cuerpo y permitía seguir sus bellas y sinuosas líneas como el cuello de un cisne que ni la muerte ha podido agarrotar. Se habría dicho que era una escultura de alabastro hecha por algún hábil escultor para situar sobre la tumba de una reina o, mejor, de una doncella dormida sobre la cual hubiera nevado.

No pude resistirlo más. Ese aire de alcoba me embriagaba. Ese aroma febril de rosa marchitándose me subía a la cabeza. Me puse a andar por la habitación a grandes pasos, deteniéndome a cada vuelta delante del lecho para contemplar a la grácil fallecida bajo la transparencia de su mortaja. Extraños pensamientos cruzaron mi espíritu; me imaginaba que no estaba muerta realmente y que no era más que un ardid que había usado para atraerme a su castillo y declararme su amor. Incluso hubo un instante en que creí ver que movía su pie entre la blancura de los velos, deshaciendo los rectos pliegues del sudario.

Además, me decía: «¿Es Clarimonde? ¿Qué pruebas tengo de ello? Ese paje negro puede haber pasado a servir a otra dama. Soy un loco por desconsolarme y agitarme así». Pero no, mi corazón me respondía con un latido: «Es ella, claro que es ella». Me acercaba a la cama y miraba con mayor atención el objeto de mi incertidumbre. ¿Se lo confesaré a usted? Esa perfección de las formas, aunque purificada y santificada por la sombra de la muerte, me turbaba más voluptuosamente de lo debido, y ese descanso se parecía tanto a un sueño que era fácil ser engañado. Olvidaba que había acudido allí para un oficio fúnebre y yo me imaginaba que era un joven esposo entrando en la habitación de la novia que ocultaba por pudor su rostro, sin dejarse ver. Apesadumbrado por el dolor, desesperado por el gozo, temblando de temor y placer, me incliné encima de ella y tomé la esquina del lienzo; lo levanté levemente, conteniendo la respiración por miedo a despertarla. Mis arterias latían con tal fuerza que oía silbar mis sienes y mi frente estaba regada de sudor como si hubiera movido una losa de mármol. Era, en efecto, la Clarimonde que había visto en la iglesia el día de mi ordenación. Seguía igual de encantadora, como si la muerte para ella fuera una coquetería más. La palidez de sus mejillas, el rosa menos vivo de sus labios, sus largas pestañas formando una franja morena sobre la blancura, le proporcionaban una expresión de castidad, melancolía y sufrimiento meditativo, de un poder de seducción inexpresable; sus largos cabellos sueltos, en los que todavía había mezcladas algunas flores azules, hacían de almohada para su cabeza y protegían con sus bucles la desnudez de sus hombros. Sus bellas manos, más diáfanas que la Sagrada Forma, estaban cruzadas en una actitud de piadoso reposo y de callado rezo que corregían lo que pudiera haber de demasiado seductor, incluso en la muerte, en la exquisita redondez y el refinado marfil de sus brazos desnudos, de los que no habían sido retirados los brazaletes de perlas. Quedé largo rato absorto en una muda contemplación y, cuanto más la miraba, menos podía creer que la vida hubiera abandonado para siempre aquel bello cuerpo. No sé si fue una ilusión o un reflejo de la lámpara, pero diría que la sangre volvía a circular bajo esa palidez mate; sin embargo, ella continuaba en la misma perfecta inmovilidad. Toqué levemente su brazo; era frío, pero no más que su mano el día que rozó la mía en el pórtico de la iglesia. Retomé mi posición, inclinando mi rostro sobre el suyo y dejando llover sobre sus mejillas el tibio rocío de mis lágrimas. ¡Ah, qué sentimiento amargo de desesperación e impotencia! Me habría gustado poder recoger mi vida en un montoncito para dárselo e insuflar en sus despojos helados la llama que me devoraba. La noche avanzaba y, sintiendo acercarse el instante de la separación eterna, no pude evitar ese triste y supremo dulzor de posar un beso en los labios muertos de aquella que había poseído todo mi amor. ¡Oh, prodigio! Un ligero aliento se mezcló con el mío y la boca de Clarimonde respondió a la mía; sus ojos se abrieron y recobraron un poco de brillo; suspiró y, descruzando los brazos, los pasó por mi cuello con un aire de éxtasis inefable.

—¡Ah! Eres tú, Romuald —dijo ella con una voz lánguida y dulce como las últimas vibraciones de un arpa—, ¿qué haces? Te he esperado tanto tiempo que he muerto; pero ahora estamos prometidos y podré ir a verte a tu casa. Adiós, Romuald, adiós. Te amo, es todo lo que te quería decir, te debo la vida que me has devuelto en un minuto con tu beso. Hasta pronto.

Su cabeza cayó hacia atrás mientras seguía rodeándome con sus brazos como si quisiera retenerme. Un torbellino de viento furioso abrió de golpe la ventana y penetró en la habitación; el último pétalo de la rosa blanca palpitó un instante como un ala en el borde del tallo, luego se desprendió y salió volando por la ventana abierta, llevándose consigo el alma de Clarimonde. La lámpara se apagó y yo caí desvanecido encima del pecho de la joven muerta.

Cuando volví en mí, estaba tendido en mi cama, en la pequeña habitación de la rectoría, y el viejo perro del antiguo cura lamía mi mano tendida fuera de la manta. Barbara se agitaba en la habitación con un temblor senil, abriendo y cerrando los cajones, o removiendo los brebajes de los vasos. Al verme abrir los ojos, la vieja soltó un grito de alegría, el perro ladró y movió la cola, pero yo estaba tan débil que no pude pronunciar ni una sola palabra ni hacer ningún movimiento. Luego supe que había permanecido tres días así, no dando otra señal de vida que la de una respiración casi insensible. Esos tres días no cuentan en mi vida y no sé a dónde fue mi espíritu durante todo ese tiempo; no he conservado ningún recuerdo. Barbara me contó que el mismo hombre de tez cobriza que había venido a buscarme durante la noche me había devuelto por la mañana en una litera cerrada y se había marchado de inmediato. Cuando pude despejar mis ideas, repasé todos los hechos de aquella noche fatal. Primero pensé que había sido el juguete de una ilusión mágica; pero las circunstancias reales y palpables destruyeron pronto esa suposición. No podía creer que hubiera soñado, ya que Barbara había visto como yo al hombre de los caballos negros, de quien ella describía la compostura y la conducta con exactitud. Sin embargo, nadie conocía en los alrededores un castillo que coincidiera con la descripción del castillo donde había reencontrado a Clarimonde.

Una mañana, vi entrar al abad Sérapion. Barbara le había hecho saber que yo estaba enfermo y él acudió a toda prisa. Aunque el apresuramiento demostraba afecto e interés por mi persona, su visita no me complació como debería haber hecho. El abad Sérapion tenía en la mirada algo de penetrante e inquisitivo que me molestaba. Me sentía avergonzado y culpable ante él. Había sido el primero en descubrir mi turbación interna y no me gustaba su clarividencia.

A la vez que me pedía noticias acerca de mi salud con un tono hipócritamente meloso, fijaba en mí sus dos pupilas amarillas de león y hundía como una sonda su mirada en mi alma. Luego me hizo algunas preguntas acerca de la manera en que dirigía mi parroquia, si me gustaba, en qué pasaba el tiempo que mi ministerio me dejaba libre, si había hecho algunos conocidos entre los habitantes del lugar, cuáles eran mis lecturas favoritas y mil otros detalles semejantes. Respondí a todo con la mayor brevedad posible, y él mismo, sin esperar a que yo terminara, pasaba a otra cosa. Esa conversación, evidentemente, no guardaba ninguna relación con lo que quería decirme. Luego, sin ningún preámbulo, y como si se tratara de una noticia de la que se acababa de acordar en ese instante y que temiera olvidar, me dijo con una voz clara y vibrante que resonó en mis oídos como las trompetas del juicio final:

—Hace tres días murió la gran cortesana Clarimonde, tras una orgía que duró ocho días y ocho noches. Debió de ser algo infernalmente espléndido. Allí renovaron las abominaciones de los festines de Baltasar y Cleopatra. ¡En qué siglo vivimos, buen Dios! Los invitados eran servidos por esclavos negros que hablaban un idioma desconocido y a mí me da que eran verdaderos demonios; la librea del más humilde de ellos habría servido de traje de gala a un emperador. Siempre han corrido extrañas historias acerca de esa Clarimonde, y todos sus amantes han terminado de una manera miserable o violenta. Hay quien dice que es una *algola,* un vampiro hembra, pero yo creo que era Belcebú en persona.

Se calló y me observó con más atención que nunca para ver el efecto que sus palabras habían producido en mí. No pude evitar reaccionar al oír el nombre de Clarimonde y la noticia de su muerte, además del dolor que me causaba por su extraña coincidencia con la escena nocturna de la que había sido testigo. Todo esto me provocó una turbación y un horror que aparecieron en mi semblante, por mucho que hiciera por dominarme. Sérapion me lanzó una mirada inquieta y severa; luego me dijo:

—Hijo mío, debo advertirle, tiene el pie alzado sobre un abismo; guárdese de caer. Satán tiene las garras largas y las tumbas no son siempre fieles. La losa de Clarimonde tendría que ser sellada con un triple sello, puesto que, como se dice, no es esta la primera vez que muere. ¡Dios le guarde, Romuald!

Después de decir estas palabras, Sérapion se dirigió a la puerta con pasos lentos y no le vi más, ya que partió hacia S. casi de inmediato.

Me había restablecido completamente y había retomado mis funciones habituales. El recuerdo de Clarimonde y las palabras del anciano abad estaban siempre presentes en mi espíritu; sin embargo, ningún suceso extraordinario había venido a confirmar los presagios fúnebres de Sérapion. Empecé a creer que sus temores y mis terrores eran demasiado exagerados, pero una noche tuve un sueño. Apenas me había dormido cuando oí abrirse los cortinajes de mi cama y deslizarse las anillas de la barra con un ruido estruendoso. Me reincorporé bruscamente y vi la sombra de una mujer apostada ante mí. Reconocí al instante a Clarimonde. Llevaba en la mano una lamparita con la forma de las que se colocan en las tumbas y su tenue luz daba a sus dedos afilados la transparencia rosada que se prolongaba con una degradación imperceptible hasta la blancura opaca y lechosa de su brazo desnudo. Llevaba por todo vestuario el sudario de lino que la recubría en su lecho mortuorio y cuyos pliegues sostenía sobre su pecho, como si tuviera vergüenza de ir así vestida, pero su pequeña mano no bastaba; estaba tan blanca que el color de la sábana se confundía con las carnes bajo el pálido rayo de la lámpara. Envuelta en esa fina tela que traicionaba todos los contornos de su cuerpo parecía una estatua de mármol de una bañista antigua, más que una mujer dotada de vida. Muerta o viva, estatua o mujer, sombra o cuerpo, su belleza era la misma; solo el estallido verde de sus pupilas era un poco mortecino y su boca, tan roja antaño, no estaba más que tintada por un rosa leve y tierno, casi igual al de las mejillas. Las florecillas azules que había visto en sus cabellos estaban totalmente secas y habían perdido casi todos los pétalos, cosa que no impedía que estuviera encantadora; tan encantadora que, a pesar de la singularidad de la aventura y la manera inexplicable con la que había entrado en la habitación, no sentí temor ni por un instante.

Colocó la lámpara sobre la mesa y se sentó al pie de la cama; luego me dijo, inclinándose hacia mí con esa voz argentina y aterciopelada a la vez que solo en ella había oído:

—Me he hecho esperar mucho, querido Romuald, y debiste creer que te había olvidado. Pero vengo de muy lejos, de un lugar del que nadie vuelve: no hay luna ni sol en ese país; solo hay espacio y sombra; ni camino, ni sendero; ninguna tierra bajo los pies; ningún aire para las alas; y, sin embargo, heme aquí, porque el amor es más fuerte que la muerte y acabará venciéndola. ¡Ah! ¡Cuántas caras lúgubres y cosas terribles he visto en mi viaje! ¡Cuánta pena ha sentido mi alma, llegada de nuevo a este mundo por el poder de la voluntad para reencontrar su cuerpo y poseerlo de nuevo! ¡Cuántos esfuerzos he debido hacer antes de levantar la losa con que me habían cubierto! Mira, las palmas de mis manos están magulladas: bésalas para curarlas, querido amor.

Me puso una tras otra sus palmas frías en la boca; las besé muchas veces mientras ella me miraba con una sonrisa de inefable complacencia.

Para vergüenza mía, lo confieso: había olvidado totalmente las advertencias del abad Sérapion y el carácter del que yo estaba investido. Había caído al primer asalto sin resistencia. Ni siquiera intenté oponerme a la tentación. La frescura de la piel de Clarimonde penetraba en la mía y sentía correr en mi cuerpo estremecimientos de placer. ¡Pobre criatura! A pesar de todo lo que vi, aún me cuesta creer que fuera un demonio; al menos ella no tenía su aspecto y jamás Satán ha ocultado mejor sus garras y cuernos. Había recogido sus talones y se mantenía en cuclillas al lado de la cama en una posición de coquetería indolente. De vez en cuando, pasaba su pequeña mano por mis cabellos y los rizaba como si estuviera ensayando nuevos peinados para mi cara. Me dejaba hacer con la más culpable complacencia y todo lo acompañaba ella con el más hechizante de los cantos. Algo a destacar era que no estaba nada sorprendido ante una aventura tan extraordinaria y, con esa facilidad que hay en la visión para admitir como simples los hechos más complejos, lo veía todo perfectamente natural.

—Te amaba mucho antes de verte, querido Romuald, y te buscaba por todos lados. Eras mi sueño y te encontré en la iglesia en el fatal momento. Enseguida me dije: «¡Es él!». Te lancé una mirada en la que puse todo el amor que había sentido, que tenía y que debía tener por ti; una mirada que habría condenado a un cardenal, que habría hecho caer de hinojos a un rey ante toda su corte. Tú restaste impasible y preferiste a tu Dios.

»¡Ah! ¡Cuán celosa estoy de Dios, a quien has amado y a quien amas todavía más que a mí! ¡Desdichada, soy desdichada! Nunca tendré tu corazón para mí sola, yo, a quien has resucitado con un beso, Clarimonde la muerta; Clarimonde, que fuerza por ti las puertas de la tumba y que viene a consagrarte una vida que solo ha retomado para hacerte feliz.

Todas estas palabras eran interrumpidas por caricias delirantes que aturdieron mis sentidos y mi razón hasta el punto de que no temí, si con ello la consolaba, proferir una espantosa blasfemia y decirle que la amaba tanto como a Dios.

Sus pupilas se reanimaron y brillaron como la crisoprasa.

—¡Cierto! ¡Muy cierto! ¡Tanto como a Dios! —dijo ella, enlazándome con sus brazos—. Ya que es así, vendrás conmigo y me seguirás a donde yo quiera. Dejarás tus desagradables hábitos negros. Serás el más soberbio y envidiado caballero. Serás mi amante. Serás el amante confeso de Clarimonde, que rechazó a un papa; no está nada mal. ¡Ah! La buena vida, la vida feliz, la bella existencia dorada que llevaremos. ¿Cuándo partimos, mi gentilhombre?

—¡Mañana, mañana! —exclamé en mi delirio.

—¡Que sea mañana! —repitió ella—. Tendré tiempo para cambiarme de ropa, puesto que esta es demasiado sucinta y para viajar no sirve. También debo avisar a mi servidumbre, que me cree en verdad muerta y está desolada. El dinero, los vestidos, los coches, todo estará preparado; pasaré a recogerte a esta hora. Adiós, querido corazón —y rozó mi frente con la punta de sus labios.

La lámpara se apagó, los cortinajes se cerraron y ya no vi nada más; un sueño de plomo, un sueño sin sueños, cayó pesado sobre mí y me tuvo dormido hasta la mañana siguiente. Me desperté, más tarde que de costumbre, y el recuerdo de tan singular visión me agitó toda la jornada. Acabé por persuadirme de que era un simple vapor de mi ardiente agitación. Sin embargo, las sensaciones habían sido tan vivas que resultaba difícil creer que no eran reales y no sin cierta aprensión de lo que iba a suceder me metí en la cama, después de haber rogado a Dios que alejara de mí los malos pensamientos y que protegiera la castidad de mi sueño.

Pronto estuve profundamente dormido y mi sueño continuó. Los cortinajes se separaron y vi a Clarimonde, pero no como la primera vez, pálida en su pálido sudario y las violetas de la muerte en sus mejillas, sino alegre, primorosa, elegante, con un soberbio traje de viaje de terciopelo verde ornado de trencillas de oro y arremangado sobre la cadera para dejar ver una falda de satén. Sus cabellos rubios se escabullían en grandes rizos por debajo de un amplio sombrero de fieltro negro cargado de plumas blancas caprichosamente situadas. Sostenía en la mano una pequeña fusta terminada en un silbato de oro; me tocó suavemente con ella y me dijo:

—Y bien, bello durmiente, ¿así es como te preparas? Contaba con encontrarte en pie. Despierta, rápido, no tenemos tiempo que perder.

Salté de la cama.

—Vamos, vístete y partamos —dijo ella, señalando con un dedo un paquetito que había traído consigo—; los caballos se impacientan y roen el freno en la puerta. Deberíamos estar ya a diez leguas de aquí.

Me vestí a toda prisa; ella misma me daba las piezas de ropa, riendo a carcajadas de mi ineptitud e indicándome el uso de cada prenda cuando me equivocaba. Arregló mis cabellos y, cuando terminó, me tendió un espejito de cristal de Venecia enmarcado en una filigrana de plata y me dijo:

—¿Cómo te ves? ¿Quieres ponerme a tu servicio como ayudante de cámara?

Yo no era el mismo; no me reconocía. Me parecía tanto a mí como una estatua terminada se parece a un bloque de piedra. Mi antiguo rostro tenía el aspecto de no ser más que el esbozo grosero del que reflejaba el espejo. Era hermoso y mi vanidad fue sensiblemente despertada por esa metamorfosis. Esos vestidos elegantes, esa rica chaquetilla bordada, hacían de mí otro personaje, y yo admiraba el atractivo poder que tienen algunas telas cortadas de cierta manera. El espíritu de mi atavío penetraba en mi piel y, al cabo de diez minutos, ya era un engreído de cuidado.

Di varias vueltas por la habitación para ver cómo me desenvolvía. Clarimonde me miraba con un aire de complacencia maternal y parecía muy contenta de su obra.

—Venga, basta de chiquilladas; nos espera el camino, querido Romuald. Vamos lejos, no debemos retrasarnos más.

Me agarró de la mano y me arrastró fuera. Todas las puertas se abrían a su paso tan pronto como las tocaba y pasamos delante del perro sin despertarlo.

En la puerta encontramos a Margheritone; era el escudero que ya había sido mi guía. Sostenía la brida de tres caballos negros como los anteriores, uno para mí, otro para él, otro para Clarimonde. Esos caballos debían de ser pura sangre española, nacidos de yeguas fecundadas por el céfiro, ya que galopaban tan rápido como el viento, y la luna, que se había alzado a nuestra salida para iluminarnos, rodaba en el cielo como una rueda que se hubiera soltado de un carro; la veíamos a nuestra derecha saltar de árbol en árbol resoplando para alcanzarnos. Pronto llegamos a una llanura donde, cerca de un bosquecillo, nos esperaba un coche enganchado a cuatro vigorosos animales; subimos y los postillones los hicieron correr al galope de un modo insensato. Yo tenía un brazo pasado por detrás de la cintura de Clarimonde y una de mis manos tomaba la suya; ella apoyaba su cabeza en mi hombro y sentía su garganta medio desnuda frotando mi brazo. Nunca había experimentado una felicidad tan viva. Lo había olvidado todo en ese momento y no me acordaba más de haber sido sacerdote que de lo que había hecho en el seno de mi madre; tan grande era la fascinación que el espíritu maligno ejercía sobre mí.

A partir de aquella noche, mi naturaleza se vio de algún modo desdoblada y en mí habitaron dos hombres que no se conocían. Tan pronto me creía ser un sacerdote que soñaba cada noche que era un gentilhombre, como que era un gentilhombre que soñaba que era sacerdote. No podía distinguir ya el sueño de la vigilia y no sabía dónde empezaba la realidad o terminaba la ficción. El joven señor, fatuo y libertino, se burlaba del sacerdote y el sacerdote detestaba al disoluto señorito. Dos espirales enredadas la una con la otra y confundidas sin tocarse jamás representarían bastante bien esa vida bicéfala que fue la mía. A pesar de esa extraña situación, no creo haber rozado la locura ni un solo instante. Siempre conservé nítidas las percepciones de mis dos existencias. Solamente había un hecho absurdo que no podía explicarme, y es que el sentimiento de un mismo yo existiese en dos seres tan distintos. Era una anomalía de la que no me daba cuenta, ya fuera porque creía ser el cura del pueblecito de..., o *il signor Romualdo,* amante confeso de Clarimonde.

Era de tal modo que estuve, o creí al menos estar, en Venecia. No he podido todavía desenmarañar lo que había de ilusión y de realidad en esa extraña aventura. Vivíamos en un gran palacio de mármol sobre el Canaletto, lleno de frescos y estatuas, con dos Tizianos de la mejor época en el dormitorio de Clarimonde, un palacio digno de un rey. Cada uno tenía su góndola y sus barcarolas para deleite propio, su salón de música y su poeta. Clarimonde entendía la vida a lo grande y había un poco de Cleopatra en su naturaleza. En cuanto a mí, llevaba el tren de vida del hijo de un príncipe y allá por donde pasaba levantaba una gran polvareda, como si hubiera sido yo de la familia de uno de los doce apóstoles o de los cuatro evangelistas de la Serenísima República; no me habría apartado del camino para dejar pasar al dogo, y no creo que, desde Satán caído del cielo, nadie haya sido más arrogante e insolente que yo. Iba al Ridotto y jugaba grandes fortunas. Me codeaba con la mejor sociedad del mundo, hijos de familias arruinadas, mujeres del teatro, timadores, parásitos y espadachines. Sin embargo, a pesar de esta disipación, permanecía fiel a Clarimonde. La amaba perdidamente. Ella era quien colmaba mi saciedad y contenía la inconstancia. Tener a Clarimonde era tener veinte amantes, era tener a todas las mujeres, tan variable, diversa y diferente era de sí misma; ¡un verdadero camaleón! Me hacía cometer con ella la infidelidad que habría cometido con otras, tomando completamente el carácter, el aspecto y el género de belleza de la mujer que parecía gustarme. Me devolvía mi amor centuplicado y en vano los jóvenes patricios e incluso los viejos del Consejo de los Diez le hicieron las más fantásticas proposiciones. Un Foscari llegó incluso a proponerle matrimonio. Ella lo rechazó todo. Tenía suficiente oro y solo quería amor, un amor joven, puro, despertado por ella, que debía ser el primero y el último. Yo habría sido completamente feliz si no fuera por esa maldita pesadilla que se repetía cada noche y en la que me creía ser el cura de un pueblo que se martirizaba y hacía penitencia por sus excesos diarios.

Tranquilizado por la costumbre de estar con ella, ya casi no pensaba en la extraña manera en que la había conocido. Sin embargo, lo que había dicho de ella el abad Sérapion me volvía de vez en cuando a la memoria y no dejaba de inquietarme.

Hacía algún tiempo que la salud de Clarimonde había empeorado. Su tez era cada vez más mortecina. Los médicos que la vieron no comprendían su enfermedad y no sabían qué hacer. Recetaron algunos remedios inútiles y no regresaron. Ella siguió palideciendo a ojos vistas y cada vez estaba más fría. Estaba casi tan blanca y tan muerta como la aciaga noche en el castillo desconocido. Me entristecía verla marchitarse tan lentamente. Ella, conmovida por mi pena, me sonreía dulce y tristemente con la sonrisa fatal de los que saben que van a morir.

Una mañana, yo estaba sentado cerca de su cama, desayunando en una mesita para no separarme de ella ni un minuto. Al mondar una fruta, me corté sin querer un dedo y me hice una herida bastante profunda. La sangre brotó en chorritos de púrpura y algunas gotas salpicaron a Clarimonde. Sus ojos se iluminaron, su semblante adquirió una expresión feroz y salvaje de gozo que no le había visto nunca. Saltó de la cama con una agilidad animal, de simio o de gato, y se abalanzó hacia mi herida y se puso a chuparla con un aire de indecible voluptuosidad. Tragaba la sangre a pequeños sorbos, lentamente, cuidadosamente, como un *gourmet* saborea un vino de Jerez o de Siracusa. Entornaba los ojos y sus pupilas verdes tomaron una forma oblonga en vez de redonda. De vez en cuando se detenía para besarme la mano y luego volvía a presionar sus labios contra los labios de la herida para extraer algunas gotas más. Cuando vio que la sangre ya no salía, se puso de pie con los ojos húmedos y brillantes, más sonrosada que una aurora de mayo, el rostro pleno, la mano tibia y húmeda, en fin, más bella que nunca y en un estado de perfecta salud.

—¡No moriré! ¡No moriré! —dijo medio enloquecida de alegría y colgándose a mi cuello—; aún te podré amar mucho tiempo. Mi vida está en la tuya, y todo lo que está en mí procede de ti. Algunas gotas de tu rica y noble sangre, más valiosa y eficaz que todos los elixires del mundo, me han devuelto a la existencia.

Esta escena me preocupó durante largo rato y me inspiró extrañas dudas acerca de Clarimonde. Esa misma noche, cuando el sueño me hubo devuelto a la rectoría, vi al abad Sérapion más serio y preocupado que nunca. Me miró fijamente y me dijo:

—No contento con perder su alma, quiere perder su cuerpo. Infortunado joven, ¿en qué trampa ha caído?

El tono con que dijo estas pocas palabras me impactó vivamente, pero a pesar de su vivacidad, esta impresión pronto se disipó y mil otros pensamientos la borraron de mi espíritu. Sin embargo, una noche vi en el espejo, cuya pérfida posición ella no había calculado, a Clarimonde que vertía unos polvos en la copa de vino especiado que tenía por costumbre preparar tras la cena. Tomé la copa y fingí llevármela a los labios, la dejé en un mueble, como para terminármela más tarde a gusto y, aprovechando un instante en que mi amada estaba de espaldas, arrojé el contenido bajo la mesa y acto seguido me retiré a mi habitación y me acosté, determinado a no dormir y ver en qué paraba todo aquello. No tuve que esperar mucho. Clarimonde entró en camisón y, habiéndose quitado el velo, se estiró en la cama a mi lado. Tras asegurarse de que dormía, descubrió mi brazo y se sacó un alfiler de oro de la cabeza; luego se puso a musitar:

—Una gota, nada más que una gotita roja. ¡Una nada en la punta de mi alfiler! Puesto que todavía me amas, no debo morir... ¡Ah, pobre amor! Su bella sangre, de un color púrpura tan brillante, voy a beberla. Duerme, mi único bien; duerme, mi dios, mi criatura; no te haré daño. Tomaré de tu vida solo lo necesario para que no se extinga la mía. Si no te amara tanto, podría tener otros amantes a quienes agotar las venas; pero desde que te conozco, todo el mundo me horroriza... ¡Ah! ¡El hermoso brazo! ¡Qué bien torneado! ¡Qué blanco! No me atrevería nunca a pinchar esta bonita vena azul.

Y mientras decía eso lloraba. Sentí llover sus lágrimas sobre mi brazo, que ella sostenía entre sus manos. Al fin se decidió y me pinchó levemente con el alfiler y se puso a chupar la sangre que manaba. Solamente bebió algunas gotas, por miedo a debilitarme. Se retuvo y me vendó con cuidado el brazo con un paño tras haber frotado la herida con un ungüento que la cicatrizó al momento.

Ya no me cabían dudas. El abad Sérapion tenía razón. Sin embargo, a pesar de esta certeza, no podía evitar amar a Clarimonde y le habría dado de buena gana toda la sangre que necesitara para mantener su existencia ficticia. Por otro lado, no sentía gran miedo; la mujer actuaba como una vampira y lo que había oído y visto me lo confirmaba. Tenía entonces venas abundantes que no se agotarían pronto y no estaba malgastando mi vida gota a gota. Me habría abierto el brazo yo mismo y le habría dicho: «¡Bebe! ¡Y que mi amor se infiltre en tu cuerpo con mi sangre!». Evité aludir lo más mínimo al narcótico que me servía y a la escena del alfiler, y así vivíamos en perfecta armonía. Sin embargo, mis escrúpulos de sacerdote me atormentaban más que nunca y no sabía ya qué nuevo martirio inventar para aplacar y mortificar mi carne. Aunque todas esas visiones fueran involuntarias y yo no participara en ellas, no osaba tocar el Cristo con unas manos tan impuras y un espíritu mancillado por semejantes desenfrenos, reales o soñados. Para evitar caer en esas extenuantes alucinaciones, traté de impedirme dormir; sostenía mis párpados abiertos con los dedos, me quedaba apoyado contra la pared, luchando contra el sueño con todas mis fuerzas; pero la arenilla del adormecimiento me caía pronto en los ojos y, viendo que toda lucha era inútil, dejaba caer los brazos, desanimado y fatigado, mientras la corriente me arrastraba hacia las pérfidas orillas. Sérapion me exhortaba vehementemente y me reprochaba con dureza mi blandura y mi poco fervor. Un día que había estado más agitado que de costumbre, me dijo:

—Para desembarazarse de esa obsesión, solo hay una solución y, aunque sea extrema, habrá que recurrir a ella: a grandes males, grandes remedios. Sé dónde está enterrada Clarimonde; debemos desenterrarla y que usted vea el estado miserable en que se encuentra el objeto de su amor. No volverá a estar tentado de perder el alma por un cadáver inmundo devorado por los gusanos y a punto de convertirse en polvo; eso seguro que le hará volver a ser el de antes.

En cuanto a mí, estaba tan cansado de esa doble vida que acepté. Quería saber de una vez por todas quién, si el cura o el gentilhombre, vivía engañado por una ilusión. Estaba decidido a matar, en provecho del uno o del otro, a uno de los dos hombres que habitaba en mí; o matarlos a ambos, porque una vida tal no podía durar mucho más. El abad Sérapion se pertrechó con un pico, una palanca y una linterna y, a medianoche, nos dirigimos al cementerio de…, cuya disposición y distribución conocía él perfectamente. Después de haber iluminado brevemente con la linterna las inscripciones de muchas lápidas, llegamos a una piedra medio escondida por altos matojos y devorada por el musgo y las malas hierbas, sobre la cual desciframos unas palabras:

AQUÍ YACE

CLARIMONDE

QUE FUE EN VIDA

LA MÁS BELLA DEL MUNDO

—Es justo aquí —dijo Sérapion, dejando la linterna en el suelo y deslizando la palanca en el intersticio de la piedra para empezar a levantarla. La piedra cedió y se puso manos a la obra con el pico. Yo lo miraba hacer, más sombrío y silencioso que la noche misma. En cuanto a él, agachado sobre su fúnebre obra, chorreaba sudor, resoplaba y su respiración acelerada tenía el sonido del estertor de un agonizante. Era un espectáculo extraño. Quien nos hubiera visto desde fuera nos habría tomado más bien por dos profanadores y ladrones de sudarios que por dos sacerdotes de Dios. El celo de Sérapion tenía algo de duro y salvaje que le hacía parecerse más a un demonio que a un apóstol o un ángel, y su rostro, de grandes y austeros rasgos, profundamente recortados por el reflejo de la linterna, no tenía nada de tranquilizador. Sentía que un sudor glacial me perlaba los miembros y que mis cabellos se erizaban dolorosamente. En el fondo, veía la acción del severo Sérapion como un abominable sacrilegio y me habría gustado que del lado de las sombrías nubes que rodaban pesadamente sobre nosotros surgiera un triángulo de fuego que lo redujera a polvo. Los búhos posados sobre los cipreses, inquietos por el brillo de la linterna, acudían a azotar con dureza su vidrio con las alas polvorientas, lanzando largos gemidos lastimeros. Los zorros aullaban a lo lejos y mil ruidos siniestros surgían del silencio. Al final, el pico de Sérapion golpeó el ataúd, cuyas planchas resonaron con un ruido sordo, con aquel terrible ruido que hace la nada cuando se toca. Retiró la tapa y vi a Clarimonde pálida como el mármol, con las manos juntas. Su blanco sudario formaba un solo pliegue de la cabeza a los pies. Una gotita roja brillaba como una rosa en la comisura de su boca descolorida. Sérapion, ante esta visión, montó en cólera:

—¡Ah! ¡Hete aquí, demonio, cortesana impúdica, bebedora de sangre y oro! —Y asperjó con agua bendita el cuerpo y el ataúd, sobre el cual trazó la forma de la cruz con el hisopo.

¡La pobre Clarimonde! Tan pronto fue tocada por el santo rocío, su cuerpo se convirtió en polvo y no fue más que una mezcla espantosa e informe de cenizas y huesos medio calcinados.

—He aquí vuestra amante, señor Romuald —dijo el inexorable sacerdote, mostrándome los tristes despojos—; ¿aún estará tentado de ir a pasear por el Lido y por Fusine con esta beldad?

Bajé la cabeza; dentro de mí me sentí destrozado. Volví a mi rectoría y el señor Romuald, amante de Clarimonde, se escindió del pobre sacerdote con quien había mantenido durante largo tiempo tan extraña compañía. Solo a la noche siguiente vi a Clarimonde, que me dijo como la primera vez bajo el pórtico de la iglesia:

—¡Desdichado! ¡Desdichado! ¿Qué has hecho? ¿Por qué has escuchado a ese sacerdote imbécil? ¿Acaso no eras feliz? ¿Qué te he hecho yo para que violaras mi tumba y pusieras al descubierto las miserias de mi nada? Toda comunicación entre nuestras almas y nuestros cuerpos se ha roto. Adiós. Me echarás de menos.

Se disipó en el aire como el humo y no la volví a ver más.

Y, desgraciadamente, dijo la verdad: la he echado de menos en más de una ocasión y la sigo echando de menos. Pagué un alto precio por la paz de mi alma. El amor de Dios no era suficiente para reemplazar el suyo. He aquí, hermano, la historia de mi juventud. ¡No mire jamás a una mujer, y camine siempre con los ojos puestos en el suelo, ya que, por casto y sosegado que usted sea, en un instante se puede perder para toda la eternidad!

PORQUE LA SANGRE ES LA VIDA

F. Marion Crawford

Habíamos cenado al caer la tarde en la amplia azotea de la vieja torre, porque durante el caluroso verano se estaba más fresco allí. Además, la pequeña cocina se había construido en un rincón de la gran plataforma cuadrada y era más práctico que bajar los platos por los empinados peldaños de piedra rotos por algunas partes y totalmente desgastados por el paso de los años. La torre era una de aquellas construidas por toda la costa oeste de Calabria por el emperador Carlos V a principios del siglo XVI para mantener alejados a los piratas berberiscos, cuando los infieles estaban aliados con Francisco I contra el emperador y la Iglesia. Han quedado en ruinas, aunque algunas permanecen aún intactas, y la mía es una de las más grandes. Cómo llegó a ser de mi propiedad hace diez años y por qué pasó parte del año en ella son cuestiones que no tienen que ver con esta historia. La torre se encuentra en uno de los puntos más solitarios del sur de Italia, en lo alto de un promontorio curvo y rocoso, que forma un puerto natural, pequeño pero seguro, en el extremo sur del golfo de Policastro, justo al norte del cabo de Scalea, el lugar de nacimiento de Judas Iscariote, según la antigua leyenda local. La torre está sola en este espolón en la roca, con forma de gancho, y no se ve ninguna casa en unos cinco kilómetros a la redonda. Cuando voy, me llevo a un par de marineros, uno de ellos cocina muy bien, y cuando estoy fuera, se queda al cargo un pequeño ser parecido a un gnomo, que antes fue minero y que lleva mucho tiempo junto a mí.

Mi amigo, que a veces me visita en mis veranos solitarios, es artista de profesión, escandinavo de nacimiento y cosmopolita debido a las circunstancias.

Habíamos cenado al caer la tarde. El resplandor de la puesta de sol se había enrojecido hasta desaparecer, y el púrpura de la noche fue impregnando las montañas que rodeaban el profundo golfo hacia el este y se alzaban cada vez más altas al sur. Hacía calor y estábamos sentados en el rincón de la plataforma que daba a tierra, esperando que llegase la brisa nocturna de las colinas más bajas. El color se desvaneció en el aire, con un breve intervalo de gris oscuro en el crepúsculo, y una lámpara proyectó un haz amarillo que provenía de la puerta abierta de la cocina, donde los otros hombres estaban cenando.

Entonces la luna se elevó de repente sobre la cresta del promontorio, inundando la plataforma e iluminando cada pequeño espolón de roca y lomas de hierba debajo de nosotros, a orillas del agua inmóvil. Mi amigo encendió su pipa y se sentó mirando a un punto en la ladera de la colina. Yo sabía hacia dónde miraba y llevaba un buen rato preguntándome si alcanzaría a ver algo que llamara su atención; conocía bien ese lugar. Estaba claro que por fin había distinguido algo que le interesaba, aunque pasó mucho tiempo hasta que habló. Como la mayoría de pintores, confía en su propia vista, como un león confía en su fuerza y un ciervo en su velocidad, y siempre le molesta cuando no puede conciliar lo que ve con lo que cree que tendría que ver.

—¡Qué raro! —dijo—. ¿Ves ese pequeño montículo justo al lado de la roca?

—Sí —contesté, y me imaginé lo que diría a continuación.

—Parece una tumba —observó Holger.

—Es verdad. Sí que parece una tumba.

—Sí —continuó mi amigo, con los ojos clavados en aquel punto—. Pero lo raro es que veo el cuerpo que yace allí encima de ella. Claro —prosiguió Holger, ladeando la cabeza como hacen los artistas—, debe de ser un efecto de la luz. En primer lugar, no se trata de una tumba. En segundo lugar, si lo fuera, el cuerpo estaría dentro y no fuera. Por lo tanto, es un efecto de la luz de la luna. ¿No lo ves?

—Perfectamente. Siempre lo veo en las noches de luna.

—No parece que te interese mucho —apuntó Holger.

—Al contrario, sí me interesa, pero estoy acostumbrado a verlo. Y no vas demasiado desencaminado. El montículo en realidad es una tumba.

—¡Tonterías! —exclamó Holger incrédulo—. ¡Y ahora me dirás que lo que veo tumbado encima es de verdad un cadáver!

—No —respondí—, eso no. Lo sé porque me he tomado la molestia de bajar a verlo.

—¿Qué es, entonces? —inquirió Holger.

—Nada.

—Supongo que querrás decir que es un efecto de la luz.

—Tal vez lo sea. Pero la parte inexplicable del asunto es que da igual que salga o se esconda la luna, que esté creciente o menguante. Si hay un poco de luz de luna, del este, del oeste o de arriba, basta con que brille sobre la tumba para ver el contorno de un cuerpo encima de ella.

Holger removió el tabaco en la pipa con la punta de su cuchillo y luego usó el dedo como tapón. Cuando el tabaco ardió bien, se levantó de la silla.

—Si no te importa —dijo—, voy a bajar a echar un vistazo.

Cruzó la azotea y desapareció en la oscuridad de las escaleras. Yo no me moví, sino que me quedé sentado mirando abajo hasta que salió de la torre. Le oí tararear una antigua canción danesa mientras atravesaba el espacio abierto a la luz de la luna, directo hacia el misterioso montículo. Cuando estaba a diez pasos de allí, Holger se paró en seco, dio dos zancadas hacia delante, y después tres o cuatro hacia atrás hasta detenerse de nuevo. Supe lo que eso significaba. Estaba en el punto en el que la Cosa dejaba de ser visible... donde, como habría dicho él, el efecto de la luz cambiaba.

Luego continuó hasta llegar al montículo y subió. Yo seguía viendo la Cosa, pero ya no estaba tumbada, sino de rodillas, rodeando con los brazos el cuerpo de Holger y mirándole a la cara. Una brisa fresca me agitó el cabello en ese instante cuando el viento nocturno comenzó a bajar de las colinas, pero lo sentí como un aliento de otro mundo.

La Cosa parecía intentar ponerse de pie apoyándose en el cuerpo de Holger mientras él permanecía erguido, ajeno a lo que sucedía y, al parecer, mirando hacia la torre, que es muy pintoresca cuando la luna la ilumina por ese lado.

—¡Vamos! —grité—. ¡No te quedes ahí toda la noche!

Me pareció que se apartaba a regañadientes del montículo o al menos con dificultad. Eso fue todo. Los brazos de la Cosa todavía le rodeaban la cintura, pero los pies no podían abandonar la tumba. Cuando mi amigo avanzó despacio, lo arrastró y la Cosa se alargó como una espiral de niebla, fina y blanca, hasta que vi con claridad que Holger se sacudía como un hombre al sentir un escalofrío. En ese mismo instante, oí un gemido de dolor en la brisa... podría haber sido el ulular de un pequeño búho que vive entre las rocas... y el espíritu nebuloso se alejó flotando rápidamente de la figura de Holger que avanzaba, y volvió a yacer sobre el montículo.

Sentí de nuevo la brisa fresca en el pelo, y esta vez un gélido escalofrío de miedo me recorrió la espalda. Recordaba muy bien que una vez había bajado allí solo a la luz de la luna y en el momento en el que estuve cerca no vi nada; que, como Holger, había ido y me había colocado sobre el montículo; y me acordé de que al regresar, seguro de que allí no había nada, tuve la repentina convicción de que si me daba la vuelta para mirar habría algo detrás de mí. Recordé la fuerte tentación de mirar atrás, una tentación a la que me había resistido por ser algo indigno de un hombre cabal hasta que, igual que Holger, me sacudí para deshacerme de ella.

Ahora sabía que aquellos brazos blancos y nebulosos también me habían rodeado. Lo supe al instante y me estremecí al recordar que había oído también el búho nocturno. Pero no había sido el ulular de un búho, sino el grito de la Cosa.

Rellené mi pipa y me serví una copa de un vino fuerte del sur. En menos de un minuto Holger estaba otra vez sentado a mi lado.

—Por supuesto que no hay nada ahí —dijo—, pero de todos modos es espeluznante. ¿Sabes? Al regresar estaba tan seguro de que había algo detrás de mí que quise darme la vuelta y mirar. Tuve que hacer un esfuerzo para no darme la vuelta.

Se rio un poco, sacó las cenizas de la pipa y se sirvió vino. Durante un rato no hablamos ninguno de los dos, la luna se elevó más y ambos nos quedamos mirando a la Cosa que yacía sobre el montículo.

—Podrías hacer una historia sobre eso —dijo Holger al cabo de un rato.

—Ya existe una —contesté—. Te la contaré, si no tienes sueño.

—Adelante —me animó Holger, a quien le gustaban las historias.

—El viejo Alario estaba muriéndose allí, en el pueblo al otro lado de la colina. Te acordarás de él, no me cabe la menor duda. Decían que se ganaba la vida vendiendo joyas falsas en Sudamérica y se escapó con sus ganancias cuando le descubrieron. Como hace ese tipo de gente, si se llevan algo consigo, se puso a trabajar enseguida para ampliar su casa y, como aquí no hay albañiles, fue hasta Paola para buscar a dos obreros. Se trataba de dos sinvergüenzas de aspecto peligroso: un napolitano que había perdido un ojo y un siciliano con una vieja cicatriz de un centímetro de profundidad en su mejilla izquierda. A menudo los veía, porque los domingos solían venir a pescar en las rocas. Cuando Alario contrajo la fiebre que lo mató, los albañiles aún estaban trabajando. Como habían acordado que una parte del pago sería alojamiento y comida, los dejaba dormir en la casa. Su esposa había muerto y tenía solo un hijo llamado Angelo, que era mejor persona que su padre. Angelo iba a casarse con la hija del hombre más rico del pueblo y, por extraño que parezca, aunque el matrimonio había sido concertado por los padres, se decía que los jóvenes estaban enamorados.

»En realidad, el pueblo entero estaba enamorado de Angelo y entre ellos había una criatura bella y salvaje llamada Cristina, que parecía más gitana que cualquier muchacha que haya visto por aquí. Tenía unos labios muy rojos, unos ojos muy negros, la figura de una gacela y una lengua viperina. Pero a Angelo le traía sin cuidado. Era un tipo bastante ingenuo, muy distinto al viejo pillo de su padre, y bajo lo que habría llamado "circunstancias normales" de verdad creo que nunca habría mirado a ninguna chica salvo a la bonita criaturita regordeta, con una buena dote, con la que quería que se casara su padre. Pero resultó que las circunstancias no eran normales ni naturales.

»Por otro lado, un joven pastor muy apuesto de las colinas sobre Maratea estaba enamorado de Cristina, quien al parecer no sentía más que indiferencia por él. Cristina no tenía ningún medio de subsistencia regular, pero era una buena chica, dispuesta a desempeñar cualquier trabajo o a hacer recados a cualquier distancia por una barra de pan o un montón de judías, y permiso para dormir bajo un techo. Se ponía especialmente contenta cuando le mandaban hacer algo en la casa del padre de Angelo. No había médico en el pueblo y cuando los vecinos vieron que el viejo Alario estaba muriéndose, enviaron a Cristina a Scalea para que llevara uno. Era tarde ya aquel día y si habían esperado tanto era porque el tacaño moribundo, mientras aún podía hablar, se negó a permitir tal despilfarro. Pero mientras Cristina estaba fuera, la situación empeoró rápidamente, llevaron al sacerdote junto a la cama, y después de hacer lo que pudo, les dijo a los presentes que en su opinión el anciano había muerto y se marchó de la casa.

»Ya sabes cómo es la gente. Le tienen un terror físico a la muerte. Hasta que habló el sacerdote, la habitación había estado llena de personas, pero en cuanto las palabras salieron de su boca, quedó vacía. Ya era de noche. Bajaron a toda prisa los oscuros escalones y salieron a la calle.

»Angelo, como he dicho, estaba fuera, y Cristina no había regresado. La sencilla sirvienta que había cuidado del hombre enfermo huyó con los demás y el cuerpo quedó solo bajo la luz titilante de la lámpara de aceite hecha de barro.

»Cinco minutos más tarde, dos hombres se asomaron con cautela y se acercaron con sigilo a la cama. Eran el albañil napolitano tuerto y su compañero siciliano. Sabían lo que querían. En un momento habían sacado de debajo de la cama un cofre de hierro, y mucho antes de que nadie pensara en volver con el muerto ya se habían marchado de la casa y del pueblo bajo el amparo de la oscuridad. Fue bastante fácil, puesto que la casa de Alario es la última hacia el desfiladero que conduce aquí y los ladrones se limitaron a salir por la puerta de atrás, trepar por el muro de piedra, y no corrieron más riesgos después, salvo por la remota posibilidad de encontrarse a algún campesino rezagado ya que pocas personas pasaban por aquel sendero. Tenían un azadón y una pala, y consiguieron llegar adonde querían sin accidentes.

»Estoy contándote esta historia tal y como supongo que debió de suceder, claro, porque no hay testigos de esa parte. Los hombres bajaron el cofre por el desfiladero, con la intención de enterrarlo en la arena húmeda de la playa, donde estaría a salvo. Pero el papel se pudriría si se veían obligados a dejarla allí mucho tiempo, así que cavaron un hoyo ahí abajo, cerca de esa roca. Sí, justo donde está el montículo ahora.

»Cristina no encontró al médico en Scalea, pues le habían enviado a un lugar lejos, en el valle, a medio camino a San Domenico. Si lo hubiera encontrado, habría subido en su mula por el camino de arriba, que es más llano, pero mucho más largo. Sin embargo, Cristina tomó el atajo junto a las rocas, que pasa a unos quince metros por encima del montículo y dobla por esa esquina. Los hombres estaban cavando cuando ella pasó y les oyó trabajando. No habría sido propio de ella pasar sin averiguar qué ruido era ese, pues nunca temía nada en su vida y, además, los pescadores a veces vienen a tierra por la noche para buscar una piedra como ancla o palos para hacer una pequeña hoguera. La noche era oscura y Cristina probablemente se acercó a los dos hombres antes de ver lo que estaban haciendo. Los conocía, claro, y ellos la conocían a ella, y entendieron al instante que estaban en sus manos. Solo podían hacer una cosa por su seguridad, y la hicieron. La golpearon en la cabeza, cavaron profundo el hoyo y la enterraron a toda prisa con el cofre de hierro. Debieron de concluir que su única oportunidad de escapar a la sospecha era regresar al pueblo antes de que advirtieran su ausencia, así que volvieron enseguida y los encontraron media hora más tarde chismorreando en voz baja con el hombre que estaba haciendo el ataúd de Alario. Era un amigote de ellos y había estado reparando también la casa del anciano. Por lo que he podido averiguar, las únicas personas que se suponía que sabían dónde guardaba Alario su tesoro eran Angelo y la criada que he mencionado antes. Angelo estaba fuera, así que fue la mujer la que descubrió el robo.

»Es bastante fácil comprender por qué nadie más sabía dónde estaba el dinero. El anciano tenía la puerta cerrada con llave, se la guardaba en el bolsillo cuando salía y no dejaba que la mujer entrara a limpiar a menos que él estuviera allí. Sin embargo, el pueblo entero sabía que tenía dinero en alguna parte, y los albañiles seguramente descubrieron dónde estaba el cofre trepando por la ventana en su ausencia. Si el anciano no hubiera delirado hasta perder el conocimiento, habría sufrido muchísimo por sus riquezas. La fiel sirvienta se olvidó de su existencia solo durante unos instantes cuando huyó con los demás, superada por el horror de la muerte. No habían pasado veinte minutos cuando regresó con dos horribles arpías a las que siempre acudían para que preparasen al muerto para el entierro. Ni siquiera entonces tuvo el valor de acercarse a la cama con ellos, pero fingió que se le caía algo, se puso de rodillas como para buscarlo y miró bajo la cama. Las paredes de la habitación estaban recién encaladas hasta el suelo y vio enseguida que el arcón no estaba. Estaba allí por la tarde, así que lo habían robado en el breve intervalo de tiempo transcurrido desde que ella abandonó el dormitorio.

»No hay carabineros en el pueblo, ni siquiera un vigilante municipal, porque no existe municipio. Creo que nunca lo ha habido. Se supone que Scalea cuida del pueblo de algún modo misterioso y se tarda un par de horas en lograr que alguien de allí venga. Como la anciana había vivido en el pueblo toda su vida, no se le ocurrió pedir ayuda a alguna autoridad civil. Simplemente pegó un alarido y atravesó el pueblo corriendo en la oscuridad, gritando que habían robado en la casa de su amo. Muchas personas se asomaron, pero al principio nadie pareció dispuesto a ayudarla. La mayoría la juzgaron y murmuraron entre sí que probablemente ella se había quedado el dinero. El primero en reaccionar fue el padre de la chica con la que Angelo iba a casarse. Recogió a todos los de su casa, que tenían un interés personal en la riqueza que iba a entrar en la familia, y declaró que, en su opinión, el cofre lo habían robado los dos albañiles que estaban allí alojados. Encabezó una búsqueda, que naturalmente empezó en la casa de Alario y terminó en el taller del carpintero, donde encontraron a los ladrones hablando con el carpintero y tomando vino sobre el ataúd a medio terminar, bajo la luz de una lámpara de arcilla llena de aceite y sebo. El grupo de búsqueda enseguida acusó a los delincuentes del crimen y los amenazó con encerrarlos en el sótano hasta que fueran a buscar a los carabineros de Scalea. Los dos hombres se miraron un instante y sin la menor vacilación apagaron la única luz que había, agarraron el ataúd inacabado y usándolo a modo de ariete, se lo lanzaron a los atacantes en la oscuridad. Al cabo de un momento, ya era imposible seguirlos.

»Aquí termina la primera parte de la historia. El tesoro había desaparecido y, como no se encontró ningún rastro de este, la gente supuso que los ladrones habían conseguido llevárselo. Se enterró al anciano y cuando Angelo por fin regresó, tuvo que pedir dinero prestado para pagar, no sin dificultades, el mísero funeral. Casi no hizo falta que le dijeran que al perder su herencia había perdido a su futura esposa. En esta parte del mundo los matrimonios se conciertan por estrictos principios de negocios, y si el dinero prometido no aparece el día señalado, la novia o el novio cuyos padres no han cumplido bien puede marcharse, pues no habrá boda. El pobre Angelo lo sabía muy bien. Su padre apenas poseía tierras y, ahora que el dinero que había traído de Sudamérica ya no estaba, solo le quedaban deudas de los materiales de construcción que iban a utilizarse para la ampliación y la mejora. Angelo se arruinó y la hermosa criaturita regordeta que iba a ser suya le volvió la cara como era costumbre. En cuanto a Cristina, pasaron varios días hasta que la echaron en falta, pues nadie se había acordado de que la habían enviado a Scalea a por el médico que nunca había llegado. A menudo desaparecía de esa forma durante días, cuando no tenía aquí mucho trabajo, y se iba a las granjas alejadas de las colinas. Pero al no regresar, la gente empezó a hacerse preguntas y al final se hicieron a la idea de que se había confabulado con los albañiles y había escapado con ellos.

Hice una pausa y apuré mi copa.

—Ese tipo de cosas no podrían pasar en otro sitio —observó Holger, volviendo a llenar su eterna pipa—. Es maravilloso el encanto natural que hay en el asesinato y la muerte repentina en un país romántico como este. Unos hechos que serían simplemente brutales y repugnantes en cualquier otro lugar se convierten en dramáticos y misteriosos porque esto es Italia, y vivimos en una torre auténtica de Carlos V construida contra los piratas berberiscos.

—Podría ser —admití.

Holger es el hombre más romántico del mundo en su interior, pero siempre cree necesario explicar por qué siente lo que siente.

—Supongo que encontraron el cuerpo de la pobre chica con el cofre —dijo en ese momento.

—Como parece interesarte —respondí—, te contaré el resto de la historia.

La luna se había elevado para entonces y el contorno de la Cosa en el montículo era más claro a nuestros ojos que antes.

—El pueblo pronto volvió a su pequeña y monótona vida. Nadie echaba de menos al viejo Adario, quien, por sus frecuentes viajes a la lejana Sudamérica, no había sido una figura familiar en su lugar de nacimiento. Angelo vivía en la casa a medio terminar, y como no tenía dinero para pagar a la anciana que antes servía allí, la mujer no se alojaba con él pero muy de tanto en tanto iba y le lavaba una camisa por los viejos tiempos. Además de la casa, había heredado un pequeño terreno a cierta distancia del pueblo. Trató de cultivarlo, pero no puso demasiado ahínco, pues sabía que nunca podría pagar los impuestos del terreno ni de la casa, que seguramente le confiscaría el gobierno, o se los embargaría por la deuda de los materiales de construcción, que el hombre que se los había suministrado se negaba a aceptar de vuelta.

»Angelo era muy desdichado. Mientras su padre había estado vivo y era rico, todas las chicas del pueblo habían estado enamoradas de él; pero ahora todo era distinto. Había sido agradable sentirse admirado y cortejado, y que le invitaran a beber vino los padres que tenían hijas casaderas. Pero era muy duro que lo miraran con frialdad y que a veces se rieran de él porque le habían robado la herencia. Él mismo se cocinaba sus miserables comidas y, de estar tan triste, se volvió melancólico y taciturno.

»Al atardecer, cuando había acabado de trabajar, en vez de estar con otros chicos de su edad en la explanada frente a la iglesia, se dedicaba a deambular por lugares solitarios de las afueras del pueblo hasta que oscurecía. Después volvía a casa a hurtadillas y se iba a la cama para no gastar luz. Pero en esas solitarias horas crepusculares, empezó a tener extraños sueños de vigilia. No siempre estaba solo, pues a menudo cuando se sentaba en el tocón de un árbol, donde el estrecho sendero gira hacia el desfiladero, estaba seguro de que se le aparecía una mujer silenciosamente sobre las piedras ásperas, como si fuera descalza; y se quedaba bajo un grupo de castaños tan solo a media docena de metros por ese sendero y le hacía señas sin hablar. Aunque estaba en la sombra, sabía que sus labios eran rojos y que cuando los entreabría y le sonreía, mostraba dos dientecillos afilados. Enseguida lo supo sin verla, supo que era Cristina, y que estaba muerta. Pero no tenía miedo. Tan solo se preguntó si era un sueño, pues pensó que si hubiera estado despierto se habría asustado.

»Además, la mujer muerta tenía los labios rojos y eso solo podía pasar en un sueño. Cada vez que se acercaba al desfiladero después de la puesta de sol, ella ya estaba allí esperándole, o bien no tardaba mucho en aparecer, y empezó a estar seguro de que cada día se acercaba un poco más a él. Al principio solo estaba seguro de su boca roja como la sangre, pero luego cada rasgo se distinguía con claridad, y aquel pálido rostro le miraba con profundos y hambrientos ojos.

»Los ojos se fueron oscureciendo. Poco a poco se fue dando cuenta de que algún día el sueño no terminaría cuando se diese la vuelta para marcharse a casa, sino que le llevaría por el desfiladero del que surgía la visión. Ella estaba más cerca cuando le hizo señas. No tenía las mejillas lívidas como las de los muertos, sino pálidas de inanición, con el hambre atroz, imposible de aplacar, de aquellos ojos que lo devoraban. Se dieron un banquete con su alma y le lanzaron un hechizo, y al final se aproximaron a los suyos y sostuvieron la mirada. No sabía si su aliento era ardiente como el fuego o frío como el hielo; no sabía si aquellos labios rojos le quemaban los suyos o se los helaban; ni si los cinco dedos de la mujer apretando sus muñecas le dejaban cicatrices en la piel chamuscada o mordían su carne como la escarcha; no sabía si estaba despierto o dormido, si ella estaba viva o muerta, pero sí sabía que ella lo amaba, únicamente ella de entre todas las criaturas, terrenales o sobrenaturales, y su hechizo se apoderaba de él.

»Cuando la luna se alzó en el cielo aquella noche, la sombra de la Cosa no estaba sola en el montículo.

»Angelo se despertó al frescor del alba, empapado de rocío y con la carne, la sangre y los huesos helados. Abrió los ojos a la tenue luz gris y vio que las estrellas aún brillaban en lo alto. Estaba muy débil y su corazón latía tan despacio que parecía a punto de desfallecer. Lentamente giró la cabeza sobre el montículo, como si estuviera apoyado en una almohada, pero el otro rostro no estaba allí. De repente, el miedo se apoderó de él, un miedo indescriptible y desconocido. Se puso en pie de un salto y huyó por el desfiladero sin echar la vista atrás hasta que llegó a la puerta de la casa en las afueras del pueblo. Aquel día fue a trabajar abatido y las horas se arrastraron sin energía tras el sol hasta que este por fin rozó el mar y se hundió, y las grandes y afiladas colinas sobre Maratea se tiñeron de púrpura contra el gris cielo del este.

»Angelo se echó al hombro su pesada azada y se marchó del campo. Se sentía menos cansado que por la mañana cuando había empezado a trabajar, pero se prometió a sí mismo que regresaría a casa sin entretenerse en el desfiladero, comería la mejor cena que pudiera prepararse y dormiría toda la noche en su cama como buen cristiano. No se dejaría tentar en aquel paso estrecho por la sombra de labios rojos y aliento gélido, no volvería a soñar aquel sueño de terror y deleite. Estaba ya cerca del pueblo, hacía media hora que el sol se había puesto y la agrietada campana de la iglesia enviaba pequeños ecos discordantes por entre las rocas y los barrancos para decir a las buenas gentes que el día había terminado. Angelo se detuvo un momento donde el camino se bifurcaba, a la izquierda conducía hacia el pueblo, y a la derecha bajaba al desfiladero donde unos castaños se cernían sobre el estrecho camino. Permaneció inmóvil un minuto, se quitó el ajado sombrero de la cabeza y, mirando hacia el mar que se desvanecía rápidamente hacia el oeste, movió los labios repitiendo en silencio la familiar oración de la tarde. Sus labios se movieron, pero las palabras que los seguían en su cerebro perdieron su significado, transformándose en otras para terminar en un nombre que pronunció en voz alta: ¡Cristina! Con el nombre, la tensión de su voluntad se relajó de pronto, la realidad desapareció y el sueño volvió a apoderarse de él para llevárselo rápido y seguro como a un hombre que camina en sueños, sendero abajo, hacia la creciente oscuridad. Y cuando Cristina apareció a su lado, le susurró al oído dulces y extrañas palabras que de haber estado despierto no habría podido entender; pero en ese momento eran las palabras más maravillosas que había oído en su vida. Y también le besó, pero no en la boca. Sintió los intensos besos en su pálido cuello y supo que sus labios eran rojos. Así, el sueño salvaje continuó a través del crepúsculo, la oscuridad y la salida la luna, y durante toda la gloria de la noche estival. Pero en el frío amanecer yacía sobre el montículo medio muerto, recordando y no recordando, sin sangre, pero extrañamente ansioso por darle más a aquellos labios rojos. Entonces llegó el miedo, el terrible pánico innombrable, el horror mortal que guarda los confines del mundo que no vemos y que tampoco conocemos como conocemos otras cosas, pero que sentimos cuando su hielo congela nuestros huesos y nos pone el pelo de punta con el roce de una mano fantasmal. Angelo volvió a ponerse en pie de un salto para alejarse del montículo y huir del desfiladero al alba, pero esta vez sus pasos fueron seguros y jadeaba falto de aliento mientras corría. Cuando llegó al resplandeciente manantial que brota a mitad de la ladera, se dejó caer sobre las rodillas y las manos y sumergió la cara para beber como nunca lo había hecho antes, pues aquella era la sed del hombre herido que se había desangrado durante toda la noche en el campo de batalla.

»Ahora que lo había atrapado, no podía escapar de ella e iba todos los días al atardecer hasta que le vació la última gota de sangre. De nada sirvió que al terminar el día intentase ir por otro camino a casa, por un sendero que no llevara al desfiladero. De nada sirvió que se hiciera promesas a sí mismo cada mañana al alba, mientras subía por el camino solitario de la costa hacia el pueblo. Todo era en vano, pues cuando el sol se hundía ardiendo en el mar y el frescor del atardecer salía como de un escondite para deleitar al mundo cansado, sus pies se dirigían al lugar de siempre y ella estaba esperándole a la sombra de los castaños. Y entonces todo volvía a repetirse y ella le besaba el blanco cuello incluso mientras se deslizaba por el camino rodeándole con un brazo. Y mientras se iba quedando sin sangre, el hambre y la sed de Cristina aumentaban cada día, y cada día, cuando él se despertaba temprano, al alba, le costaba más ponerse en pie y le suponía un gran esfuerzo subir por el empinado sendero hasta el pueblo; y cuando iba a trabajar, arrastraba los pies con gran dolor y apenas tenía fuerza en los brazos para empuñar la pesada azada. Rara vez hablaba con alguien, pero la gente decía que estaba «consumiéndose» por el amor a la chica con la que iba a casarse

cuando perdió su herencia; y todos se reían a carcajadas al pensarlo, porque este no es un país muy romántico. En esa época, Antonio, el hombre que se aloja aquí para cuidar la torre, regresó de una visita a su gente, que vive cerca de Salerno. Había estado fuera desde antes del fallecimiento de Alario y no sabía nada de lo que había sucedido. Me contó que regresó a última hora de la tarde y se encerró en la torre para comer y dormir, pues estaba muy cansado. Había pasado la medianoche cuando se despertó y al mirar hacia el montículo vio algo, y no volvió a dormirse. Cuando salió otra vez por la mañana era de día y no se veía nada en el montículo salvo piedras sueltas y arena traída por el viento. Aun así no se acercó demasiado, sino que fue directo al sendero que lleva al pueblo para dirigirse a la casa del viejo sacerdote.

»—Esta noche he visto algo maligno —dijo—. He visto cómo los muertos beben la sangre de los vivos. Y la sangre es la vida.

»—Dime qué has visto —le pidió el sacerdote.

»Antonio le contó todo lo que había presenciado.

»—Debe traer su libro y su agua bendita esta noche —añadió—. Estaré aquí antes de la puesta de sol y bajaré con usted, y si le apetece a Su Reverencia cenar conmigo mientras esperamos, prepararé algo.

»—Iré —respondió el sacerdote—, pues he leído en algunos libros antiguos sobre estas extrañas criaturas que no están vivas ni muertas, que yacen siempre frescas en sus tumbas y salen sigilosamente al anochecer para saborear la vida y la sangre.

»Antonio no sabe leer, pero se alegró al ver que el sacerdote entendía del asunto, pues, desde luego, los libros debían de haberle enseñado las mejores maneras de acallar para siempre a la criatura medio viva.

»Así que Antonio se fue al trabajo, que en gran parte consiste en sentarse en el lado de la torre donde hay sombra, cuando no está sobre una roca con un sedal sin pescar nada. Pero aquel día fue dos veces a mirar el montículo bajo la brillante luz del sol y estuvo buscando sin cesar un agujero por el que la criatura pudiera entrar y salir, pero no encontró nada. Cuando el sol comenzó a ponerse y el aire se enfrió a la sombra, fue a buscar al viejo sacerdote y llevó un cestito de mimbre consigo; y allí dentro metieron una botella de agua bendita, un cuenco, el hisopo y la estola que necesitaría el sacerdote.

Bajaron y esperaron en la puerta de la torre hasta que se hizo de noche. Pero mientras todavía quedaba una luz muy tenue y gris, vieron algo moverse, justo ahí, dos figuras, la de un hombre caminando y una mujer que lo acompañaba y le besaba el cuello con la cabeza apoyada en su hombro. Eso también me lo ha contado el sacerdote, y que le castañetearon los dientes y agarró del brazo a Antonio. La visión pasó y desapareció en las sombras. Entonces Antonio agarró el odre con un fuerte licor que guardaba para las grandes ocasiones, y sirvió tal cantidad que casi le hizo sentir al anciano joven de nuevo. Le dio al sacerdote su estola para que se la pusiera y el agua bendita para que la llevara, y salieron juntos hacia el lugar donde realizarían la ceremonia. Antonio cuenta que las rodillas le temblaban a pesar del ron y el sacerdote se trabó hablando latín, pues cuando estaban a pocos metros del montículo, la luz titilante del farol cayó sobre la cara pálida de Angelo, inconsciente como si estuviera dormido, y de la garganta al descubierto un fino hilo de sangre roja se deslizaba hasta el cuello de la camisa. Y la luz vacilante del farol iluminó otro rostro que se retiró del festín, dos ojos profundos y muertos que veían a pesar de la muerte... unos labios entreabiertos, más rojos que la vida misma... dos dientes resplandecientes sobre los que brillaba una gota rosada. Luego el sacerdote, el buen hombre, cerró los ojos con fuerza y echó delante de él el agua bendita, y su voz quebrada se elevó casi hasta el grito; y entonces Antonio, que no es ningún cobarde, alzó el pico con una mano y el farol con la otra mientras se lanzaba hacia delante, sin saber cuál sería el fin; y entonces me juró que oyó un grito de mujer, y la Cosa desapareció, y Angelo yacía solo sobre el montículo, inconsciente, con el hilo rojo en el cuello y gotas de sudor mortal en la fría frente. Lo levantaron, medio muerto como estaba, y lo tumbaron en el suelo allí cerca. Después, Antonio se puso a trabajar y el sacerdote le ayudó, aunque era viejo y no pudo hacer mucho. Cavaron hondo y por fin Antonio, de pie en la tumba, se agachó con el farol para ver qué veía.

»Antes tenía el pelo castaño oscuro, con mechones entrecanos en las sienes. En menos de un mes desde aquel día, los cabellos se le pusieron grises como el pelaje de un tejón. Fue minero de joven y muchos de esos hombres han visto panoramas muy feos de tanto en tanto, cuando ocurrían accidentes, pero no había visto jamás lo que vio esa noche... Esa Cosa que no está ni viva ni muerta, esa Cosa que no mora ni en la tumba ni encima de ella. Antonio había llevado consigo algo que el sacerdote no había advertido... La había hecho aquella tarde, una estaca afilada hecha con un viejo trozo de madera dura que había arrastrado el mar. La tomó junto con su pesado pico y bajó con el farol a la tumba. No creo que ningún poder sobre la tierra pudiera hacerle hablar de lo que ocurrió entonces y el sacerdote estaba demasiado asustado para mirar. Dice que oyó a Antonio respirar como una bestia salvaje y moverse como si estuviera luchando contra algo casi tan fuerte como él mismo; y oyó también un sonido maligno, con golpes, como si algo atravesara con violencia la carne y el hueso. Y entonces, se oyó el sonido más terrible de todos: el alarido de una mujer, el chillido sobrenatural de una mujer que no estaba muerta ni viva, pero que llevaba muchos días enterrada profundamente. Y él, el pobre sacerdote, tan solo podía mecerse, arrodillado en la arena, gritando sus oraciones y exorcismos para ahogar aquellos espantosos ruidos. Entonces, de repente, un pequeño cofre de hierro salió lanzado hacia arriba y rodó hasta chocar con la rodilla del anciano, y al instante Antonio apareció a su lado, con la cara más blanca que el sebo a la luz parpadeante del farol, echando con la pala la arena y los guijarros hacia la tumba, con furiosa velocidad, mirando por el borde del agujero hasta dejarlo medio lleno. Y el sacerdote dijo que había mucha sangre fresca en las manos y la ropa de Antonio.

Había llegado al final de mi historia. Holger se terminó el vino y se recostó en la silla.

—Así que Angelo recuperó lo que era suyo —dijo—. ¿Se casó con la joven remilgada y regordeta con la que se había prometido?

—No, le asustó tanto lo sucedido que se fue a Sudamérica y no se ha vuelto a saber de él.

—Y el cuerpo de esa pobre cosa sigue ahí, supongo —dijo Holger—. Me pregunto si estará muerta...

Yo también me lo pregunto. Pero tanto si está viva como si está muerta, no tengo ningún interés en verla, ni siquiera a plena luz del día. Antonio tiene el pelo tan gris como un tejón y no ha vuelto a ser el mismo hombre desde aquella noche.

CARMILLA

SHERIDAN LE FANU

PRÓLOGO

En una hoja unida al relato que sigue, el doctor Hesselius ha escrito una ela-borada nota que acompaña con una referencia a su ensayo sobre el extraño tema del que trata este manuscrito.

En su estudio aborda ese misterioso tema con la sabiduría y perspicacia que le son propias, y con franqueza y concisión notables. Formará un único volumen dentro de las obras reunidas de ese hombre extraordinario.

Al publicar ahora el caso en este libro, con el único propósito de cap-tar el interés de los «legos», no me adelantaré en nada a la inteligente dama que lo relata; y, tras la debida reflexión, he decidido, por tanto, abstenerme de presentar cualquier precisión a los argumentos del doctor, o de glosar sus comentarios sobre una cuestión que él describe como «relacionada, no improbablemente, con algunos de los más profundos arcanos de nuestra existencia dual y sus estados intermedios».

Tras descubrir este documento sentí verdadera ansiedad por prose-guir con la correspondencia entablada muchos años atrás entre el doctor Hesselius y una persona tan inteligente y meticulosa como parece haber sido su informante. Sin embargo, descubrí con gran pesar que ella había muerto en el intervalo.

Pero, probablemente, poco podría haber añadido al relato que presenta en las páginas siguientes, dada su minuciosidad ya mencionada.

I
UN PRIMER SUSTO

Vivimos en Estiria, en un castillo o *schloss,* aunque en modo alguno podemos considerarnos gente acaudalada. Una pequeña renta, en esta parte del mundo, cunde muchísimo. Ochocientos o novecientos al año hacen maravillas. En nuestro país apenas habríamos pasado por una familia acomodada. Mi padre es inglés y yo llevo un nombre inglés, aunque nunca he visto Inglaterra. Pero aquí, en esta comarca solitaria y primitiva, donde todo es tan maravillosamente barato, no veo realmente de qué manera tener más dinero hubiera podido añadir más comodidades materiales o incluso lujos a los que ya disfrutábamos.

Mi padre había servido en el ejército austriaco y se había retirado con una pensión y su patrimonio, tras adquirir a precio de ganga esta residencia feudal y la pequeña hacienda que la rodea.

Nada puede ser más pintoresco y solitario. El castillo se alza sobre una suave colina en un bosque. El camino, muy antiguo y estrecho, pasa ante su puente levadizo, que nunca he visto levantado, y su foso, lleno de percas, con muchos cisnes sobre su superficie, entre blancas flotillas de nenúfares.

Dominando el conjunto, el *schloss* muestra su fachada de múltiples ventanales, sus torres y su capilla gótica. Ante sus puertas el bosque se abre en un claro irregular y muy pintoresco, y a la derecha un empinado puente gótico conduce el camino sobre un riachuelo que serpentea en sombras a través del bosque. He dicho que era un lugar muy solitario. Juzgad si digo la verdad. Mirando desde la entrada del castillo hacia el camino, el bosque junto al que se alza nuestro hogar se extiende quince millas a la derecha y doce a la izquierda. El pueblo habitado más cercano se encuentra a unas siete millas inglesas por el lado izquierdo. El *schloss* habitado más cercano con alguna importancia histórica es el del anciano general Spielsdorf, a casi veinte millas a la derecha.

He dicho «el pueblo *habitado* más cercano» porque, a solo tres millas hacia el oeste —es decir, en dirección al *schloss* del general Spielsdorf—, hay un pueblo en ruinas, con su característica iglesia, ahora sin techo, en cuya nave se encuentran las tumbas mohosas de la orgullosa familia Karnstein, hoy extinguida, la cual una vez poseyó el hoy igualmente desolado *château,* que en lo más espeso del bosque se erige sobre las silenciosas ruinas de la aldea.

Respecto a las razones del abandono de ese sorprendente y melancólico enclave, hay una leyenda que os contaré en otro momento.

Debo hablaros ahora del pequeño grupo que habitamos nuestro castillo. No incluyo a los sirvientes ni a los empleados que ocupan las estancias de los edificios adyacentes al *schloss*. ¡Os va a sorprender! Somos mi padre, que es el hombre más amable de la tierra pero que se va haciendo mayor, y yo, que en la época de mi historia solo tenía diecinueve años. Ocho han pasado desde entonces.

Mi padre y yo constituíamos toda la familia del *schloss*. Mi madre, una dama de Estiria, murió cuando yo era niña, pero conté con un aya de muy buen carácter que permaneció conmigo, podría decirse, desde mi infancia. No puedo recordar una época en que su rostro rechoncho y benévolo no fuese una imagen familiar en mi memoria. Se llamaba madame Perrodon, originaria de Berna, y sus cuidados y buen corazón suplieron en parte la pérdida de mi madre, a la que ni siquiera recuerdo, al haber muerto tan pronto. Era la tercera en nuestra mesa. Había una cuarta, mademoiselle De Lafontaine, una dama que ocupaba el puesto de institutriz. Hablaba francés y alemán, madame Perrodon francés y un inglés chapurreado, a los que mi padre y yo añadíamos el inglés, idioma que, en parte para evitar que se perdiera y en parte por motivos patrióticos, hablábamos a diario. La consecuencia era una torre de Babel que hacía reír a los visitantes y que no intentaré reproducir en este relato. Y había además dos o tres jóvenes amigas, más o menos de mi edad, que nos visitaban ocasionalmente para estancias más o menos largas, visitas que yo a veces devolvía.

Estas eran nuestras relaciones sociales regulares; pero, por supuesto, de vez en cuando recibíamos la visita de algunos vecinos que vivían a solo cinco o seis leguas de distancia. Mi vida era, no obstante, bastante solitaria; puedo asegurarlo.

Mis cuidadoras ejercían sobre mí el poco control que podéis imaginar que ejercerían personas tan sabias en una muchacha consentida, cuyo único padre le permitía hacer prácticamente lo que quisiera.

El primer suceso que produjo alguna impresión en mi ánimo, tan terrible que de hecho nunca llegó a borrarse, es también el primero de mi vida que puedo recordar. Algunos lo encontrarán tan trivial que quizá piensen que no merece la pena reproducirlo aquí. Sin embargo, más adelante comprenderéis la razón de que lo mencione. La guardería, como se le llamaba a pesar de que era solo para mí, era una estancia muy grande en el piso superior del castillo, con un techo inclinado de roble. No podía tener yo más de seis años cuando una noche me desperté y al mirar el cuarto desde la cama no pude ver a la criada. Tampoco estaba mi aya, y creí que me encontraba sola. No estaba asustada, porque era una de esas niñas felices a las que se ha mantenido cuidadosamente ignorantes de historias de fantasmas, cuentos de hadas y todo ese acervo popular que hace que nos cubramos la cabeza con las sábanas en cuanto cruje la puerta o el parpadeo de una vela moribunda proyecta la sombra de un poste de la cama sobre la pared, cerca de nuestro rostro. Me sentí indignada y ofendida al verme, como creía, abandonada, y comenzaba a sollozar como preparación para un generoso llanto cuando, para mi sorpresa, vislumbré un rostro solemne pero muy hermoso que me contemplaba desde un lado de mi lecho. Era el rostro de una joven dama arrodillada, con las manos sobre la colcha. Me quedé mirándola con una especie de complacido asombro y dejé de llorar. Ella me acarició, se echó conmigo en la cama y me atrajo hacia sí, sonriendo. De inmediato sentí una calma deliciosa y volví a quedarme dormida. Me despertó una sensación de como si me hubiesen clavado dos agujas a la vez en el pecho, muy profundamente, y me puse a gritar. La dama retrocedió, con los ojos fijos en mí, se deslizó por el suelo y se escondió, o así lo creí, bajo la cama.

Entonces, por primera vez, me asusté y grité con todas mis fuerzas. Aya, sirvienta, ama de llaves... todas entraron corriendo, y al escuchar mi historia le quitaron importancia y me calmaron lo mejor que pudieron. Pero, aunque era una niña, pude percibir que sus rostros palidecían con una expresión inusitada de ansiedad, y vi que buscaban bajo la cama y por todo el cuarto, incluso bajo las mesas y en los armarios; y oí que el ama de llaves susurraba al aya:

—Pase la mano por ese hueco sobre la colcha; alguien *ha estado* tumbado ahí, puedo asegurarlo; aún está tibio.

Recuerdo a la criada acariciándome, y a las tres examinándome el pecho, donde les dije que había sentido el pinchazo; luego decidieron que no había ninguna señal posible de que aquello hubiese sucedido.

El ama de llaves y las otras dos criadas que estaban a cargo de la guardería se quedaron allí sentadas el resto de la noche; y a partir de entonces siempre hubo una sirvienta en la guardería velando mi sueño hasta que tuve unos catorce años.

Después de aquello me sentí nerviosa durante mucho tiempo. Llamaron al médico, un hombre pálido y anciano. Qué bien recuerdo su largo rostro saturnino, ligeramente picado de viruelas, y su peluca castaña. Durante una buena temporada, cada segundo día, venía y me daba una medicina, que por supuesto yo odiaba.

A la mañana siguiente de ver la aparición yo me encontraba en un estado de terror, y no podía soportar que me dejasen sola, aunque fuera de día, ni por un momento. Recuerdo que mi padre subió y se quedó junto a mi cama charlando alegremente; le hizo muchas preguntas al aya y se rio con ganas ante una de las respuestas. Luego me acarició el hombro, me besó y me dijo que no tuviera miedo, que no era más que un sueño que no podía hacerme daño.

Pero yo no me quedé tranquila, porque sabía que la visita de la extraña mujer *no* era un sueño; y me sentía *terriblemente* asustada. Algo me consoló que la sirvienta me asegurase que era ella la que había entrado a mirarme y se había acostado conmigo en la cama, y que seguramente yo estaba medio dormida y no había reconocido su cara. Pero eso, aunque confirmado por el aya, no me convenció del todo. Recuerdo, en el curso de aquel día, a un venerable anciano con sotana negra que entró en el cuarto con el aya y el ama de llaves y habló un poco con ellas y muy amablemente conmigo; su rostro era muy dulce y gentil, y me dijo que iban a rezar, y me hizo juntar las manos y quiso que dijera muy bajito, mientras rezaban, «Señor, escucha nuestras plegarias, por el amor de Jesús». Creo que esas mismas fueron las palabras, y a menudo las he repetido para mí misma, y mi aya, durante años, me hizo decirlas en mis oraciones.

Me acuerdo muy bien del pensativo y dulce rostro de aquel anciano de pelo blanco, con su sotana negra, mientras permanecía en aquel cuarto tosco, de techo alto, todo de madera, con el burdo mobiliario de trescientos años de antigüedad y la escasa luz que penetraba en su sombría atmósfera a través de la pequeña celosía. Se arrodilló, y las tres mujeres con él, y rezó en voz alta con voz temblorosa durante lo que me pareció un largo intervalo. He olvidado toda mi vida anterior a ese suceso, y algunos momentos posteriores también son confusos, pero las escenas que acabo de describir permanecen tan vívidas como las imágenes remotas de una fantasmagoría rodeada de oscuridad.

II
UNA INVITADA

Ahora voy a contaros algo tan increíblemente extraño que requerirá toda vuestra fe en mi honestidad para creer mi historia. No solo es cierta, de todos modos, sino que de su veracidad responde el que yo fuera testigo directo.

Era un agradable atardecer de verano, y mi padre me invitó, como hacía a veces, a dar con él un pequeño paseo a lo largo del hermoso paisaje boscoso que se extendía frente al *schloss*.

—El general Spielsdorf no podrá venir a vernos tan pronto como tenía previsto —dijo mi padre mientras emprendíamos el paseo.

Nos debía una visita de varias semanas, y contábamos con que llegase al día siguiente. Iba a traer con él a una joven, su sobrina y pupila, mademoiselle

Rheinfeldt, a la que yo no conocía pero a quien había oído describir como una muchacha encantadora, y en cuya compañía yo me había prometido días muy felices. Me sentí mucho más decepcionada de lo que podría imaginar alguien de mi edad que viviese en una ciudad o una vecindad animada. Aquella visita, y la nueva amistad que prometía, llevaban semanas alimentando mis sueños.

—¿Y cuándo va a venir? —pregunté.

—No antes del otoño. No antes de dos meses, me atrevo a decir —respondió—. Y ahora me alegro, cariño, de que no hubieras conocido a mademoiselle Rheinfeldt.

—¿Y por qué? —pregunté mortificada y llena de curiosidad.

—Porque la pobre muchacha ha muerto —replicó—. Se me olvidó decírtelo, pero no estabas presente cuando recibí la carta del general esta tarde.

Sentí una gran conmoción. El general Spielsdorf había mencionado en su primera carta, seis o siete semanas atrás, que la joven no se encontraba tan bien como él desearía, pero no decía nada que sugiriese la más remota sospecha de peligro.

—Aquí está la carta del general —dijo alargándome un papel—. Me temo que se encuentra sumamente afligido; la carta parece escrita en un estado de gran confusión.

Nos sentamos en un rústico banco bajo un grupo de magníficos tilos. El sol se iba poniendo con todo su melancólico esplendor tras el horizonte silvano, y el arroyo que fluye junto a nuestro hogar y que pasa bajo el empinado y antiguo puente serpenteaba entre los nobles árboles, casi a nuestros pies, reflejando en su corriente el carmesí desvaído del cielo. La carta del general Spielsdorf resultaba tan extraordinaria, tan vehemente, y en algunos pasajes tan contradictoria, que tuve que leerla dos veces —la segunda en voz alta para mi padre—, y aun así fui incapaz de entenderla del todo, salvo suponiendo que el pesar nublaba su entendimiento.

Decía así:

He perdido a mi querida hija, pues como tal la amaba. Durante los últimos días de la enfermedad de Bertha fui incapaz de escribirle.

Antes de eso no tenía ni idea del peligro.

La he perdido, y ahora lo sé *todo,* demasiado tarde. Ha muerto en la paz de la inocencia, y en la gloriosa esperanza de un futuro bienaventurado. El demonio que traicionó nuestra insensata hospitalidad es el responsable. Creí estar recibiendo en mi casa a la inocencia, a la alegría, a una compañera encantadora para mi pobre Bertha. ¡Cielo santo! ¡Qué estúpido he sido!

Doy gracias a Dios de que mi niña muriese sin sospechar la causa de sus padecimientos. Se ha ido sin siquiera imaginar la naturaleza de su mal y la maldita pasión del agente de toda esta miseria. Voy a consagrar los días que me quedan a perseguir y exterminar a ese monstruo. Tengo esperanzas de poder cumplir mi propósito justo y misericordioso. Por ahora apenas tengo un destello de luz para guiarme. Maldigo mi presuntuosa incredulidad, mi despreciable afectación de superioridad, mi ceguera, mi obstinación... todo... demasiado tarde. En estos momentos no puedo escribir serenamente. Estoy desolado. En cuanto me haya recuperado un poco, pienso dedicarme un tiempo a investigar, lo que posiblemente me lleve a Viena. En algún momento del otoño, dentro de unos dos meses, o antes si es que aún vivo, iré a verle a usted; es decir, si me lo permite. Entonces le contaré todo cuanto ahora apenas me atrevo a consignar en esta carta. Adiós. Rece por mí, querido amigo.

Así terminaba la extraña carta. Aunque nunca había visto a Bertha Rheinfeldt mis ojos se llenaron de lágrimas ante la repentina noticia; me sentí inquieta, además de profundamente desilusionada.

El sol ya se había puesto y oscurecía cuando le devolví a mi padre la carta del general.

Era un crepúsculo suave y claro, y emprendimos el regreso entre especulaciones sobre el posible sentido de las violentas e incoherentes frases que yo acababa de leer. Caminamos alrededor de una milla antes de llegar al camino que cruza ante el *schloss,* y a esas alturas la luna relucía brillantemente. Junto al puente levadizo se encontraban madame Perrodon y mademoiselle De Lafontaine, que habían salido, sin sombreros, a disfrutar de la exquisita luz de la luna.

Oímos sus voces charlando animadamente mientras nos acercábamos. En el puente nos unimos a ellas y luego nos volvimos para admirar la hermosa vista.

Ante nosotros se extendía el claro que acabábamos de atravesar. A nuestra izquierda, el estrecho camino serpenteaba bajo un grupo de árboles señoriales y se perdía de vista en el espeso bosque. A la derecha, el mismo camino cruza el empinado y pintoresco puente, cerca del cual se alza la ruinosa torre que en tiempos antiguos vigilaba ese paso; y más allá del puente hay un abrupto promontorio, cubierto de árboles, que muestra entre las sombras algunas rocas grises cubiertas de hiedra.

Sobre la hierba y los terrenos bajos una fina película de niebla se deslizaba como el humo, suavizando las distancias con un velo transparente; y aquí y allá podíamos ver el río que refulgía ligeramente bajo la luz de la luna. No podía imaginarse escena más dulce y delicada; las noticias que acababa de recibir la volvían melancólica; pero nada podía perturbar su profunda serenidad y la encantadora magnificencia y vaguedad de aquella perspectiva.

Mi padre, que disfrutaba de lo pintoresco, y yo permanecíamos mirando en silencio el paisaje ante nosotros. Las dos buenas gobernantas, un poco alejadas, conversaban acerca de la escena, y se mostraban de lo más elocuentes al comentar la belleza de la luna.

Madame Perrodon era rolliza, de mediana edad y romántica, y hablaba y suspiraba poéticamente. Mademoiselle De Lafontaine —por herencia de su padre, que era alemán— asumía ser psicóloga, metafísica y algo mística, y afirmaba que cuando la luna brillaba con una luz tan intensa era bien sabido que indicaba una especial actividad espiritual. Los efectos de la luna llena cuando brillaba de ese modo eran múltiples. Influía en los sueños, influía en los lunáticos, influía en las personas nerviosas y ejercía fuerzas físicas muy poderosas relacionadas con la vida. Mademoiselle contó que su primo, que era primer oficial en un barco mercante, se había dormido una vez en cubierta durante una noche como aquella, tumbado de espaldas, con el rostro recibiendo de lleno la luz de la luna, y se había despertado después de un sueño en el que una vieja le arañaba la cara, con los rasgos horriblemente torcidos hacia un lado; y su semblante nunca había recuperado el equilibrio.

—La luna, esta noche —dijo—, está llena de influencias idílicas y magnéticas... Vean, si vuelven la mirada a la fachada del *schloss,* cómo todas sus ventanas refulgen y parpadean con este resplandor plateado, como si manos invisibles hubieran iluminado los salones para recibir a invitados fantásticos.

Hay momentos de indolencia de espíritu en los que, poco dispuestos a hablar, la charla de los demás complace a nuestros oídos apáticos; y alcé la mirada, disfrutando del tintineo de la conversación de las dos damas.

—He sucumbido a uno de mis estados de ánimo melancólicos —dijo mi padre tras un silencio; y citando a Shakespeare, al cual, para mantener vivo nuestro inglés, solía leer en voz alta, recitó—: «A fe mía, no sé por qué estoy triste. / Me cansa, y a vosotros os cansa de igual modo; / mas cómo lo contraje...». He olvidado cómo sigue. Pero siento como si un gran infortunio fuera a caer sobre nosotros. Supongo que la afligida carta del pobre general tiene algo que ver en ello.

En ese momento un inesperado sonido de ruedas de carruaje y muchos cascos de caballos sobre el camino atrajo nuestra atención.

Parecía acercarse desde la elevación cercana al puente, y muy pronto apareció en ese punto una comitiva. Primero cruzaron el puente dos jinetes, y detrás una carroza tirada por cuatro caballos, con dos cocheros en el pescante.

Parecía ser el coche de viaje de una persona de alto rango, y contemplamos absortos aquel insólito espectáculo. Este se volvió, casi al momento, mucho más interesante, porque justo cuando el carruaje superaba la cima del empinado puente uno de los caballos delanteros se asustó, contagió su pánico a los demás y, tras una sacudida, todo el tiro se lanzó a una loca cabalgada, sobrepasando a los dos jinetes que abrían paso y corriendo hacia nosotros a la velocidad de un huracán.

El dramatismo de la escena aumentó cuando empezaron a oírse claramente los gritos desolados que una voz femenina emitía tras las ventanillas del coche.

Todos dimos un paso al frente llenos de curiosidad y horror; yo casi en silencio, los demás con diversas expresiones de espanto.

Nuestra incertidumbre no duró mucho. Justo antes de alcanzar el puente levadizo del castillo, en la ruta que llevaba el tiro, se alza a un lado del camino un magnífico tilo, y frente a él una antigua cruz de piedra, a la vista de la cual los caballos, que ya avanzaban a una velocidad aterradora, dieron un viraje que hizo que las ruedas saltaran sobre las raíces salientes del árbol.

Supe lo que iba a pasar. Me cubrí los ojos, incapaz de seguir mirando, y volví la cabeza; en ese mismo momento oí un grito de mis amigas, que se habían adelantado un poco.

La curiosidad me obligó a abrir los ojos y contemplé una escena de absoluta confusión. Dos de los caballos habían caído a tierra y el carruaje había volcado de lado con dos ruedas en el aire. Los hombres se afanaban en liberar los arreos, y una dama de aire y figura imponentes se había bajado y estaba de pie junto al coche retorciéndose las manos y llevándose de vez en cuando un pañuelo a los ojos.

A través de la puerta del carruaje sacaron a una joven que parecía estar muerta. Mi querido padre ya se encontraba junto a la dama mayor, con el sombrero en la mano, y le estaba ofreciendo su ayuda y todos los recursos del *schloss*. La dama no parecía escucharle ni tener ojos para otra cosa que no fuese la esbelta joven, a la que tendieron sobre un montículo.

Me acerqué; al parecer, la muchacha se había desvanecido, pero ciertamente no estaba muerta. Mi padre, que presumía de ser un poco médico, le tomó la muñeca y aseguró a la dama, que afirmaba ser su madre, que su pulso, aunque débil e irregular, aún se distinguía muy claramente. La dama juntó ambas manos y alzó la mirada, como en un momentáneo transporte de gratitud; pero de inmediato volvió a retorcerse de esa forma teatral que, según creo, es natural en algunas personas.

Era lo que suele llamarse una mujer muy bien conservada para su edad, y debía de haber sido hermosa; era alta pero no delgada, vestía de terciopelo negro y parecía muy pálida, pero con una expresión orgullosa y dominante, a pesar de su extraña agitación.

—¿Se puede concebir mayor calamidad? —la oí decir mientras se retorcía las manos—. Aquí estoy, en mitad de un viaje a vida o muerte, en el que perder una hora significa posiblemente perderlo todo. Mi niña no se habrá recuperado lo bastante como para proseguir el viaje hasta quién sabe cuándo. Debo dejarla. No puedo demorarme, no me atrevo. ¿Puede indicarme, señor, dónde se encuentra el pueblo más cercano? Debo dejarla allí, y no verla, ni siquiera saber de ella, hasta mi vuelta, dentro de tres meses.

Tiré a mi padre de la manga y le susurré ansiosamente al oído:

—¡Oh, papá! Por favor, dile que la deje con nosotros. Sería tan maravilloso... Hazlo, por favor.

—Si madame quisiera confiar a su niña al cuidado de mi hija y de su bondadosa aya, madame Perrodon, y le permitiera quedarse como nuestra invitada, bajo mi cargo, nos sentiríamos sumamente reconocidos y obligados, y la trataríamos con todo el cariño y devoción que ese deber sagrado exige.

—No puedo hacer eso, señor; sería castigar muy cruelmente su amabilidad y cortesía —dijo la dama distraídamente.

—Por el contrario, sería hacernos un inmenso favor en el momento en que más lo necesitamos. Mi hija acaba de llevarse una gran desilusión a causa de una cruel desgracia que la ha privado de una visita que esperaba con mucha expectación. Si confía usted a esta joven a nuestro cuidado sería el mayor de los consuelos. El pueblo más cercano en esta ruta está muy lejos, y no cuenta con un alojamiento apropiado para su hija; no puede permitir que recorra esa distancia sin exponerla a un gran peligro. Si, tal como ha dicho, le es imposible suspender su viaje, debe separarse de ella, y en ningún lugar encontrará mayores garantías de cuidado y honesta ternura que aquí.

Había algo tan distinguido y hasta grandioso en el porte y apariencia de la dama, algo tan cautivador en sus maneras, que, incluso prescindiendo de la elegancia de su séquito, producía la impresión de que se trataba de una persona de importancia.

A esas alturas habían levantado el carruaje y enganchado a los caballos, apaciguados por fin.

La dama dirigió a su hija una mirada que se me antojó menos afectuosa de lo que el comienzo de la escena había sugerido; luego le hizo una seña a mi padre y se alejó con él unos pasos para que nadie los escuchara; y le habló con expresión seria y concentrada, muy distinta a la que había mostrado hasta el momento.

Me sorprendió que mi padre no pareciera notar el cambio, y sentí una inmensa curiosidad por saber lo que ella le estaba diciendo, casi al oído, con tanta ansiedad y rapidez.

Creo que la conversación apenas duró dos o tres minutos; luego ella se volvió y se dirigió hasta donde yacía su hija, asistida por madame Perrodon. Se arrodilló junto a ella durante un momento y le susurró al oído, o así lo supuso madame, una rápida bendición; después la besó a toda prisa y se subió al carruaje. La puerta se cerró, los lacayos de majestuosas libreas saltaron detrás, los jinetes espolearon sus monturas, los cocheros usaron sus látigos, los caballos corcovearon e iniciaron un trote que pronto se convirtió en galope, y la comitiva se alejó, seguida con la misma rapidez por los dos jinetes de escolta.

III
COMPARAMOS NOTAS

Seguimos al *cortege* con la mirada hasta que rápidamente se perdió de vista entre la niebla y el bosque; y el propio sonido de los cascos y las ruedas se desvaneció en el aire silencioso de la noche.

Lo único que quedó para convencernos de que la aventura no había sido la ilusión de un momento era la joven, que justo entonces abrió los ojos. Yo no pude verlo, porque su rostro estaba vuelto hacia el otro lado, pero entonces alzó la cabeza, miró a su alrededor y oí una voz muy dulce que preguntaba:

—¿Dónde está mamá?

Nuestra buena madame Perrodon le respondió tiernamente, y añadió algunas palabras tranquilizadoras.

Entonces la oí preguntar:

—¿Dónde estoy? ¿Qué lugar es este? —Y luego—: No veo el coche. Y Matska, ¿dónde está?

Madame contestó a todas sus preguntas hasta donde llegó a entenderlas; y gradualmente la joven recordó cómo se había desarrollado el incidente y se alegró de escuchar que nadie había resultado herido; y, al saber que su madre la había dejado allí hasta su regreso, tres meses más tarde, empezó a sollozar.

Me disponía a añadir unas palabras de consuelo a las de madame Perrodon cuando mademoiselle De Lafontaine me tomó del brazo y dijo:

—Ahora no; no podría hablar con dos personas a la vez. Se excitaría demasiado en este momento.

«En cuanto esté confortablemente acostada en la cama —pensé—, iré corriendo a verla.»

Mientras tanto, mi padre había enviado a un sirviente a caballo en busca del médico, que vivía a dos leguas de distancia; también había ordenado que preparasen una habitación para instalar a la joven.

Esta se puso en pie y, apoyada en el brazo de madame, atravesó lentamente el puente levadizo y traspasó las puertas del castillo. En el vestíbulo la aguardaban los sirvientes para recibirla, y de inmediato fue conducida a su habitación. La sala que normalmente usamos como salón es larga y con cuatro ventanales que dominan el foso y el puente levadizo, así como el bosque ya descrito. El mobiliario es de roble tallado, con grandes estanterías, y las sillas están forradas de terciopelo carmesí de Utrecht. Las paredes, bordeadas por gruesas molduras doradas, están cubiertas de tapices, con figuras a tamaño natural, vestidas con atavíos antiguos y muy curiosos, representando escenas de caza, cetrería y motivos generalmente festivos. No es tan señorial que no resulte confortable, y era allí donde solíamos tomar el té, ya que mi padre, con sus habituales tendencias patrióticas, insistía en que ese brebaje nacional hiciese acto de presencia junto con el café y el chocolate.

Esa noche nos sentamos allí y, con las velas encendidas, comentamos la reciente aventura. Madame Perrodon y mademoiselle De Lafontaine formaban parte del grupo. La joven forastera había caído en un profundo sueño apenas la hubieron acostado, y estas damas la habían confiado al cuidado de una sirviente.

—¿Qué le parece nuestra invitada? —pregunté en cuanto madame hizo su entrada—. Hábleme de ella.

—Me gusta muchísimo —respondió madame—. Es, a mi parecer, la criatura más bella que haya visto nunca. Tiene más o menos tu edad, y es sumamente gentil y agradable.

—Es absolutamente preciosa —intervino mademoiselle, que se había asomado un momento a la habitación de la forastera.

—¡Y qué voz tan dulce! —añadió madame Perrodon.

—¿Se percataron de la presencia de una mujer en el carruaje, una vez que lo levantaron, y que no salió de él en ningún momento —preguntó mademoiselle—, sino que se limitó a mirar por la ventanilla?

—No, no la vimos.

Entonces describió a una odiosa mujer negra, con una especie de turbante de colores en la cabeza, y que no dejaba de mirar por la ventanilla, asintiendo y sonriendo burlonamente ante las damas, con ojos relucientes, blancos y saltones y los dientes apretados como con furia.

—¿No se dieron cuenta del aspecto facineroso de los sirvientes? —preguntó madame.

—Sí —dijo mi padre, que acababa de entrar—, los tipos más feos y malencarados que he visto en toda mi vida. Espero que no desvalijen a la pobre dama en el bosque. Eso sí, son resolutivos los granujas: arreglaron todo el estropicio en un minuto.

—Apuesto a que estaban agotados del largo viaje —dijo madame—. Además de parecer malévolos, tenían unas caras extrañamente macilentas, chupadas y oscuras. Soy muy curiosa, lo reconozco, pero me atrevo a decir que la joven nos lo contará todo mañana, si se siente lo bastante recuperada.

—No creo que lo haga —dijo mi padre con una misteriosa sonrisa y asintiendo, como si supiera más de lo que estaba dispuesto a contar. Eso me hizo sentir aún más curiosidad acerca de lo que habían hablado él y la dama vestida de terciopelo negro durante la breve pero intensa entrevista que había precedido a la partida.

En cuanto nos quedamos solos le rogué que me lo contase. No hizo falta presionarlo mucho:

—No hay ninguna razón para no contártelo. Mostró su reticencia a molestarnos con el cuidado de su hija, ya que esta tiene una salud delicada y es muy nerviosa, aunque no sufre ataques (eso lo añadió sin yo preguntárselo) ni ve visiones. De hecho, está perfectamente sana.

—¡Qué extraño decir eso! —le interrumpí—. Tan innecesario.

—En cualquier caso, *fue* lo que dijo. —Se echó a reír—. Y ya que quieres saberlo todo, aunque en realidad es muy poco, te lo contaré. Luego me dijo: «Tengo que hacer un largo viaje de *vital* importancia (enfatizó la palabra «vital»), rápido y secreto. Volveré a por mi hija en el plazo de tres meses; mientras tanto, ella guardará silencio respecto a quiénes somos, de dónde venimos y hacia dónde nos dirigimos». Eso fue lo que dijo. Hablaba un francés muy puro. Cuando dijo la palabra «secreto» hizo una pausa de unos segundos y me miró fijamente, con gran severidad. Me pareció que le concedía a eso mucha importancia. Ya viste lo rápidamente que se fue. Espero no haber cometido una estupidez al hacerme cargo de la joven dama.

Por mi parte, estaba encantada. Ansiaba verla y hablar con ella, y solo estaba esperando a que el médico me autorizase. Vosotros, que vivís en ciudades, no os hacéis una idea del gran acontecimiento que supone la llegada de una nueva amiga en medio de las soledades que nos rodean.

El médico no llegó hasta casi la una, pero acostarme y dormir me hubiera resultado tan imposible como alcanzar a pie el carruaje en el que se había marchado la princesa vestida de terciopelo negro.

Cuando el médico bajó al salón dio un informe muy favorable sobre el estado de su paciente. Ahora se había incorporado en la cama, su pulso era bastante regular y se encontraba al parecer perfectamente bien. No había sufrido herida alguna, y la pequeña conmoción nerviosa había pasado sin dejar secuelas. Ciertamente, no había nada de malo en que subiese a verla, si ambas estábamos de acuerdo. Así que, con su autorización, mandé a alguien a preguntarle si estaría dispuesta a recibirme en su cuarto durante unos minutos.

El sirviente volvió de inmediato para decirme que ella no deseaba otra cosa. Podéis estar seguros de que no tardé demasiado en hacer uso de ese permiso.

Nuestra visitante se encontraba en una de las habitaciones más elegantes del *schloss*. Resultaba, quizá, demasiado señorial. Había frente al pie de la cama un sombrío tapiz que representaba a Cleopatra con el áspid en su seno, y sobre las demás paredes se veían otras solemnes escenas clásicas, algo desvaídas. Pero había tallas doradas y suficientes colores exquisitos y variados en el resto de la decoración para compensar la negrura de los tapices.

Junto al cabecero brillaban varias velas. Estaba incorporada en la cama, su esbelta figura envuelta en una bata de suave seda bordada con flores y cubierta con una manta guateada también de seda con la que su madre le había cubierto las piernas mientras yacía desvanecida.

Al acercarme a su cama y disponerme a saludarla, ¿qué fue lo que hizo que me quedase muda durante un momento y retrocediese unos pasos ante ella? Os lo diré.

Vi el mismo rostro que me había visitado en mi infancia aquella noche que permanecía grabada en mi memoria, el rostro en el que a menudo pensaba con terror cuando nadie sospechaba lo que pasaba por mi cabeza. Era una cara bonita, incluso hermosa, y cuando la contemplé por primera vez mostraba la misma expresión melancólica que ahora. Pero esa expresión se convirtió casi inmediatamente en una extraña sonrisa de reconocimiento.

Hubo un silencio de casi un minuto, y finalmente ella habló; yo era incapaz de hacerlo.

—¡Qué maravilla! —exclamó—. Hace doce años vi tu rostro en un sueño, y me ha perseguido desde entonces.

—¡Una maravilla realmente! —repetí yo, superando con un esfuerzo el horror que durante un instante me había dejado sin habla—. Hace doce años, en una visión o en la realidad, ciertamente te vi a ti. Nunca he podido olvidar tu cara. Ha permanecido ante mis ojos desde entonces.

Su sonrisa se había suavizado. Lo que hubiera podido ver de extraño en ella se había desvanecido, y su expresión y los hoyuelos de sus mejillas resultaban ahora preciosos e inteligentes. Me sentí más tranquila, y proseguí en el tono que manda la hospitalidad; le di la bienvenida y le dije que su llegada nos había proporcionado un gran placer a todos, y especialmente a mí una gran felicidad. Mientras hablaba le tomé la mano. Me sentía algo tímida, como lo son las personas solitarias, pero la situación me volvía elocuente, incluso atrevida. Ella apretó mi mano, puso la suya encima y sus ojos brillaron mientras, mirando rápidamente los míos, volvía a sonreír y se ruborizaba.

Respondió a mi bienvenida con mucha gentileza. Me senté a su lado, aún llena de curiosidad, y dijo:

—Debo contarte la visión que tuve de ti. Es muy extraño que ambas tuviéramos un sueño tan vívido, que nos hayamos visto, yo a ti y tú a mí, igual que ahora, cuando éramos las dos unas niñas. Yo tenía unos seis años, me desperté de un sueño confuso y perturbador, y me encontré a mí misma en un cuarto distinto al mío, mirando desconcertada unos armarios de madera oscura y varias camas con bastidor y sillas y bancos. Me pareció que todas las camas estaban vacías y que en el cuarto no había nadie más que yo. Y tras un rato contemplando todo cuanto me rodeaba, y admirando especialmente un candelabro de hierro con dos ramas, que aún podría reconocer, me deslicé bajo una de las camas con intención de llegar al ventanal. Pero al salir por el otro lado de la cama oí llorar a alguien; y al levantar la vista, aún de rodillas, te vi a ti como te veo ahora, y estoy segura de que eras tú: una jovencita preciosa, con el pelo dorado y enormes ojos azules, y tus labios, tus labios... Tú, tal como eres ahora.

»Tu aspecto me sedujo; me subí a la cama y te rodeé con mis brazos, y creo que ambas nos quedamos dormidas. Me despertó un grito: te habías incorporado y gritabas. Me asusté y me deslicé por el suelo, y, según creo, perdí la consciencia durante un momento. Cuando me desperté volvía a estar en mi cuarto, en casa. Desde entonces no he podido olvidar tu rostro. No me dejaría engañar por un simple parecido. *Eres* la joven que vi entonces.

Ahora era mi turno de narrar mi visión, lo cual hice, dejando maravillada a mi nueva amiga.

—No sé cuál de las dos debería tener más miedo de la otra —dijo volviendo a sonreír—. Si fueras menos bonita quizá me asustaría de ti, pero siendo como eres, y ambas tan jóvenes, solo se me ocurre que nos hicimos amigas hace doce años y que ya tengo derecho a tener intimidad contigo. En cualquier caso es como si estuviéramos destinadas, desde nuestra más tierna infancia, a ser amigas. No sé si tú te sientes tan atraída hacia mí como yo me siento hacia ti; nunca he tenido una amiga. ¿La habré encontrado ahora? —Suspiró, y sus hermosos ojos oscuros resplandecieron apasionadamente al mirarme.

Lo cierto es que no sabía explicar las sensaciones que me producía la hermosa forastera. Me sentía, como había dicho, «atraída hacia ella», pero también había una sombra de repulsión. En medio de esta sensación ambigua, sin embargo, la atracción dominaba inmensamente. Me interesaba y me conquistaba, tan bella e indescriptiblemente encantadora como era.

Entonces percibí que la invadían cierta languidez y cansancio, y me apresuré a desearle buenas noches.

—El doctor cree —añadí— que debe quedarse alguna doncella contigo toda la noche. Hay una mujer esperando, y ya verás que es una criatura sumamente eficiente y tranquila.

—Es muy amable por tu parte, pero no puedo dormir, nunca he podido hacerlo, con alguien en mi habitación. No voy a necesitar que se quede nadie. Te confesaré una debilidad: tengo pavor a los ladrones. En nuestra casa robaron una vez y mataron a dos sirvientes, así que siempre cierro la puerta con llave. Se ha convertido en un hábito, y tú eres tan amable que sé que me disculparás por esta manía. Veo que la puerta tiene cerradura.

Me estrechó en sus preciosos brazos durante un momento y susurró en mi oído:

—Buenas noches, querida mía. Me cuesta mucho separarme de ti, pero buenas noches. Mañana, pero no muy temprano, volveré a verte.

Se recostó en su almohada con un suspiro y sus hermosos ojos me siguieron con una mirada afectuosa y melancólica mientras murmuraba de nuevo:

—Buenas noches, querida amiga.

Los jóvenes quieren, incluso aman, por impulso. Me sentí halagada por el evidente, aunque aún inmerecido, cariño que me había mostrado. Me encantó la confianza con que me había recibido casi enseguida. Había decidido que seríamos muy buenas amigas.

Llegó el día siguiente y volvimos a encontrarnos. Yo me sentía feliz con mi compañera en muchos aspectos. Su belleza no perdía nada a la luz del

día: era ciertamente la criatura más bella que había visto jamás, y el recuerdo desagradable del rostro vislumbrado en mi sueño infantil había perdido el efecto del primer reconocimiento inesperado.

Me confesó que ella había experimentado una conmoción similar al verme, y precisamente la misma ligera antipatía mezclada con admiración. Nos reímos juntas de nuestros temores momentáneos.

IV
SUS HÁBITOS. UN PASEO

Ya os he dicho que ella me encantaba en muchos aspectos. Había otros que no me agradaban tanto.

Era más alta que la media de las mujeres. Empezaré por describirla.

Era esbelta y maravillosamente grácil. Salvo que sus movimientos eran lánguidos, muy lánguidos de hecho, no había nada en su apariencia que señalase a una inválida. Su cutis era intenso y brillante; sus rasgos, pequeños y bellamente formados; sus ojos, grandes, oscuros y lustrosos. Tenía un cabello maravilloso; nunca había visto una melena tan larga y espesa cuando la dejaba caer sobre los hombros. A veces acariciaba su pelo entre los dedos y me reía maravillada de su peso. Era exquisitamente fino y suave, y de un color castaño muy oscuro y brillante, con algo de oro. Me encantaba dejarlo caer por su propio peso cuando, en su cuarto, ella se recostaba en su asiento hablando dulcemente en voz baja, y lo doblaba y le hacía trenzas y lo desparramaba y jugaba con él. ¡Cielo santo! ¡De haberlo sabido todo...!

Ya he dicho que había aspectos de ella que no me agradaban. Como os he contado, se ganó mi confianza desde la primera noche que la vi; pero descubrí que en lo referente a sí misma, su madre, su historia, a todo lo que en definitiva tenía que ver con su vida, sus planes y su familia, guardaba una reserva siempre vigilante. Me atrevo a decir que yo me portaba de manera poco razonable, que quizá me equivocaba, que tendría que haber respetado el solemne compromiso que la majestuosa dama de terciopelo negro le había exigido a mi padre. Pero la curiosidad es una pasión inquieta e irrefrenable, y ninguna joven puede soportar con paciencia que la suya se estrelle contra un muro. ¿Qué daño podía hacer que me contase lo que tan ardientemente deseaba saber? ¿Es que no confiaba en mi sentido del honor? ¿Por qué no iba a creerme cuando le aseguraba, solemnemente, que no divulgaría ante ningún ser humano ni una sílaba de lo que pudiera contarme?

A mi parecer, había cierta frialdad impropia de su edad en aquella sonriente melancolía y en su persistente negativa a arrojar la más mínima luz sobre su vida. No puedo decir que discutiéramos por ello, porque ella nunca discutía por nada. Presionarla era, por supuesto, muy injusto por mi parte, de muy mala educación, pero realmente no podía evitarlo. Aunque lo mismo habría sido dejarlo correr: lo que me contó fue, en relación con mi gran curiosidad, poco más que nada.

Podía resumirse en tres revelaciones sumamente vagas:

Primera: su nombre era Carmilla.

Segunda: su familia era muy antigua y noble.

Tercera: su casa se encontraba en dirección oeste.

No me dijo el nombre de su familia, ni nada de su escudo de armas, ni dónde estaban sus propiedades, ni siquiera en qué país vivían.

No hay que pensar que yo la importunaba constantemente con esos asuntos. Aguardaba la oportunidad y más que formular preguntas las insinuaba. Una vez o dos, en realidad, la interpelé más directamente. Pero, no importa qué tácticas emplease, el resultado era invariablemente el fracaso. Con ella no servían ni reproches ni halagos. Pero debo añadir que sus evasivas se acompañaban de una melancolía y cerrazón tan adorables, con tantas y tan apasionadas declaraciones de cariño hacia mí y de confianza en mi honor y con tales promesas de que al final lo sabría todo que yo no podía, de corazón, enfadarme con ella. Solía rodearme el cuello con los brazos, atraerme hacia ella y juntar su mejilla con la mía, y entonces murmuraba, con los labios pegados a mi oído:

—Querida mía, tu pequeño corazón está herido. No me juzgues cruel por obedecer la ley irresistible de mi fuerza y mi debilidad. Si tu amado corazón está herido, mi apasionado corazón sangra con el tuyo. En el éxtasis de mi enorme humillación vivo en tu cálida vida, y tú morirás... morirás,

morirás dulcemente, en la mía. No puedo evitarlo. Igual que yo me acerco a ti, tú, por tu parte, te acercarás a otras y aprenderás el éxtasis de esa crueldad, que sin embargo es amor. Así que, por ahora, no trates de saber más de mí y de los míos, pero confía en mí con todo tu adorable espíritu.

Y después de tales arrebatos, me apretaba aún más fuerte en su trémulo abrazo, y sus labios ardían con suaves besos en mis mejillas. Su agitación y su lenguaje me resultaban ininteligibles.

Yo deseaba liberarme de esos insensatos abrazos, que no eran muy frecuentes, he de reconocerlo; pero la energía parecía fallarme. Las palabras que murmuraba sonaban en mis oídos como una canción de cuna, y suavizaban mi resistencia hasta inducirme a una especie de trance, del que solo me recobraba al cesar el abrazo.

Esos misteriosos estados de ánimo no me gustaban. Experimentaba una extraña excitación tumultuosa que resultaba a menudo placentera, aunque mezclada con una vaga sensación de miedo y repugnancia. Mientras duraban tales escenas yo no podía pensar en ella con claridad, pero era consciente de un amor que se convertía en adoración, y también en aborrecimiento. Sé que todo esto resulta paradójico, pero no puedo explicar mis sensaciones de otra manera.

Escribo ahora, tras un intervalo de más de diez años, con mano trémula, con un recuerdo confuso y horrible de ciertos acontecimientos y situaciones que formaron parte de la ordalía por la que inconscientemente estaba atravesando, pero con un recuerdo muy vívido, en cambio, de la parte principal de mi historia. Sospecho que en las vidas de todos tienen lugar ciertas escenas emocionales, en las cuales se desatan nuestras pasiones de una forma salvaje y terrible, y que son entre todas las que recordamos de forma más vaga y borrosa.

A veces, tras una hora de apatía, mi extraña y hermosa compañera agarraba mi mano y la apretaba una y otra vez con gran cariño. Mientras se ruborizaba, escrutaba mi rostro con ojos lánguidos y ardientes y jadeaba con tal fuerza que su vestido subía y bajaba con su tumultuosa respiración. Era como el ardor de un amante, me turbaba; resultaba odioso y aun así abrumador. Y con ojos que lo pedían todo me atraía hacia ella, y sus labios cálidos recorrían mi mejilla dejando besos, y me susurraba, casi sollozando:

—Tú eres mía, *serás* mía; tú y yo somos una para siempre. —Y luego volvía a recostarse en su asiento y se cubría los ojos con sus pequeñas manos, dejándome temblorosa.

—¿Es que somos parientes? —solía preguntarle yo—. ¿Qué quieres decir con todo eso? Acaso te recuerdo a alguien a quien amaste, pero no debes hacerlo, lo detesto. No te conozco... no me conozco a mí misma cuando hablas y actúas así.

Entonces ella suspiraba ante mi vehemencia; luego se daba la vuelta y dejaba caer mi mano.

Con respecto a aquellas extraordinarias efusiones, yo me debatía en vano para alcanzar alguna explicación satisfactoria. No podía achacarlas a afectación o engaño. Se trataba, inconfundiblemente, del estallido momentáneo de instintos y emociones reprimidas. ¿Estaría expuesta, a pesar de la expresa negativa de su madre, a breves episodios de locura? ¿O había allí un disfraz y un romance? Yo había leído sobre tales cosas en viejos relatos. ¿Y si un amante juvenil había logrado colarse en casa para conseguir sus fines, enmascarado y ayudado por una astuta aventurera? Pero había demasiadas objeciones contra esa hipótesis, por más que halagase mi vanidad.

No podría decir que hubiera esas pequeñas atenciones que la galantería masculina se complace en ofrecer. Entre esos momentos de pasión transcurrían largos intervalos corrientes, de jovialidad, también de pensativa melancolía, durante los cuales, salvo que yo detectase en sus ojos ese fuego melancólico siguiéndome, podría perfectamente no ser nada para ella. Excepto en esos breves periodos de misteriosa excitación, su actitud era la de cualquier niña. Y además siempre tenía un aire de languidez, bastante incompatible con una constitución masculina sana.

En algunos aspectos sus hábitos eran extraños. Quizá no tan singulares desde la perspectiva de una dama de ciudad, pero sí para gente rústica como nosotros. Solía levantarse muy tarde, generalmente nunca antes de la una. Entonces se tomaba una taza de chocolate pero no comía nada. Luego salíamos a pasear, pero enseguida parecía casi exhausta, así que, o bien volvíamos al *schloss,* o bien nos sentábamos en alguno de los bancos que se encontraban aquí y allá entre los árboles. Se trataba de una languidez física de la que su mente no participaba. Su charla siempre era animada e inteligente.

A veces aludía de forma casual a su casa, o mencionaba un suceso o situación, algún recuerdo, que señalaban a personas y costumbres de las que nosotros no sabíamos nada. De esos vagos indicios deducía yo que su país nativo se encontraba mucho más lejos de lo que había supuesto al principio.

Una tarde estábamos sentadas bajo los árboles cuando pasó un cortejo fúnebre. Se trataba de una muchacha muy bonita, a la que yo había visto alguna vez, la hija de uno de los guardabosques. El pobre hombre caminaba tras el ataúd de su pequeña; era su única hija y parecía desolado. Le seguía la gente campesina, en fila de a dos, cantando un himno funeral.

Me puse en pie cuando pasaban, en señal de respeto, y me uní al dulce cántico que entonaban.

Mi compañera me sacudió el brazo con alguna rudeza, y me volví sorprendida.

—¿No te das cuenta de cómo desafinan? —dijo con brusquedad.

—Al contrario, a mí me parece muy dulce —respondí, molesta por la interrupción y muy incómoda, no fuera que la gente que integraba la procesión pudiera observarnos y darse cuenta de lo que ocurría.

Así que seguí cantando, y casi al instante fui interrumpida de nuevo.

—Ese canto me taladra el cerebro —dijo Carmilla casi enfadada, tapándose los oídos con sus delicados dedos—. Además, ¿por qué das por supuesto que tu religión y la mía son la misma? Tu actitud me hiere, y detesto los funerales. ¡Tanto escándalo! Bueno, tú también tienes que morir, *todos* tienen que morir; y cuando eso ocurre son más felices. Vámonos a casa.

—Mi padre ha ido con el sacerdote al cementerio. Pensé que sabías que la enterraban hoy.

—¿A esa? Yo no me ocupo de los campesinos. No sé ni quién es —respondió Carmilla con un destello en sus hermosos ojos.

—Es la pobre muchacha que creyó ver un fantasma hace dos semanas, y que desde entonces estuvo languideciendo hasta morir ayer.

—No me cuentes cosas de fantasmas. Si lo haces no podré dormir por la noche.

—Espero que no haya una fiebre o una plaga; tiene todo el aspecto de eso —continué—. La joven esposa del porquero murió hace tan solo una semana, y creyó sentir que algo la agarraba por la garganta mientras estaba en la cama, y casi la estranguló. Papá dice que esas horribles fantasías suelen acompañar a algunas formas de fiebre. El día anterior estaba perfectamente bien. Luego fue apagándose y no tardó ni una semana en morir.

—Bueno, *este* funeral ya ha terminado, espero, y ya han cantado *su* himno, así que no seguirán torturando nuestros oídos con sus gritos y su jerigonza. Me han puesto nerviosa. Siéntate aquí, a mí lado. Más cerca. Agárrame la mano y apriétala. Más fuerte.

Nos habíamos sentado en un banco más alejado. Su rostro experimentó un cambio que me alarmó e incluso me aterrorizó durante un momento. Su expresión se oscureció y se volvió horriblemente lívida; apretó los dientes y me aferró la mano; frunció el ceño mientras contemplaba el suelo bajo sus pies y se puso a temblar descontroladamente. Parecía que todas sus energías se concentrasen en reprimir un ataque hasta quedarse sin aliento. Entonces emitió un prolongado gemido de dolor y, gradualmente, la histeria fue cediendo.

—¡Lo ves! ¡Esta es la consecuencia de acosar a alguien con himnos! —dijo finalmente—. Abrázame, abrázame fuerte. Ya se me pasa.

Y así ocurrió, poco a poco; y, quizá para disipar la sombría impresión que el espectáculo me había producido, se volvió inusualmente animada y habladora. Y con eso volvimos a casa.

Fue la primera vez que vi en ella algún síntoma claro de la delicada salud a la que se había referido su madre. Fue también la primera vez que la vi mostrar algo parecido al mal humor.

Pero todo eso pasó como una nube de verano, y solo una vez más volví a ver en ella un momentáneo arranque de ira. Os contaré cómo sucedió.

Nos encontrábamos asomadas a uno de los grandes ventanales del salón cuando entró en el patio, cruzando el puente levadizo, un vagabundo al que yo conocía bien. Solía visitar el *schloss* un par de veces al año.

Se trataba de un buhonero jorobado, con los rasgos afilados y escuálidos que suelen acompañar a la deformidad. Tenía una barba negra y en punta y sonreía de oreja a oreja mostrando sus dientes blancos. Vestía de beis, negro y escarlata y llevaba más correas y cinturones de los que se podían contar, de los cuales colgaban todo tipo de objetos. A sus espaldas cargaba una linterna mágica y dos cajas que yo ya conocía; en una había una salamandra y en la otra una planta de mandrágora. Exhibía algunas monstruosidades que hacían reír a mi padre, muñecos creados con partes de monos, loros, ardillas, peces y erizos, disecadas y cosidas con mucha habilidad para producir un efecto sorprendente. También llevaba un violín, una caja de prestidigitación, un par de floretes y máscaras colgando del cinturón y muchos estuches misteriosos, además de sujetar en la mano un bastón negro con virola de cobre. Le acompañaba un perro flaco que iba pisándole los talones, pero de pronto el can se detuvo en el puente, sospechando algo, y enseguida se puso a aullar lastimeramente.

Entretanto, el histrión, de pie en medio del patio, se había quitado su grotesco sombrero y enseguida nos obsequió con una ceremoniosa reverencia que acompañó con numerosas galanterías en un francés execrable y un alemán no mucho mejor.

Luego sacó su violín y empezó a tocar una animada melodía y a cantar desafinadamente mientras bailaba con mucho gracejo, lo que me hizo reír, a pesar de los aullidos del perro. A continuación se dirigió a nuestra ventana sin parar de sonreír y saludar, con el sombrero en la mano izquierda y el violín bajo el brazo, y casi sin respirar nos leyó una larga lista de todas sus mercaderías y las múltiples artes que dominaba y ponía a nuestro servicio, así como los entretenimientos que era capaz de representar para nosotras.

—¿Desean sus señorías comprar un amuleto contra el upiro que, según dicen, merodea como un lobo por estos bosques? —dijo dejando caer el sombrero al suelo—. La gente está muriendo a diestro y siniestro y aquí tengo un talismán que nunca falla. Solo hay que prenderlo en la almohada y ya pueden reírse en su cara.

El amuleto consistía en unas tiras oblongas de vitela con diversos emblemas cabalísticos y diagramas grabados en ellas.

De inmediato Carmilla compró uno, y yo otro. El hombre nos miraba desde abajo y nosotros le sonreíamos divertidas, al menos yo. Fijándose en nosotras, sus penetrantes ojos negros parecieron detectar algo que atrajo su curiosidad. Al instante sacó un estuche de cuero lleno de todo tipo de pequeños y extraños instrumentos metálicos.

—Vea usted, noble dama —dijo dirigiéndose a mí—. Yo profeso, entre otros oficios menos útiles, el arte del dentista. ¡Que el infierno se lleve a ese perro! —se interrumpió—. ¡Silencio, mala bestia! Aúlla tanto que sus señorías apenas pueden oír una palabra. Su noble amiga, la joven dama que está a su derecha, posee unos dientes muy afilados, muy largos y puntiagudos, como punzones o como agujas, ¡ja, ja, ja! Tengo la vista muy aguda y he podido verlos claramente. Si le hacen daño a la dama, y yo creo que sí, aquí estoy yo con mi lima, mi punzón y mis pinzas. Se los dejaré redondos y romos, si a la joven le complace, y ya no serán como dientes de tiburón sino propios de una joven dama. ¿Qué ocurre? ¿Se ha disgustado la joven señora? ¿He sido excesivamente osado? ¿La he ofendido?

La joven señora, efectivamente, se apartó de la ventana con expresión iracunda.

—¿Cómo se atreve ese saltimbanqui a insultarnos de ese modo? ¿Dónde está tu padre? Le exigiré una reparación. ¡Mi padre habría atado a ese desgraciado al poste, le habría hecho azotar con un látigo y lo habría marcado con el hierro del ganado!

Retrocedió unos pasos, se sentó y apenas perdió de vista al vagabundo su cólera cedió tan repentinamente como había estallado. Poco a poco recuperó su expresión habitual y pareció olvidarse del buhonero y sus chanzas.

Aquella noche, mi padre se encontraba algo desanimado. Al llegar nos contó que había habido otro caso similar a los dos fatales sucesos recientes. La hermana de un joven campesino de la finca, que vivía a solo una milla, estaba muy enferma. Afirmaba haber sido atacada del mismo modo y ahora languidecía lenta e irremediablemente.

—Todo esto —dijo mi padre— puede atribuirse estrictamente a causas naturales. Esos desdichados se contagian unos a otros con sus supersticiones y reproducen en su imaginación las visiones de terror que sus vecinos les han transmitido.

—Pero las propias circunstancias producen un miedo horrible —dijo Carmilla.

—¿En qué sentido? —preguntó mi padre.

—A mí imaginar esas cosas me asusta mucho; creo que debe ser tan espantoso como si fuera real.

—Estamos en manos de Dios; nada sucede sin su consentimiento, y todo terminará bien para quienes lo aman. Es nuestro fiel creador. Él nos ha hecho a todos y cuidará de nosotros.

—¡Creador! ¡Naturaleza! —dijo la joven en respuesta a mi querido padre—. Esa plaga que infesta la comarca es natural. Todo procede de la naturaleza, ¿no es así? Todas las cosas en el cielo, en la tierra y bajo la tierra viven y actúan conforme a lo que ordena la naturaleza. Así lo creo.

—El médico ha prometido pasarse hoy por aquí —dijo mi padre tras un silencio—. Quiero saber lo que opina al respecto y lo que cree que debe hacerse.

—A mí los médicos nunca me han ayudado en nada —replicó Carmilla.

—¿Entonces has estado enferma? —pregunté.

—Más enferma de lo que tú hayas podido estar jamás —respondió.

—¿Hace mucho?

—Sí, hace mucho. Sufrí de esa misma enfermedad; no recuerdo más que el dolor y la debilidad, pero no era tan malo como lo que se sufre en otras enfermedades.

—¿Eras muy joven entonces?

—Diría que sí. No hablemos más de ello. No querrás ver sufrir a tu amiga...

Me miró a los ojos con languidez, me rodeó amorosamente la cintura con el brazo y me condujo fuera de la estancia. Mi padre estaba ocupado con unos papeles junto a la ventana.

—¿Por qué a tu padre le gusta asustarnos? —dijo la preciosa muchacha con un suspiro y un ligero estremecimiento.

—Eso no es cierto, mi querida Carmilla, está muy lejos de querer hacerlo.

—¿Tienes miedo, cariño?

—Lo tendría, y mucho, si pensara que hay algún peligro real de ser atacada como esa pobre gente.

—¿Tienes miedo a morir?

—Sí, todo el mundo lo tiene.

—Pero morir como mueren los amantes... morir juntos, para poder vivir juntos...

»Las chicas son orugas mientras viven en el mundo, para convertirse finalmente en mariposas cuando llega el verano; pero mientras tanto son larvas, ¿no lo ves?, con sus particulares propensiones, necesidades y estructura. Así lo afirma monsieur Buffon en ese libro enorme que está en la otra sala.

Ese mismo día, más tarde, vino el médico y se encerró con papá durante un largo rato. Se trataba de un hombre muy hábil, de sesenta años o más. Se ponía polvos y se afeitaba su pálido rostro hasta dejarlo tan suave como la piel de una calabaza. Papá y él salieron juntos de su despacho y oí que mi padre se reía mientras iba diciendo:

—Bueno, me sorprende viniendo de un sabio como usted. ¿Qué me dice de hipogrifos y dragones?

El doctor sonrió, y respondió meneando la cabeza:

—En cualquier caso, la vida y la muerte son estados misteriosos, y sabemos muy poco de las fuerzas de la una y de la otra.

Y con eso se alejaron y ya no pude oír más. Así pues, no pude averiguar qué tema había planteado el médico, pero creo que ahora lo sé.

V
UN ASOMBROSO PARECIDO

Esa noche llegó desde Graz el hijo del restaurador de cuadros, con su rostro grave y moreno. En el carro llevaba dos grandes cajas de embalaje que contenían varias pinturas. Era un viaje de diez leguas, y cada vez que un mensajero llegaba al *schloss* desde nuestra pequeña capital de Graz todos le rodeábamos para enterarnos de las noticias.

Su llegada provocó una gran sensación en nuestro aislado círculo. Las cajas se quedaron en el vestíbulo mientras los sirvientes se ocupaban del mensajero y le daban de cenar. Luego, con algunos ayudantes, y armado con martillo, cincel y destornillador, se reunió con nosotros en el vestíbulo, donde nos habíamos congregado para asistir al desembalaje.

Carmilla permaneció sentada, con aire lánguido e indiferente, mientras uno tras otro iban saliendo a la luz los cuadros, casi todos retratos, que acababan de pasar por el proceso de restauración. Mi madre pertenecía a una antigua familia húngara, y la mayoría de las pinturas, que nos disponíamos a colgar en sus respectivos espacios en las paredes, nos habían llegado a través de ella.

Mi padre tenía en la mano una lista que iba leyendo en voz alta mientras el restaurador buscaba los números correspondientes. No sé si los cuadros eran muy buenos, pero sí que eran, indudablemente, muy antiguos, y algunos de ellos también muy curiosos. Poseían, al menos para mí, el mérito de que podían verse por primera vez, ya que hasta ahora el humo y el polvo del tiempo los habían ocultado.

—Hay un cuadro que no he visto nunca —dijo mi padre—. En una de las esquinas superiores figura el nombre de la modelo, hasta donde puedo leer: Marcia Karnstein. Y la fecha: 1698. Tengo curiosidad por ver cómo ha quedado.

Recordaba esa pintura. Era un cuadro pequeño, rectangular, como de un pie y medio de alto, sin marco; pero tan ennegrecido por el tiempo que nunca se había podido ver.

Con evidente orgullo de artista, el restaurador lo sacó de la caja. Era bastante bonito. Resultaba sorprendente. Parecía vivo. ¡Era la efigie de Carmilla!

—Carmilla, querida, he aquí un absoluto milagro. Eres tú, viva, sonriendo, a punto de hablar. ¿No es maravilloso, papá? Y mira, incluso tiene el pequeño lunar en la garganta.

Mi padre se echó a reír y dijo:

—Ciertamente es un parecido asombroso. —Pero apartó la vista y, para mi sorpresa, no pareció muy impresionado. Siguió charlando con el restaurador, que tenía algo de artista, y ambos discutieron con conocimiento acerca de las demás obras, a las cuales su habilidad había devuelto la luz y el color. Por mi parte, cuanto más miraba el cuadro más maravillada me sentía.

—¿Me dejarás colgarlo en mi cuarto, papá? —pregunté.

—Por supuesto, cariño —dijo sonriendo—. Me alegra que le encuentres tanto parecido. Es más bonito de lo que había pensado.

Mi joven amiga no reparó en estos comentarios, no pareció prestarles atención. Estaba recostada en su asiento, contemplándome con sus hermosos ojos bajo las largas pestañas, y sonreía en una especie de rapto.

—Y ahora puede leerse claramente el nombre inscrito en la esquina. No es Marcia, y parece estampado en oro. El nombre es Mircalla, condesa Karnstein. Encima hay una pequeña corona y debajo pone «A. D. 1698». Yo desciendo de los Karnstein; es decir, mi madre descendía de ellos.

—Ah —dijo Carmilla lánguidamente—, yo también. Un viejo linaje, muy antiguo. ¿Y queda algún Karnstein vivo?

—Ninguno con ese apellido, creo. La familia se arruinó, al parecer, en varias guerras civiles, hace mucho tiempo; pero las ruinas del castillo se encuentran a unas tres millas de aquí.

—¡Qué interesante! —dijo con la misma languidez—. ¡Pero qué luz de luna tan preciosa! —Miró por la puerta del vestíbulo, que permanecía medio abierta—. ¿Qué tal si damos un paseo por el patio y contemplamos el camino y el río?

—Se parece a la noche de tu llegada —dije.

Suspiró y esbozó una sonrisa. Se puso en pie y ambas nos dirigimos a la puerta, agarradas por la cintura. Recorrimos lentamente, en silencio, el puente levadizo, desde el que se abría ante nosotras el hermoso paisaje.

—¿Así que estabas pensando en la noche en que llegué? —dijo casi en un suspiro—. ¿Te alegras de que viniese?

—Estoy encantada, querida Carmilla —respondí.

—Y has pedido que ese retrato que tanto se parece a mí se cuelgue en tu cuarto —murmuró con un suspiro mientras apretaba su brazo a mi cintura y apoyaba su preciosa cabeza sobre mi hombro.

—Qué romántica eres, Carmilla —dije—. Cuando me cuentes tu historia yo creo que estará llena de romance.

Me besó en silencio.

—Seguro que has estado enamorada, Carmilla, que en este momento hay un amor en tu corazón.

—No he estado enamorada de nadie, y nunca lo estaré —suspiró—, a no ser que sea de ti.

¡Qué bonita estaba a la luz de la luna!

Con una extraña mirada de timidez, escondió rápidamente el rostro entre mi cuello y mi pelo, con suspiros tumultuosos que casi parecían llanto. Su mano temblaba al apretar la mía. Su suave mejilla ardía contra mi mejilla.

—Querida, querida —murmuró—. Yo vivo en ti, y tú morirás por mí. Te quiero tanto.

Me aparté, sorprendida. Me miró con unos ojos de los que había huido todo ardor, todo sentido. Su rostro parecía incoloro y apático.

—¿No hay mucho relente, querida? —dijo soñolienta—. Estoy casi tiritando. ¿Habré soñado? Entremos. Vamos, vamos dentro.

—Pareces indispuesta, Carmilla, un poco débil. Necesitas tomar un poco de vino —dije.

—Sí, lo haré. Ahora me siento mejor. Me encontraré perfectamente en unos minutos. Sí, dame un poco de vino —respondió Carmilla mientras nos dirigíamos a la puerta—. Vamos a quedarnos un momento más. Quizá sea la última vez que pueda contemplar el claro de luna contigo.

—¿Cómo te encuentras ahora, querida Carmilla? ¿De verdad estás mejor? —pregunté.

Estaba empezando a alarmarme, no fuera que la hubiese atacado la extraña epidemia que decían que estaba invadiendo la comarca.

—Papá se angustiaría más allá de toda medida —añadí— si pensara que estás enferma, aunque sea ligeramente, y no dices nada de inmediato. Tenemos aquí cerca a un médico muy hábil, el que estuvo con papá hoy.

—Seguro que es hábil. Sé lo amables que sois todos. Pero, querida niña, ya vuelvo a estar bien. No me ocurre nada malo, salvo un poco de debilidad.

»La gente dice que soy lánguida. Soy incapaz del menor esfuerzo; apenas puedo caminar más allá de lo que lo haría un niño de tres años. Y a veces mis escasas fuerzas flaquean, y me pongo como acabas de verme. Pero, después de todo, siempre me recupero enseguida. En un momento estaré perfectamente. Mira cuánto me he recuperado.

De hecho, así era, de modo que seguimos charlando un largo rato, y ella se mostró en todo momento muy animada. Y el resto de la noche transcurrió sin ninguna recurrencia de lo que yo llamaba sus «encaprichamientos». Me refiero a su aspecto y a sus palabras insensatas, que me turbaban, e incluso me daban miedo.

Pero esa noche ocurrió algo que hizo que mis pensamientos dieran un nuevo giro y que incluso pareció transformar la naturaleza lánguida de Carmilla en una momentánea energía.

VI
UNA AGONÍA MUY EXTRAÑA

Una vez en el salón, tras sentarnos a tomar café y chocolate, aunque no probó ni el uno ni el otro, Carmilla volvió a ser ella misma, y madame y mademoiselle De Lafontaine se unieron a nosotras y organizaron una pequeña partida de cartas, en el curso de la cual también entró papá en busca de lo que llamaba su «platito de té».

Terminado el juego, se sentó en el sofá junto a Carmilla y le preguntó, con cierta ansiedad, si había sabido algo de su madre desde su partida.

Ella respondió:

—No.

Luego le preguntó si sabía a dónde podía dirigírsele una carta.

—No sabría decirlo —respondió ella con ambigüedad—, pero he estado pensando marcharme. Ya han sido demasiado hospitalarios y amables conmigo. Les he dado una infinidad de problemas, y me gustaría tomar mañana un carruaje y partir en busca de mi madre. Sé dónde podría encontrarla, aunque no me atrevo a decirles dónde.

—No debes pensar en tal cosa —exclamó mi padre, para mi gran alivio—. No podemos permitirnos perderte, y no consentiré que nos dejes si

no es para quedarte al cuidado de tu madre, que fue tan gentil como para consentir en dejarte con nosotros hasta su regreso. Me haría muy feliz saber que has contactado con ella. Pero esta noche los informes sobre el progreso de la misteriosa epidemia que se ha extendido por la vecindad se han vuelto aún más alarmantes. Y, mi hermosa invitada, al no contar con los consejos de tu madre, la responsabilidad es mía. Lo haré lo mejor que pueda; y una cosa es cierta: no debes dejarnos, salvo instrucciones expresas suyas en ese sentido. Sufriríamos demasiado al separarnos de ti como para consentirlo fácilmente.

—Mil gracias, señor, por su hospitalidad —respondió ella sonriendo con timidez—. Han sido todos extraordinariamente amables conmigo. Nunca en la vida había sido tan feliz como en este precioso castillo, bajo sus cuidados y acompañada por su querida hija.

Y él, galantemente, con su estilo anticuado, le besó la mano, sonriente y complacido por su pequeño discurso.

Acompañé a Carmilla a su cuarto, tal como solía hacerlo, y me senté a charlar con ella mientras se preparaba para acostarse.

—¿Crees que alguna vez —dije finalmente— acabarás por confiar plenamente en mí?

Se volvió sonriendo, pero no respondió; se limitó a sonreír.

—¿No vas a responder? —dije—. No te apetece responder a eso; no debería habértelo preguntado.

—Tenías todo el derecho a preguntarme eso y cualquier otra cosa. No sabes lo mucho que te quiero, o no pensarías que puedes abusar de mi confianza.

»Pero he hecho mis votos, muchísimo más estrictos que los de una monja, y no me atrevo aún a contar mi historia, ni siquiera a ti. El momento de que lo sepas todo ya se acerca. Me juzgarás cruel, muy egoísta, pero el amor es siempre egoísta; cuanto más ardiente más egoísta. No puedes saber lo celosa que soy. Habrás de venir conmigo, y amarme hasta la muerte; o bien odiarme y aun así venir conmigo, y *odiarme* en la muerte y después. A pesar de mi apática naturaleza la palabra «indiferencia» no existe para mí.

—Bueno, Carmilla, ahora vas a volver a decir tus insensateces —dije rápidamente.

—No, no; soy una tonta llena de caprichos y fantasías. Por ti hablaré de forma sensata. ¿Has ido alguna vez a un baile?

—No... qué manera de cambiar de tema. ¿Cómo es? Debe ser maravilloso.

—Casi lo he olvidado. Hace tantos años...

Me eché a reír.

—No eres tan mayor. Es casi imposible que hayas olvidado ya tu primer baile.

—Me acuerdo de todo... si hago un esfuerzo. Lo veo todo, como un buzo ve lo que hay sobre él a través del agua densa, ondulante pero transparente. Algo ocurrió aquella noche que ha enturbiado la imagen y apagado los colores. Fue como si me hubieran asesinado en mi lecho, hiriéndome aquí. —Se tocó el pecho—. Y desde entonces nada volvió a ser lo mismo.

—¿Estuviste a punto de morir?

—Sí, casi... un amor cruel... un amor extraño que me habría arrebatado la vida. El amor tiene sus sacrificios. No hay sacrificio sin sangre. Ahora vayámonos a dormir; me siento tan perezosa... ¿Cómo voy a levantarme ahora a cerrar mi puerta?

Estaba tendida con sus pequeñas manos enterradas en su suntuoso cabello ondulado, bajo su mejilla, la cabecita sobre la almohada, y sus brillantes ojos me seguían allá donde me moviese, con una especie de sonrisa tímida y que yo era incapaz de descifrar.

Le deseé buenas noches y me escabullí del cuarto con una sensación incómoda.

A menudo me preguntaba si nuestra hermosa invitada rezaba alguna vez sus oraciones. Ciertamente, jamás la había visto de rodillas. Por la mañana nunca bajaba hasta mucho después de que nuestro rezo familiar hubiera terminado, y por la noche nunca abandonaba el salón para asistir a nuestras breves oraciones en la capilla.

De no ser porque en una de nuestras conversaciones informales había dicho de forma casual que había sido bautizada, yo hubiera dudado de si era cristiana. La religión era un tema del que nunca la había oído decir una palabra. De haber conocido mejor el mundo, ese desinterés o antipatía no me habría sorprendido tanto.

Las manías de la gente nerviosa son contagiosas, y las personas de un temperamento similar acaban, al cabo de un tiempo, por imitarlas. Yo había adoptado la costumbre de Carmilla de cerrar la puerta del dormitorio, tras haber asimilado todos sus extravagantes temores acerca de agresores nocturnos y asesinos al acecho. También había adoptado su precaución de echar un breve vistazo a mi cuarto para asegurarme de que ningún ladrón o asaltante estuviera allí «escondido».

Esa noche, una vez tomadas todas esas prudentes medidas, me metí en la cama y me dormí. En mi cuarto tenía una luz encendida. Se trataba de una antigua costumbre, muy temprana en mi vida, a la que nada podía hacerme renunciar.

Tranquilizada con tales precauciones, me dispuse a dormir plácidamente. Pero los sueños atraviesan los sólidos muros de piedra, iluminan cuartos oscuros y oscurecen los claros, y entran y salen como les place y se ríen de las cerraduras. Esa noche tuve un sueño que fue el principio de una agonía muy extraña.

No podría llamarlo pesadilla, pues era bien consciente de estar dormida. Pero era igualmente consciente de estar en mi cuarto, tumbada en la cama, como realmente lo estaba. Vi, o creí ver, el cuarto y sus muebles exactamente como los acababa de ver antes de acostarme, salvo que todo estaba muy oscuro; y vi algo que se movía a los pies de la cama y que al principio no pude distinguir bien. Pero muy pronto me di cuenta de que era un animal negro que recordaba a un gato monstruoso. Me pareció que medía unos cuatro o cinco pies de largo, ya que abarcó toda la longitud de la alfombrilla al pasar sobre ella, y siguió yendo de un lado a otro, con la ágil y siniestra actitud de una bestia enjaulada. Yo no podía gritar, aunque podéis suponer que estaba aterrorizada. Sus pasos se iban volviendo más presurosos, y el cuarto se oscurecía más y más, hasta que al final estaba tan oscuro que no podía ver otra cosa que sus ojos. Noté cómo se subía ágilmente a la cama. Los dos ojos enormes se aproximaron a mi rostro y, de pronto, sentí un dolor agudo en el pecho, como si dos grandes agujas, con un par de pulgadas de separación entre ellas, se me hubieran clavado muy profundamente. Me desperté gritando. La estancia estaba iluminada por la vela que ardía allí toda la noche, y pude ver una figura femenina al pie de la cama, un poco hacia el lado derecho. Llevaba un vestido oscuro y ancho y el pelo suelto le cubría los hombros. Un bloque de piedra no habría podido permanecer más inmóvil. No había la más ligera señal de respiración. Mientras la miraba, la figura pareció cambiar de lugar y ahora estaba más cerca de la puerta; luego junto a ella, hasta que la puerta se abrió y la atravesó. Entonces me sentí aliviada, y capaz de respirar y de moverme. Mi primer pensamiento fue que Carmilla me estaba gastando una broma, y que se me había olvidado cerrar mi puerta con llave. Me apresuré a hacerlo, pero me encontré con que, efectivamente, ya estaba cerrada desde dentro. Tuve miedo de abrirla... me sentía horrorizada. Salté a mi cama, me cubrí la cabeza con las sábanas y me quedé allí, más muerta que viva, hasta que amaneció.

VII
EN DESCENSO

Sería en vano intentar transmitiros el horror con el que, todavía ahora, recuerdo lo que sucedió aquella noche. No era el terror transitorio que deja tras de sí una pesadilla. Parecía ahondarse más a medida que pasaba el tiempo, e impregnar el propio cuarto y los muebles, el escenario de la aparición.

Al día siguiente no soportaba quedarme sola ni por un momento. Debería habérselo contado a papá, pero no lo hice por dos razones contrapuestas. Por un lado, pensé que se reiría de mi historia, y no soportaba la idea de que la tratase a broma; y, por otro, se me ocurrió que lo más seguro era que pensase que había sido atacada por la misteriosa epidemia que había invadido nuestra comunidad. Yo no temía tal cosa, pero, como él mismo llevaba algún tiempo delicado de salud, no quería alarmarlo.

Con mis bondadosas compañeras, madame Perrodon y la vivaz mademoiselle De Lafontaine, me sentía cómoda y segura. Ambas percibieron que me encontraba desazonada y nerviosa, y finalmente les hablé del temor que me pesaba en el corazón.

Mademoiselle se echó a reír, pero me pareció que madame Perrodon se inquietaba.

—A propósito —dijo mademoiselle riendo—, ¡el largo camino de limeros que pasa bajo la ventana de Carmilla está encantado!

—¡Tonterías! —exclamó madame, quien con toda probabilidad pensaba que ese tema resultaba de lo más inoportuno—. ¿Y quién dice tal cosa, querida?

—Martin dice que pasó dos veces por allí antes del amanecer, cuando estaban reparando la vieja verja del patio, y las dos veces vio la misma figura femenina caminando por el paseo de limeros.

—Bien puede ver lo que le apetezca; y entretanto las vacas esperando a ser ordeñadas en los campos junto al río —dijo madame.

—Puede, pero Martin estaba realmente asustado. Yo creo que nunca había visto a un bobo más asustado.

—No debe decirle a Carmilla ni una palabra al respecto —intervine—, porque el paseo se ve desde la ventana de su cuarto y ella es, si cabe, aún más cobarde que yo.

Ese día Carmilla bajó mucho más tarde de lo habitual.

—Qué miedo pasé anoche —dijo en cuanto nos reunimos—, y estoy segura de que habría sido espantoso de no ser por el talismán que le compré al pobre buhonero al que llené de improperios. Soñé que algo negro se paseaba junto a mi cama y me desperté horrorizada; y en serio que, durante unos segundos, creí ver una figura oscura junto a la chimenea, pero busqué el amuleto bajo mi almohada y, en el momento en que lo toqué, la figura desapareció. Y estoy segura de que, de no haberlo tenido conmigo, habría aparecido algo terrible, y quizá me hubiera estrangulado, como dicen que le ha ocurrido a esa pobre gente.

—Oye, escucha —la interrumpí; y le conté mi aventura, ante la cual se quedó horrorizada.

—¿Y tenías a mano el amuleto? —preguntó ansiosa.

—No, lo había dejado en un jarrón chino en el salón, pero por supuesto que esta noche lo tendré conmigo, ya que tienes tanta fe en él. Con la perspectiva del tiempo, no puedo explicaros, ni aun entenderlo yo, cómo esa noche fui capaz de sobreponerme al horror que sentía y acostarme sola en mi cuarto. Recuerdo perfectamente haber prendido el amuleto a mi almohada. Me quedé dormida casi inmediatamente, y dormí toda la noche más profundamente de lo habitual.

La noche siguiente fue igualmente tranquila. Mi sueño fue deliciosamente profundo y sin pesadillas, pero me desperté con una sensación de laxitud y melancolía, que, sin embargo, no excedían un grado de lo que podría llamarse «voluptuosidad».

—Bueno, te lo dije —dijo Carmilla cuando le describí mi plácido descanso—. Yo también descansé plácidamente anoche. Prendí el amuleto en la pechera de mi camisón. La otra noche lo tenía muy lejos. Estoy segura de que todo fue fantasía, salvo los sueños. Solía creer que los sueños los producen los malos espíritus, pero nuestro médico me dijo que no hay tal cosa. Solo alguna fiebre pasajera, o cualquier otra indisposición que llama a la puerta y, al no poder entrar, sigue de largo dejando esa alarma.

—¿Y en qué crees que consiste el amuleto? —pregunté.

—Habrá sido regado o sumergido en alguna droga, y es un antídoto contra la malaria —respondió ella.

—¿Entonces solo actúa sobre el cuerpo?

—Ciertamente. ¿No pensarás que los espíritus malignos se asustan de unos trozos de cinta o de los perfumes del boticario? No, esas afecciones, que vagan por el aire, atacan primero los nervios y así infectan el cerebro, pero antes de que puedan apoderarse de ti el antídoto las repele. Eso es lo que estoy segura de que el talismán ha hecho por nosotras. No es nada mágico; es simplemente natural.

Me hubiera quedado más tranquila de haber podido estar totalmente de acuerdo con Carmilla, pero hice lo que pude y la impresión sufrida fue poco a poco perdiendo su fuerza.

Durante varias noches dormí profundamente, pero por las mañanas seguía sintiendo la misma laxitud, y el día entero pesaba sobre mí cierta languidez. Me sentía distinta. Una extraña melancolía se había apoderado de mí, una melancolía que no quería mitigar. Empezaron a invadirme vagos sentimientos de muerte, y la idea de que me iba hundiendo lentamente fue apoderándose de mí, de una forma suave y, de algún modo, no del todo rechazable. Si me encontraba triste, el ánimo mental que ello inducía resultaba también dulce. Lo que quiera que fuese, mi alma lo aceptaba. No pensaba admitir que estuviera enferma, ni iba a contárselo a papá para que mandase llamar al médico.

La devoción de Carmilla era mayor que nunca, y sus extraños paroxismos de lánguida adoración cada vez eran más frecuentes. Cuanto más flaqueaban mi fuerza y mi ánimo, más crecía su ardor. Esos momentos me dejaban sobrecogida, porque me parecían algo así como momentáneos destellos de locura.

Sin saberlo, me encontraba en un estado muy avanzado de la enfermedad más extraña que haya sufrido jamás ningún ser humano. En sus síntomas iniciales había cierta incomprensible fascinación que me reconciliaba con los propios efectos incapacitantes del mal. Esa fascinación creció durante un tiempo hasta alcanzar cierto punto, a partir del cual, gradualmente, una sensación de horror se mezcló con ella y fue ahondándose, como veréis, hasta desfigurar y pervertir mi estado vital entero.

El primer cambio que experimenté fue bastante agradable. Se encontraba muy cerca del punto de inflexión en el que comienza el descenso a los infiernos. En mis sueños me acosaban vagas y extrañas sensaciones. La dominante era algo así como esa fría emoción, peculiar y grata, que sentimos al bañarnos en un río y nadar contra la corriente. Enseguida la acompañaban sueños que parecían interminables, y que eran tan vagos que nunca conseguía recordar los escenarios y las personas, ni ningún aspecto coherente de su desarrollo, pero me dejaban una dolorosa impresión, y una sensación de agotamiento, como si hubiera atravesado un prolongado periodo de esfuerzo mental y peligro.

Después de esos sueños quedaba al despertar un recuerdo de haber estado en un lugar muy oscuro y haber hablado con gente a la que no podía ver; y especialmente una voz muy clara, de mujer, muy profunda, que hablaba desde la distancia, lentamente, y que producía siempre la misma sensación de indescriptible solemnidad y miedo. A veces tenía la sensación de que una mano me recorría la mejilla y el cuello. A veces era como si unos labios cálidos me besaran, besos cada vez más prolongados y amorosos hasta alcanzar mi garganta, donde la caricia se instalaba de forma permanente. Mi corazón latía más deprisa y mi respiración se aceleraba, subiendo y bajando muy rápido. Entonces me sobrevenía un sollozo, que nacía de una sensación de estrangulamiento y que se convertía en una terrible convulsión, durante la cual mis sentidos me abandonaban y me quedaba inconsciente.

Ya habían pasado tres semanas desde el inicio de este inexplicable estado. Durante la última mis sufrimientos ya se reflejaban en mi apariencia. Había empalidecido, tenía los ojos dilatados y con oscuras ojeras, y la languidez que llevaba sintiendo tanto tiempo comenzaba a mostrarse en mi expresión.

Mi padre me preguntaba a menudo si estaba enferma, pero, con una obstinación que ahora me parece inexplicable, yo insistía en asegurarle que estaba muy bien.

En cierto sentido era verdad. No me dolía nada, no podía quejarme de ningún malestar físico. Mi mal parecía ser de la imaginación, o de los nervios, y, por horribles que fueran mis sufrimientos, me los guardaba, con morbosa reserva, para mí misma.

No podía tratarse de ese terrible mal que los campesinos llamaban «el upiro», pues llevaba enferma tres semanas y ellos raramente resistían más de tres días antes de que la muerte pusiera fin a su desdicha.

Carmilla se quejaba de sueños y sensaciones febriles, pero en modo alguno tan alarmantes como los míos. Quiero decir que los míos resultaban extremadamente alarmantes. De haber sido capaz de comprender mi estado, habría pedido ayuda y consejo de rodillas. El narcótico de una influencia insospechada actuaba sobre mí, y mis percepciones quedaban anuladas.

Ahora voy a hablaros de un sueño que llevó de inmediato a un extraño descubrimiento.

Una noche, en lugar de la voz que acostumbraba a oír en la oscuridad, escuché otra, dulce y tierna y al mismo tiempo terrible, que dijo: «Tu madre te advierte de que te prevengas contra la asesina». En ese momento surgió una luz inesperada y vi a Carmilla erguida a los pies de mi cama, con su camisón blanco, bañada en sangre desde la barbilla a los pies.

Me desperté chillando, poseída de la idea fija de que Carmilla había sido asesinada. Recuerdo haber saltado de la cama, y que de pronto estaba en el pasillo pidiendo ayuda a gritos.

Madame y mademoiselle salieron corriendo de sus habitaciones, alarmadas. En el pasillo siempre ardía una lámpara, y al verme enseguida adivinaron la causa de mi terror.

Insistí en llamar a la puerta de Carmilla. Nuestros golpes no obtuvieron respuesta. Todo eran gritos y confusión. La llamamos a voces pero todo fue en vano.

Cada vez más asustadas, porque la puerta estaba cerrada con llave, volvimos corriendo a mi cuarto, presas del pánico, y allí tocamos furiosamente la campana. Si mi padre hubiera dormido en aquel ala de la casa le habríamos pedido ayuda de inmediato. Pero, ¡ay!, se encontraba fuera del alcance de nuestras voces, y llegar hasta él suponía una excursión que ninguna teníamos el valor de emprender.

Sin embargo, los sirvientes subieron corriendo las escaleras. Entretanto, yo me había puesto mi bata y mis zapatillas, y mis compañeras iban vestidas de igual modo. Al reconocer las voces de los sirvientes en el pasillo, salimos las tres juntas, y, tras renovar infructuosamente nuestras llamadas a la puerta de Carmilla, ordené a los hombres que forzaran la cerradura. Así lo hicieron y muy pronto nos encontramos ante el umbral de la puerta, con las luces en alto, contemplando el interior del cuarto.

La llamamos por su nombre, pero siguió sin haber respuesta. Buscamos por la habitación. Todo estaba en orden, exactamente en el mismo estado en que se encontraba cuando me despedí deseándole buenas noches. Pero Carmilla no estaba.

VIII
BÚSQUEDA

Al ver el cuarto en perfecto orden, salvo por nuestra violenta entrada, empezamos a tranquilizarnos un poco, y pronto recuperamos la calma lo suficiente como para despedir a los hombres. A mademoiselle se le había ocurrido que quizá Carmilla se hubiera despertado al oír los gritos en su puerta y, presa del pánico, hubiera saltado de la cama para esconderse en algún armario o detrás de una cortina, de donde, por supuesto, no podría salir hasta que el mayordomo y sus hombres se hubieran retirado. Volvimos entonces a iniciar la búsqueda y a volver a llamarla.

No sirvió de nada. Nuestra perplejidad y agitación no dejaban de crecer. Examinamos las ventanas, pero estaban cerradas. Pensando que quizá fuese una broma cruel de Carmilla, le imploré en voz alta que no la llevase más allá, que emergiera de su escondite y pusiera fin a nuestra angustia. Todo resultó inútil. A esas alturas estaba convencida de que no se encontraba en el cuarto ni en el vestidor, cuya puerta también estaba cerrada de este lado. No podría haber pasado por ahí. Yo me encontraba en un estado de absoluta confusión. ¿No habría encontrado Carmilla uno de esos pasadizos secretos que, según contaba la antigua ama de llaves, existían en el *schloss*, aunque su localización exacta se hubiera olvidado? Sin duda muy pronto se explicaría todo, aunque en esos momentos estuviésemos perplejas.

Pasaban de las cuatro y preferí quedarme el resto de la noche en el cuarto de madame. La luz del día no proporcionó solución alguna al misterio.

Por la mañana, la casa entera, con mi padre a la cabeza, permanecía en un estado de extrema agitación. Se examinó cada rincón del *château*. Se exploró el terreno circundante. No hubo forma de hallar rastro alguno de la joven desaparecida. Se hicieron preparativos para dragar el arroyo. Mi padre estaba consternado: ¿qué explicación le daría a la madre de la pobre muchacha cuando volviese? Yo también me encontraba totalmente abatida, aunque mi pesar era de otro orden.

La mañana transcurrió entre la alarma y la agitación. Ya era la una y aún sin noticias. Corrí al cuarto de Carmilla y me la encontré allí, de pie ante su tocador. Me quedé atónita. No podía creer lo que veían mis ojos. En silencio, con un gesto de su preciosa mano, me indicó que me acercase. Su rostro expresaba un miedo extremo.

Corrí hacia ella en un éxtasis de gozo; la besé y la abracé una y otra vez. Fui hacia la campana y la toqué con vehemencia, para que vinieran todos y aliviar así la angustia de papá.

—Querida Carmilla, ¿qué ha sido de ti todo este tiempo? Hemos sufrido una agonía de ansiedad buscándote —exclamé—. ¿Dónde has estado? ¿Cómo has vuelto?

—Ha sido una noche de prodigios —dijo.

—Por caridad, explícamelo lo mejor que puedas.

—Anoche pasaban de las dos —dijo— cuando me fui a la cama como siempre, con las puertas cerradas, la del vestidor y la del pasillo. Me dormí profundamente y, hasta donde recuerdo, sin sueños; pero me acabo de despertar en el sofá del vestidor y me he encontrado la puerta abierta y la del pasillo forzada. ¿Cómo ha podido ocurrir todo esto sin haberme despertado? Ha tenido que haber muchísimo ruido, y yo tengo el sueño ligero. ¿Y cómo he podido salir de mi cama sin despertarme, cuando a mí cualquier ruido me asusta?

Para entonces habían entrado en el cuarto madame, mademoiselle, mi padre y unos cuantos sirvientes. Por supuesto, abrumaron a Carmilla con preguntas, congratulaciones y frases de bienvenida. Ella no podía más que contar la misma historia una y otra vez, y parecía la menos indicada en todo el grupo para sugerir alguna explicación de lo que había sucedido.

Mi padre recorrió el cuarto de un lado a otro, meditando. Vi que Carmilla le seguía con la vista, y la suya era una mirada astuta y oscura. Los sirvientes fueron despedidos y mademoiselle fue en busca de una botellita de valeriana y sales aromáticas, quedándonos en el cuarto únicamente Carmilla, mi padre, madame y yo misma. Mi padre se dirigió a ella pensativamente, tomó su mano muy gentilmente, la llevó hasta el sofá y se sentó a su lado.

—¿Me disculparás, querida, si arriesgo una conjetura y te hago una pregunta?

—¿Quién podría tener mayor derecho? —dijo ella—. Pregunte lo que quiera y yo responderé lo mejor que sepa. Pero en mi historia solo hay confusión y oscuridad. No sé absolutamente nada. Pregunte cuanto guste, pero recuerde, por supuesto, las limitaciones que mamá me impuso en su momento.

—Perfectamente, mi querida niña. No necesito tocar ninguna de las cuestiones sobre las que nos impuso el silencio. Bien, el prodigio de anoche consiste en haber salido de tu cama y de tu cuarto sin despertarte, y todo eso ha sucedido al parecer con las ventanas aseguradas y las dos puertas cerradas con llave desde dentro. Te expondré mi teoría y te haré una pregunta.

Carmilla apoyaba la cabeza en una mano con desaliento. Madame y yo escuchábamos conteniendo la respiración.

—Bien, mi pregunta es la siguiente: ¿alguna vez has sospechado que pudieras caminar en sueños?

—Nunca, al menos desde que era pequeña.

—Pero ¿caminabas en sueños siendo muy niña?

—Sí, eso sí. Me lo comentó a menudo mi vieja aya.

Mi padre sonrió y asintió.

—Bien, esto es lo que ha sucedido. Te levantaste en sueños, abriste la puerta sin dejar la llave, como es habitual, en la cerradura, sino que la sacaste y cerraste desde fuera. Te llevaste la llave y te dirigiste a alguna de las veinticinco habitaciones de este piso, o quizá del de abajo o del de arriba. Hay muchas habitaciones y armarios, muebles muy sólidos, y tal acumulación de trastos que habría requerido una semana rastrear entera esta vieja casa. ¿Comprendes ya lo que quiero decir?

—Sí, pero no del todo —respondió.

—Pero, papá, ¿cómo explicas que se despertara en el sofá del vestidor, donde habíamos mirado tantas veces?

—Volvió allí después de que lo registraseis, aún dormida, y al final se despertó por sí sola, y se sorprendió de encontrarse allí tanto como los demás. Ojalá todos los misterios pudieran explicarse de forma tan sencilla e inocente como el tuyo, Carmilla —dijo riendo—. Así que debemos felicitarnos por la certeza de que la explicación más natural del suceso no tiene que ver con drogas, ni con cerraduras manipuladas, ni con ladrones, ni con envenenadores, ni con brujas. Nada que tenga que alarmar a Carmilla, ni a nadie, ni hacernos temer por nuestra seguridad.

Carmilla parecía encantada. Nada podía ser más bonito que el color en sus mejillas. Su belleza resultaba realzada por la gracia de esa languidez que le era tan propia. Mi padre se quedó en silencio, y creo que estaba comparando su aspecto con el mío, porque dijo:

—Ojalá mi pobre Laura volviera a parecer la de siempre. —Y suspiró.

Así que el susto terminó felizmente, y Carmilla volvió a reunirse con sus amigos.

IX
EL MÉDICO

Como Carmilla no quería ni oír hablar de que alguien durmiera con ella en su cuarto, mi padre arregló las cosas para que un sirviente durmiera tras su puerta, de manera que si ella intentase llevar a cabo una excursión parecida alguien pudiera detenerla.

Esa noche transcurrió sin incidentes, y al otro día vino a visitarme el médico, al que mi padre había llamado sin decirme una palabra.

Madame me acompañó a la biblioteca, donde me estaba esperando el pequeño y grave doctor que ya he mencionado anteriormente, con su pelo blanco y sus anteojos.

Le conté mi historia, y a medida que hablaba él parecía más y más preocupado.

Estábamos de pie, uno frente al otro, junto al hueco de un ventanal. Cuando terminé mi relación, apoyó los hombros contra la pared y fijó en mí sus ojos, con inquietud y un interés en el que se traslucía un punto de horror.

Tras reflexionar un momento, le preguntó a madame si podía ver a mi padre. Fueron a llamarle y, al entrar, dijo sonriendo:

—Supongo, doctor, que va a decirme que ha sido una tontería llamarle; eso espero.

Sin embargo, su sonrisa se desvaneció cuando el doctor le hizo señas de que se acercase, con una expresión de suma gravedad en el rostro.

Ambos departieron durante largo tiempo junto al mismo hueco de la ventana en donde había transcurrido mi entrevista con el galeno. Parecía ser una conversación seria y hasta controvertida. La estancia es muy amplia, y madame y yo permanecimos alejadas en el otro extremo, ardiendo de curiosidad. Sin embargo, nos fue imposible escuchar ni una palabra, ya que hablaban en voz baja y el profundo hueco del ventanal ocultaba al médico y casi a mi padre, del que solo podíamos distinguir un pie, un brazo y un hombro; y además las voces eran aún menos audibles por la amortiguación que producían los gruesos muros y la ventana.

Al cabo de un rato, mi padre nos miró a través de la estancia; estaba pálido, pensativo, y me pareció que muy agitado.

—Laura, cariño, ven aquí un momento. Madame, el doctor dice que no vamos a necesitarla por el momento.

Así que me acerqué, por primera vez alarmada, ya que, aunque me sentía muy débil, no creía estar enferma. Y uno siempre piensa que la fuerza es algo que se puede recuperar solo con descanso.

Mi padre tomó mi mano pero era al médico a quien miraba. Y dijo:

—Es ciertamente muy extraño; no lo entiendo muy bien. Laura, ven aquí, cariño. Ahora escucha al doctor Spielsberg, y haz memoria.

—Mencionó usted una sensación como si dos agujas le pincharan la piel en algún lugar cerca del cuello, la noche en que experimentó su primer sueño espantoso. ¿Aún le duele?

—Nada en absoluto —respondí.

—¿Puede indicarme con el dedo el punto en el que cree que se produjeron los pinchazos?

—Apenas por debajo de mi garganta —respondí.

Llevaba un vestido de noche que cubría el lugar que le señalé.

—Ahora lo comprobará usted, señor —dijo el médico—. Joven, ¿le importaría que su papá le bajase un poco el vestido? Es necesario para detectar el síntoma de la afección que ha estado sufriendo.

Consentí. Solo eran un par de pulgadas por debajo del cuello del vestido.

—¡Santo cielo! Ahí está —exclamó mi padre palideciendo.

—Ahora lo está viendo con sus propios ojos —dijo el médico con una expresión de sombrío triunfo.

—¿Qué es? —exclamé empezando a asustarme.

—Nada, mi querida joven; solo una pequeña manchita azul, como del tamaño de la yema de su dedito. Y ahora —prosiguió volviéndose a papá—, la cuestión es ¿qué hacer?

—¿Hay algún peligro? —insistí con angustia.

—Espero que no, querida —respondió el médico—. No veo razón alguna para que no se recupere ni para que no empiece a mejorar de inmediato. ¿Es ese el punto en el que comienza la sensación de estrangulamiento?

—Sí —respondí.

—Y ahora vuelva a hacer memoria. ¿Ese punto era como una especie de centro de la sensación que ha descrito, como la corriente de un arroyo helado que viniera hacia usted?

—Podría ser; algo parecido.

—Ah, ¿lo ve? —añadió volviéndose de nuevo hacia mi padre—. ¿Puedo hablar un momento con madame?

—Por supuesto —dijo mi padre.

Se hizo venir a madame, y el médico le dijo:

—Veo que nuestra joven amiga, aquí presente, está lejos de encontrarse bien. Confío en que no será demasiado grave, pero será necesario adoptar ciertas medidas de inmediato. Por el momento, madame, tendrá usted la bondad de no dejar sola a la señorita Laura ni por un momento. Esa es la única indicación que quiero darle por el momento. Es indispensable.

—Podemos confiar plenamente en usted, madame, estoy seguro —añadió mi padre.

Madame le dio todo tipo de seguridades.

—Y tú, querida Laura, sé que respetarás las indicaciones del doctor. Por cierto, tengo que pedirle su opinión acerca de otra paciente, cuyos síntomas recuerdan ligeramente a los de mi hija, tal como se los hemos expuesto. En su caso es algo mucho más leve, pero creo que bastante similar. Es una joven que es nuestra invitada. Como ha dicho que pasaría cerca de aquí esta noche, le agradecería que se quedase a cenar y la viese entonces. Nunca baja hasta por la tarde.

—Gracias —dijo el médico—, entonces esta tarde vendré sobre las siete.

Repitieron las indicaciones que nos habían dado a madame y a mí, y mi padre salió para acompañar al médico. Los vi pasearse arriba y abajo entre el camino y el foso, por la explanada de hierba frente al castillo, evidentemente absortos en una importante conversación.

Luego el médico montó su caballo y, tras despedirse, se internó en el bosque. Casi al mismo tiempo vi al hombre que venía de Dranfield con el correo. Desmontó y le entregó la bolsa a mi padre.

Entretanto, madame y yo estábamos de lo más atareadas, perdidas en conjeturas respecto a las razones de las singulares y estrictas indicaciones impuestas por el médico y mi padre. Madame, como me contó más tarde, creía que el médico temía un ataque repentino en el que, de no contar con ayuda, podría perder la vida o al menos resultar seriamente herida. Esa interpretación no me convencía. Pensaba, afortunadamente para mis nervios, que habían prescrito esas precauciones simplemente para asegurarme una compañera y evitar así que hiciera demasiado ejercicio o que comiera fruta verde o hiciera las cincuenta tonterías que se supone que les encanta hacer a los jóvenes.

Aproximadamente media hora más tarde entró mi padre. Llevaba una carta en la mano y dijo:

—Una carta que llega con retraso. Es del general Spielsdorf. Nuestro amigo tendría que haber llegado ayer. Ahora no sé si se presentará aquí mañana o esta misma noche.

Me entregó la carta abierta, pero no parecía tan complacido como solía estarlo cuando nos visitaba un amigo, especialmente uno tan apreciado como el general. Por el contrario, parecía querer verlo en el fondo del mar Rojo. Claramente, tenía algo en la cabeza que había decidido no compartir.

—Papá querido, ¿no vas a contármelo? —dije poniendo una mano en su brazo y con expresión de ruego.

—Tal vez —respondió acariciándome el pelo con ternura.

—¿Es que el médico cree que estoy muy enferma?

—No, cariño. Piensa que, si se toman ciertas precauciones, te encontrarás bastante mejor o, al menos, en camino de recuperarte completamente, en un día o dos —respondió algo secamente—. Ojalá nuestro amigo el general hubiese escogido otra fecha para venir a vernos. Quiero decir que ojalá estuvieras totalmente restablecida para recibirle.

—Pero cuéntame, papá —insistí—, ¿qué cree el médico que me sucede?

—Nada; no debes molestarme con preguntas —respondió, más irritado de lo que recordaba haberle visto nunca. Pero al ver que me había herido, supongo, me dio un beso y añadió—: Lo sabrás todo en un par de días; es decir, todo lo que yo sé. Mientras tanto no debes preocuparte por nada.

Dio media vuelta y salió, pero volvió antes de darme tiempo de hacer más conjeturas sobre aquel asunto tan sumamente extraño. Solo quería decirme que iba a ir a Karnstein y que había ordenado que preparasen el carruaje para las doce. Madame y yo debíamos acompañarle. Quería ver al párroco que vivía cerca de aquella zona tan pintoresca para tratar algunos asuntos, y, como Carmilla no había estado nunca allí, seguramente le gustaría conocer el lugar. Nosotros nos adelantaríamos y, una vez que ella bajase de su cuarto, podría seguirnos con mademoiselle, la cual habría de llevar todo lo necesario para lo que suele llamarse un pícnic, que celebraríamos en las ruinas del castillo.

A las doce, por tanto, ya estaba lista, y no tardamos en emprender, mi padre, madame y yo, la proyectada excursión. Tras pasar el puente levadizo, torcimos a la derecha y seguimos la carretera que cruzaba sobre el empinado puente gótico hacia el oeste, en dirección a la aldea desierta y el castillo en ruinas de los Karnstein.

No puede concebirse un paseo más agradable. El paisaje se rompía en suaves colinas y hondonadas, todas cubiertas de árboles magníficos, lo más opuesto a la formalidad de los jardines artificiales, podados y en perfecto orden. Las irregularidades del terreno hacían que el camino se apartase a veces de su curso para rodear los bordes de las hondonadas y las empinadas laderas de las colinas, entre una variedad de panorámicas casi inagotable.

Al doblar una de esas curvas nos encontramos de pronto con nuestro viejo amigo el general, que cabalgaba hacia nosotros en compañía de un sirviente también a caballo. Su equipaje venía detrás en un carromato alquilado.

Nos detuvimos, el general desmontó y, tras los saludos de rigor, aceptó el asiento que le ofrecimos en el carruaje y despachó hacia el castillo con los sirvientes, su caballo y su equipaje.

X
AFLICCIÓN

Hacía diez meses aproximadamente desde la última vez que lo habíamos visto, pero ese tiempo había sido suficiente para provocar en su apariencia una alteración de años. Había adelgazado; una expresión ansiosa y sombría había ocupado el lugar de la serenidad cordial que caracterizaba sus rasgos. Sus ojos azul oscuro, siempre penetrantes, brillaban ahora con una luz más severa bajo sus cejas grises e hirsutas. No era tan solo el cambio que frecuentemente se produce con el pesar; parecía más bien que un sentimiento de cólera apenas reprimido había tenido también parte importante en ello.

Al poco de reanudar el viaje, el general empezó a hablar con su habitual franqueza militar de la aflicción, como la denominó, en que se había sumido tras la muerte de su adorada sobrina y pupila; y luego, con un tono de furia e intensa amargura, estalló en invectivas contra las «artes demoniacas» de las que aquella había sido víctima, y expresó, con más exasperación que piedad, su asombro ante el hecho de que el cielo tolerase con indulgencia tan monstruosa tales manifestaciones de la lujuria y malignidad del infierno. Mi padre, comprendiendo enseguida que había ocurrido algo realmente extraordinario, le pidió que, si no le resultaba muy doloroso, detallase las circunstancias que en su opinión justificaban los gruesos términos que había empleado.

—Me complacerá hacerlo —dijo el general—, pero tal vez no me crea.

—¿Por qué no iba a hacerlo? —preguntó mi padre.

—Porque —respondió irritado—, usted solo cree en aquello que concuerda con sus propios prejuicios e ilusiones. Recuerdo haber sido como usted, pero he aprendido algunas cosas.

—Póngame a prueba —dijo mi padre—. No soy tan dogmático como usted supone. Además, sé muy bien que usted, generalmente, exige pruebas antes de creer, así que estoy muy predispuesto a respetar las conclusiones que haya obtenido.

—Acierta usted al suponer que no me he dejado conducir a la ligera a la hora de creer en prodigios (porque lo que he experimentado son prodigios); y solo evidencias extraordinarias me han obligado a dar crédito a cosas que se oponen diametralmente a todas mis convicciones. He sido la víctima de una conspiración preternatural.

A pesar de su profesión de fe en la perspicacia del general, vi que mi padre, en ese punto, lo miraba con profundas sospechas acerca de su cordura, o eso me pareció. Por suerte, el general no se percató de ello. Contemplaba sombríamente y con curiosidad los claros y vistas de los bosques que se abrían ante nosotros.

—¿Se dirigen a las ruinas de Karnstein? —dijo—. Sí, es una afortunada coincidencia. De hecho pensaba pedirles que me llevaran para poder inspeccionarlas. Tengo un especial interés en explorarlas concienzudamente. ¿No hay una capilla en ruinas con muchas tumbas de esa familia extinguida?

—Así es, y son muy interesantes —dijo mi padre—. ¿Acaso se dispone a reclamar el título y las propiedades?

Mi padre lo dijo jovialmente, pero el general no ofreció la carcajada, ni siquiera la sonrisa, que la cortesía exige ante el chiste de un amigo; por el contrario, su mirada era grave, incluso colérica, como si rumiase algún asunto que provocaba su ira y horror.

—Me dispongo a hacer algo muy diferente —dijo roncamente—. Pretendo desenterrar a algunos de esos personajes. Espero, con la bendición de Dios, llevar a cabo aquí un devoto sacrilegio que aliviará a nuestro país de ciertos monstruos y que permitirá que la gente honrada pueda seguir durmiendo en sus camas sin ser asaltada por asesinos. Tengo cosas extrañas que contarle, mi querido amigo, cosas que solo hace unos meses yo mismo habría juzgado increíbles.

Mi padre volvió a mirarle, pero esta vez no con ojos suspicaces, sino más bien con inteligencia y alarma.

—La casa de Karnstein —dijo— lleva mucho tiempo extinguida: al menos cien años. Mi amada esposa descendía de los Karnstein por parte de madre. Pero el nombre y el título hace mucho que no existen. El castillo es una ruina; la propia aldea está desierta; hace más de cincuenta años que allí no se ve el humo de una chimenea. Ni siquiera queda un tejado en pie.

—Muy cierto. He aprendido mucho sobre eso desde la última vez que nos vimos; muchas cosas que le asombrarán. Pero será mejor que lo cuente todo en el orden en que sucedió —dijo el general—. Ya conocía usted a mi querida pupila... mi hija, debería llamarla. Ninguna criatura podía haber sido más bonita, y hasta hace tres meses se encontraba en la flor de la edad.

—¡Sí, pobre niña! La última vez que la vi resultaba ciertamente adorable —dijo mi padre—. Mi sorpresa y mi pesar fueron más grandes de lo que puedo expresar, querido amigo. Debió ser para usted un golpe tremendo.

Tomó la mano del general y la presionó afectuosamente. Las lágrimas inundaron los ojos del viejo soldado. No trató de ocultarlas. Dijo:

—Hace mucho tiempo que somos amigos; sé que me acompañó en mi dolor, sabiendo que yo no tengo hijos. Ella se había convertido para mí en objeto del mayor interés, y correspondía a mis cuidados con un afecto que alegraba mi hogar y hacía feliz mi vida. Todo eso ha desaparecido. Ya no me quedan muchos años sobre esta tierra, pero, con ayuda de Dios, espero hacerle un gran servicio a la humanidad antes de morir. ¡Y tomarme la venganza del cielo sobre los demonios que han asesinado a mi pobre niña en la primavera de sus esperanzas y su belleza!

—Acaba de decir que contaría los hechos en el mismo orden en que se sucedieron —dijo mi padre—. Hágalo, se lo ruego. Le aseguro que no me mueve la simple curiosidad.

A esas alturas habíamos llegado al punto en que la carretera de Drunstall, por la que había venido el general, se separaba del camino que conducía a Karnstein.

—¿A qué distancia se encuentran las ruinas? —preguntó el general ansiosamente mientras contemplaba la distancia.

—A una legua aproximadamente —respondió mi padre—. Le ruego que nos permita escuchar la historia que ha prometido contarnos.

XI
LA HISTORIA

—Con todo mi corazón —dijo el general haciendo un esfuerzo; y tras una breve pausa para ordenar sus pensamientos, empezó a narrar una de las historias más extrañas que yo haya oído jamás—. Mi querida niña aguardaba con verdadero placer la visita a su encantadora hija, tras su amable invitación. —Aquí me saludó galante pero melancólicamente con la cabeza—. Entretanto recibimos otra invitación para visitar a mi viejo amigo el conde Carsfeld, cuyo *schloss* se encuentra a unas seis leguas al otro lado de Karnstein. Se trataba de asistir a la serie de fiestas que iba a dar, si lo recuerda, en honor de su ilustre visitante, el gran duque Carlos.

—Sí, fueron realmente espléndidas, según he oído —dijo mi padre.

—¡Principescas! Su hospitalidad es regia. Posee la lámpara de Aladino. La noche en la que da comienzo mi pesar se celebraba un magnífico baile de máscaras. Se abrieron los jardines y se decoraron los árboles con lámparas de colores. Hubo un despliegue de fuegos artificiales como no se ha visto ni siquiera en París. Y una música... La música, ya sabe, es mi debilidad. ¡Qué música tan arrebatadora! La orquesta más delicada, quizá, del mundo entero, y los mejores cantantes que se pueden traer de las grandes óperas de Europa. Mientras deambulabas a través de los jardines fantásticamente iluminados, con el *château* resplandeciente de luz de luna, arrojando un fulgor dorado desde las largas hileras de ventanas, escuchabas de pronto aquellas voces deleitosas alzándose desde el silencio de alguna arboleda, o desde los botes en el lago. Me sentí transportado, mientras miraba y escuchaba, a los tiempos de romance y poesía de mi primera juventud.

»Cuando terminaron los fuegos y dio comienzo el baile, volvimos a los nobles salones que se habían abierto para los bailarines. Un baile de máscaras, ya sabe, es algo digno de ver, pero yo nunca había visto un espectáculo de su especie tan brillante.

»Era una reunión de lo más aristocrática. Yo me sentía el único "don nadie" presente.

»Mi querida niña estaba preciosa. No llevaba máscara. Su excitación y su deleite añadían un inexplicable encanto a sus rasgos, siempre adorables. Reparé en una joven dama, vestida con magnificencia pero con máscara, que parecía estar observando a mi pupila con extraordinario interés. La había visto al comienzo de la velada, en el gran salón, y otra vez, durante unos minutos, paseando cerca de nosotros en la terraza, bajo los ventanales del castillo, igualmente atenta. Otra dama también enmascarada, vestida con exquisita gravedad y con aire majestuoso, como una persona de rango, la acompañaba en todo momento.

»De no haber llevado máscara la joven, habría podido, por supuesto, estar más seguro acerca de si realmente estaba observando a mi pobre niña.

»Ahora tengo la absoluta certeza de que lo hacía.

»Estábamos ahora en uno de los salones. Mi pobre niña había estado bailando y ahora descansaba brevemente en una de las butacas cercanas a la puerta. Yo me encontraba junto a ella. Las dos damas en cuestión se habían acercado, y la más joven tomó asiento al lado de mi pupila. Su compañera permaneció de pie junto a mí, y durante unos momentos habló en voz baja con la que estaba a su cargo.

»Valiéndose del privilegio de su máscara, se volvió hacia mí, y con el tono de una vieja amiga, llamándome por mi nombre, entabló conmigo una conversación que enseguida atrajo mi curiosidad. Aludió a distintos momentos en que nos habíamos visto, en la corte y en casas distinguidas. Mencionó pequeños incidentes de los que yo apenas recordaba nada pero que, como pude descubrir, aún poblaban mis recuerdos, porque se avivaron al nombrarlos.

»Cada momento que pasaba sentía más curiosidad por saber quién era. Ella desviaba hábil y jovialmente todos mis intentos por descubrirlo. El conocimiento que mostraba de muchos pasajes de mi vida me resultaba inexplicable; y ella parecía hallar un placer travieso en frustrar mi curiosidad, y disfrutaba viéndome sumido en la más profunda perplejidad, yendo de una conjetura a otra.

»Entretanto, la dama más joven, a la que su madre llamó por el antiguo nombre de Millarca en un par de ocasiones en que se dirigió a ella, había entablado conversación con mi pupila, con la misma gracia y desenvoltura.

»Se presentó a sí misma diciendo que su madre era una amiga mía muy antigua. Habló de la agradable audacia que confiere una máscara; le habló como una amiga; admiró su vestido e insinuó muy gentilmente que su belleza era espléndida. La divirtió con irónicos comentarios acerca de la gente que llenaba el salón, y rio viendo a mi pobre niña disfrutar. Se mostró ingeniosa y vivaz, y al cabo de un rato se habían vuelto muy buenas amigas, así que la joven desconocida se alzó la máscara y mostró un rostro notablemente bello. Nunca la había visto, y mi querida niña tampoco, pero sus rasgos eran tan cautivadores, tan adorables, que resultaba imposible no sentir por ella una poderosa atracción. Así le ocurrió a mi pobre niña. Nunca había visto a nadie ser conquistado de ese modo y a primera vista, a no ser que cuente también a la propia desconocida, que se quedó igualmente prendada de mi pupila, como si ya le hubiera entregado su corazón.

»A todo esto, con la licencia de la mascarada, le hice un montón de preguntas a la dama mayor.

»—Me tiene usted absolutamente perplejo —dije riendo—. ¿No es ya suficiente? ¿Consentirá usted ahora que nos pongamos en términos de igualdad y tendrá la bondad de quitarse la máscara?

»—¿Habrá proposición menos razonable? —replicó ella—. ¡Pedirle a una dama que renuncie a su ventaja! Además, ¿cómo sabe que va a reconocerme? Los años traen cambios.

»—Como usted misma puede ver —dije con una inclinación de cabeza y una risita, supongo, algo melancólica.

»—Como afirman los filósofos —dijo—. ¿Y cómo sabe que ver mi rostro le ayudará?

»—Me arriesgaré —respondí—. Es inútil que trate de presentarse como una mujer mayor. Su figura la delata.

»—En todo caso, han pasado muchos años desde que nos vimos por última vez; desde que usted me vio a mí, que es lo que estoy considerando. Millarca, aquí presente, es mi hija. No puedo ser joven, incluso según los parámetros de las personas a las que el tiempo ha enseñado a ser indulgentes, y no querría ser comparada con el recuerdo que usted tenga de mí. Además, usted no tiene máscara que quitarse. No puede ofrecerme nada a cambio.

»—Mi petición es que se compadezca de mí y se la quite.

»—Y la mía que la deje estar donde se encuentra —replicó.

»—Bueno, entonces podrá decirme al menos si es usted francesa o alemana. Habla perfectamente ambas lenguas.

»—No creo que vaya a decirle eso, general. Usted intenta sorprenderme y ya está planeando su propio punto de ataque.

»—Sea como sea, esto no puede negármelo— dije—: que una vez concedido el honor de esta conversación, debería saber cómo dirigirme a usted. ¿Debo decir madame la Comtesse?

»Se echó a reír y, sin duda, me habría respondido con alguna evasiva... eso de haber podido contar con que pudiera suceder algo casual en una entrevista en la que, ahora lo sé, todo estaba preparado.

»—En cuanto a eso... —comenzó, pero fue interrumpida, casi en cuanto abrió los labios, por un caballero vestido de negro cuyo aspecto era particularmente elegante y distinguido, salvo por esta desventaja: que su rostro poseía la más profunda palidez que jamás haya visto, salvo en los cadáveres. No llevaba máscara y vestía con la sencillez espléndida de un caballero. Tras una cortés reverencia, inusualmente profunda, sin sonreír, dijo:

»—¿Podría decirle en privado a madame la Comtesse unas palabras que pueden interesarle?

»La dama se volvió rápidamente hacia él y se llevó un dedo a los labios indicando silencio. Luego me dijo:

»—Guárdeme el sitio, general; volveré en cuanto hablemos unas palabras.

»Y con esta orden, que me dio con toda jovialidad, se apartó a un lado en compañía del caballero de negro, con quien habló durante unos minutos, aparentemente con bastante agitación. Luego se internaron lentamente entre la multitud y los perdí de vista durante un buen rato.

»Pasé esos momentos devanándome los sesos en busca de alguna conjetura acerca de la identidad de la dama que parecía recordarme con tanta amabilidad. Ya estaba pensando en unirme a la conversación entre mi preciosa pupila y la hija de la condesa. Quizá hablando con esta podría sorprender a la dama, cuando regresase, dándole cumplida cuenta de su nombre, título, *château* y dominios. Pero entonces regresó acompañada por el hombre pálido vestido de negro, que dijo:

»—Volveré para informar a madame la Comtesse cuando su carruaje esté en la puerta.

»Y se retiró tras una reverencia.

XII
UNA PETICIÓN

»—Así que vamos a perder a madame la Comtesse, pero confío en que solo por unas horas —dije con una reverencia.

»—Podría ser eso, o podrían ser unas pocas semanas. Es muy desafortunado que el caballero me hablara como lo ha hecho ante usted. ¿Ya sabe quién soy?

»Le aseguré que no.

»—Lo sabrá —dijo—, pero no ahora. Somos mejores amigos, y más antiguos, de lo que usted quizá sospecha. Aún no puedo darme a conocer. En el plazo de tres semanas visitaré su precioso *schloss,* del que he hecho algunas averiguaciones. Entonces me quedaré por espacio de una hora o dos y renovaremos una amistad en la que nunca pienso sin recordar mil detalles placenteros. Pero ahora me han llegado ciertas noticias que me han llenado de inquietud. Debo irme, y recorrer una gran distancia, cerca de cien millas, con la mayor celeridad posible. Mis conflictos se multiplican. Dada la forzosa reserva que debo mantener respecto a mi nombre, apenas me atrevo a formularle una singular petición. Mi pobre niña aún no ha recuperado sus fuerzas. Se cayó junto con su caballo durante una cacería a la que quería asistir y sus nervios no se han recobrado después del incidente. Nuestro médico dice que no debe realizar esfuerzos durante un tiempo. En consecuencia, vinimos aquí viajando por etapas breves, de no más de seis leguas al día. Ahora debo viajar día y noche, en una misión a vida o muerte, misión cuya naturaleza crítica y crucial podré explicarle cuando nos encontremos, como espero que así sea, en unas pocas semanas, sin necesidad ya de ocultar nada.

»Al momento formuló su petición, y lo hizo en el tono de una persona de quien una petición como esa es más bien un honor, antes que un favor. Fue solo la manera en que lo hizo, y, al parecer, sin ser consciente de ello. Los términos que empleó no podían ser más perentorios. Se trataba, en suma, de que consintiera en hacerme cargo de su hija durante su ausencia.

»La petición, en conjunto, resultaba extraña, por no decir audaz. De algún modo me desarmó, porque enseguida enumeró todas las circunstancias que se oponían a ello, y se encomendó enteramente a mi caballerosidad. En ese momento, por una fatalidad que parece haber predeterminado todo cuanto iba a ocurrir, mi pobre niña se me acercó y, en voz baja, me rogó que invitase a su nueva amiga, Millarca, a hacernos una visita. Ya la había estado sondeando y pensaba que, si su madre no se oponía, a ella le encantaría la idea.

»En cualquier otro momento le habría dicho que esperase un poco hasta que, al menos, supiésemos quiénes eran. Pero no tuve tiempo de pensarlo. Las dos damas me presionaban a la vez, y debo confesar que el refinado y hermoso rostro de la joven, en el que había, junto a la elegancia y la llama de la buena cuna, algo extremadamente seductor, me decidieron. Así que, abrumado, me rendí, y me hice cargo, con demasiada ligereza, del cuidado de la muchacha a la que su madre llamaba Millarca.

»La condesa se apartó con su hija, que escuchó con grave atención lo que aquella le contó, en términos generales: que había sido llamada repentina y urgentemente y que había hecho todos los arreglos necesarios para dejarla bajo mi cuidado, añadiendo que yo era uno de sus amigos más queridos y leales.

»Por supuesto, yo pronuncié los discursos que venían al caso, pero me encontraba, pensándolo bien, en una posición que no me gustaba nada.

»El caballero de negro volvió a comparecer y, muy ceremoniosamente, condujo a la dama fuera del salón.

»La conducta de este caballero era tal que me transmitió la convicción de que la condesa era una dama de mucha mayor importancia de lo que su modesto título parecía sugerir.

»Su última orden fue que no intentase en modo alguno, hasta su regreso, averiguar sobre ella nada que no supusiese ya. Nuestro distinguido anfitrión, del que ella era huésped, conocía sus razones.

»—Pero —dijo— ni mi hija ni yo podemos permanecer a salvo aquí ni un día más. Hace una hora, imprudentemente, me levanté la máscara durante un momento y, demasiado tarde, supuse que usted me había visto y reconocido. Así que decidí buscar una oportunidad para hablarle. De haber descubierto que usted me había visto, me habría encomendado a su elevado sentido del honor para que guardase mi secreto durante unas semanas. He comprobado que en realidad no me vio; pero si ahora sospecha o, tras reflexionar, lo hace más adelante, igualmente me encomiendo a su honor. Mi hija debe observar el mismo secreto, y sé muy bien que usted se lo recordará de vez en cuando, no sea que irreflexivamente lo revele.

»Le susurró unas palabras a su hija, la besó apresuradamente dos veces y se marchó, acompañada por el pálido caballero de negro, perdiéndose entre la concurrencia.

»—En el salón vecino —dijo Millarca— hay un ventanal que domina la puerta del vestíbulo. Me gustaría ver partir a mamá y lanzarle un beso.

»Accedimos, naturalmente, y la acompañamos al ventanal. Nos asomamos y vimos un precioso carruaje antiguo, con una tropa de sirvientes y lacayos. La esbelta figura del caballero pálido se destacó con un tupido manto de terciopelo que colocó sobre los hombros de la dama, cubriendo su cabeza con la capucha. Ella asintió y rozó apenas su mano con la de él. El caballero hizo varias profundas reverencias, cerró la portezuela tras ella y el carruaje inició su marcha.

»—Se ha ido —dijo Millarca con un suspiro.

»"Se ha ido", repetí para mí mismo, reflexionando por primera vez, tras precipitarse los acontecimientos, en lo insensato de mis actos.

»—No se ha vuelto para mirarme —dijo la joven, llorosa.

»—Tal vez la condesa se había quitado la máscara y no quería que se viese su rostro —dije—. Tampoco podía saber que estaba usted asomada al ventanal.

»Ella suspiró y me miró a los ojos. Era tan bonita que me ablandé. Lamentaba haberme arrepentido momentáneamente de haberle ofrecido mi hospitalidad, y decidí hacer todo lo posible por compensar la mezquindad de mi comportamiento.

»La joven volvió a ponerse la máscara y ambas, mi hija y ella, me persuadieron de volver a los jardines, donde de nuevo iban a ofrecer un concierto. Así lo hicimos y recorrimos la terraza que se extendía bajo los ventanales del castillo.

»Millarca nos trató con toda confianza y se dedicó a divertirnos con ingeniosos comentarios y anécdotas referentes a las grandes personalidades que nos encontrábamos en la terraza. Cada minuto me gustaba más y más. Sus chismes, sin la menor mala intención, me resultaban extremadamente entretenidos, porque llevaba mucho tiempo fuera del gran mundo. Pensé en las distracciones que traería a nuestras veladas en casa, siempre tan solitarias.

»El baile no terminó hasta que el sol de la mañana tocó el horizonte. Al gran duque le complacía bailar hasta muy tarde, de modo que la gente leal no pudiese irse ni pensar en acostarse.

»Acabábamos de penetrar en un salón muy concurrido cuando mi pupila me preguntó qué había sido de Millarca. Yo pensaba que iba a su lado, y ella que iba al mío. El hecho era que la habíamos perdido.

»Todos mis esfuerzos para encontrarla fueron en vano. Temí que en la confusión del gentío hubiera confundido a otras personas con sus nuevos amigos, los hubiese seguido y se hubiese extraviado en los extensos jardines que rodeaban el castillo.

»Ahora reconocía plenamente todo el alcance de mi ligereza e insensatez al hacerme cargo de una joven de la que no conocía más que su nombre. Obligado por mis promesas, ignorando incluso hasta las razones de esa imposición, ni siquiera podía hacer pesquisas preguntando por la hija de la condesa que había partido unas horas antes.

»Amaneció. Ya era pleno día cuando abandoné mi búsqueda. Hasta casi las dos de la tarde no volvimos a saber nada de la joven desaparecida. Alrededor de esa hora, un sirviente llamó a la puerta de mi sobrina para decir que había sido abordado por una dama que parecía presa de una gran agitación y que le había preguntado dónde podría encontrar al barón Spielsdorf y a su hija, a cuyo cargo había sido confiada por su madre.

»No podía haber duda, a pesar del ligero error de mi tratamiento, de que nuestra amiga había aparecido; y así era. ¡Ojalá hubiera querido el cielo que se perdiera!

»Le contó a mi pobre niña un cuento para explicar su prolongada ausencia. Muy tarde, dijo, desesperada por no encontrarnos, había dado con el cuarto del ama de llaves y allí había caído en un profundo sueño, el cual, a pesar de prolongarse tanto, apenas había conseguido reparar sus fuerzas tras las fatigas del baile.

»Ese día Millarca vino a casa con nosotros. Yo me sentía feliz, después de todo, de haber encontrado una compañera tan encantadora para mi adorada niña.

XIII
EL LEÑADOR

Pronto aparecieron, sin embargo, algunos inconvenientes. En primer lugar, Millarca adolecía de una extrema languidez (la debilidad que aún la aquejaba tras su reciente enfermedad) y nunca salía de su habitación hasta bien avanzada la tarde. En segundo lugar, se descubrió accidentalmente que, a pesar de que siempre cerraba su puerta desde dentro y nunca quitaba la llave de la cerradura ni admitía a la doncella para ayudarla a arreglarse, a veces era indudable que se ausentaba de su cuarto a primera hora de la mañana, y a menudo también varias veces a lo largo del día, mientras nos hacía creer que no se había movido de la cama. Se la vio en numerosas ocasiones desde las ventanas del *schloss,* con las primeras luces grisáceas del alba, caminando entre los árboles, yendo hacia poniente y con todo el aspecto de alguien que está en trance. Esos incidentes me convencieron de que caminaba en sueños. Pero esta hipótesis no resolvía el enigma. ¿Cómo conseguía salir de su cuarto dejando la puerta cerrada por dentro? ¿Cómo se escapaba de la casa sin abrir puerta o ventana alguna?

»En medio de mis perplejidades, se me presentó una inquietud de tipo mucho más urgente.

»Mi querida niña empezó a perder su lozanía y su salud, y de un modo tan misterioso, incluso horrible, que empecé a asustarme terriblemente.

»Al principio la asediaron sueños espantosos; luego imaginó ser acosada por un espectro, unas veces parecido a Millarca, otras bajo la forma de una bestia apenas entrevista que deambula a los pies de su cama, de un lado a otro.

»Finalmente llegaron las sensaciones. Una, no del todo desagradable pero muy peculiar, según dijo, recordaba el flujo de un arroyo helado sobre su pecho. Más adelante sintió como si un par de largas agujas la pinchasen un poco por debajo de la garganta, produciendo un dolor agudo. Unas noches después siguió una gradual y convulsa sensación de estrangulamiento; y luego, la inconsciencia.

Yo escuchaba claramente cada palabra que el bondadoso y anciano general iba diciendo, porque a esas alturas ya rodábamos sobre la hierba corta que se extiende a cada lado del camino al aproximarse a la aldea en ruinas que llevaba más de medio siglo sin que en ninguna de sus casas sin tejado saliese el humo de una chimenea.

Podéis suponer mi extrañeza al oír cómo mis propios síntomas eran descritos con tanta exactitud en la persona de la pobre muchacha que, salvo por la desgracia que siguió, habría sido en aquel momento una invitada en el castillo de mi padre. ¡También podréis imaginaros lo que sentí al escucharle enumerar hábitos y peculiaridades misteriosas que eran también, de hecho, los de nuestra hermosa invitada, Carmilla!

Se abrió un claro en el bosque; nos encontramos de pronto ante las chimeneas y gabletes de la aldea en ruinas y las torres y almenas del castillo derruido, todo rodeado de árboles gigantescos que nos contemplaban desde sus solemnes alturas.

Como en un sueño atemorizador, me bajé del carruaje. En silencio, pues todos teníamos muchas cosas en que pensar, ascendimos al castillo y muy pronto nos encontramos entre las espaciosas cámaras, las sinuosas escaleras y los oscuros corredores.

—¡Esta fue en su día la residencia palaciega de los Karnstein! —dijo finalmente el anciano general mientras contemplaba desde un ventanal, más allá de la aldea, la ancha y ondulante extensión de bosque—. Era una familia malvada, y aquí fueron escritos con sangre sus anales —prosiguió—. Es terrible que, más allá de la muerte, continúen acosando a la raza humana con su atroz lascivia. Esa es la capilla de los Karnstein, ahí abajo.

Señaló los grises muros del edificio gótico visible en parte a través del follaje, descendiendo la ladera.

—Y me ha parecido oír el hacha de un leñador —añadió—, que ha de estar trabajando entre los árboles que la rodean. Tal vez pueda darnos alguna información acerca de lo que ando buscando y señalarnos el lugar donde se encuentra la tumba de Mircalla, condesa Karnstein. Estas gentes rústicas preservan las tradiciones locales de los grandes linajes, cuyas historias se desvanecen entre los ricos y aristócratas en cuanto las familias se extinguen.

—Tenemos en casa un retrato de Mircalla, condesa Karnstein. ¿Le gustaría verlo? —preguntó mi padre.

—Hay tiempo de sobra, mi querido amigo —replicó el general—. Creo que he visto el original; y uno de los motivos que me han llevado a visitarle antes de lo que pensaba es explorar la capilla a la que ahora nos acercamos.

—¡Cómo! ¿Pretende haber visto a la condesa Mircalla? —exclamó mi padre—. ¡Caramba, si lleva muerta más de un siglo!

—No tan muerta como usted piensa, por lo que yo sé —respondió el general.

—Confieso, general, que me desconcierta usted profundamente —replicó mi padre mirándole por un momento, así me pareció, con las mismas sospechas de antes. Pero, a pesar de la ira y el odio que asomaban por momentos en el discurso del general, no había en él ninguna ligereza o frivolidad.

—Ya solo me queda —dijo mientras pasábamos bajo el pesado arco de la iglesia gótica (porque sus dimensiones justificaban aplicarle ese término)—

un único objetivo para los pocos años que aún estaré en esta tierra, y ese objetivo es tomar en ella la venganza que, con la ayuda de Dios, podrá llevar a cabo la mano de un mortal.

—¿A qué venganza se refiere? —preguntó mi padre, con creciente perplejidad.

—Me refiero a decapitar al monstruo —respondió el general con el rostro encendido de cólera y golpeando el suelo con un pie. El eco del golpe resonó lúgubremente en medio de las ruinas huecas. Al mismo tiempo alzó el puño cerrado, como si empuñara un hacha y lo agitara ferozmente en el aire.

—¿Cómo? —exclamó mi padre, más confuso que nunca.

—Cortarle la cabeza.

—¡Cortarle la cabeza!

—Así es, con un hacha, con una espada o con cualquier cosa que pueda atravesar su garganta homicida. Ahora se lo explicaré —respondió, temblando de ira. Y dando unos pasos añadió—: Ese travesaño caído bien puede servir de asiento. Su querida hija está fatigada. Sentémonos y, en pocas palabras, concluiré mi penosa historia.

El bloque cuadrado de madera, que yacía sobre el adoquinado cubierto de hierba de la capilla, formaba un banco en el que me alegré de poder sentarme. Entretanto, el general llamó al leñador, que había estado recogiendo algunas ramas apoyadas sobre los antiguos muros. Con el hacha en la mano, aquel hombre recio se plantó ante nosotros.

De los monumentos no podía contarnos nada, pero dijo que había un anciano, un guardabosques que actualmente vivía en casa del párroco, a unas dos millas, que conocía cada detalle de los avatares de la familia Karnstein. A cambio de una propina, aceptó traerlo en menos de media hora si le prestábamos uno de nuestros caballos.

—¿Lleva usted mucho tiempo empleado en este bosque? —le preguntó mi padre al anciano.

—He sido leñador aquí —respondió en su dialecto—, al servicio de la guardia forestal, todos los días de mi vida, igual que mi padre lo fue antes, y así ha sido durante generaciones hasta donde puedo recordar. Puedo enseñarles la mismísima casa en que vivían mis antepasados, aquí en la aldea.

—¿Por qué acabó abandonada la aldea?

—Fue acosada por renacidos, señor. A algunos los siguieron hasta sus tumbas, donde detectaron los síntomas habituales. Así que los exterminaron del modo habitual, por decapitación, con la estaca y quemando sus cuerpos. Pero no antes de que hubiera muerto mucha gente.

»Sin embargo, a pesar de todos esos procedimientos acordes con la ley —prosiguió—, y aunque se abrieron muchas tumbas y se privó a muchos vampiros de su horrible animación, la aldea no percibió ningún alivio. Pero resultó que un noble moravo que viajaba por esta comarca se enteró de los sucesos que estaban ocurriendo; y siendo, como tantos en su país, alguien versado en esos temas, se ofreció a librar a la aldea de su atormentador. Lo hizo como sigue. En una noche de luna brillante, poco después de la puesta de sol, ascendió a la torre de esta capilla, desde la que podía divisar perfectamente el cementerio. Se ve desde ese ventanal. Allí se instaló, vigilante, hasta que vio que el vampiro surgía de su tumba, dejaba a un lado el sudario de lino con el que había sido amortajado y se escabullía hacia la aldea para atormentar a sus habitantes.

»A continuación, el forastero descendió del campanario, se hizo con el sudario del vampiro y volvió a encaramarse en lo alto de la torre para hacer guardia. Cuando el vampiro regresó de sus merodeos vio que faltaba su mortaja y empezó a gritarle al moravo, al que vio en lo alto del campanario, exigiéndole que se la devolviese. El moravo le hizo señas de que subiera a buscarla. Así que el vampiro, aceptando el reto, empezó a escalar la torre, pero en cuanto alcanzó las almenas, el moravo, con un golpe de su espada, le abrió el cráneo por la mitad, haciendo que se precipitase al suelo. Luego descendió por la sinuosa escalera y le cortó la cabeza. Al día siguiente les entregó el cuerpo a los aldeanos, que lo empalaron y quemaron debidamente.

»Este noble moravo fue autorizado por la familia a vaciar la tumba de Mircalla, condesa Karnstein, cosa que hizo con eficacia, de modo que su emplazamiento pronto fue olvidado.

—¿Puede usted señalar dónde se encontraba esa tumba? —preguntó ansiosamente el general.

El guardabosques negó con la cabeza y sonrió.

—Ningún ser humano podría responderle a eso —dijo—. Además, se dice que el cuerpo fue trasladado, tal como acabo de contar, pero ni de eso existe ninguna seguridad.

Dicho todo esto, y como se hacía tarde, el viejo agarró su hacha y se despidió, mientras nosotros nos disponíamos a escuchar el final de la extraña historia del general.

XIV
EL ENCUENTRO

—Mi querida niña —prosiguió— ahora iba poniéndose cada vez peor. El médico que la atendía no había logrado inducir la más ligera mejoría en el mal que la aquejaba, porque eso era lo que yo pensaba que sufría, una enfermedad. Al ver mi alarma, sugirió pedir una segunda opinión. Mandé venir de Graz a un médico extremadamente hábil.

»Pasaron varios días antes de que llegase. Era un hombre bueno y devoto, y también un erudito. Tras examinar juntos a mi pobre pupila, ambos facultativos se retiraron a la biblioteca para intercambiar pareceres. Desde la sala de al lado, donde aguardaba su llamada, oí cómo los dos caballeros alzaban la voz en lo que parecía una discusión más enconada que la estrictamente profesional. Llamé a la puerta y entré. El anciano médico de Graz parecía estar defendiendo una teoría que su rival combatía y ridiculizaba sin disimulo, acompañando sus palabras con risotadas burlonas. Estas manifestaciones impropias y el altercado que mantenían cesaron al entrar yo.

»—Señor —dijo el primer médico—, mi sabio colega parece creer que necesita usted a un hechicero, no a un doctor.

»—Si me permite —dijo el anciano médico de Graz, con aspecto de sentirse bastante molesto—, expondré mi visión del caso de otro modo y dentro de un momento. Temo, monsieur le general, que mi habilidad y mi ciencia resulten inútiles aquí. Antes de irme tendré el honor de sugerirle algo.

»Reflexionó durante unos minutos, se sentó a una mesa y empezó a escribir.

»Profundamente decepcionado, hice mi reverencia y, cuando me volvía para salir, el otro médico señaló por encima del hombro a su colega, que seguía escribiendo. Luego, encogiéndose de hombros, se tocó la sien con un dedo.

»La consulta, pues, me había dejado en el mismo sitio en el que estaba. Paseé por los jardines para distraer mis pensamientos. A los diez o quince minutos me alcanzó el médico de Graz. Se disculpó por haberme seguido, pero dijo que, en conciencia, no podía marcharse sin unas palabras. Me dijo que no había error posible, pues ninguna enfermedad natural mostraba esos síntomas, y que la muerte estaba cerca. Aún quedaba, sin embargo, un día, posiblemente dos, de vida. Si el ataque fatal lograba evitarse, con muchos cuidados y precauciones la paciente podría empezar a recuperar fuerzas. Pero todo dependía ahora de una sentencia irrevocable. Un solo ataque más extinguiría esa última llama de vitalidad que en todo momento estaba en trance de apagarse.

»—¿Y cuál es la naturaleza del ataque del que usted me habla? —le pregunté casi con tono de súplica.

»—Lo he consignado todo en esta nota, que pongo en sus manos con la condición estricta de que mande llamar al sacerdote más cercano y abra la carta en su presencia, y que no la lea bajo ningún concepto hasta que él le acompañe; de otro modo desdeñaría usted su contenido, cuando se trata de un asunto de vida o muerte. Solo si no consigue encontrar a un sacerdote puede usted leerla a solas.

»Antes de marcharse, me preguntó si deseaba ver a un hombre muy versado en el tema que tratábamos y al cual, tras leer la carta, me interesaría mucho conocer, y me animó a que le invitara a visitarme. Luego se fue.

»El sacerdote se encontraba ausente, así que leí la carta a solas. En cualquier otro momento o situación, habría considerado ridículo su contenido. Pero ¿en qué charlatanerías no confiaría alguien como última oportunidad cuando todos los medios acostumbrados han fracasado y la vida de la persona que amamos está en peligro?

»Nada, como verán, podía ser más absurdo que la carta del sabio galeno.

»Era tan monstruoso como para internarlo en un manicomio. ¡Decía que la paciente había estado sufriendo las visitas de un vampiro! Los pinchazos cercanos a la garganta que ella había descrito eran, insistía, la inserción de esos dos largos colmillos, finos y afilados, que son característicos de los vampiros; y no había la menor duda, añadía, en cuanto a la presencia perfectamente visible de las pequeñas marcas lívidas, correspondientes a las que causan los labios del demonio. Cada síntoma descrito por la paciente se conformaba con toda exactitud con los que se han documentado en todos los casos de visitas similares.

»Siendo yo totalmente escéptico respecto a la existencia de prodigios como los vampiros, la teoría sobrenatural del buen doctor constituía, en mi opinión, otro caso de cultura e inteligencia extrañamente combinadas con alucinación. Sin embargo, estaba tan desesperado que, antes que quedarme sin hacer nada, decidí pasar a la acción y seguir las instrucciones de la carta.

»Me oculté en el oscuro vestidor contiguo al cuarto de la pobre paciente, en el que ardía una vela, y me quedé allí vigilando hasta que, rápidamente, se quedó dormida. Yo estaba junto a la puerta, atisbando por una pequeña ranura, con mi espada a mi alcance sobre una mesa, tal como dictaban las instrucciones. En eso, poco después de la una, vi una enorme figura negra, de forma indefinida, que se arrastraba, así me pareció, a los pies de la cama, y que rápidamente se extendió para alcanzar la garganta de la pobre muchacha, donde se hinchó en un momento hasta convertirse en una gran masa palpitante.

»Durante unos instantes me quedé petrificado. Luego salté dentro del cuarto con la espada en la mano. La criatura oscura se contrajo de pronto y se escabulló hasta los pies de la cama, donde se quedó de pie, como a un metro de distancia, fijando en mí una mirada ardiente de ferocidad y horror. Era Millarca. Sin pensar en nada, la ataqué al instante con mi espada, pero al momento la vi junto a la puerta, ilesa. Horrorizado, la perseguí y ataqué de nuevo. Había desaparecido y mi espada se estrelló temblando contra la puerta.

»No puedo describirles todo lo que ocurrió esa horrible noche. Toda la casa estaba en pie en medio de la confusión. El espectro llamado Millarca se había ido. Pero su víctima languidecía rápidamente, y antes de que amaneciese murió.

El anciano general se encontraba muy agitado. No quisimos decir nada. Mi padre se alejó un trecho y empezó a leer las inscripciones de las tumbas; paseando, penetró en una capilla lateral para proseguir con sus indagaciones. El general apoyó la cabeza en el muro y suspiró profundamente. Sentí un gran alivio al oír las voces de Carmilla y madame, que se acercaban. Luego las voces se desvanecieron.

En aquellas soledades, tras escuchar una historia tan extraña, relacionada con unos grandes aristócratas extinguidos cuyos monumentos se pudrían entre el polvo y la hiedra a nuestro alrededor, y una historia además que tanto recordaba, misteriosa e inquietantemente, cada incidente de mi propio caso, en aquel lugar encantado, oscurecido por la imponente maleza que se alzaba por todas partes, espesa y alta sobre los muros silenciosos, empezó a apoderarse de mí una especie de horror, y mi corazón se encogió al pensar que mis amigas, después de todo, no iban a aparecer para aliviar la triste y ominosa escena.

El anciano general tenía los ojos fijos en el suelo, mientras se apoyaba con una mano sobre un montón de cascotes.

Bajo el arco de una estrecha puerta, coronada por uno de esos grotescos monstruos demoniacos en los que se deleita la cínica y fantasmagórica imaginación de la talla gótica, vi con gran alegría el hermoso rostro y la figura de Carmilla, que entraba en la sombría capilla.

Estaba a punto de levantarme a saludar, sonriendo en respuesta a su encantadora sonrisa, cuando, con un grito, el anciano que tenía a mi lado agarró el hacha del leñador y se abalanzó sobre ella. Al verle, se produjo un cambio brutal en los rasgos de Carmilla. Fue una transformación instantánea y horrible, mientras retrocedía encogiéndose. Antes de que yo pudiese siquiera gritar, el general la golpeó con toda su fuerza, pero ella se agachó, esquivó la embestida e, ilesa, le aferró de la muñeca con su mano diminuta. Él pugnó durante un momento para liberarse, pero

al final abrió la mano y dejó caer el hacha. Al instante la joven había desaparecido.

El general vaciló apoyándose contra el muro. El cabello gris le caía sobre la frente y tenía el rostro bañado en sudor, como si estuviera a punto de desplomarse muerto.

La espantosa escena había durado apenas un instante. Lo siguiente que recuerdo es a madame de pie ante mí, repitiendo con impaciencia la misma pregunta una y otra vez:

—¿Dónde está mademoiselle Carmilla?

Respondí finalmente:

—No lo sé... no sabría decirlo... se fue por ahí. —Y señalé la puerta por la que madame acababa de pasar—. Solo hace un minuto o dos.

—Pero si yo he estado ahí, en el pasaje, desde que mademoiselle Carmilla entró, y no ha vuelto.

Entonces empezó a llamar «Carmilla», por todas las puertas y pasajes y por las ventanas, pero sin obtener respuesta.

—¿Se hacía llamar Carmilla? —preguntó el general, aún muy agitado.

—Sí, Carmilla —respondí.

—Claro —dijo él—. Es Millarca. La misma persona que mucho tiempo atrás se llamaba Mircalla, condesa Karnstein. Sal de este recinto maldito, mi pobre niña, tan rápido como puedas. Ve a casa del sacerdote y quédate allí hasta que volvamos. ¡Vete! No volverás a ver a Carmilla, no la encontrarás aquí.

XV
ORDALÍA Y EJECUCIÓN

Mientras hablaba, uno de los hombres de aspecto más extraño que yo haya visto nunca entró en la capilla por la puerta a través de la que Carmilla había hecho también su entrada y salida. Era un hombre alto, de pecho hundido, encorvado, con hombros huesudos, vestido enteramente de negro. Tenía un rostro atezado, reseco, lleno de largas arrugas. Iba tocado con un sombrero de ala ancha y forma peculiar. Su cabello, largo y grisáceo, se desparramaba por sus hombros. Llevaba unos anteojos dorados y caminaba lentamente, con unos andares extraños, como si arrastrara los pies, alzando a veces el rostro a las alturas y otras veces inclinándose hacia el suelo. Parecía esbozar una sonrisa perpetua y meneaba sus largos brazos mientras gesticulaba, como abstraído, con las manos cubiertas por unos guantes negros dos tallas más grandes.

—¡He aquí a nuestro hombre! —exclamó el general, avanzando hacia él con evidente placer—. Mi querido barón, qué feliz me hace verle, ya no tenía esperanzas de encontrarnos.

Llamó por señas a mi padre, que llegaba, y le condujo ante aquel fantástico caballero al que llamaba «barón». Los presentó formalmente y los tres entablaron enseguida una conversación muy seria. El recién llegado se sacó del bolsillo un rollo de papel y lo extendió sobre la gastada superficie de una lápida cercana. Con un estuche de lápices empezó a trazar líneas imaginarias de un punto a otro del papel, líneas a partir de las cuales los tres miraban ciertos puntos del edificio, con lo que concluí que formaban un plano de la capilla. El forastero acompañaba sus palabras con la consulta ocasional de un ajado librito cuyas páginas amarillentas estaban llenas de una apretada escritura.

Recorrieron juntos la nave lateral, opuesta al lugar en el que me encontraba yo, conversando mientras caminaban. Luego empezaron a medir distancias con pasos, y finalmente se congregaron ante una sección del muro lateral, que comenzaron a examinar minuciosamente. Arrancaron la hiedra que la cubría, hurgaron en el yeso con las puntas de los bastones, rasparon aquí y golpearon allá. Finalmente, comprobaron que había una ancha losa de mármol, con letras grabadas en relieve.

Con la ayuda del leñador, que no había tardado en volver, se descubrió una inscripción conmemorativa y un escudo grabado. Resultaron ser los de la tumba, tanto tiempo extraviada, de Mircalla, condesa Karnstein.

El anciano general, que no era muy dado a oraciones, alzó momentáneamente las manos y los ojos al cielo, en muda acción de gracias.

—Mañana —le escuché decir—, vendrá el comisionado y se procederá a la indagatoria, de acuerdo con la ley.

Luego se volvió al viejo de los anteojos de oro ya descrito, le estrechó cálidamente ambas manos y le dijo:

—Barón, ¿cómo podré agradecérselo? ¿Cómo podremos agradecérselo todos nosotros? Habrá usted librado a esta región de una plaga que ha azotado a sus habitantes durante más de un siglo. El horrible enemigo, gracias a Dios, ha sido finalmente encontrado.

Mi padre hizo un aparte con el forastero y el general se unió a ellos. Me di cuenta de que se habían alejado para que yo no los oyese y pudieran hablar de mi caso. Los vi mirarme rápidamente un par de veces mientras conversaban.

Luego mi padre vino y me besó una y otra vez, y mientras salíamos de la capilla dijo:

—Es hora de regresar, pero antes de volver a casa debemos añadir a nuestra partida al buen sacerdote, que vive muy cerca de aquí. Le convenceremos de que nos acompañe al *schloss*.

Esa misión resultó fructífera, y yo me alegré de volver a casa, porque me sentía indeciblemente fatigada. Pero mi satisfacción se convirtió en desaliento al descubrir que no había noticias de Carmilla. De la escena vivida en la capilla en ruinas nadie me ofreció ninguna explicación, y estaba claro que se trataba de un secreto del que mi padre, por ahora, había decidido excluirme.

La siniestra ausencia de Carmilla volvía aún más horrible el recuerdo de la escena. Las disposiciones para la noche fueron singulares. Dos sirvientas y madame permanecerían en mi cuarto toda la noche, y el sacerdote y mi padre harían guardia en el vestidor adyacente.

El sacerdote había celebrado esa noche ciertos ritos solemnes, cuyo propósito no comprendí mucho mejor que las extraordinarias precauciones adoptadas para garantizar mi seguridad durante mi sueño.

Lo vi todo claramente unos días más tarde. La desaparición de Carmilla fue seguida por la interrupción de mis sufrimientos nocturnos.

Habréis oído hablar, sin duda, de la espantosa superstición que prevalece en Alta y Baja Estiria, en Moravia, Silesia, en la Serbia turca, en Polonia, incluso en Rusia: la superstición, así debemos llamarla, del vampiro.

Si tienen algún valor los testimonios humanos, tomados con cuidado y solemnidad, judicialmente, ante innumerables comisiones constituidas por varios miembros, todos escogidos por su integridad e inteligencia, que han emitido informes quizá más voluminosos que los que genera cualquier otro tipo de casos, entonces resulta difícil negar o incluso dudar de la existencia del fenómeno del vampiro.

Por mi parte, no conozco ninguna teoría que pueda explicar lo que yo misma he presenciado y experimentado, fuera de la suministrada por la antigua y bien atestiguada creencia del país.

Al día siguiente tuvieron lugar en la capilla de los Karnstein los procedimientos formales. Se abrió la tumba de la condesa Mircalla, y el general y mi padre reconocieron al instante a su pérfida y hermosa invitada en el rostro que se puso al descubierto. Los rasgos, a pesar de los ciento cincuenta años transcurridos desde su funeral, mostraban el color y la lozanía de la vida. Sus ojos estaban abiertos; ningún hedor a cadáver surgía del ataúd. Los dos médicos presentes, uno oficial de la parte del Estado y otro particular, atestiguaron el hecho prodigioso de que había una ligerísima pero apreciable respiración, junto a la correspondiente actividad cardiaca. Los miembros eran perfectamente flexibles, la carne elástica; y el ataúd de plomo casi rebosaba de sangre, en la cual se encontraba inmerso el cuerpo, a una profundidad de siete pulgadas. Allí estaban, pues, todos los signos y pruebas admisibles de vampirismo. Por tanto, y siguiendo la antigua práctica, se procedió al levantamiento del cuerpo y se clavó una estaca afilada en el corazón del vampiro, el cual emitió en ese mismo momento un horrible y agudo chillido, el mismo que, a todos los efectos, habría emitido una persona viva en su agonía final. A continuación se cortó la cabeza, y un torrente de sangre surgió del cuello seccionado. Cuerpo y cabeza fueron luego colocados sobre una pila de leña y reducidos a un montón de cenizas que se arrojaron al río, donde se dispersaron. Y la comarca nunca volvió a sufrir la plaga de las visitas de un vampiro.

Mi padre posee una copia del informe de la Comisión Imperial, con las firmas compulsadas de todos los presentes en el procedimiento. Es de ese documento oficial del que he condensado mi relato de esta última y escalofriante escena.

XVI
CONCLUSIÓN

Supondréis que escribo todo esto con compostura. Nada más lejos: no puedo pensar en ello sin agitación. Solo vuestro sincero deseo de saberlo todo, tantas veces expresado, puede haberme inducido a afrontar una tarea que ha sacado mis nervios de quicio para unos meses, obligándome a revivir las sombras del indescriptible horror que años después de mi liberación continúa aterrorizando mis días y mis noches y convirtiendo la soledad en una experiencia pavorosa.

Dejadme añadir unas palabras sobre ese pintoresco barón Vordenburg, a cuya curiosa sabiduría se debió el descubrimiento de la tumba de la condesa Mircalla.

Tenía su morada en Graz, donde, viviendo de una magra renta, que era cuanto le quedaba de las antiguas y espléndidas propiedades de su familia en la Alta Estiria, se dedicaba a la ardua y minuciosa investigación de la prodigiosa y bien documentada tradición del vampirismo. Tenía a su alcance todos los tratados que se han escrito sobre el tema, desde los más importantes a los más triviales. *Magia Posthuma, Phlegon de Mirabilibus, Agustinus de cura pro Mortuis, Philosophicae et Christianae Cogitationes de Vampiris,* por John Christofer Herenberg, y muchos miles más, entre los cuales yo apenas recuerdo unos pocos que le prestó a mi padre. También poseía una voluminosa selección de todos los procesos judiciales, de los cuales había extraído un sistema de los principios que parecen gobernar —algunos siempre y otros solo en ocasiones— la condición del vampiro. Podría mencionar, por ejemplo, que la palidez mortal atribuida a esta especie de renacidos es una mera ficción melodramática. En la tumba, y cuando se muestran en sociedad, presentan una apariencia de vida saludable. Cuando son expuestos a la luz en sus ataúdes manifiestan todos los síntomas que se han enumerado como prueba de la vida vampírica de la condesa Karnstein mucho tiempo después de su muerte.

El hecho de que salgan de sus tumbas y vuelvan a ellas durante ciertas horas cada día, sin remover la tierra ni dejar rastro alguno de perturbación en el ataúd o la mortaja, siempre se ha admitido como algo absolutamente inexplicable. La existencia anfibia del vampiro se sustenta en el sueño, renovado diariamente, dentro de su tumba. Su horrible ansia de sangre fresca suministra el vigor que necesita durante su vigilia. El vampiro es propenso a dejarse fascinar por ciertas personas, con una vehemencia absorbente que recuerda a la pasión amorosa. En la persecución de tales pasiones empleará una paciencia inagotable y todo tipo de estratagemas, pues en el acceso a un sujeto particular puede haber cien estorbos. Nunca desiste hasta que sacia su lujuria y logra drenar la propia vida de la víctima codiciada. Pero, en esos casos, administrará y prolongará sus goces asesinos con el refinamiento de un sibarita, y los intensificará mediante el gradual acercamiento de un astuto cortejo. Entonces parece anhelar algo así como la simpatía y el consentimiento. En los casos ordinarios, sin embargo, va directamente hacia el objeto de sus deseos, lo vence con violencia y lo asfixia y consume en un único festín.

Aparentemente, el vampiro se encuentra sujeto, en ciertas situaciones, a condiciones especiales. En el caso en particular del que os he ofrecido mi testimonio, Mircalla parecía tener que limitarse a usar un nombre que, si no era el suyo real, debía al menos reproducir, sin omisión ni adición de ninguna letra, el mismo sonido, en lo que llamamos un «anagrama». Así sucedía con Carmilla, así sucedía con Millarca.

Mi padre le contó al barón Vordenburg, que permaneció con nosotros por espacio de dos o tres semanas tras la expulsión de Carmilla, la historia del noble moravo y el vampiro del cementerio de Karnstein, y luego le preguntó cómo había descubierto la localización exacta de la tumba de la condesa Mircalla, tanto tiempo perdida. Los grotescos rasgos del barón se arrugaron en una misteriosa sonrisa; bajó la vista, sonriéndole al estuche de sus anteojos mientras lo manoseaba. Luego alzó los ojos y dijo:

—Poseo muchos diarios y otros papeles, escritos por ese notable caballero. El documento más curioso es el que trata de la visita a Karnstein que usted ha mencionado. La tradición, por supuesto, distorsiona un poco los hechos. Se le supone un noble moravo, porque había trasladado su residencia a ese territorio y era, además, aristócrata. Pero en realidad era oriundo de la Alta Estiria. Baste con decir que en su juventud había sido un apasionado, y correspondido, adorador de la hermosa Mircalla, condesa Karnstein. Su temprana muerte le sumió en un dolor inconsolable.

»En la naturaleza de los vampiros figura la facultad de multiplicarse, acorde a una ley fantasmal verificada. Imaginemos, en principio, un territorio perfectamente libre de esa peste. ¿Cómo comienza el fenómeno, y cómo se multiplica? Se lo diré. Una persona, más o menos malvada, se quita la vida. Un suicida, bajo ciertas circunstancias, se convierte en vampiro. El espectro visita a los vivos en mitad de su sueño; estos mueren y, casi invariablemente, en la tumba se convierten en vampiros. Eso fue lo que ocurrió en el caso de la bella Mircalla, que fue atacada por uno de esos demonios. Mi antepasado, Vordenburg, cuyo título ostento, lo descubrió muy pronto, y en el curso de los estudios a los que se consagró aprendió muchísimo más.

»Entre otras cosas, concluyó que, más pronto o más tarde, la sospecha de vampirismo recaería sobre la condesa muerta, que en vida había sido su ídolo. Le horrorizaba que, fuera ella lo que fuese, sus restos fueran profanados con el ultraje de una ejecución póstuma. Nos dejó un escrito en el que prueba que el vampiro, tras ser expulsado de su vida anfibia mediante esa ejecución, es proyectado a una existencia mucho más horrible; y resolvió salvar a su amada Mircalla de ese destino.

»Adoptó la estratagema de viajar a estas tierras, fingir que había removido sus restos y ocultar realmente su tumba. Con el paso de los años reflexionó acerca de todo aquello y consideró lo que había hecho desde una perspectiva distinta, horrorizado ante sus consecuencias. Así que puso por escrito las notas e indicaciones que me han guiado a mí hasta el lugar exacto y realizó una confesión completa del engaño que había cometido. Si tenía pensado emprender él mismo alguna acción al respecto, la muerte se lo impidió. Pero, aunque demasiado tarde para muchos, la mano de un remoto descendiente ha dirigido la persecución de la bestia hasta su misma guarida.

Hablamos mucho más y, entre otras cosas, dijo esto:

—Un signo del vampiro es su poder físico. La pequeña mano de Mircalla se cerró como una garra de acero sobre la muñeca del general cuando este alzó el hacha para golpearla. Pero sus poderes no se limitan a la fuerza: dejan entumecido el miembro que aferran, que solo se recupera muy lentamente, si llega a hacerlo.

La primavera siguiente mi padre me llevó de viaje por Italia. Permanecimos ausentes durante más de un año. Pasó mucho tiempo antes de que el terror de los recientes acontecimientos se calmara; y hasta el día de hoy la imagen de Carmilla vuelve a mi memoria de una forma ambigua y dual: a veces es la muchacha alegre, lánguida, preciosa; otras veces, el demonio retorcido que vi en la iglesia en ruinas. Y a menudo me despierto de una ensoñación e imagino oír los ligeros pasos de Carmilla entrando en el salón.

VARNEY, EL VAMPIRO

JAMES MALCOLM RYMER

LA GRANIZADA

El tono solemne del reloj de una antigua catedral ha anunciado la medianoche. El aire es denso y pesado, y una extraña quietud, parecida a la muerte, invade toda la naturaleza. Como la inquietante tranquilidad que precede a algún estallido más que espantoso de los elementos, estos parecen haberse detenido, incluso en sus fluctuaciones habituales, con el fin de reunir una fuerza increíble para el gran esfuerzo. Se oye un débil trueno a lo lejos. Como un cañón de señal para que comience la batalla de los vientos, pareció despertarlos de su letargo, y un horrible y belicoso huracán barrió una ciudad entera y produjo más devastación en los cuatro o cinco minutos que duró, que la que produciría medio siglo de fenómenos normales.

Fue como si un gigante hubiera soplado sobre una ciudad de juguete y hubiera esparcido muchos de los edificios antes de que el caliente estallido de su espantoso aliento llegara, pues de la misma forma repentina que empezó, cesó, y todo quedó tan quedo y tranquilo como antes.

Los que dormían se despertaron y creyeron que lo que habían oído debía de ser la confusa quimera de un sueño. Temblaron y se volvieron a dormir.

Todo está en silencio... tan en silencio como una tumba. Ni un sonido interrumpe la magia del reposo. ¿Qué es ese extraño golpeteo, como un millón de piececillos de hadas? Es el granizo... sí, una granizada que ha estallado sobre la ciudad. Arranca las hojas de los árboles, que se mezclan con ramitas; las ventanas que se oponen a la furia directa de las partículas de hielo que salen disparadas están rotas, y al arrobado reposo cuya intensidad de antes era tan notable lo reemplaza un ruido que, en su acumulación, ahoga cada grito de sorpresa o consternación que profieren aquí y allá las personas que encontraron sus casas invadidas por la tormenta.

De vez en cuando también llegaba una ráfaga de viento repentina que con su fuerza, ya que soplaba lateralmente, mantenía durante un instante millones de piedras de granizo suspendidas en el aire, pero solo para arrojarlas con el doble de fuerza en alguna nueva dirección en la que causar más daños.

¡Oh, cómo rugía la tormenta! Granizo, lluvia, viento. La verdad es que era una noche terrible.

***

Hay una antigua cámara en una vieja casa. Unos curiosos y pintorescos grabados adornan las paredes y la gran chimenea es una curiosidad en sí misma. Los techos son bajos, y un gran ventanal, desde el techo hasta el suelo, da hacia el oeste. La ventana tiene una celosía con vidrios de curiosos y ricos colores, que proyectan una extraña pero hermosa luz cuando el sol o la luna brilla hacia la estancia. En esa habitación no hay más que un retrato, aunque las paredes parecen revestidas con paneles con el propósito expreso de contener una serie de cuadros. Es el retrato de un joven con la cara pálida, de frente prominente, y con una extraña expresión en los ojos que a nadie le gustaría mirar dos veces.

Hay una cama majestuosa en esa cámara, hecha de madera de nogal tallada, de rico diseño y elaborada ejecución; una de esas obras de arte que deben su existencia a la época isabelina. Tiene un dosel decorado con pesada seda y cortinas de damasco, y unas plumas que se balancean en las esquinas, cubiertas de polvo, que le otorgan un aspecto fúnebre a la estancia. El suelo es de roble pulido.

¡Dios! ¡Cómo golpea el granizo el viejo ventanal! Como la imitación de una descarga esporádica de mosquetes, chocando, aporreando y dando contra los pequeños cristales; pero estos resisten, su pequeño tamaño los protege. El viento, el granizo, la lluvia, gastan su furia en vano.

La cama de esa antigua cámara está ocupada. Una criatura formada de todo tipo de bellezas yace medio dormida en el viejo lecho, una muchacha joven y hermosa como una mañana de primavera. Sus largos cabellos han escapado de su confinamiento y se esparcen sobre la cubierta de la cama. Ha pasado la noche inquieta, se nota por las sábanas revueltas. Tiene un brazo sobre la cabeza, el otro cuelga a un lado de la cama en la que yace. El cuello y el pecho, dignos del escultor más singular que la providencia pudiera dar, se revelaban a medias. Gemía suavemente en sueños, y los labios se movieron una o dos veces como si orara, o al menos así se juzgaría, pues pronunció entre susurros el nombre de Él, quien sufrió por todos nosotros.

Ha soportado mucha fatiga y la tormenta no la despierta, pero puede perturbar su sueño aunque no posee la fuerza de destruirlo por completo. La agitación de los elementos despierta los sentidos, aunque no interrumpe del todo el reposo en el que han caído.

¡Oh, qué mundo de hechizos había en esa boca entreabierta que exhibía unos dientes perlados, brillantes bajo la luz tenue que entra por la ventana! ¡Con qué dulzura las pestañas largas y sedosas se posan en la mejilla! Ahora se mueve y se ve un hombro entero, más blanco, más claro que la impecable sábana sobre la que está tumbada. Es la piel tersa de una criatura pálida, una mujer en ciernes en ese estado de transición que nos presenta todos los encantos de la muchacha, casi una niña, con la belleza más madura y la ternura que dan los años.

¿Ha sido eso un relámpago? ¡Sí, un destello espantoso, vívido y aterrador, antes del rugido de un trueno, como si miles de montañas rodaran unas sobre otras en la cúpula azul celestial! ¿Quién duerme ahora en esta antigua ciudad? Ni un alma. La temible trompeta del apocalipsis no podría haber despertado a nadie con mayor eficacia.

Sigue granizando. Sigue soplando el viento. El alboroto de los elementos parece estar en su punto más álgido. Ella se despierta, esa bella muchacha en la cama antigua. Abre los ojos de un azul celeste y un ligero grito de alarma estalla en sus labios. Al menos es un grito que, sin todo aquel ruido y la conmoción, suena tenue y débil. Se incorpora y se tapa los ojos con las manos. ¡Cielos! ¡Qué torrente de viento, lluvia y granizo! El trueno a su vez parece intentar alargar el eco lo suficiente hasta que el siguiente destello de luz bifurcada produjera otra fuerte sacudida en el aire. Murmura una oración, una oración para los que más quiere; los nombres de sus seres amados salen de sus labios. Llora y reza. Entonces piensa en los estragos que debe de estar provocando la tormenta, y reza al gran Dios del cielo por todos los seres vivos. Otro destello, un fuerte destello azul desconcertante se filtra a través del ventanal y por un instante resalta cada uno de los colores del cristal con una terrible claridad. Un alarido escapa de los labios de la joven y entonces, con los ojos clavados en la ventana, se le oscurece el rostro con una expresión de terror que nunca antes se había visto en ella, tiembla, y el sudor de un miedo intenso aparece en su frente.

—¿Qué...? ¿Qué ha sido eso? —dice titubeante—. ¿Ha sido real o una ilusión? ¡Ay, Dios mío! ¿Qué ha sido eso? Una figura alta y demacrada, intentando abrir la ventana desde fuera. Lo he visto. El relámpago me lo ha revelado. Ocupaba toda la ventana.

El viento se calmó. Ya no caía tanto granizo. Es más, lo poco que caía, caía recto, y aun así un extraño golpeteo sonaba en el cristal de la gran ventana. No podía ser una ilusión. La muchacha está despierta y lo oye. ¿Qué puede ocasionarlo? Otro relámpago, otro grito, ahora no puede ser una ilusión.

Hay una figura alta justo en el alféizar del ventanal. Son sus uñas sobre el cristal las que producen el sonido similar al granizo ahora que la tormenta ha cesado. Un miedo intenso paraliza las extremidades de la hermosa joven. Ese único grito es todo lo que puede pronunciar, agarrándose las manos, con la cara de mármol, el corazón latiéndole con tanta fuerza que parece que se le vaya a salir del pecho, y las pupilas dilatadas, clavadas en la ventana, mientras espera, paralizada por el terror. El golpeteo y repiqueteo de las uñas continúa. No hay palabras, la joven imagina que traza el contorno de la oscura forma contra la ventana y ve que mueve los largos brazos de aquí para allá, tratando de entrar. ¿Qué extraña luz es esa que poco a poco inunda el aire? Roja y terrible, va aumentando. Un rayo ha incendiado un molino y el reflejo del edificio que se consume rápidamente cae sobre la larga ventana. No cabe duda. La figura está ahí, sigue intentando entrar y golpea el cristal con las uñas tan largas como si no se las hubiera cortado en muchos años. La joven intenta gritar de nuevo, pero se apodera de ella una sensación de ahogo y no lo consigue. Es demasiado espantoso. Intenta moverse, pero es como si tuviera las extremidades sujetas a toneladas de plomo y lo único que puede hacer es emitir un ligero y ronco susurro...

—¡Ayuda...! ¡Ayuda...! ¡Ayuda...! ¡Ayuda...!

Y repite esa única palabra como alguien en un sueño. El rojo resplandor del fuego continúa. Arroja a la alta figura demacrada con un terrible alivio contra la larga ventana. También ilumina un retrato que hay en la estancia y ese retrato parece clavar los ojos en la figura que intenta entrar, mientras la luz titilante del fuego le hace parecer terriblemente real. Se ha roto un panel de cristal y la forma del exterior introduce una larga mano cadavérica, que parece totalmente desprovista de carne. Ha quitado el cierre y la mitad de la ventana, que se abre como unas puertas de fuelle, gira sobre los quicios.

E incluso entonces seguía sin poder gritar... sin poder moverse.

—¡Ayuda...! ¡Ayuda...! ¡Ayuda...! —es lo único que pudo decir.

Pero ¡ay! Esa expresión de terror en su cara. Era espantosa. Una expresión que se queda grabada para toda la vida. Una expresión para imponerse a los momentos más felices y transformarlos en amargura.

La figura da media vuelta y la luz cae sobre su rostro. Es totalmente blanco, no tiene ni una gota de sangre. Los ojos parecen de estaño bruñido. Tiene los labios retraídos y el rasgo principal, junto a esos ojos espantosos, son los dientes. Unos dientes que dan miedo, que sobresalen como los de un animal salvaje, terribles, espantosamente blancos, como colmillos. Se acerca a la cama con un movimiento extraño y deslizante. Chasquea las largas uñas que parecen colgar literalmente de las yemas de los dedos. No escapa ningún sonido de sus labios. ¿Acaso está volviéndose loca esa hermosa joven expuesta a tanto terror? Levanta sus extremidades... Ya ni siquiera puede pedir ayuda. La capacidad de articular ha desaparecido, pero la capacidad de moverse ha regresado y puede alejarse poco a poco hacia el otro extremo de la cama para apartarse de la horrible aparición.

Pero los ojos están fascinados. La mirada de una serpiente no habría podido producir el mismo gran efecto en la muchacha que la expresión de aquellos espantosos ojos metálicos que se inclinaban sobre su rostro. La figura se acercó agazapada para disimular la gigantesca altura, con una horrible cara blanca como lo más destacado. ¿Qué era? ¿Qué hacía allí? ¿Qué le hacía tener aquel espantoso aspecto, tan distinto a cualquier habitante del planeta y aun así pertenecer a él?

La chica ha alcanzado el borde de la cama y la figura se detiene. Parece que al detenerse, ella pierde la capacidad de seguir moviéndose. Ahora agarra las sábanas con una fuerza inconsciente. Toma aire rápida y brevemente. Jadea y le tiemblan las extremidades, sin embargo no puede apartar los ojos de ese rostro como hecho de mármol. La retiene con su reluciente mirada.

La tormenta ha cesado. Todo está en calma. Los vientos se acallan... El reloj de la iglesia toca la una. Un sonido sibilante sale de la garganta de ese horrible ser, que levanta los brazos largos y cadavéricos, y mueve los labios. Avanza. La muchacha baja su pequeño pie de la cama al suelo. De manera inconsciente arrastra las sábanas con ella. La puerta de la habitación está en esa dirección... ¿Podrá alcanzarla? ¿Tiene la capacidad de andar? ¿Podrá apartar los ojos de la cara del intruso y romper el atroz encantamiento? ¡Dios del cielo! ¿Es real o un sueño que se parece tanto a la realidad como para anular el juicio para siempre?

La figura se ha vuelto a detener y, medio en la cama medio fuera, la chica yace temblando. Sus largos cabellos se esparcen por todo el lecho. Mientras se movía lentamente los dejaba caer sobre las almohadas. La pausa ha durado alrededor de un minuto... ¡Oh, qué momento de angustia! Ese minuto ha sido, de hecho, lo que hacía falta para que la locura acabara de entrar en acción.

Con una rapidez repentina que no podía preverse y un extraño alarido suficiente para despertar el terror de cualquier bestia, la figura agarró los largos mechones de pelo y enrollándolos en sus manos huesudas la sostuvo contra la cama. Entonces la muchacha gritó, el cielo le concedió la capacidad de gritar. Un grito siguió a otro en una rápida sucesión. Las sábanas cayeron en un montón al lado de la cama y la criatura arrastró a la joven por

su pelo sedoso hasta que la tumbó de nuevo en la cama. Sus maravillosamente redondeadas extremidades temblaron con la agonía de su alma. Los ojos vidriosos y horribles de la figura recorrieron la forma angelical con una satisfacción espantosa, una atroz profanación. La criatura arrastra la cabeza hacia el borde de la cama, obligándola a retroceder tirando de los largos cabellos que tiene enrollados en la mano. Se abalanza sobre su cuello con sus dientes como colmillos y a continuación sale un borbotón de sangre y se oye un horrible ruido de succión. ¡La chica se ha desmayado y el vampiro está dándose un terrible festín!

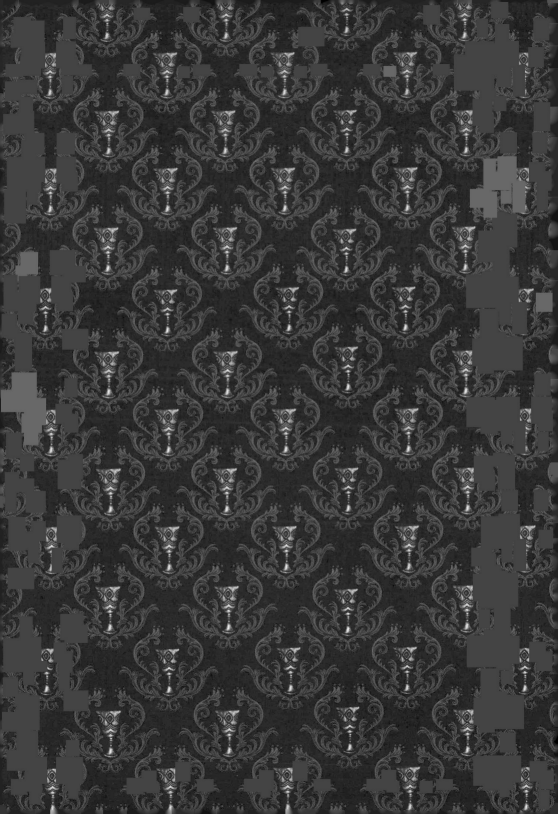